U0569782

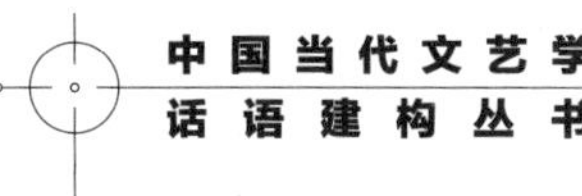

中国当代文艺学话语建构丛书

吴子林 主编

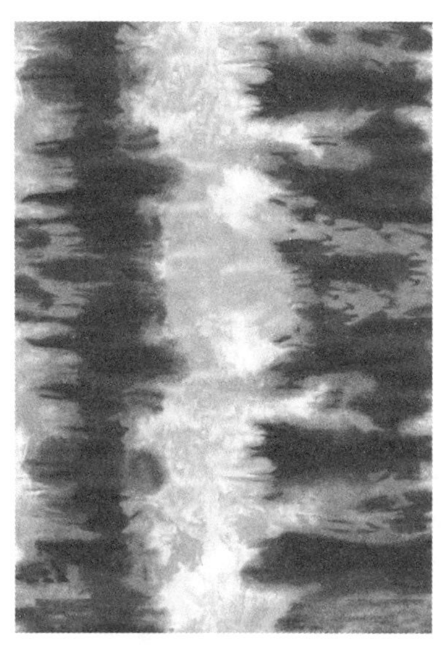

走向批判诗学

理论与实践

赵勇 著

浙江工商大学出版社·杭州

图书在版编目（CIP）数据

走向批判诗学：理论与实践 / 赵勇著. — 杭州：浙江工商大学出版社，2022.10
（中国当代文艺学话语建构丛书 / 吴子林主编）
ISBN 978-7-5178-5122-6

Ⅰ.①走… Ⅱ.①赵… Ⅲ.①诗学—研究—中国 Ⅳ.①I207.2

中国版本图书馆CIP数据核字（2022）第168958号

走向批判诗学：理论与实践
ZOUXIANG PIPAN SHIXUE: LILUN YU SHIJIAN
赵 勇 著

出 品 人 鲍观明
策划编辑 任晓燕
责任编辑 熊静文
责任校对 何小玲
封面设计 观止堂_未氓
责任印制 包建辉
出版发行 浙江工商大学出版社
（杭州市教工路198号 邮政编码310012）
（E-mail：zjgsupress@163.com）
（网址：http://www.zjgsupress.com）
电话：0571-88904980，88831806（传真）
排 版 C点冰橘子
印 刷 杭州宏雅印刷有限公司
开 本 710 mm × 1000 mm 1/16
印 张 21.75
字 数 308千
版 印 次 2022年10月第1版 2022年10月第1次印刷
书 号 ISBN 978-7-5178-5122-6
定 价 98.00元

总 序

2016年5月17日，习近平总书记在哲学社会科学工作座谈会上的讲话中指出：哲学社会科学是人们认识世界、改造世界的重要工具，是推动历史发展和社会进步的重要力量，其发展水平反映了一个民族的思维能力、精神品格、文明素质，体现了一个国家的综合国力和国际竞争力；哲学社会科学工作者要按照立足中国、借鉴国外，挖掘历史、把握当代，关怀人类、面向未来的思路，着力构建中国特色哲学社会科学，在指导思想、学科体系、学术体系、话语体系等方面充分体现中国特色、中国风格、中国气派。

2021年12月14日，习近平总书记在中国文学艺术界联合会第十一次全国代表大会、中国作家协会第十次全国代表大会上的讲话中指出：衡量一个时代的文艺成就最终要看作品，衡量文学家、艺术家的人生价值也要看作品；广大文艺工作者要挖掘中华优秀传统文化的思想观念、人文精神、道德规范，把艺术创造力和中华文化价值融合起来，把中华美学精神和当代审美追求结合起来，激活中华文化生命力。

历史表明，社会大变革的时代一定是哲学社会科学大发展的时代。当前，世界出现“百年未有之大变局”，我们正经历着历史上最为宏大而深刻的社会变革与实践创新。这种前无古人的伟大实践，给理论创造提供了强大动力和广阔空间。这是一个需要理论且一定能够产生理论的时代，这是一个需要思想且一定能够产生思想的时代。

改革开放之初，当代中国文化曾有一种“文学主义”。文学在整体文化中居于主导地位，深度参与到文化之中，激动人心，滋润人心，维系人心；文学研究随之呈现出锐意进取、多元拓展的局面，取得了丰厚的学术积累与探索成果。进入 21 世纪，资本逻辑、技术理性、权力规则使人遁无可遁，一切被纳入一种千篇一律的“统一形式”之中，格式化、程序化的现实几乎冻结了应有的精神探索和想象力，既定的文化结构令人备感无奈、无如甚或无为。当从“文学的时代”进入“文化的时代”，文学在文化中的权重不断下降，在当代知识竞争格局中，文学研究囿于学科话语而一度处于被动状态，丧失了最基本的理论态度和批判意识。

当代著名作家铁凝说得好：“文学是灯，或许它的光亮并不耀眼，但即使灯光如豆，若能照亮人心，照亮思想的表情，它就永远具备着打不倒的价值。而人心的诸多幽暗之处，是需要文学去点亮的。”[①] 奔走在劳碌流离的命途，一切纷至沓来，千回百折，纠缠一生；顿挫、婉转、拖延、弥漫，刻画出一条浓酽的、悲欣交集的人生曲线。屏息凝听时代的脉动，真正的作家有本领把现实溶解为话语和熠熠生辉的形象，传达出一个民族最有活力的呼吸，表现出一个时代最本质的情绪；他们讲述人性中最生动的东西，打开曾经沉默的生活，显现这个世界内在的根本秩序，一种不可触犯事物的存在。

在当代中国文学研究领域里，文艺学一直居于执旗领军的地位，具备“预言”的功能与使命，直面现实并指向未来，深刻影响并引领着中国文学研究不断突破既有的格局。“追问乃思之虔诚。”（海德格尔语）与作家一样，当

---

① 铁凝：《代序：文学是灯——东西文学经典与我的文学经历》，《隐匿的大师》，译林出版社 2021 年版，第 5—6 页。

代文艺学研究者抓住文学的核心价值（追求“更高的心理现实”，即“知人心”），并力图用蕴含着深刻的历史逻辑、理论逻辑和实践逻辑的话语释放这一核心价值，用美的规律修正人们全部的生活方式，引导人们“知善恶”“明是非”“辨美丑”，帮助人们消除“鄙吝之心”，向往一种高远之境。

新世纪以降，文学创作、文学批评、文学传播乃至整个文学活动方式持续地发生广泛而深刻的嬗变；与之相应，审美经验、媒介生态、理论思维、知识增量等交相迭变，人文学术思想形态发生裂变、重组，各学科既有话语藩篱不断被拆除。“察势者明，趋势者智。”人们深刻体认到：中国作为一个拥有长期连续历史的巨大文化存在，其中的问题意识、思维方式、语言经验、话语模式需要重新发现与阐释，并且必须重新生成一种独立的、完整的、崭新的思想理论及其话语体系；这种话语体系是思想理论体系和知识体系的外在表现形式，与文化环境、传统习惯及社会制度等密切相关，具有深厚的历史积淀与现实根基。

习近平总书记提出，时代是出卷人。进入新时代，文艺学研究者扎根中华大地，勇立时代潮头，与时代同行，发时代先声，积极回应当代知识生产的新要求，通过跨学科领域的研究致力于新文科观念与实践，重构当前各个知识领域的学科意识与现实眼光，有效参与对人类命运共同体的思考，孜孜于文艺学的学科体系、学术体系和话语体系的探索与创构，呈现中国特色、中国风格、中国气派的学术贡献与话语表达，为国家的现代化建设提供强大的精神动力和智力支持。

理论的生命力在于创新。新领域的开辟，新学科的建立，新话语的生成，需要不同见解彼此有争议的砥砺。章太炎先生当年就慨叹孙诒让的学术之所以未能彰显于世，是因为没有人反对：“自孙诒让以后，经典大衰。像他这样大有成就的古文学家，因为没有卓异的今文学家和他对抗，竟因此经典一落千丈，这是可叹的。我们更可知学术的进步是靠着争辩，双方反对愈激烈，收效方愈增大。”[1]本着真理出于争辩及促进学科发展的愿望与责任，遵循问题共享、方法共享、思想共享的学术原则，浙江工商大学出版社邀请本人编选、推出“中国当代文艺学话语建构丛书”。本丛书拟分人分批结集出版相关的代表性研究成果，收录各人具有典范性的、在学界产生较大影响的佳作，以凸显“一家之言”的戛戛独造，为中国当代文艺学话语体系的建构尽一绵薄之力。

“中国当代文艺学话语建构丛书”第一辑共6部著作：陈定家《一屏万卷：网络文学理论与媒介文化批评》、赵勇《走向批判诗学：理论与实践》、张永清《马克思主义批评理论的当代阐释》、刘方喜《脑工解放时代来临：人工智能文化生产工艺学批判》、吴子林《“毕达哥拉斯文体”：述学文体的革新与创造》和周兴陆《文士精神与文论传统》。6位作者都是当代文艺学研究领域的前沿工作者，思维活泼且笔力雄健，是该学科的中坚力量；6位作者的问题意识、理论观念、研究方法各自不同，学术个性十分鲜明，但他们有一个共同点，那就是基于对文艺学学科的热爱与执着，都在各自领域精耕细作数十年，自信、自主、自为、自强，创构了不无创造性的思想理论及其话语体系。

积小为大，积健为雄。上述6部著作的主题涉及马列文论、古代文论、西方文论、网络文学、人工智能和述学文体研究，几乎覆盖了文艺学研究的各个论域；这些著作反抗传统而又批判地继承传统、批判西方而又积极融入世界、干预现实而又持守文学本位；这些著作融思想与学术于一体，具有健全的历史和时间意识，并由此返归当下，有崭新的理论话语、价值体系、思维方式和文化逻辑，而汇入了新世纪的理论创造之中；这些著作都是穷数年之功潜心结撰而成的，可以说是文艺学这个学科不断发展和走向成熟的标志，是中西方学术研究交汇和碰撞的结果，也是文艺学这个学科思想生长、聚合而成的果实，更可能是将来理论创新性发展的努力方向。

---

[1] 章太炎：《国学概论》，中华书局2003年版，第33页。

此时此刻，春光绚丽，沿了山脉的走向，清风铺展而来，氤氲所及，万物蓬勃；飞翔的事物，燃烧的迷津，隐秘的想象，急骤的阵雨，或深不可测，或骤然浮现，或不惊不乍，或渐渐透亮，一切陌生而真切而鲜明……

是为序。

吴子林

2022 年 2 月 28 日

自 序

把这本书命名为《走向批判诗学：理论与实践》，说来话长，却也有必要稍做交代。

世纪之交以来，我闯入了法兰克福学派的世界，先做与此相关的博士学位论文——《整合与颠覆：大众文化的辩证法——法兰克福学派的大众文化理论》，然后便是与批判理论（Critical Theory）的长期厮守。对于许多人来说，博士学位论文的完成很可能意味着某个方面"问题与方法"的一揽子解决，他可以重打锣鼓另开张了；但于我而言，却更像是阿里巴巴面对的贼，"芝麻开门"之后，面对琳琅满目的金银财宝，我这个闯入者起了贪心，便想把更多的好东西盗出来，而不再仅仅满足于大众文化理论。于是，我开始向法兰克福学派的文艺理论和美学靠拢，想着在这里深挖洞，广积粮，多拉快跑写文章。但时至今日，我盗出来的宝物却依然屈指可数。

何以如此？其中的原因之一是，我并非一个坚定不移的搬运主义者，也没想成为法兰克福学派的注解专家。于是许多时候，我只是在"那边"刚有收获，就迫不及待地拎着"批判的武器"跑到了"这边"，这样，中国当代的文学文化现象就成了我思考、分析和解读的对象。但问题是，由于“庖丁解牛”的忌讳越来越多，“批判理论”这把解剖刀也常常无法所向披靡。实在没办法的时候，我又只好逃向“那边”，以求安全生产，皆大欢喜。结果，这么多年来，我不得不在法兰克福学派与中国当代文学文化之间飘来荡去，在阿多诺（Theodor W. Adorno）、本雅明（Walter Benjamin）与赵树理之间摇摇摆摆，两边都想搞，两边不讨好，最终弄成了这种样子。

这种样子便是一半是理论，一半是实践，它们则汇总在“批判诗学”的名头之下。

就笔者目力所及，首次在英语世界启用“批判诗学”（Poetics of Critique）的学者是史蒂文·黑尔姆林（Steven Helmling），而他谈论的对象则是阿多诺。黑尔姆林认为，阿多诺一辈子著书立说，其论辩的潜台词实际上是关于精神作品（艺术或哲学）应该如何创作或制作的问题，而如何做事情或制作东西恰恰是一个诗学问题，这是他以“批判诗学”谈论阿多诺的原因所在。① 如此看来，“批判诗学”在黑尔姆林那里便是针对阿多诺的特指。他之用意虽然是以此激活阿多诺的批判理论与实践，但实践却被他置于首位：“假如‘美学’之于‘诗学’（大体上）就像‘理论’之于‘实践’，那么‘批判诗学’是把重点放在我想要的地方——阿多诺的实践这里，不是（再次）与他的理论对立，而是作为实践的操演：对其测试、诘难和领悟。”②

相比较而言，“批判诗学”在国内学界却是针对法兰克福学派的泛指。查中国知网，到目前（2022 年 2 月）为止，以“批判诗学”为题的文章只有本人的一篇③；而在中国国家图书馆检索，以“批判诗学”为书名的著作也只有孙士聪教授的一本。他在书中指出：“西方马克思主义诗学中最有代表性、最富创意、成就最高的当数法兰克福学派。作为批判理论在文学、美学、文化

---

① Steven Helmling, *Adorno's Poetics of Critique*, New York: Continuum, 2009, pp. 4-5.

② Steven Helmling, *Adorno's Poetics of Critique*, New York: Continuum, 2009, p. 6.

③ 这篇拙文便是《走向一种批判诗学——从法兰克福学派的视角看中国当代文化诗学》，《清华大学学报》（哲学社会科学版）2021 年第 5 期。参见本书第五章。

等领域的实现，法兰克福学派批判诗学构成了现代性批判的一个环节，而且也只有在这样的逻辑链条中，那些看似‘异质性’的话语才是可以把握的。”① 很显然，孙士聪是在法兰克福学派的范围之内谈论“批判诗学”的，而“批判诗学”“作为批判理论在文学、美学、文化等领域的实现”，则隐含着从理论到实践的过程。这也意味着，虽然黑尔姆林的著作不一定进入了孙士聪的视野，但强调理论转化与实践成果，却也是其“批判诗学”的主旨所在。

我所谓“批判诗学”自然与黑尔姆林和孙士聪的释义有关，因为我也是从法兰克福学派进入“批判诗学”的问题之中的，而阿多诺则是我谈论“批判诗学”的重头戏。但与此同时，我也没让萨特（Jean-Paul Sartre）的“文学介入”闲着，而是把它请进来，让它参与了“批判诗学”的建设。众所周知，萨特及其存在主义不仅是阿多诺，而且是整个法兰克福学派批判的对象。但在我看来，因奉行“冬眠战略”（Strategy of Hibernation），法兰克福学派的斗志并不高昂，“批判理论”的实践也不得不延宕。② 我把萨特拿过来，是想让“批判诗学”更具有介入现实的实践品格，而不仅仅是在学术的层面高举高打，抚今追昔。

当然，在“批判诗学”形成的内在理路上，我也不应当否认它与“文化诗学”所存在的逻辑关联。作为一种拯救文艺理论的方案，“‘文化诗学’是在对新时期文艺学三十年反思的基础上，实现的一次延伸和超越”③，也是被童庆炳先生大力倡导并贯彻落实的系统工程。“文化诗学”推进多年，功莫大焉，我也从中获益甚多。不过，对其核心理念，亦即“以审美为中心”，我却一直心存疑虑，但又一直没有认真对待。直到童老师去世之后的 2017 年，我

① 孙士聪：《批判诗学的批判：问题与视界——法兰克福学派与中国现代诗学论集》，中国社会科学出版社 2015 年版，第 16 页。

② 就法兰克福学派的理论与实践问题，我曾请教过法兰克福学派研究专家马丁·杰伊教授。他提到了“冬眠战略”以及阿多诺所谓“漂流瓶”和“瓶中信”，认为这是对没有被放弃但被推迟的实践的比喻。参见赵勇等：《法兰克福学派的批判理论与实践：以阿多诺为中心——马丁·杰伊教授访谈》，《马克思主义与现实》2020 年第 3 期。

③ 童庆炳：《文化诗学：理论与实践》，北京大学出版社 2015 年版，第 2 页。

才找到了反思机会；两年之后，我又进一步加大了反思的力度。而反思的结果便是，若想使“文化诗学”有效介入现实，就必须拓展其致思路径，具体而言，就是走向“批判诗学”。

因此，在本书“上辑　理论篇”中，已大体隐含着我所谓“走向批判诗学”的内在理路：我从阿多诺的“论笔体”和“内在批评”出发，途经萨特的大众观，然后进入中国学院批评的历史问题和现实困境之中，最终在拓展童庆炳“文化诗学”话语方面做文章，在走向“批判诗学”话语方面寻方案。尽管还不是思考的全部，但通过这五章内容的呈现，我觉得我已经勾连起了“批判诗学”的大致走向和初步构想。

本书“下辑　实践篇”则是对中国当代文学文化的相关考察。20 世纪 90 年代（尤其是世纪之交）以来，我既对当代文学发言，也时常拎着大众文化开涮，其中已有意无意地采用了“批判诗学”的方法，或者是使用了更宽泛的“西马”视角。值得一提的是，中国当代文学的公共性曾经是我的一个学术兴奋点，第六章就呈现了我初次关注这一问题时的忧虑。第七章中我虽然是通过民选经典和民间经典化问题思考“路遥现象”，但这一问题实际上也与文学公共性有关。同时，我也让萨特走向了前台，甚至让此章内容与第三章形成了一种共振关系。赵树理是我长期关注的一个“问题人物”，而对他的相关研究已结集成书[①]，这里的第八章则是想展示我的一个最新想法。作家、学者与知识分子的关系问题曾反复进入我的视野之中，而萨特等人对知识分子角色的扮演，对知识分子精神的打造，则成为我反观中国当下知识问题的重要参照，于是有了第九章的内容。第十章是我对张柠所做的一个个案分析，其意在于通过解剖一只麻雀，看看作为学者的批评家是如何在文学批评和文化批评中闪展腾挪的。

所有这些，都被我看成“批判诗学”的一种实际操练。黑尔姆林说过，

① 此书便是拙著《赵树理的幽灵：在公共性、文学性与在地性之间》，中国人民大学出版社 2018 年版。

他之所以更喜欢“诗学”而不是“美学”，是因为他从奥斯汀（J. L. Austin）的《如何以言行事》（*How to Do Things With Words*）一书中受到了启发：“对于阿多诺来说，批判是‘施行的’（performative），是干预文化境况的一种尝试，而不是‘记述的’（constative），即渴望精确而充分地去‘表征’一种被事先假定从外部且先于批评家或批判而给出的事态。最简单地说，这就是阿多诺所谓与‘外在’批判或‘超验’批判截然相反的‘内在’批判。”[①] 如此一来，在黑尔姆林那里，如何“做事情”（do things），而不仅仅是用文字去“表征”或“记述”事情，就成为诗学的重中之重。他的这一说法让我产生了强烈共鸣，于是，我把下辑内容看成我“做事情”的一种尝试，也就显得顺理成章了。

为了呈现我“为什么”做和“如何”做这些事情，我特意附录了一个“访谈篇”。实际上，把这四篇访谈看作我对“批判诗学”的现身说法，应该并不离谱。虽然紧扣“批判诗学”主题的访谈只有一篇，但我相信，另外三篇也在旁敲侧击，隔山打牛，它们或许可以被看作有关“批判诗学”访谈的彩排。

按照惯例，我需要对这本书的各章内容做一个简要的介绍了。

第一章是我对阿多诺所谓“论笔”“论笔体”的一种思考。《作为形式的论笔》是阿多诺的一篇重要文章，但如何认识其重要性，国内学界却所论者不多。我在面对这篇文章时，既强调它与作者本人《哲学的现实性》的内在关联，也思考它对卢卡奇《论笔的本质与形式》一文的继承和批判。我想论述的是，阿多诺所谓“论笔”并非卢卡奇所谈论的那么简单（比如“为生活赋形”），而是其哲学话语的重要组成部分，其中包含着他想“把第一哲学转换成哲学论笔体”的巨大野心。同时，也应该把其“论笔体”看作与他的“非同一性”哲学成龙配套的美学形式。而把文学批评写成“论笔”，既是在“以断片的方式思考”问题，也是在为其“内在批评”赋形。而在中国当代文

---

① Steven Helmling, *Adorno's Poetics of Critique*, New York: Continuum, 2009, pp. 5-6.

学批评的语境中，从随笔到“论笔”，一方面是对论文体的一种反驳，另一方面也是对文体革命的一种召唤。当然，由于以“论笔”对译“Essay”尚属首次，我也交代了梁归智先生发明“论笔”一词的缘由，呈现了我借用和启用该词的诸种理由。

第二章是对阿多诺“内在批评”的一种解读。通过面对阿多诺的《文化批评与社会》《论文学批评的危机》等文章，我想释放如下信息：阿多诺的“内在批评”诞生于战后重建和“失败的文化”的历史语境之中，是黑格尔—马克思内在批判传统的延续，也是法兰克福学派“批判理论”思想指导之下的产物。强调内在性，拒绝把社会的种种概念从外部运用于作品，此为内在批评的主要方法。从作品的形式入手并对形式进行内在分析，由此揭示意识形态与社会现实之间的矛盾性、复杂性和含混性，进而破解社会为各类机关暗道设置的种种密码，挑明意识形态掩盖下的事实真相，由表而入里，因内而观外，此为内在批评的致思路径和操作方案。期待文化批评和文学批评成为社会的观相术，此为内在批评的理想愿景。这种批评话语指向哲学，是“改变世界”的万丈雄心；指向文学艺术，则是对“解释世界”的不懈努力。通过自己的批评实践，阿多诺已把内在批评完美地落到了实处。

第三章是对萨特《什么是文学？》中的大众观的梳理和分析。《什么是文学？》是萨特的一个重要文本，而其中的大众观则是其“介入文学”的重要内容。在该文的具体语境中，读者群的潜在含义即是工人阶级大众。而由于作家可以被理解为知识分子，所以，作家与读者群的关系便可转换为知识分子与大众的关系。萨特对读者群（大众）重要性的认识既来自他自身的战俘经历，也是他亲近马克思主义传统的结果。而他视大众为盟友、呼吁作家占领大众媒介、征服读者群等做法，又在很大程度上颠覆和改写了知识分子对大众的负面评价。这种做法尽管具有乌托邦色彩，但依然是值得我们认真清理、反思和借鉴的思想遗产。

第四章面向童庆炳先生的文化诗学话语，认为该话语的核心理念是“一个中心，两个基本点，一种呼吁”。其中“审美中心论”既是文化诗学之根，也是其所有诗学活动中的第一存在。"审美中心论"成型于20世纪80年代，是"美学热"的精神遗产，也是童庆炳本人累积而成的思想财富，把它移植至文化诗学，此为继承与发展"旧说"（审美诗学）。同时，在世纪之交以来的学术论争中，童庆炳又挺身而出，对话"文学终结论"，批驳"日常生活审美化"，反思"文艺学边界"，此为与"新说"（文化研究）交战和斗争，其意图之一是要保卫"旧说"，强化自己的"新说"（文化诗学）。然而，因童庆炳看重高雅文学，强调诗情画意，其文学观与审美观也就偏向古典主义与人文主义。它固然纯正典雅，却也在很大程度上关闭了与文学、文化现实交往互动的通道，所谓"关怀现实"与"介入现实"很难落到实处。拓展文化诗学的可能方案之一是把"审美中心论"的单维结构变为"审美／非审美"的矛盾组合（二律背反），这样才能刷新我们对它的认识，并使它面向复杂现实。因此，文化诗学的前景与生长点很可能在纯文学与大众文化的"结合部"，在文学研究与文化研究之间。

第五章可看作第四章的姊妹篇，是对"文化诗学"的进一步反思。我在此章中指出："文化诗学"的相关研究已取得丰硕成果，但也存在着一个主要问题。因为"审美中心论"，"文化诗学"既无法面对更加复杂的文学文化现象，也无法对现实形成有效干预，所谓"介入现实"基本上成为纸上谈兵。"批判诗学"是对"文化诗学"的继承与拓展，它在保持文学理论审美品格的同时，试图增加批判这一动力系统，意在让文论与现实保持一种鲜活的关系，从而强化理论的及物性、实践性和解决实际问题的有效性。"批判诗学"的理论资源是经典马克思主义的"诗意的裁判"，是法兰克福学派的批判理论、否定辩证法引领下的文学批评和大众文化批判。其理论预设和操作方案很可能在萨特的"文学介入"与阿多诺的"艺术自主"之间，即在作家（学者）与知识分子的角色扮演之间保持一种平衡关系，在形式创新与通俗表达之间寻找一种磨合空间，在"内在批评"和"外部批判"之间追求一种张力结构。

第六章名为"文学活动的转型与文学公共性的消失——中国当代文学三十年的回顾与反思"，是我对中国当代文学现状的一个观察。在我的思考中，中国当代文学三十年既是文学公共领域形成的过程，也是文学公共性消失的过程。20世纪80年代，由于主流意识形态的政治理念与民间的政治诉求具有一种同步性与同构性、作家与知识分子角色合二为一、文学批判公众的大量出现等原因，种种文学活动均呈现出明显的人文、社会与政治关怀，文学话题变成了公共舆论，一个介入并干预现实的文学公共领域开始成型。20世纪90年代以来，文学公共领域在遭遇重创之后一蹶不振，作家去除了知识分子的角色扮演而退守自我，私语化的文学开始流行。与此同时，大众文化的兴起与大众媒介的影响又改写了文学活动的方向，致使文学公共性消失而文化消费伪公共领域诞生。在当下中国，文学公共领域的恢复与重建已不太可能，但在文学之外更广大的人文社会科学空间中，依然隐含着重建公共性的可能性。

第七章是我对“路遥‘经典化’的一个外部考察”。自《平凡的世界》面世以来，对路遥其人其作的阅读、接受、判断与评估便一直处在两极分野之中。在广大读者这里，路遥被看作“伟大的作家”，《平凡的世界》亦被视为“人生圣经”；在专业人士那里，路遥却被慢待冷遇，《平凡的世界》也长期缺席当代文学史重要教材。本章通过梳理近十五年来的大量材料（如读者评论、图书馆外借数据、文学史教材提及论及情况、名刊“经典化”相关举措等），并主要通过考察“文学经典化”的两个要素（读者与文学史），既呈现大众阵营网民发声、解读路遥的浩大声势，也辨析精英集团起初冷遇路遥，后来有所改观的演变态势，由此形成如下结论：路遥其人其作一直以“民选经典”的方式走在“民间经典化”之途上，它既打破了精英集团的经典垄断，也对“学院经典化”构成了微妙的影响和一定的压力。

第八章是我对赵树理与毛泽东《在延安文艺座谈会上的讲话》（以下简称“《讲话》”）之关系的重新考察。赵树理与《讲话》的貌合神离之说虽早已有之，但所论往往失之简单。实际上，在《讲话》“认可”了赵树理的写作之路后，《讲话》在他这里就一直处在深度落实之中，以至于他对《讲话》都有了过度反应——不想写和写不出。但是，如果追溯其越写越少和“旧的多新的少”的根本原因，我们就会发现一个问题：赵树理虽然对原汁原味的《讲话》理解到位，却对毛泽东在新中国成立后的其他种种“讲话”反应迟钝，尤其是对毛泽东所要求的写什么（创造新英雄人物）和怎么写（革命现实主义与革命浪漫主义相结合）读解乏力，落实无方。结果，赵树理在《讲话》与其他种种“讲话”之间进退失据，左支右绌，最终成了社会主义文学的落伍者。

第九章是我对“路遥文学奖”首届获奖作品《活着之上》的一个个案分析。阎真曾经写过《沧浪之水》和《因为女人》，均获好评；而至《活着之上》，其批判锋芒所向，是高校或学界的种种弊端。在小说中，作为知识分子的聂致远是痛苦的，因为他既有自己向往的精神高标，又有他必须坚守的价值底线。然而，面对日下的世风和骨感的现实，他所坚守的那条底线却不得不时时松动。与他相反，没有底线的蒙天舒却在学院之中混得如鱼得水。当然，若是深究下去，聂致远的书生气又主要是被古代士大夫传统武装起来的。它固然也能接通知识分子的现代意识，却又往往因过于收心内视而成了犬儒主义的同谋，从而失去了金刚怒目之姿、拍案而起之念。

第十章名为“批评进城与学术还乡——张柠的学术之路与批评之旅”，算是我对张柠教授学术研究、文学批评和文化批评的一个全面分析。张柠寄身于媒体派、作协派和学院派之间，其批评文章既敏锐、犀利、尖刻、才气逼人、一针见血或一招致命，又显得厚重、扎实、严谨、缜密。同时，张柠又游走于赋魅的文学批评与祛魅的文化批评之间，既看重“鉴赏式分析”或“美学分析”，又重视“表征式分析”和“意识形态批判”。而如果追根溯源，张柠的批评之所以身手矫健，是因为他既从乡村经验中汲取了浩然之气，又因城市经历的震惊体验而受到了某种现代性的刺激。于是，现代性的审视与古典性的反思往往相互映衬，相互补充，构成了张柠著作文章的主要特色。而以上这些方面，最终又在学院逻辑与媒体表达上聚焦，亦即在学术性与文学性上体现出来。张柠擅长福柯所谓“分类”，这是支撑其批评的学院逻辑之一，同时，反讽、夸张、拼贴、挪用等修辞手法，命名、描述、作者闯入等文学笔法，又让其批评的媒体表达具有了某种文学性。而更让人不可思议的是，年届花甲之时，他开始华丽转身，目前已出版长篇小说《三城记》《春山谣》《玄鸟传》和中短篇小说集《幻想故事集》《感伤故事集》等，创作势头很猛。

交代过各章的内容梗概之后，我还想对一个问题稍做说明。在后面附录的访谈中，徐晓军博士曾问过我一个“批判诗学”的开端问题，他甚至想把“批判诗学”的早期开端上推到 1990 年。我的答复则含含糊糊，既没有肯定，也没去否定。现在我想说的是，我们这代人是带着 20 世纪 80 年代的创伤记忆一路走来的。“当八十年代最后一个春天以我从未见过的热烈，以我有限生命所能看到的最为绚丽的色彩怒放到那年夏天的初始，并最终被时代之手轻轻掐灭的时候，九十年代的酷暑寒冬正式来临，八十年代‘哗啦’一声坍塌成记忆中的废墟。”[①] ——这是作家聂尔一篇散文中的句子，也是对那种创伤记忆的委婉表达。这样，“批判诗学”的早期开端是不是出现在 90 年代初已不太重要；重要的是，若是追根溯源，与之相关的许多问题意识都植根于 80 年代的创伤记忆中，而那片“废墟”则是它生长的摇篮。

至于“批判诗学”的中期或晚期开端，却是有迹可寻的。也许它出现在我撰写博士学位论文期间，也许它在我的一些文章（比如《批判精神的沉沦——中国当代文化批评病因之我见》，《文艺研究》2005 年第 12 期）中已潜滋暗长。而在 2019 年 9 月 22 日，当我终于在“审美、社会与批判理论的旅行”国际学术研讨会上宣读我的那篇《走向一种批判诗学——从法兰克福学派的视角看中国当代文化诗学》论文时，那已不是一时的心血来潮，而是反复掂量之后的深思熟虑之举。因为这一新的开端，也让我想起了萨义德（Edward W. Said）的说法：“开端不只是一种行为；它也是一个思维框架，一种工作，一种态度，一种意识。”[②]除此之外，开端于我还是一种聚焦。如果说这本书意味着聚焦之后的搜寻，是回溯，也是牛刀小试，那么接下来，我更应该知道我该向何处用力了。

---

① 聂尔：《最后一班地铁》，花城出版社 2009 年版，第 97—98 页。

② 爱德华 · W. 萨义德：《开端：意图与方法》，章乐天译，生活 · 读书 · 新知三联书店 2014 年版，第 15 页。

目 录

上辑 | 理论篇

| 第一章 |

作为“论笔”的文学批评

——从阿多诺的“论笔体”说起

在《作为形式的论笔》(“Der Essay als Form” / “The Essay as Form”)一文中，阿多诺开门见山地指出：“‘论笔’在德国被指责为一种杂交品种，这种形式缺少令人信服的传统，它的强烈需求只是偶尔得到满足——凡此种种已被频频谈论并被不时非议。……即便是今天，把某人夸成‘作家’(écrivain)也足以把他挡在学术界之外。”[①]于是一系列的问题油然而生：什么是阿多诺所谓“论笔”？为什么阿多诺要反其道而行之，力论“论笔”的种种好处？我们能否像阿多诺那样把“论笔体”植入文学批评之中，让它成为文学批评的一种文体属性？不过，在回答这些问题之前，我需要对“论笔”的译法简略交代一下，因为名不正则言不顺。

第一节　必也正名乎：为何用“论笔”对译“Essay”

essai(法) / Essay(英与德)是被蒙田(Michel de Montaigne)发明，

① Theodor W. Adorno, “The Essay as Form,” in *Notes to Literature,* Volume One, trans. Shierry Weber Nicholsen, New York: Columbia University Press, 1991, p. 3.

后来又被卢卡奇（Georg Lukács）、阿多诺等人强调的一种特殊文体，但长期以来，国内学界对“Essay”的翻译比较混乱。在卢卡奇与阿多诺谈论的语境中，“Essay”曾被译作“散文”①，亦被译作“随笔”②，此外还有“杂文”“美文”等译名。译成“散文”肯定是不妥当的，因为在汉语语境中，我们马上联想到的可能是司马迁《报任安书》、鲁迅《朝花夕拾》中的文章、史铁生《我与地坛》等等。卢卡奇与阿多诺谈论的显然不是这类文章。译成“随笔”似已接近这种文体，但依然显得尺度较大。《现代汉语词典》中，随笔被解释为“一种散文体裁，篇幅短小，表现形式灵活自由，可以抒情、叙事或评论”③。这就意味着，随笔所及，比较宽泛，以此对译“Essay”，如同小脑袋戴了顶大帽子，晃里晃荡不合适。

大概正是因为“散文”“随笔”既不能见其义，亦不能传其神，国内学界才启用了一个特定的译法——以“论说文”对译“Essay”。最早固定此译法的应该是哲学界的张亮博士，他在专论阿多诺哲学的博士学位论文中如此写道：

> “Essay”是一个具有法语渊源的英文词，从事文学翻译的译者一般将它译为小品文或随笔，因为它的形式的非严整性与中国传统的性灵小品文有异曲同工之妙。但在另一方面，大约不会有哪位译者敢将培根（Bacon）的“Essays”译为“小品文集”。之所以培根的哲学作品能够与蒙田（Montaigne）的文学作品一样被称为“Essay”，是因为“Essay”在本质上具有“验证”和“试图验证”的规定性。对于上述两种不同的“Essay”，卢卡奇在其1910年题为

① 参见埃米尔·瓦尔特-布什：《法兰克福学派史——评判理论与政治》，郭力译，社会科学文献出版社2014年版，第189—193页。

② 参见罗尔夫·魏格豪斯：《法兰克福学派：历史、理论及政治影响》下册，孟登迎、赵文、刘凯译，上海人民出版社2010年版，第707页。

③《现代汉语词典》，商务印书馆2016年第7版，第1252页。

> “论 Essay 的本质和形式”的文献中曾进行过详尽的比较，基于他的这种论述，我们认为，在哲学语境中，将“Essay”译为论说文是比较贴切的。作为由尼采、西美尔、青年卢卡奇和本雅明重新发扬光大的论说文传统的支持者，青年阿多诺不仅肯定了论说文的形式特征，而且认为它是探索历史真理的必要道路，因为在精心设置的论说文中，自主理性的假设被搁置，读者不断地被迫进行思想实验，被正确选择的、真实的客体由此被提供出来，思想与历史就在这种模型中建立起了真实的交往。[①]

在上述文字中，张亮的这番辨析是毫无问题的，而译作“论说文”，显然也是要与“散文”“随笔”“小品文”等译法进行切割或“区隔”，其意义不可谓不大。其后，他与吴勇立翻译了《论说文的本质和形式》（卢卡奇）[②]，随着他们把阿多诺的“Essayismus / Essaynism”译作“论说文主义”[③]，“论说文”似已成为阿多诺研究界对译“Essay”一词的主流译法。

但是，我对这一译法依然不甚满意。不满意的原因在于，“论说文”并不能传达原义中隐含的“试验”义项，因此，在这一层面，“论说文”与此前的“随笔”等译法并无太大区别。更重要的是，“论说文”在汉语语境中对应的是中学生都知道的一种作文文体，很难传达出阿多诺所言的特殊意味。不妨看看权威辞典中的解释。《辞海》中说：“论说文”是“议论说明一类文章的总称。中国很早就有以‘论’名篇的文章。南朝梁萧统《文选》，专列‘论’为一门，所收作品，始于西汉贾谊《过秦论》、东方朔《非有先生论》。其后著名者如唐代柳宗元《封建论》、宋苏轼《留侯论》。其后以‘说’名篇的也

---

① 张亮：《“崩溃的逻辑”的历史建构：阿多诺早中期哲学思想的文本学解读》，中央编译出版社 2003 年版，第 325 页。

② 参见卢卡奇：《卢卡奇早期文选》，张亮、吴勇立译，南京大学出版社 2004 年版，第 119—144 页。

③ 参见泰奥多·W. 阿多诺：《哲学的现实性》，张亮译、吴勇立校，张一兵主编：《社会批判理论纪事》第 2 辑，中央编译出版社 2007 年版，第 260 页。

日益增多，著名者如唐代柳宗元《天说》、韩愈《师说》等。刘勰《文心雕龙·论说》以为'论'偏重学术，'说'更讲究技巧，其实并无大异，故后来统称说理辨析之文为论说文。"[①]《现代汉语词典》中的解释更简单：所谓"论说文"，即"议论文"之谓也。[②]这就意味着在汉语语言文化语境中，"论说文"已约定俗成，我们提及该文体，无论如何也联想不到阿多诺等人的"Essay"那里。

本来，我这种不满意也就是感觉不对，并没有付诸行动，促使我思考起来的是我指导的博士生常培杰同学。常培杰做的是关于阿多诺文学思想的博士学位论文，记得2014年初我读他的论文预答辩稿时，面对那里面密集使用的"论说文"一词，我又开始疑窦丛生了。当其时也，郭力翻译的《法兰克福学派史——评判理论与政治》刚刚面世，我正买回来阅读。读完之后忍不住发条微博，展示其中的一些奇怪译法。随后我又@漆園常培（常培杰网名）道："此书把阿多诺的'Der Essay als Form'译为《以散文为文体》，在谈论阿多诺时（第178页之后）亦有对此文的片断翻译，你可看看。我觉得，译为'论说文''散文'都不是最佳选择。我最近正在琢磨一个词，看能否取代它们。"常培杰回复说："……郭这么译我觉得很不妥。目前，我还是觉得'论说文'最妥当。阿多诺的每篇文章，都有明确的论说对象，这个对象限定了作者的论述范围。"

"'论说文'最妥当"——这种说法既富有刺激性又具有挑战性，我不得不加快思考这个译法的速度了。实际上，当时我已想起我的大学老师梁归智先生的一个说法。梁老师专治元明清文学，是《红楼梦》研究专家。2013年他来我家聊天，谈读书做学问的道理，让我很受震动。他说他现在每每为文，总是坚持把文章写成"论笔"。[③]我牢牢记住了他的这个说法，于是一年之后，

①《辞海》第七版缩印本，上海辞书出版社2022年版，第1468页。

②《现代汉语词典》，商务印书馆2016年第7版，第859页。

③ 2010—2013年，梁归智先生曾在《名作欣赏》上发表过"《红楼梦》与鲁迅"的系列"论笔"文章，可参考。

我又是打电话又是写邮件，问他“论笔”的出处及他所赋予的含义。他告诉我，“论笔”未见古人用过，算是他的发明。在他心目中，所谓“论笔”，应“具随笔之形，有论文之实”①。

能否借用梁老师的“论笔”之说取代“论说文”之译呢？这是我在当时反复琢磨的一个问题。而在随后的两三年里，我也不时会想起这个词语，玩味一番。这期间，我曾把这件事情说给我的两位作家朋友，让他们咂摸“论说文”究竟是什么语感，也把“论笔”之译讲给我的另一些博士生，问他们第一感觉如何。例如，徐晓军的博士学位论文以萨义德的诗学为题，而萨义德又是阿多诺的超级粉丝。当我建议他用“论笔”对译“Essay”时，他大喜。于是，他的论文中便有了一小节名为“世俗批评的形式：论笔”的内容。2016 年 10 月，借阿多诺著作的英文首译者塞缪尔·韦伯（Samuel Weber）先生（美国西北大学资深教授）来访之机，我也向他请教“Essay”的译法问题。我问：“目前汉语中对译 Essay 的有‘随笔’‘散文’和‘论说文’等，但我觉得都不理想。在阿多诺谈论的语境中，或者参照阿多诺的写作风格，您是怎样理解 Essay 这种文体的？”他说：

> 我想这些翻译都不准确。阿多诺会说 Essay 有自身连贯性，但不是成系统的整体。英语和德语中，Essay 源初的意思是尝试（der Versuch），古英语写作 assay，意思也是试验。不是已完成的，只是试验的。比方说，我记得克尔凯郭尔的《重复》在丹麦语里用了尝试一词。这个词可以译作试验，听起来是科学实验，但与此无关。所以 Essay 是尝试的、未终结的，但绝非散漫的。阿多诺不会接受

① 关于“论笔”，梁老师亦在书中做过解释，他说：“我‘杜撰’的‘论笔’，意思是提倡一种有随笔文章其形而有论文之实的文体，或者说‘做论文’要和‘写文章’水乳交融。其特点是研究和写作都要突出‘灵感’和‘悟性’，‘逻辑’是内在而非外在的，还要讲究行文措辞的‘笔法’，而不呆板地标榜所谓‘学术规范’。”梁归智：《写作弁言》，《禅在红楼第几层》，陕西师范大学出版总社 2018 年版，第 5—6 页。

> “散文”，他希望一切都被紧密地论述。而“论说”也不对，问题在于你先存了观念来论证它，暗示着有既成的观点。Essay 更像一种探索，就是试验，并没有确定的答案。因而关键问题在于认识是牢固的、确定的，还是相对的、试验的。①

韦伯的这番解读无疑准确释放了阿多诺所谈的 Essay 原义，但是，若要在汉语中译出“尝试”“试验”“实验”的意思，似乎又比较困难。例如，“试笔”是动词，在汉语表达中已固定成“试着写作或写字作画”。如果仿照“试验田”生造出一个“试验文”，好像也显得不伦不类。犹豫了三年后，我还是决定启用“论笔”，理由大致如下：

阿多诺虽然借用马克斯・本泽（Max Bense）的说法把“Essay”从“论文”（Treatise）中区分了出来②，但在阿多诺所论述的这一脉中，无论是卢卡奇、西美尔还是本雅明，他们笔下的“Essay”都是以“论”为主，这与蒙田那一脉的“Essay”颇不相同。因此，翻译“Essay”时，“论”是不可或缺的。而在古人看来，所谓“文笔”，既有刘勰“无韵者笔也，有韵者文也”（《文心雕龙・总术》）之分，也有萧绎的另一种划分：“善为章奏如柏松，若此之流，泛谓之笔；吟咏风谣，流连哀思者，谓之文。”（《金楼子・立言》）在这里，他把“善为章奏”等论事说理实用之文称作“笔”，等于规定了此类文章的文体特点，与“Essay”之体大致吻合。而当他谈到“笔退则非谓成篇，进则不云取义，神其巧惠，笔端而已”时，我以为与“Essay”已颇有几分神似了。因为在萧绎的思考框架中，“笔”虽不像“文”那样具有辞采和声律之美，但也是要“神其巧惠”（“惠”通“慧”），讲究一点文学性的。而但凡把“Essay”写到一种境界者（如本雅明等），他们的文章通常也都是美文。这么

① 赵勇、塞缪尔・韦伯：《亲历法兰克福学派：从“非同一”到“独异”——塞缪尔・韦伯访谈录》，《文艺理论研究》2017 年第 4 期。

② Theodor W. Adorno, “The Essay as Form,” in *Notes to Literature,* Volume two, trans. Shierry Weber Nicholsen, New York: Columbia University Press, 1992, p. 17.

说，让“笔”进驻“Essay”，显然也并不离谱。

而且，以“论笔”对译“Essay”，还有一种陌生化（间离）效果，或可遂阿多诺所愿：“使用外来语时，他能在顺从语言的时刻达到有益的中断（beneficial interruption）之目的。”①而所谓“中断”，恰恰是来自布莱希特亦被本雅明概括出来的间离技巧。由于“Essay”在文体上、风格上的独特性，我以为让“论笔”在读者的心里“咯噔”一下是很有必要的。

何况，术语翻译，往往重其简洁，能用两个汉字的词语表达清楚的，就不应该再用三个字。

基于以上考虑，我决定把“Essay”译作“论笔”；相应地，我也把“Essayismus / Essaynism”暂译为“论笔体”。这种译法是否合适，当然还需要接受学界检验。但至少，我是不敢“论说文”长“论说文”短地谈论阿多诺的。为什么呢？还是那句老话：名不正则言不顺。

第二节　从哲学到文学批评：阿多诺所谓“论笔体”

该言归正传了。

1931 年，阿多诺在法兰克福大学哲学系做就职演讲时，就曾强调过“把第一哲学（Prima Philosophia）转换成哲学‘论笔体’”②的必要性和重要性。1958 年，随着《文学笔记》（*Notes to Literature*）的出版，《作为形式的论笔》的长文也首次公之于世，其“论笔”观又被他系统阐述。为什么阿多诺对“论笔”如此上心呢？似乎有必要从卢卡奇说起。

1910 年，25 岁的卢卡奇写出一篇后来影响很大的文章：《论笔的本质与形式》。此文收在他随后出版的《灵魂与形式》一书之首，成为其全书总纲。

① Theodor W. Adorno, “Words from Abroad,” in *Notes to Literature,* Volume One, trans. Shierry Weber Nicholsen, New York: Columbia University Press, 1991, p. 189.

② Theodor W. Adorno, “The Actuality of Philosophy,” in ed. Brian O’conner, *The Adorno Reader*, Brian O’Connor, Oxford and Malden, M.A.: Blackwell Publishers Ltd., 2000, p. 37.

在他看来，艺术与科学是大不相同的，因为“科学以其内容影响我们，艺术以其形式打动我们；科学提供给我们事实及其关联，而艺术给予我们的则是灵魂与命运”。这样，艺术就通过其形式，让我们与灵魂和命运结成了神圣同盟。而对于“灵魂现实”，卢卡奇又区分出两种：其一是生活（d a s Leben / life），其二是活着（das L e b e n / living）。在我们的常识中，文学艺术往往是生活（亦即卢卡奇意义上的灵魂现实）的开掘者，而文学批评或艺术批评则是面向文学艺术作品发言的，但卢卡奇却特别指出，最伟大的“论笔”作家也在通过其作品向生活直接提问，他们并不需要借助于文学或艺术。例如，柏拉图的《对话录》、神秘主义者的文本、蒙田的随笔（Essays）、克尔凯郭尔的虚构日记（imaginary diaries）和短篇小说即在此列。这样一来，“论笔”作家与其“论笔”就几乎与作家、艺术家及其作品处在了平起平坐的位置。卢卡奇说：“如果有谁把文学的形式比作棱镜里折射出的阳光，那么，‘论笔’作家的作品就好比是紫外线。”他又说：“批评家就是那种在形式中瞥见命运的人：他们最深刻的体验便是形式间接或不自觉地隐藏在自身中的灵魂内容。”谈论到最后，卢卡奇终于卒章显志了，于是他总结道：“‘论笔’是一种艺术形式，是对自主性和完整性生活的一种自主且整体的赋形。”那么，我们如何才能把握住“论笔”的性质与形式呢？卢卡奇给出的答案是“智性诗”（intellectual poems）。[①] 也就是说，假如我们对何谓“论笔”依然云里雾里，只要我们想象一下“智性诗”就恍然大悟了。

韦勒克（René Wellek）说，卢卡奇的这篇文章口若悬河，通篇既是在为“论笔”张目，也是在“为一种不成体系和支离破碎的生命哲学辩护，而当年他经历的正是这样的阶段”[②]。我以为这是知人论世之言。实际上，受生命哲学的影响，卢卡奇在此文中是有一些呓语之词的，其思考还不能说完全成

---

① 卢卡奇：《卢卡奇早期文选》，张亮、吴勇立译，南京大学出版社 2004 年版，第 122、124、127、129、143 页。根据英译文有改动。Georg Lukács, *Soul and Form*, trans. Anna Bostock, Cambridge, M.A.: The MIT Press, 1974, pp. 3, 4, 7, 8, 18.

② 雷纳·韦勒克：《近代文学批评史》第七卷，杨自伍译，上海译文出版社 2006 年版，第 383 页。

熟。其中，灵魂现实、生活、艺术形式应该是支撑其“论笔”的关键词，而通过直面生活、直视自己的灵魂内容而获得某种形式呈现，则是优秀“论笔”作家的思维路线和操作策略。然而，形式又往往决定着内容，召唤着内容，这就是他所谓“命运”。因此，只要批评家（即“论笔”作家）能进入生活（即活生生的灵魂现实）之中，沉潜把玩，感受体验，形式即可呈现，生活便被赋形。在这番颇有几分“非理性主义”色彩的论述中，形式显然被卢卡奇寄予厚望，“论笔”也被他高高抬举。如此论述的功劳不言而喻：似乎还没有人从文体角度如此盛赞过柏拉图以来的“论笔”传统，“论笔”及其形式与生活（他说“苏格拉底的生活是‘论笔’形式的典型生活”[①]）因此获得极大的礼遇。然而，它所存在的问题也昭然若揭，其中之一正如韦勒克所言：卢卡奇“甚至把批评与随笔等同起来，仿佛批评，不论文学批评或者艺术批评，是不能用大块论文或者多卷本的史书来表达的，诸如本人的批评史”[②]。在耀眼的“论笔”（书中译作“随笔”）面前，韦勒克显然很受伤，因为问题很简单，假如卢卡奇的论述可以成立，韦勒克本人苦心经营的八大卷《近代文学批评史》（*A History of Modern Criticism*）该如何摆放？

阿多诺是卢卡奇的追随者与批判者，有关他们的恩恩怨怨不在本章的谈论范围之内，此处按下不表。仅就“论笔”而言，阿多诺应该是熟读过《论笔的本质与形式》的，因为他在《作为形式的论笔》一文中对卢卡奇有过三次大段引用，两次直接点名批评，这至少能说明一些问题。甚至他把此文编排在《文学笔记》之首，作为这本著作的纲领性文件，或许也是对卢卡奇的致敬或戏仿。种种迹象表明，在关于“论笔”的问题上，阿多诺对于卢卡奇的观点既有欣赏之处，例如，虽然没有明说，但是当卢卡奇从形式着手，把“论笔”这种文体提拔到前所未有的高度时，阿多诺一定是暗自称许的；也有

---

① 卢卡奇：《卢卡奇早期文选》，张亮、吴勇立译，南京大学出版社 2004 年版，第 137 页。根据英译文有改动。Georg Lukács, *Soul and Form*, trans. Anna Bostock, Cambridge, M.A.: The Press, 1974, p. 13.

② 雷纳·韦勒克：《近代文学批评史》第七卷，杨自伍译，上海译文出版社 2006 年版，第 382 页。

种种不满，例如，阿多诺并没有对卢卡奇极力论说的“艺术形式”青眼相加，而只是批评道：“论笔”中有类似于“审美自主性”的东西，但是，“当卢卡奇在致列奥·波普尔（Leo Popper）的信中（以此导读《灵魂与形式》）把论笔称作艺术形式时，他却没能理解这一点”[①]。更重要的是，阿多诺所谓“论笔”并非卢卡奇所谈论的那么简单（比如“为生活赋形”），而是其哲学话语的重要组成部分，其中包含着他想“把第一哲学转换成哲学论笔体”的巨大野心。阿多诺在《哲学的现实性》一文的结尾处如此写道：

> 就为这种交流努力获得一种形式而言，我很乐意忍受对“论笔体”的指责。如同莱布尼茨那样，英国的经验主义者也把他们的哲学作品称作“论笔”，因为新近显露的实在之力（the power of reality）撞击着他们的思维，不断强迫他们冒实验（experimentation）之险。一直到后康德哲学世纪（the post-Kantian century），实验的风险才连同实在之力一并遗失。因此，从伟大的哲学形式那里开始，“论笔”就成为一种次要的美学形式，在这种形式的表象（schein）中，阐释之核（Konkretion der Deutung / Concretion of Interpretation）还可以找到避难所，而超越于这种美学形式之上且名符、副其实的哲学，却早已在其相关问题的宏大维度上丧失了支配权。
>
> 假如随着伟大哲学中所有安全感的瓦解——实验能长驱直入；假如实验因此能绑在有限的、轮廓分明的、非象征的美学“论笔”的阐释上，那么，美学“论笔”似乎也就不应受到谴责了——如果对象选得正确且真实可信的话。因为精神（Geist / mind）固然确实不能产生或抓住现实的整体性，但它穿透（einzudringen / penetrate）细节、小规模地炸毁（sprengen / explode）现存实在的大块东西还是

① Theodor W. Adorno, “The Essay as Form,” in *Notes to Literature,* Volume One*,* trans. Shierry Weber Nicholsen, New York: Columbia University Press, 1991, p. 5.

可能的。[①]

我之所以完整重译如上文字，是因为其中隐含着阿多诺有关“论笔”与“论笔体”构想的诸多秘密。不妨先从这篇文章的核心观点谈起。在阿多诺看来，“科学的理念是探索，哲学的理念是阐释”，而既然要阐释，“解谜”（enträtseln / unriddling）——解存在之谜，揭事物之秘，就成为哲学的首要问题。然而，自黑格尔以来，传统哲学沉浸于“总体性”的宏大叙事之中，已经耗尽了“解谜”的种种潜力。因为陈旧的唯心论哲学所选的范畴太大，它这把钥匙根本插不进哲学的锁孔；纯粹的唯社会学论（sociologism）哲学所选的范畴又太小，它倒是插进了锁孔，但哲学之门依然无法开启。哲学如果在今天还想尽“解谜”之责，就需要拿来马克思的唯物辩证法，也需要拿来本雅明的“聚阵结构”（constellations）[②]，然后让那些哲学元素进入这种结构中，或者是“进入不断变化着的试验组合（trial combinations）中，直到这些组合掉进能被解读成某种答案的图形里，并同时伴随着问题的消失”。这样，哲学就需要重新调整自己，抛弃那些不着边际、悬在天空的大问题，而把目光聚焦于那些具体、琐碎、矛盾重重甚至曾经被边缘化或隐而不见的小问题上。阿多诺说：“哲学不得不解读的文本是未完成的、矛盾的和破碎的，文本之中的大部分东西很可能已被移交到盲目的精灵（blinden Dämonie / blind demons）那里；事实上，对其解读或许恰恰是我们的任务，这样，凭借这种解读，我们才能更好地学会去识别这种精灵的力量，并学会把它们驱逐出去。”[③]

明白了阿多诺的哲学抱负，也就明白了他启用“论笔体”的良苦用

① Theodor W. Adorno, “The Actuality of Philosophy,” in ed. Brian O’Connor, *The Adorno Reader*, Oxford and Malden, M.A.: Blackwell Publishers Ltd., 2000, p. 38.

② 国内本雅明研究界习惯上把 Konstellation / Constellations 译作“星丛”，现借用李双志等人的“聚阵结构”之译。参见瓦尔特·本雅明：《德意志悲苦剧的起源》，李双志、苏伟译，北京师范大学出版社 2013 年版，第 305 页。

③ Theodor W. Adorno, “The Actuality of Philosophy,” in ed. Brian O’Connor, *The Adorno Reader*, Oxford and Malden, M.A.: Blackwell Publishers Ltd., 2000, pp. 32, 31.

心。实际上,《哲学的现实性》已暗含着阿多诺后来所谓“非同一性”（non-identity）哲学的种种因素。既然这种哲学并非大兵团作战，如同黑格尔的哲学体系一般庞大、严整且笨重，而是像李向阳的游击队那样轻车简从、神出鬼没，阿多诺就必须为这种哲学找到一种成龙配套的美学形式，于是“论笔体”也就应运而生。因为无论是在尼采还是本雅明那里，“论笔”都是“短打”行头，如此装扮既轻便灵活，又虎虎生风，一旦投入实战，便如同老舍《断魂枪》中孙老者的查拳：“腿快，手飘洒，一个飞脚起去，小辫儿飘在空中，像从天上落下来一个风筝；快之中，每个架子都摆得稳、准、利落。”[①]正是在这个意义上，乌尔利希·普拉斯（Ulrich Plass）才指出：“阿多诺选择很暴力的动词（如‘穿透’‘炸毁’）是要强调如下理念：‘论笔’是一种毫不妥协的、冒险的，而且差不多也是好战的实验。”“在‘论笔’传统中，阿多诺已来得太迟，而他偏爱‘论笔’式思维，无疑是被传统提供给‘论笔’形式的灵活性与流动性强力刺激的结果。假如阿多诺的思想总体上可以用否定的辩证法加以描绘，亦即其认识论结构（epistemological structure）不是稳固而合乎逻辑地推进，而是始终惦记着否定性，始终注视着二律背反、难题绝境和似是而非的时刻，那么，‘论笔’就是最适合这种思想的哲学形式。”[②]这种概括我以为是非常精准的。

但与此同时，我也觉得阿多诺所谓“论笔体”是比较低调的。在前面所引的论述中，阿多诺反复指出了“实验”与“论笔”的关联，而在《作为形式的论笔》里，他又拿来“Versuch”一词，进一步强调“论笔”与“尝试”之间的关系：“Versuch（‘尝试’或‘论笔’）这个词语，其中思想乌托邦的中的之处，关联着它自身的易错性意识与临时性特征。如历史上多数幸存下来的术语一样，这个术语也暗示着有关形式方面的东西，预示着更值得严肃

---

① 老舍:《不成问题的问题：老舍短篇小说精选》，赵勇编选，北京十月文艺出版社 2017 年版，第 204 页。

② Ulrich Plass, *Language and History in Theodor W. Adorno' s Notes to Literature,* New York & London: Routledge, 2007, pp. 20, 22.

对待的东西，因为 Versuch 并非有条不紊地进行，而是具有一种意欲在暗中摸索的特征。”[①] 很显然，阿多诺之所以在这里拿 Versuch 说事，是要把“论笔”的尝试性与实验性坐实。也就是说，既然“论笔”本身就有摸着石头过河的意味，那么由此武装起来的哲学话语就不可能耀武扬威，永远正确。就像王朔的战法那样，它是先蹲下来，把自己的姿态放低，承认自己也会出错，然后才去选择“炸毁”的目标，“穿透”的对象。于是在试错中出击，在出击中试错，就成为“论笔体”的常态。也可以说，这就是哲学“论笔体”的战略战术。也正是在这一意义上，我们才能理解为什么阿多诺会说“论笔”可以激活“精神自由”，为什么“论笔”具有“异端”色彩：“‘论笔’内心最深处的形式法则就是离经叛道（Ketzerei / Heresy），通过违背思想的正统观念，原本是正统观念的机密和客观上意在隐匿的东西，都在客体中变得显而易见了。”[②] 在阿多诺的定位中，“论笔”扮演的角色无疑是揭露与去蔽，是掀起你的盖头来，它与此前的“解谜”之思构成了一种呼应关系。

只有在哲学层面大体上说清楚阿多诺有关“论笔体”的意思，我才能触及“论笔”与文学批评这个话题。《作为形式的论笔》虽然置于《文学笔记》一书之首，似乎暗示着此文与文学及文学批评的关系，但实际上，阿多诺原计划使用的题目却是《作为形式的哲学论笔》[③]，这就意味着此文并未与哲学脱钩，而是依然延续着他在哲学层面的思考。另外，正如普拉斯所言，在阿多诺职业生涯的第二阶段（即他从美国返回法兰克福），文学问题越来越占据其思想中的重要位置。而阿多诺之所以关注文学问题，是因为文学在与工具

---

① Theodor W. Adorno, “The Essay as Form,” in *Notes to Literature,* Volume One, trans. Shierry Weber Nicholsen, New York: Columbia University Press, 1991, p. 16.

② Theodor W. Adorno, “The Essay as Form,” in *Notes to Literature,* Volume One, trans. Shierry Weber Nicholsen, New York: Columbia University Press, 1991, p. 23.

③ See Ulrich Plass, *Language and History in Theodor W. Adorno's Notes to Literature*, New York & London: Routledge, 2007, p. 24.

理性的抗争中，可以为经验、为反思现代性提供一种中介。[①]这又意味着阿多诺虽由哲学起家，最终却也在很大程度上回到了文学。或者也可以说，他是在哲学的层面思考文学问题，又在文学的层面思考哲学问题；哲学为文学问题提供了视角与方法，文学又为哲学问题提供了素材与证词，二者水乳交融，难解难分："阿多诺的文学批评总体上是与其哲学密切相连的。"[②]只有弄清楚这一点，我们才能对阿多诺的"论笔"与文学批评形成一个恰如其分的判断。

毫无疑问，当阿多诺越来越多地面向文学发言时，"论笔"也就成了惯常使用的一种文体。从哲学"论笔体"到文学批评"论笔体"，阿多诺自然是轻车熟路，但这种转换我以为并非一种简单移植，其中应该隐含着他想拯救文学批评的良苦用心。在发表于 1952 年的那篇《论文学批评的危机》中，阿多诺对于德国文学批评的现状是极不满意的。在他看来，此前由于法西斯主义的蚕食鲸吞，文化已然败落，语言已遭毁坏，文学产品空空荡荡，批评家也早被去势，成了经营广告文字的书封文案作家（writer of bookjacket copy）。而在这种氛围中，文学批评不仅不可能有所作为，而且丢失了最为重要的自由主义精神。阿多诺说：

> 如我们年轻时所知，文学批评是自由主义时代的产物。自由主义的报纸如《法兰克福报》（*Frankfurter Zeitung*）与《柏林日报》（*Berliner Tageblatt*），是其存在的主要场地。文学批评不仅预设了自由表达意见的权利，以及对无拘无束地行使判断的个体的信任，而且假定了新闻界体现出来的某种权威，这种权威关联着商业与流通领域的意义。纳粹党人对此场地野蛮监管，废除了文学批评作为一种自由主义媒介的基本特性，并用他们的艺术观赏

---

① Ulrich Plass, *Language and History in Theodor W. Adorno's Notes to Literature*, New York & London: Routledge, 2007, pp. xv, xvii.

② Ulrich Plass, *Language and History in Theodor W. Adorno's Notes to Literature*, New York & London: Routledge, 2007, p. xv.

（Kunstbetrachtung / art appreciation）形式取而代之。但是，现在专制垮台后，仅有的政治体制变化还不足以修复文学批评的社会基础。阅读自由主义报刊的受众类型荡然无存，能够对文学作品行使自主而理性判断的个体也不复存在。法西斯主义威权虽已土崩瓦解，但它也遗留下了对既存的、被确认的以及膨胀了其自身重要性的所有事物的尊敬。①

正是意识到这种严峻形势，阿多诺才大声疾呼："批评只有达到每一个成功或不成功的句子都关联着人类命运的程度时，它才具有力量。"②这是救批评于水火的概要性文字，而更具体的拯救方案显然已在他早些时候写出的那篇《文化批评与社会》中被和盘托出，且关联着他的所谓"内在批评"（Immanent Criticism）。关于此文，我已专门写过解读文章③，此处不赘。我在这里想指出的是，如果说内在批评涉及批评方法④，那么"论笔体"就是在为这种方法赋形：一方面，来自哲学"论笔体"的思维惯性无疑会强化文学批评的否定性和批判性力度，从而穿透文学事象的假面，粉碎"艺术观赏"的虚伪，把真正的文学精神释放出来；另一方面，"论笔体"也给文学批评提出了形式上的要求——它不是四平八稳、粗大笨重的论文体，而是"以断片的方式思考"，因为实在本身就是破碎的、断断续续的，强加于其上的谨严的

① Theodor W. Adorno, "On the Crisis of Literary Criticism," in *Notes to Literature,* Volume two, trans. Shierry Weber Nicholsen, New York: Columbia University Press, 1992, p. 306.

② Theodor W. Adorno, "On the Crisis of Literary Criticism," in *Notes to Literature,* Volume two, trans. Shierry Weber Nicholsen, New York: Columbia University Press, 1992, p. 307.

③ 参见拙作：《文化批评的破与立——兼谈阿多诺"奥斯威辛之后"命题的由来》，《北京师范大学学报》（社会科学版）2016 年第 1 期。亦见拙著：《法兰克福学派内外：知识分子与大众文化》，北京大学出版社 2016 年版，第 100—112 页。

④ 阿多诺在《论抒情诗与社会》一文中说过："用哲学的术语来说，方法必须是一种内在的东西，社会的种种概念不宜从外部运用于作品之中，而是要通过对作品本身的严格考量把它们提取出来。"这应该是阿多诺内在批评方法论的一个面向。See Theodor W. Adorno, "On Lyric Poetry and Society," in *Notes to Literature,* Volume One, trans. Shierry Weber Nicholsen, New York: Columbia University Press, 1991, p. 39.

逻辑秩序不过是一种假象。这样，“非连续性”（discontinuity）对于“论笔”来说就显得至关重要。[①] 单就《文学笔记》而言，阿多诺也确实以其“论笔”和“论笔体”完美地践行了他的文学批评。因为在那些单篇文章中，他总是面对着具体的作家作品发言，根本无意于系统性的宏大叙事。于是，巴尔扎克、瓦莱里、荷尔德林、歌德、海涅、艾兴多尔夫（Joseph von Eichendorff）、格奥尔格（Stefan George）、狄更斯、普鲁斯特、卡夫卡、萨特、贝克特、托马斯·曼、克拉考尔、卢卡奇、本雅明等等作家，就成为他单独评析的对象，现实主义、超现实主义、介入、抒情诗与社会、外来语甚至标点符号等等现象，也成了他关注的重点。这是定点爆破，或者是打一枪换一个地方，而如此做法，也恰恰是典型的“论笔”式思维或“论笔体”的呈现方式，因为阿多诺说过，“‘论笔’的自我相对化是内在于其形式之中的：它不得不如此建构自己，好像它总是能在任何一个点上戛然而止”[②]。

就这样，阿多诺把文学批评做成了“论笔”。而在我看来，作为“论笔”的文学批评并非茕茕孑立，而是与其文化批评、音乐批评一奶同胞，它们都可归拢在阿多诺的美学理论之中，同时又与其哲学话语共振互动。而所有这些话语，又共同被“论笔体”装备起来，那里面既有轻重机枪的大面积扫射（如《否定的辩证法》与《美学理论》等），也有刺刀见红的近距离搏杀（如《棱镜》与《文学笔记》等），它们组合在一起，共同冲击着那个越收越紧的“整体之网”（the network of the whole）。[③] 与此同时，因为“论笔体”，阿多诺也形成了独一无二的鲜明文风：喜用“两极并置”（juxtaposing extremes）展开问题，善以格言警句凝固思考，省略推演过程，论述密不透风，仿佛句句都在下结论；特意借用拉丁语和法语词汇，既是为修复被毁坏的语言，也

---

① Theodor W. Adorno, “The Essay as Form,” in *Notes to Literature,* Volume two, trans. Shierry Weber Nicholsen, New York: Columbia University Press, 1992, p. 16.

② Theodor W. Adorno, “The Essay as Form,” in *Notes to Literature,* Volume two, trans. Shierry Weber Nicholsen, New York: Columbia University Press, 1992, p. 16.

③ Theodor W. Adorno, “Cultural Criticism and Society,” in *Prisms*, trans. Samuel and Shierry Weber, Cambridge, M.A.: The MIT Press, 1981, p. 21.

是要制造一种陌生化效果。而反讽、隐喻、挪用、反转、倒置，甚至刘勰所谓“隐秀”等等修辞或表现手法，在他那里更是家常便饭。凡此种种，都让阿多诺的“论笔”变成了一种令人生畏的表达。面对这种文风，即便是专业读者也会抓耳挠腮，普通读者更是吓得一溜跟头。布克－穆斯（Susan Buck-Morss）曾经指出：“阿多诺不是在写‘论笔’，他是在创作（composed）它们，而且在辩证的表现方式上他也是一位艺术鉴赏家（virtuoso）。他的言辞艺术创作通过一系列辩证的反转与倒置表达了一种‘观念’。那些句子如同音乐主题一般展开：它们相互分离，并在一种持续的螺旋式变化中各自为政。”① ——像创作音乐作品那样写“论笔”，这是阿多诺的境界，而在西方当代理论家中，能达到这种境界的恐怕再也找不出第二人了。这就是阿多诺式“论笔”及“论笔体”的风格以及我们走进去的困难所在。②

阿多诺的“论笔”与哲学、文学批评的关系，其复杂性远不是如上篇幅就可以说清楚的，但撮其要者，管中窥豹，我们或许已能约略看到其中的一些风景了。接下来，我将回到中国，简要谈谈我对当代文学批评的看法。

第三节 从随笔到“论笔”：文学批评的文体革命

童庆炳先生主编的《文学理论教程》影响不小，在对它的最新修订中，我负责的第十六章（“文学批评”）已有较大变化。其中“文学批评的实践”那一小节，原有的内容已被悉数删除，取而代之的是我重新撰写的三个问题：学院批评、媒体批评和读者批评。③如此大修大改，既是童老师的授意，自然也隐含着我自己的诸多考虑。在我看来，当下的文学批评基本上是学院批评、

① Susan Buck-Morss, *The Origin of Negative Dialectics: Theodor W. Adorno, Walter Benjamin, and the Frankfurt Institute*, New York: The Free Press, 1977, p. 101.

② 关于这种文体的风格、特点及难点，常培杰已做过梳理和分析。参见常培杰：《不可译的文体——阿多诺论说文的美学内涵》，《中国文学批评》2015 年第 3 期。

③ 参见童庆炳主编：《文学理论教程》，高等教育出版社 2015 年第 5 版，第 394—403 页。

媒体批评和读者批评三分天下，但前两者更具规模，也势大力沉，后者基本上还处在散兵游勇状态，最终能否成点气候，似乎还很难说得清楚。

但我对学院批评却一直是不满意的，这种不满也转化成了教材中的“问题”之一。我说：“文学批评进入学院之中即意味着进入一种学术体制之中，成了知识传授和知识生产的组成部分，从而丧失了批评的激情、生机和活力。尤其是学院批评演变为某种申报课题或研究项目之后，又意味着它必须接受学术体制的规训。‘规定动作’一多，就必然会挪用或挤占‘自选动作’的空间。结果，学院批评变得越来越知识化、学术化和规整化，批评因此被削弱了激进的思想锋芒，批评家也大都丧失了提出重大问题的能力。”[①]当然，这仅仅是问题的一个方面。问题的另一方面是，假如引入文体维度，那么“论文体”便难逃干系，因为与学院批评成龙配套的文体形式非它莫属。论文体是科学主义与实证主义的产物，也是学院知识生产与学术规训的结果，它原本来自西方，如今在我们这里已落地生根。比如，在学位论文的写作中，讲究学术规范，重视与前人研究成果的对接，强调充分占有材料，追求无一字无来历，甚至规定文中注释比例，等等，这些往往都成为硕博士生的入门功课。必须承认，这样的学术训练是必要的，因为它治理的是凌空蹈虚、束书不观、游谈无根的毛病。但是也必须承认，论文体写到最后，在很大程度上也把文章八股化了。于是我们看到，当今的许多硕博士学位论文，仿佛都是从一个模子里抠出来的——尽管它们论题不同，但其谋篇布局、语言表达、呈现方式等等却高度相似。这当然有利于写者操作、阅者评判，甚至更有利于充分“管理”，然而毋庸置疑的是，论文体也让文章失去了许多它本应具有的东西。

当今的许多批评家（尤其是年轻的批评家）大都是获得博士学位、受过严格学术训练的专业人士，因其思维惯性和写作惯性，他们随后若与文学批评为伍，就很容易把原来使用得得心应手的论文体带入文学批评活动中，这样，文学批评也就成了学术论文的附庸。从文体的角度看，尽管我们自己早

① 童庆炳主编:《文学理论教程》，高等教育出版社 2015 年第 5 版，第 396—397 页。

已有“论说文”的老传统，尽管我们在法朗士（如“批评就是灵魂在杰作中的冒险”）等人的启发下曾形成过印象主义文学批评的新传统，但在论文体这个“巨无霸”面前，这些传统基本上已难以为继。因此，今天的文学批评很可能既缺乏文体意识，也没有专属于自己的文体属性；它只是寄身于论文体之中，过着一种无忧无虑的生活。

阿多诺说：“错误的生活无法过得正确。”[①]把他这个关联着道德哲学的大命题挪用过来，以此说明文学批评目前存在的问题，我以为也大体成立。也正是意识到论文体对文学批评的裹胁与绑架，一些有识之士才既在呼吁，也在行动，而他们相中的文体形式往往都是随笔。例如，王彬彬教授曾经指出：“在量化管理成为高校基本管理方式的今天，尽可能多地在所谓‘核心期刊’发表所谓学术论文，是大学教师的基本追求。既然以发表为终极追求，论文自然要尽可能选择那种‘安全’的话题，而那种不够‘安全’的问题，那类或多或少‘犯忌’的问题，当然不会去碰了。至于今天的所谓科研项目，则更是常常与真问题不相容。……项目，在许多时候是回避真思想、真问题、真学问的。学术在项目化，而项目，却又往往是非学术化的。”正是因为这一缘故，他才高度推重随笔，因为“随笔不必像论文那样瞻前顾后，却又能把想说的话说透”，“我甚至想说，随笔，实际上是当代中国思想表达的最重要的方式”。[②]而据我观察，作为批评家的王彬彬也一直在身体力行，多年来，他就是以随笔体著书立说写文章的。或许也是意识到了论文体的弊端，《文艺争鸣》杂志从 2015 年开始，特设“随笔体”栏目，以此招徕美文佳作。这本身就是一种态度，因为它暗含着办刊人的情怀与追求，也在倡导着一种被人逐渐淡忘的文体意识。凡此努力，我以为都值得称道。

我是赞成随笔体的，而我自己近些年每每为文，通常也会把随笔体作为首选。即便是写论文，也往往想“具随笔之形，有论文之实”，尽量写成我

---

① Theodor Adorno, *Minima Moralia: Reflections from Damaged Life*, trans. E. F. N. Jephcott, London and New York: Verso, 2005, p. 39.

② 王彬彬：《应知天命集》，人民文学出版社 2014 年版，第 103、101 页。

的老师梁归智先生所谓“论笔”。甚至我也希望我的学生如此操作，让随笔思维与笔法进驻论文写作之中。我曾经跟他们说过：“因为论文体是僵硬的，所以随笔笔法进入之后，可使文章松动一些，舒展一些，活泼一些，讲究一些。”[①] 这当然只是技术层面的考虑。而我以前更喜欢向学生谈论的一个观点是：任何文章但凡写到一种境界，最后可能就只剩下了两样东西，其一是思想，其二是表达。思想不是学术层面的知识堆砌，而是看有无真知灼见；表达既非仅仅文从字顺，也并非如何用新名词、新术语把文章包装得花团锦簇，而是关联着桐城派所谓“义理、考据、辞章”三要素中的最后一项，用今天的话说就是“文学性”。只有思想性与文学性完美融合，方才称得上是好文章。而要想写出这种文章，论文体显然无法胜任，唯有随笔体才能成全它们。这也正是我后来读到王彬彬所论心有戚戚的原因所在，因为他说：“‘思想性’是‘随笔’的本质属性。”此外，它“还应该具有起码的文学性”，“表现出一种‘理趣’”。[②]

不过话说回来，从文学批评的角度看，随笔体虽然可以对论文体造成冲击，但其力度似乎还远远不够。因为依我理解，随笔体更多还是来自中国传统的写作经验，它虽然在表现形式上灵活自由、无拘无束，并且一旦被批评家的思想磨砺，就会形成锋芒毕露的檄文，但一般而言，重感悟，重鉴赏，温柔敦厚，温文尔雅，很可能更是其内在品性。写得好的随笔，或许它已不缺少文学性，但是批判性能量却依然不足。正因为如此，我以为对于文学批评来说，引入一种异质的文体意识和文体样式或许更有必要。因为当我们的文学批评内容上空疏、形式上呆板，并且我们还常常自以为是时，一般的修修补补可能已无济于事，它需要从里到外、彻头彻尾的全面改造。

这也正是我介绍阿多诺“论笔”与“论笔体”的用意所在。在我的心目中，阿多诺的“论笔体”固然首先是形式，但它又是蕴含着丰富的哲学美学

① 参见拙文：《再谈随笔体：致我的学生的一封信》，公众号“北师赵勇”，2017 年 8 月 27 日，https://mp.weixin.qq.com/s/D83ktyzHHSs2EDyd9xBKLQ。

② 王彬彬：《应知天命集》，人民文学出版社 2014 年版，第 102 页。

意涵，关联着真正的文体革命的形式。而一旦把这种“论笔体”用起来，思想之锋芒、否定之意识、批判之精神，乃至尝试性、冒险性与战斗性也就必然会随之被唤醒，被附体，而这些东西恰恰是中国当代文学批评的稀缺资源。因此，拿来“论笔体”，与其说是拿来一种批评样式，不如说是拿来一种批评的气质、情怀与阿多诺所反复强调的“客观精神”（objective spirit）。

然而，由于哲学素养、美学修养、文学涵养，以及认知框架、思维方式等方面的差距，阿多诺恰恰又是无法模仿的，活学活用更是难乎其难。我曾指导一名硕士生完成了一篇《论阿多诺音乐哲学中的“晚期风格”概念》的学位论文，本来这已是一个高难度的题目，没承想进入写作阶段后他又给自己加码：他想以随笔体（即“论笔体”，因为当时我还没有启用“论笔”之译）写成这篇论文，以阿多诺的方式对付阿多诺。这种初生牛犊不怕虎的气概我很喜欢，但同时我也知道，如此做法将会对写作者各方面的准备提出极高的要求，远非一名硕士生所能胜任。但犹豫再三，我还是同意了。我想到的是，“论笔”不正包含着阿多诺所谓“尝试”“实验”与“冒险”吗？我们那种循规蹈矩的学位论文不正需要这样一种不按常理出牌的写作“破坏”它一下吗？也许，这种“尝试”正是拿来开始的。

于是，尽管学习有难度，模仿有风险，我还是主张拿来。当然，由于水土异也，仅仅拿来是不够的，我们还需要改造。我甚至觉得，为了让它更适合中国的土壤，其改造方向或许在“论笔体”与中国式随笔体、杂文体的有机“接合”（articulate）那里。这当然是一个系统工程，不是过过嘴、跑跑腿就可以做到的，而是需要批评家们长时间地一并用力。我们只有知道文学批评的高标在哪里，我们的力气才不会用错地方，才有可能“取法乎上”。

在《论文学批评的危机》一文的结尾处，阿多诺对批评家提出了一种要求和期待。他当然是在说德国，但即便现在放到我们这里也并不过时。我想以此引用作为我这篇文章的结束语，以便我们的批评家在抚今追昔时能有所参照。他说：“这个时代的历史力量或许会出现在物质材料中，却很难构成艺术材料（artistic substance）的基础。文学批评家的任务似已转移到更广更深的反思之中，因为就整体而言，文学已不再能要求它在三十年前所拥有的尊严了。那些还想公正对待其任务的批评家应该超越这种任务，并把已动摇其工作根基而引发剧变的种种想法记录在案。但是，只有他同时让自己沉浸在充分的自由与责任之中，沉浸在向他走来的对象之中，不考虑任何公众接受（public acceptance）与权力聚阵结构（constellations of power），并同时把最精确的艺术—技术专门知识运用起来；而且假如他能向扭曲形式中固有的绝对性（absoluteness）提出要求，甚至向最可怜的艺术作品中固有的绝对性提出要求，从而严肃到仿佛是作品本身要求的那样，他才能成功地干成这件事情。”①

① Theodor W. Adorno, "On the Crisis of Literary Criticism," in *Notes to Literature,* Volume two, trans. Shierry Weber Nicholsen, New York: Columbia University Press, 1992, p. 308.

| 第二章 |

作为方法的文学批评

——阿多诺“内在批评”试解读

阿多诺是“内在批判 / 批评”的积极倡导者与认真实践者，他的这种批判 / 批评模式也早已引起西方学界的关注。但在国内，只有哲学界才有少量文章触及过这一问题，美学界和文艺理论界则基本上处在一个不知不觉的状态。① 有鉴于此，我准备在文学批评层面对内在批评诞生的历史语境进行梳理，对内在批评的致思路径和操作方法加以分析，以期抛砖引玉。但正如第一章是从“Essay”的中译问题起笔（首先正名）一样，此章我也计划如法炮制。

---

① 查中国知网，哲学界的相关文章有陈旭东的《奥斯维辛之殇：阿多诺对黑格尔普遍历史观的内在批判》(《浙江学刊》2012 年第 3 期)，王晓升的《阿多诺对海德格尔存在论的内在批判》(《学术月刊》2017 年第 7 期)，周爱民的三篇，即《内在批判与规范性的矛盾：对批判理论批判方法的反思》(《哲学分析》2019 年第 3 期)、《论批判理论的“家族相似性”——从内在批判的视角看》(《马克思主义与现实》2019 年第 5 期)、《人的解放与内在批判——再思早期批判理论的“活遗产”》(《哲学研究》2020 年第 3 期)，等等；在文论界，只有常培杰的一篇：《内在批评、观相术和讽喻——阿多诺的文学批评观及其渊源探析》(《文化与诗学》2014 年第 2 期)，此文后来收入作者的《拯救表象：阿多诺艺术批评观念研究》(人民出版社 2020 年版）一书中。

第一节 Kritik、Criticism 语词考

“内在批评”的德语词是 Immanente Kritik，阿多诺在其著作文章中就是如此使用的[①]，但英语世界却有两种译法，一是 Immanent Critique，二是 Immanent Criticism。与此相对应，汉语学界也有两种译法：内在批判和内在批评。如此看来，译法问题的根源在于 Kritik。那么何谓 Kritik 呢？德国弗赖堡大学的郭力女士为此曾请教过阿多诺的高足瓦尔特 - 布什（Emil Walter-Busch）教授，后者先是解释一番，然后二人又有了进一步的问答：

> “这个词源自希腊文，意思是评说评论的艺术（Kunst der Beurteilung）；它是个中性词，意为对事物进行区别、分析、评判。它可以是批评，也可以是建议。康德的三大 Kritik，就是将纯粹理性、判断力、实用理性作为建议倡导的。”
>
> “那会不会也有批判（verurteilen）的意思，彻底地否定，像对待敌人？”
>
> “对，也会的，也可以批判。但批判是其极端形式，只占极小部分。比如马克思所做的对资本主义的批判。大体上说，法兰克福学派的评判理论（Kritische Theorie）受到两个评判类型的影响，一种是否定型，比如马克思的（如在评判理论的发展前期）；另一种是肯定型，积极正向的，比如康德的三大评判。这三大评判，也是康德的三大倡议。”
>
> “马克思也不是总在批判吧？”
>
> “不是的，马克思的《资本论》，副标题是：对政治体制下经济体系的评判（Kritik der Politischenökonomie）。马克思的工作与一般

① Theodor W. Adorno, *Kulturkritik und Gesellschaft* Ⅰ, Frankfurt am Main: Suhrkamp Verlag, 1974, p. 23.

社会学家一样，做的主要也是分析评判，当然他得出的结论是尖锐的批判。”①

这里的问答很专业，也帮我们厘清了德语语境中 Kritik 的词性、词义和不同用法。从这个意义上说，郭力喜较真，善思考，确实善莫大焉。但她担心“批判”一词会令人联想到“文革”的“大批判”——那是“低头认罪，抬头示众”，是“狠斗私字一闪念”，是她所谓武器、斗争、革命，而“革命不是请客吃饭，不是做文章，不是绘画绣花，不能那样雅致，那样从容不迫、文质彬彬，那样温良恭俭让。革命是暴动，是一个阶级推翻另一个阶级的暴烈的行动”②。因此决定把“批判理论”改译成“评判理论”，余则期期以为不可。不仅是因为“此鸭头并非彼丫头”，也不仅是因为“批判理论”在汉语学界早已约定俗成，而且也因为在汉语语境中，“批判”本来就隐含“评判”之意（后文将会提及）。作为常年在德国大学跟语言打交道的汉语教师，郭力居然不清楚“批判”的这层意思，恐怕就真有点“老外”了。

英语中的 Criticism 也值得一提。据威廉斯梳理，Criticism 这个英文词成形于 17 世纪初，是从 16 世纪中叶的 critic（批评家、批评者）和 critical（批评的）衍生而来的，最接近该词的词源是拉丁文 criticus 和希腊文 kritikos。在其早期，Criticism 普遍且通用的意涵是“挑剔”（faultfinding），同时也被用作对文学的评论（尤其是 17 世纪末期以来，又被用作对文学或文字的评判）。但有趣的是，“挑剔”这一普遍意涵，或者至少是其负面判断却持续沿用，终成主流。于是为了与 Criticism 相区分，appreciation（鉴赏）应运而生，并成为评判文学更为温和的用词。与此同时，威廉斯也特别指出：“当 Criticism 在最普遍的意义上朝着 censure（谴责）——它源自 17 世纪一个充满敌意而非中性的含义——发展时，其专门意涵却指向了 taste（品味）与 cultivation（教

① 郭力：《译者序》，埃米尔·瓦尔特－布什：《法兰克福学派史——评判理论与政治》，郭力译，社会科学文献出版社 2014 年版，第 3 页。

② 毛泽东：《湖南农民运动的考察报告》，《毛泽东选集》第一卷，人民出版社 1991 年版，第 17 页。

化），以及后来的 culture（文化）和 discrimination（鉴别力）。”[1] 如此看来，Criticism 在英语世界虽比德语词 Kritik 的演变要更复杂些，但归结起来，也不外乎两种意涵走向：其一是否定（挑剔乃至谴责），其二是比较中性柔和的（评判和鉴别等）。而在艾布拉姆斯所著的词典里，Criticism 的解释则相对简单。他没有对该词追根溯源，而是开宗明义：“批评，或更具体地称之为文学批评，是研究有关界定、分类、分析、解释和评价文学作品的一个总的术语。”[2] 这就意味着在艾氏那里，或者在他阐释的文学语境里，“批评”已不需要追根溯源，它大体上是可以与“文学批评”画上等号的。

弄清楚 Kritik 和 Criticism 的情况后，或许我们还需要搂草打兔子，对“批判”和“批评”的汉语意思捎带一说。从历史语义学的角度梳理这两个概念的发生演变史并非本章的任务，所以，我只要拿来通行的解释就够了。在《现代汉语词典》中，批判与批评均有两个义项。关于前者，其说法是：“①对错误的思想、言论或行为做系统的分析，加以否定。②分析判别，评论好坏。”对于后者，其解释云：“①指出优点和缺点；评论好坏：文艺批评。②专指对缺点和错误提出意见。”[3] 很显然，在词典中，无论是批判还是批评，它们都有分析判别、评论好坏的义项，这与 Kritik 和 Criticism 中的相关意思大同小异。因此，当批判与批评组成“批判理论”或“文学批评”之类的词组时，假如街头路人甲把它们联想成了“‘文革’大批判理论”或“逮谁灭谁的批评”，或许还情有可原——他们不是自称吃瓜群众吗，但如果专业人士也因此心事浩茫、想入非非，那就是“专业”问题了。

当然，这两个语词也都有否定的义项，只不过批判重一些，批评轻一些。例如，1953 年，毛泽东曾有《批判梁漱溟的反动思想》的重要讲话，其中

---

① Raymond Williams, *Keywords: A Vocabulary of Culture and Society,* New York: Oxford University Press, 2015, pp. 47-48.

② M. H. 艾布拉姆斯：《文学术语词典》，吴松江等编译，北京大学出版社 2009 年第 7 版，第 99—101 页。

③《现代汉语词典》，商务印书馆 2016 年第 7 版，第 990 页。

说："蒋介石是用枪杆子杀人，梁漱溟是用笔杆子杀人。杀人有两种，一种是用枪杆子杀人，一种是用笔杆子杀人。伪装得最巧妙，杀人不见血的，是用笔杀人。你就是这样的一个杀人犯。"[①]这里的"批判"就不是"分析判别，评论好坏"，而是要批倒斗臭，再踏上一只脚，让他永世不得翻身。又如，当年的《毛主席语录》中列有"批评和自我批评"专辑，第一条便是："共产党是不怕批评的，因为我们是马克思主义者，真理是在我们方面，工农群众是在我们方面。"[②]其英译为："The Communist Party does not fear criticism because we are Marxists, the truth is on our side, and the basic masses, the workers and peasants, are on our side."这里的不怕"批评"（对译它的便是 Criticism）就是不怕说三道四、吹毛求疵。

梳理德、英、汉中的批判与批评如上，是为了说明一个简单的问题：在德译汉或德译英再译汉中，把 Immanente Kritik 翻译成"内在批判"或"内在批评"都无问题，而无论是批判还是批评，都是要明事理，辨是非，分好坏，做决断。阿多诺的绝笔文字中，倒数第二篇就题为"Kritik"，他在文中解释道："批判来自希腊语的'做决定'（Krino），谁要是把现代的理性概念等同于批判，那么他并未夸大其词。启蒙运动思想家康德想让社会从其招致的不成熟状态中解放出来，他教人自律（亦即根据自己的见解下判断），以此与他律（被迫服从他人）相对照，于是他把自己的三大著作命名为批判。"[③]由此看来，内在批判之"批判"亦可作如是观。不过，把 Kritik 译作汉语，让它分别指向"批判"和"批评"，有所区分，我以为还是很有必要的。因此，在哲学话语中，用"内在批判"谈论阿多诺毫无问题，这样也能与马克思以来形成的批判传统——如《黑格尔法哲学批判》《政治经济学批判》等有效

① 《毛泽东选集》第五卷，人民出版社 1977 年版，第 107—108 页。

② 毛泽东：《在中国共产党全国宣传会议上的讲话》，《毛泽东选集》第五卷，人民出版社 1977 年版，第 411 页。

③ Theodor W. Adorno, "Critique," in *Critical Models: Interventions and Catchwords*, trans. Henry W. Pickford, New York: Columbia University Press, 1998, p. 282.

对接。而在文艺理论界，把 Immanente Kritik 译作“内在批评”，似更顺理成章。因在汉语语境里，把“内在批评”置于“文化批评”或“文学批评”中谈论，既顺理成章，也无任何违和感，但假如全部换成“批判”以至于有了“文学批判”，就有些让人丈二和尚摸不着头脑了。职是之故，我以为把阿多诺收在《棱镜》中的开篇之作（其实也是全书定音之作）“Kulturkritik und Gesellschaft”（“Cultural Criticism and Society”）译作《文化批评与社会》是比较稳妥的。而一旦有人把它译作《文化批判与社会》，且因为要把“批判”进行到底，甚至连文中的 Kulturkritiker（Cultural Critic）都译成“文化批判家”时，[①]就需要商榷了。在现代汉语中，“批评家”是可以通行于世的，也不会招人误解，但“批判家”是干什么的？

《文化批评与社会》一文中就有对内在批评的集中论述，因此，欲谈内在批评，我必须从阿多诺的这篇文章谈起。

第二节　内在批评诞生的历史语境

在《论文学批评的危机》（“Zur Krisis der Literaturkritik”）一文中，阿多诺曾对《文化批评与社会》的写作语境略有交代。他说：“我一直想更详细地谈论文学批评的危机，似乎于我而言，此危机与再也不会有一个阿尔弗莱德·克尔（Alfred Kerr）这件事情相比，具有更为严肃的种种面向。我在《文化批评与社会》这篇‘论笔’中试图系统阐述它的某些本质特征，此文发表于《我们这个时代的社会学研究》（*Soziologische Forschung in Unserer Zeit*），

① 参见西奥多·W. 阿多诺：《文化批判与社会》，木山译，《国外理论动态》2018 年第 9 期。顺便说明，我在 2014 年写作《艺术的二律背反，或阿多诺的“摇摆”——“奥斯威辛之后”命题的由来、意涵与支点》（收录于《法兰克福学派内外：知识分子与大众文化》一书中）之前，首先试译了《文化批评与社会》全文。后因忙乱，此译稿一直未做修订，也失去了让其面世的先机。如今，或许我依然有必要把拙译拿出。因为像阿多诺这种文风独特且特别难译的思想大家，其译文译著宜多多益善，这样才有利于读者的对比阅读，也有利于增进对阿多诺的理解。

那是庆贺列奥波特·冯·维泽（Leopold von Wiese）七十五岁生日的一个纪念文集。”[①]《论文学批评的危机》是阿多诺为巴伐利亚广播（Bayerischer Rundfunk）做的一个广播讲话，发表于《启蒙》（*Aufklärung*）杂志 1952 年第 2 卷上，而《文化批评与社会》则写于 1949 年，首次面世于 1951 年。这段文字中提到的克尔（1867—1948）是德国犹太裔“论笔”作家，也是当时颇有影响力的剧评家，有“文化教皇”（Kulturpapst）之称。而维泽（1876—1969）则是德国社会学家、经济学家，时任德国社会学学会主席（1946—1955）。

指出如上细节我是想说明两个问题：其一，阿多诺于 1949 年结束流亡生涯回到联邦德国后，随即写出了《文化批评与社会》这篇檄文，此文所谈论的问题虽然并非第一次触及（因为在流亡美国期间他就有所思考，其零碎想法已体现在他那本后来出版的《小伦理学》[②]中），但如此系统地论述、猛烈地批判却是首次。阿多诺的传记作者克劳森（Detlev Claussen）指出，此文是阿多诺“进入后纳粹德国（post-Nazi Germany）的入场券”[③]，应该是知人论世之言。可以想见，回到祖国母亲怀抱之后，阿多诺面对的不仅是战后重建、人人讳言罪责的社会氛围，而且更要面对法西斯主义曾经蹂躏过的“失败的文化”[④]。于是，这张“入场券”就既要体现出揪心之痛、冷峻之思和知识分子的

---

① Theodor W. Adorno, “On the Crisis of Literary Criticism,” in *Notes to Literature,* Volume two, trans. Shierry Weber Nicholsen, New York: Columbia University Press, 1992, pp. 305-306.

② 汉语学界习惯于把 *Minima Moralia: Reflexionen aus dem beschädigten Leben* 一书的主标题译作《最低限度的道德》，但由于阿多诺所谓 Minima Moralia 是对亚里士多德 *Magna Moralia*（《大伦理学》）的反用和戏访，所以译作《小伦理学》似更恰当。有关该书名的译法问题，我曾有简要辨析，可参见拙著《法兰克福学派内外：知识分子与大众文化》，北京大学出版社 2016 年版，第 39 页。

③ Detlev Claussen, *Theodor W. Adorno: One Last Genius*, trans. Rodney Livingstone, Cambridge, M.A.: The Belknap Press of Harvard University Press, 2008, p. 261.

④ Theodor Adorno, *Minima Moralia: Reflections from Damaged Life*, trans. E. F. N. Jephcott, London and New York: Verso, 2005, p. 44.

担当（就是萨义德所谓“对权势说真话”[①]），也要言辞犀利、直指人心。这既可理解为阿多诺一贯的话语风格，也不妨看作他为亮相之酷而量身定做的修辞行头。唯其如此，我们才会理解“奥斯威辛之后写诗是野蛮的”为什么会从此文文末突然冒出。从此往后，这个句子就开始风靡于世，长驻人心，既是名言警句，也成了一个长期争论不休的命题。现在看来，它是不是果然造成了一种“语不惊人死不休”的历史效果？

其二，《文化批评与社会》与《论文学批评的危机》显然具有某种互文关系。正如阿多诺所言，他早就意识到文学批评面临着危机，但首先诉诸笔端的却是文化批评存在的问题。而由于文化批评涉及的范围更广也更具包容性，说清了文化批评这里的问题，也就基本上说清了文学批评那里的问题。或者也可以说，无论是文化批评还是文学批评，它们的问题同根同源，都是来自那个已经变得粗鄙野蛮了的文化。于是，此二文相互指涉、相互印证，勾肩搭背、携手并行，前者为后者提供了高屋建瓴的逻辑框架，后者则为前者贡献了更为丰富的个案例证。它们都是阿多诺批评观的一种体现。

那么，这两篇“论笔”究竟表达了什么意思，又传递了怎样的信息呢？在进入梳理与分析之前，我需要对此二文的行文特点和话语风格略做介绍。《文化批评与社会》写得长，在大约一万五千字（译成中文字数）的篇幅里，阿多诺以密集高能的论述行文运笔，思考密不透风，逻辑严丝合缝，每一个句子仿佛都掷地有声，每一处论述确实又气势如虹，既体现了他所谓“论笔”之妙——“它在灵光乍现时开始言说，在无话可说时骏马收缰，而并非完全穷尽其所谈主题”[②]，这正是他从本雅明那里学来并加以改造的“星丛式

---

① 爱德华·W. 萨义德：《知识分子论》，单德兴译，生活·读书·新知三联书店 2002 年版，第 86 页。

② Theodor W. Adorno, “The Essay as Form,” in *Notes to Literature,* Volume One, trans. Shierry Weber Nicholsen, New York: Columbia University Press, 1991, p. 4.

表达”（constellative formulation）[①]，初读容易让人如堕五里雾中；但与此同时，此文也应该是阿多诺非常讲究谋篇布局的深思熟虑之作，它甚至让我想到了李渔谈论“结构”时所用的尾句：“袖手于前，始能疾书于后。”（《闲情偶寄》）与此相对照，《论文学批评的危机》却如同迷你裙，短得恰到好处——只有二千六百字左右（亦指中文字数）。而且，或许是因为此为广播稿，文中举例多了，思路呈线性发展了（不再那么星丛化），论述不再上气不接下气了，由此带来的是写法（其实也是讲法）的松动（不再那么绵密）和语气的相对随和（不再那么疾言厉色，仿佛要刺刀见红），尽管他谈论的依然是一个严肃乃至严峻的话题。阿多诺由广播稿改写为“论笔”的文章并不少见，但其他稿子往往依然长篇大论，其话语风格或曰语体也更接近于“论笔体”而非广播体。例如，《论抒情诗与社会》（德文标题“Redeüber Lyrik und Gesellschaft”，方维规教授译为《关于诗与社会的演讲》[②]）就是如此。此文却点到为止，见好就收，这在阿多诺那里也该是比较罕见之作。

如果让我来概括一下此二文的意思，那么有两个关键词必须提及，其一是“自由”，其二是“野蛮”。在《文化批评与社会》中，自由（包括自由主义）一词的使用约达十三处之多。而阿多诺之所以如此重视自由，是因为“资产阶级社会中自由表达意见（freie Meinungsäußerung）的观念，甚至精神自由（geistige Freiheit）的观念——文化批评就是建立在这种观念之上的——有它自己的辩证法”[③]。而在《论文学批评的危机》中，阿多诺不仅再次重申了“自由表达意见”的重要性，而且明确了文学批评与自由的关系：“如我们年轻时所知，文学批评是自由主义时代的产物。自由主义的报纸如《法兰克福报》与《柏林日报》，是其存在的主要场地。文学批评不仅预设了自由表达意

① Robert Kaufman, “Adorno’ Social Lyric, and Literary Criticism Today: Poetics Aesthetics, Modernity,” in ed. Tom Huhn, *The Cambridge Companion to Adorno*, Cambridge: Cambridge University Press, 2004, p. 360.

② 参见方维规主编：《文学社会学新编》，北京师范大学出版社 2011 年版，第 256 页。

③ Theodor W. Adorno, “Cultural Criticism and Society,” in *Prisms*, trans. Samuel and Shierry Weber, Cambridge, M.A.: The MIT Press, 1981, p. 20.

见的权利，以及对无拘无束地行使判断的个体的信任，而且假定了新闻界体现出来的某种权威，这种权威关联着商业与流通领域的意义。”[①]如此看来，自由主义的社会氛围、自由表达意见的个人权利、精神自由和言论自由所催生的公共话语空间等等，显然是文化批评和文学批评健康成长、健全发展的温床。而在我看来，阿多诺重视自由虽近乎常识，但依然有“一语惊醒梦中人”之功。因为无论哪个时代，不管哪种社会，自由都是批评赖以生存的基本前提。自由之于批评，就如同水之于鱼。水至清尚且无鱼，水干了难道要让鱼儿上树？这个问题说到底，道理其实就这么简单。

接下来我要说一说“野蛮”。

野蛮不仅是此二文的高频率用词（该词在《文化批评与社会》中出现过八次，在《论文学批评的危机》中出现过两次），而且也是阿多诺进行批判活动时的习惯性表达。因为早在阿多诺与霍克海默合写《启蒙辩证法》时，他们就在导言部分开宗明义，挑明了进行此项研究计划的动因：“为什么人类没有进入真正合乎人性的状态，反而陷入一种新的野蛮之中？”[②]而自从“野蛮”闪亮登场之后，阿多诺也就与该词结下了不解之缘，以至于后来的著作文章凡有重拳出击，总有“野蛮”形影相随。例如，据我粗略统计，在《小伦理学》一书中，阿多诺使用“barbaric”与“barbarism”的地方约达三十五次之多；在《否定的辩证法》中，也常有“野蛮”呼啸而出。为什么阿多诺如此青睐这一语词？简单地说，就是非陈词何以展其义？非常用何以骋其情？而这义和情又全都关联着法西斯纳粹给他带来的创伤经历和阴暗记忆。

明乎此，我们也就没必要对阿多诺在此二文中频繁使用“野蛮”感到吃惊。在阿多诺看来，批评是文化中不可或缺的元素，文化只有暗含批评才是真正的文化。然而，当文化被纳粹野蛮管控之后，批评已然面目全非，文化

① Theodor W. Adorno, “On the Crisis of Literary Criticism,” in *Notes to Literature,* Volume two, trans. Shierry Weber Nicholsen, New York: Columbia University Press, 1992, p. 306.

② Theodor W. Adorno, Max Horkheimer, *Dialectic of Enlightenment*, trans. John Cumming, New York: Herder & Herder, Inc., 1972, p. xi.

也早已全面陷落。而恰恰是在这里，阿多诺对法西斯纳粹展开了猛烈批判。他说：

> 当德国法西斯分子对“批评”这个词语恶语中伤并用空洞的“艺术欣赏”（Kunstbetrachtung）概念取代它时，他们只是为了这个专制国家的粗野利益才如此操作；面对鲁莽的新闻记者，他们也依然惧怕波萨侯爵（Marquis Posa）的那种激情。但是，这种叫喊着要废除批评、追求自我满足的文化野蛮行为，这种野蛮部落入侵精神保护区的做派，并没有意识到回报它的是以牙还牙。……他们把自己看作文化的医生，并认为自己能够从文化身上拔掉批评之刺。因此，他们不仅把文化降格为官方附庸，而且除此之外，他们还无法认识到，文化与批评无论好坏都是相互缠绕在一起的。文化只有暗含批评时才真实可信，而精神只有忘掉这一点时才会受到它所养育出来的批评家的报复。①
>
> 纳粹党人对此场地（指自由主义媒体）野蛮监管，废除了文学批评作为一种自由主义媒介的基本特性，并用其“艺术欣赏”的形式取而代之。但是，现在专制垮台后，仅有的政治体制变化还不足以修复文学批评的社会基础。阅读自由主义报刊的受众类型荡然无存，能够对文学作品行使自主而理性判断的个体也不复存在。法西斯主义威权虽已土崩瓦解，但它也保留了对既存的、被确认的以及膨胀了其自身重要性的所有事物的尊敬。②

这两段文字分别来自《文化批评与社会》和《论文学批评的危机》，它们

---

① Theodor W. Adorno, “Cultural Criticism and Society,” in *Prisms*, trans. Samuel and Shierry Weber, Cambridge, M.A.: The MIT Press, 1981, p. 21.

② Theodor W. Adorno, “On the Crisis of Literary Criticism,” in *Notes to Literature,* Volume two, trans. Shierry Weber Nicholsen, New York: Columbia University Press, 1992, p. 306.

进入问题的角度、思路乃至习惯性用词是不是何其相似乃尔？归纳一下，这两段文字主要应该涉及如下两层意思：首先，纳粹党人当然很擅长用文化包装其政治（即本雅明所谓“政治审美化”），但也唯其如此，他们对文化的征用便全面开花、无孔不入，文化因此也就中毒很深，被纳粹之脏手抚摸得惨不忍睹。据威廉斯与方维规梳理和考证，文化（culture）的词源是拉丁语cultus和cultura，“指人为了生计而索取于自然的一切行为，也包括人的自我照料和自我培养，例如教育和祭祀，获取衣着和首饰，以及个人能力和性格的培养”。随着culture词义的发展演变，文明（civilization）一词也在18世纪中叶应运而生。与此同时，借自法文的德语词Kultur（文化）也开始被使用，但它起初只是civilization的同义词。后因克莱姆（G. F. Klemm）《人类文化史通论》（*Allegemeine Kulttur geschichte der Menschheit*, 1843—1852）一书的描述（人类发展亦即文化的过程就是从野蛮、驯化到自由的过程），文化的词义才发生了变化。至19世纪中叶，Kultur中又增加了“教育”“修养”“养成”等含义。而无论是“文化”还是“文明”，与之相对立的语词都是“野蛮”。国内最早的《英华大辞典》（1910）在这两词后便有“from barbarism to civility（自野蛮进至文明）”和“the cultivation of savages（教化野蛮人之事）”等例句。[①]由此看来，文化本来是高贵之事，是杰姆逊所谓“听高雅的音乐，欣赏绘画或是看歌剧”，“是逃避现实的一种方法”。[②]然而纳粹一过手，文化便倒行逆施至野蛮状态。而在阿多诺的思考中，文化的堕落恰恰又是他最为痛心疾首的堕落之最。

其次，阿多诺两次提及纳粹党人用“艺术欣赏”取代“批评”或“文学批评”，这一例证只有放到第三帝国的语言大背景之下才能被有效理解。可以这样说，纳粹党人对文化的破坏其实就是从语言开始的。或者也可以说，正

① See Raymond Williams, *Keywords: A Vocabulary of Culture and Society*, New York: Oxford University Press, 2015, pp. 49-52. 参见方维规：《概念的历史分量：近代中国思想的概念史研究》，北京大学出版社2018年版，第81—83页。

② 杰姆逊：《后现代主义与文化理论》，唐小兵译，北京大学出版社1997年版，第162页。

是因为语言在纳粹时期中毒最深，文化的修复和重建才变得困难重重。斯坦纳（George Steiner）在分析彼时语言被污染的现象时指出："纳粹主义恰恰在德语中找到为其野蛮所需的表达。希特勒在母语中听到了潜藏的歇斯底里、混乱以及催眠、发呆。"而一旦语词被法西斯野蛮征用，它们也就逐渐丢失了本义，"获得了梦魇般的意义"。"有些谎言和施虐会残留在语言的骨髓里。刚开始可能很难发现，就像辐射线的毒性会悄无声息地渗透进骨内。但是癌症就这样开始了，最终是毁灭。"[①]而语文学家克莱普勒（Victor Klemperer）更是通过丰富的举证，呈现了纳粹污染乃至强暴语言的事实。在他看来，第三帝国很少有自产自销的语词，许多时候，纳粹都是古为今用，洋为土用。"但是，纳粹语言改变了词语的价值和使用率，将从前属于个别人或者一个极小的团体的东西变成了公众性的语汇，将从前一般的大众语汇收缴为党话，并让所有这些词语、词组和句型浸染毒素，让这个语言服务于他们可怕的体制，令其成为他们最强大的、最公开的，也是最秘密的宣传蛊惑的手段。"而他最犀利的分析简直与斯坦纳异曲同工："言语有如微小剂量的砷：它们不知不觉地被吞食了，似乎显示不出任何作用，而一段时间以后这种毒性就会体现出来。"[②]克莱普勒还分析过"战斗的"（kämpferisch）这一来自新浪漫主义美学家的新形容词如何被纳粹所糟蹋[③]；斯坦纳也指出过"喷"（spritzen）被频繁用来形容犹太人在刀尖下"喷血"（spurting）的场面之后恢复其健康意义如何艰难[④]；莱维（Primo Levi）曾经描述过战后不久他参加一次商业会议，告别时他想彬彬有礼，但冲口而出的却是他在奥斯威辛集中营中学会的一句表

① 乔治·斯坦纳：《语言与沉默：论语言、文学与非人道》，李小均译，上海人民出版社 2013 年版，第 113、114、116 页。

② 维克多·克莱普勒：《第三帝国的语言——一个语文学者的笔记》，印芝虹译，商务印书馆 2013 年版，第 8 页。

③ 维克多·克莱普勒：《第三帝国的语言——一个语文学者的笔记》，印芝虹译，商务印书馆 2013 年版，"代序"第 3 页。

④ See George Steiner, *Language and Silence: Essays on Language, Literature, and the Inhuman*, New Haven and London: Yale University Press, 1998, p. 99. 参见乔治·斯坦纳：《语言与沉默：论语言、文学与非人道》，李小均译，上海人民出版社 2013 年版，第 113 页。

达——“Jetzt hauen wir ab”（现在让我们都从这儿滚出去吧）[1]；而阿多诺也特别提到，时至 1952 年，“抛弃什么东西依然采用着第三帝国被叫作‘击毙’（abschiessen）的行话形式”，于是他大声疾呼：“文化的败落，尤其是语言的损毁，作用于方方面面。”[2]所有这些，都是语言被纳粹挪用、改写、重新赋义或发明创造的典型案例。

只有把“艺术欣赏”置于这一语境之中，我们才能意识到纳粹李代桃僵的用意。如前所述，Kritik 就是要明事理，辨是非，分好坏，做决断。而在阿多诺看来，文化批评只有含着“批评”才是文化批评，文学批评只有体现出“批评自由和自主的精神”[3]才是文学批评。如果换成鲁迅先生的表达，那就是“批评必须坏处说坏，好处说好”[4]，既要“灌溉佳花”，也要“剪除恶草”，[5]批评家就是要“做剜烂苹果的工作”[6]。然而，纳粹却把文化批评和文学批评的“批评之刺”悉数清除，这就歼灭了批评的“否定性”，换成了“肯定性”爆棚的“艺术欣赏”。而他们之所以如此改换“批评”门庭，至少应该隐含着如下信息：

其一，色厉内荏，害怕批评家成为席勒历史悲剧《唐·卡洛斯》（*Don Carlos*, 1785）中的波萨侯爵，因为面对专制国王菲利普二世，波萨侯爵曾把自由提到一种自然人性的高度，发出了“请您允许思想自由”的呼吁。[7]其二，名正言顺，他们可以以“艺术欣赏”的名义，对自由主义报刊进行书报检查，以便把批评的声音扼杀在摇篮之中。结果，就像马克思所说的那样，书报检查变成了批评的等价物——“书报检查就是官方的批评。书报检查的标准就

---

① 普里莫·莱维：《被淹没和被拯救的》，杨晨光译，上海三联书店 2013 年版，第 104—105 页。

② Theodor W. Adorno, “On the Crisis of Literary Criticism,” in *Notes to Literature,* Volume two, trans. Shierry Weber Nicholsen, New York: Columbia University Press, 1992, p. 306.

③ Theodor W. Adorno, “On the Crisis of Literary Criticism,” in *Notes to Literature,* Volume two, trans. Shierry Weber Nicholsen, New York: Columbia University Press, 1992, p. 305.

④ 鲁迅：《我怎么做起小说来》，《鲁迅全集》第四卷，人民文学出版社 2005 年版，第 528 页。

⑤ 鲁迅：《并非闲话（三）》，《鲁迅全集》第三卷，人民文学出版社 2005 年版，第 162 页。

⑥ 鲁迅：《关于翻译（下）》，《鲁迅全集》第五卷，人民文学出版社 2005 年版，第 317 页。

⑦ 参见《席勒文集》第三卷，张玉书译，人民文学出版社 2005 年版，第 194 页。

是批评的标准。”[①]其三，涂脂抹粉，当一切都成为“艺术欣赏”的审美对象之后，非正义的暴行不但合情合理合法化，而且“政治”也“审美化”了。例如，里芬施塔尔（Leni Riefenstahl）曾受希特勒委托，拍摄了电影史上的经典之作——《意志的胜利》。接受任务前元首曾向她明确表示：不希望把党代会拍成清汤寡水、索然无味的电影新闻，而是要拍成“一部富有艺术性的纪录片”[②]。里氏因是元首的脑残粉，既“三忠于”，又“四无限”，自然也就把这道“圣旨”执行得几近完美。她“竭力调动一切电影手段——推拉摇移、近拍远摄、俯瞰与仰角——来展现万字旗海洋中党代会的盛况”[③]，这既符合“艺术欣赏”的套路，也把“政治审美化”推向了极致。与此同时，在纳粹那里，奥斯威辛的杀人游戏也是“艺术欣赏”，是可以“吃着火锅唱着歌”完成的一件艺术作品。

这就是阿多诺当年所面对的历史语境。而当文化批评与文学批评连同文化一起堕落，运行在一条沉沦的路线上时，阿多诺是异常焦虑的，于是他在《文化批评与社会》中发出了如下警告：“文化批评发现自己面临着文化与野蛮之辩证法的最后阶段。奥斯威辛之后写诗是野蛮的。”[④]又在《论文学批评的危机》中形成如下呼吁：“批评只有达到每一个成功或不成功的句子都关联着人类命运的程度时，它才具有力量。”[⑤]那么，既然批评已遍体鳞伤、每况愈下，用什么才能把它拯救出来呢？

阿多诺的答案是内在批评。

---

① 马克思：《评普鲁士最近的书报检查令》，《马克思恩格斯全集》第一卷，人民出版社 1995 年版，第 107 页。

② 莱妮·里芬施塔尔：《里芬施塔尔回忆录》，丁伟祥等译，学林出版社 2007 年版，第 124 页。

③ 单世联：《黑暗时刻：希特勒、大屠杀与纳粹文化》，广东人民出版社 2015 年版，第 442 页。

④ Theodor W. Adorno, “Cultural Criticism and Society,” in *Prisms*, trans. Samuel and Shierry Weber, Cambridge, M.A.: The MIT Press, 1981, p. 34.

⑤ Theodor W. Adorno, “On the Crisis of Literary Criticism,” in *Notes to Literature,* Volume two, trans. Shierry Weber Nicholsen, New York: Columbia University Press, 1992, p. 307.

第三节 内在批评的致思路径与操作方法

在进入阿多诺的内在批评之前，首先有必要指出，immanente Kritik 是来自黑格尔、马克思的一个批判传统，安东尼奥（Robert J. Antonio）就是顺着这一线索梳理分析的。他指出：黑格尔对物化（即客观化）所做的批判分析旨在揭开人类历史建构的神秘面纱。“这是一种内在批判，因为其批判标准是在历史进程中形成的。”而马克思则从根本上改写了内在批判的唯心主义进路，把它变成了一件批判资本主义的得力武器。为了避免意识形态与社会结构的黑格尔式合并，马克思抛弃了黑格尔那里的所谓“精神”，于是“强调具体社会形态与其意识形态之间的矛盾性而非一致性，就成为马克思进行内在批判的基础”。法兰克福学派的“批判理论”就是这一批判传统之下的产物，霍克海默认为，意识形态的要求越强烈，它们对于其社会语境就越危险。而内在批判就是要既从其自身立场出发，也从社会语境的视角出发，揭示意识形态要求与社会语境之间的矛盾，呈现意识形态与现实之间的紧张关系。职是之故，施罗耶（Trent Schroyer）才把内在批判描述为一种方法或手段，其意在于恢复“虚假表象的现状”①。

阿多诺的内在批判 / 批评观是如何形成的？其思想来源究竟涉及哪些方面？诸如此类的问题谈起来会比较麻烦，也远非本文所能胜任。但我还是想稍加指出：一方面，作为一个黑格尔主义的马克思主义者，黑格尔—马克思的内在批判传统显然对阿多诺构成了不小的影响；另一方面，霍克海默提出并倡导的“批判理论”，既是法兰克福学派的理论基础和指导思想，无疑也是阿多诺运用自如的批判武器。而由于阿多诺具有多重身份，他所进行的内在批判 / 批评也就自由穿行在哲学、美学（艺术哲学）、音乐批评、文化批评、文学批评和大众文化批判等多种理论话语之中，时而如木秀于林，赫然在目，

---

① Robert J. Antonio, “Immanent Critique as the Core of Critical Theory: Its Origins and Developments in Hegel, Marx and Contemporary Thought,” *The British Journal of Sociology*, Vol. 32, No. 3 (1981), pp. 332, 334, 338.

时而似水银泻地，无孔不入。但无论是哪种话语，《文化批评与社会》都应该是他最早展示自己内在批判/批评观的文本之一，因此，我们没有理由不对它认真对待。

如前所述，阿多诺对文化的现状是极不满意的，而文化的物化、商业化、中立化、犬儒化和极权化又使文化退化为意识形态。文化批评与这样一种文化为伍，“艺术欣赏”又曾经是其底色，它就既不可能洁身自好、守身如玉，更不可能“唐雎不辱使命”。于是，唱赞美诗，说过年话，向极权主义效忠，为商业主义张目，就成为文化批评的主要工作。通过绵密深入的辩证思维，阿多诺已把文化与文化批评的关系分析得比较复杂，但简化到最后，问题或许就这么简单。而在阿多诺的表述中，文化批评堕落的标志之一恰恰也像文化一样，最终变成了意识形态：由于社会问题很多，所有的文化本来都应该与社会分摊罪责，然而，“文化批评转移了这种负罪感：只要这种批评依然只是批评意识形态，它就还是意识形态”[①]。而当文化批评变成意识形态，或者是意识形态成为文化批评的面具之后，文化批评也就远离了阿多诺反复强调的真理：“文化批评的意识形态功能所控制的恰恰是其真理，而这个真理又位于它对意识形态的反对之中。反对谎言的斗争反而为赤裸裸的恐怖打开了方便之门。”[②]

必须对阿多诺的意识形态稍加解释，我们才能理解其深意。在《文化批评与社会》一文中，阿多诺使用“意识形态”一词达四十五处之多，由此可见其重视程度。而在对意识形态的看法问题上，他既与马克思所使用的主要义项（虚假意识）高度一致，同时也更加辩证。一方面，他认为“意识形态不真实，是虚假意识，是谎言”（即意识形态是“非真理”）[③]；另一方面，他

---

① Theodor W. Adorno, “Cultural Criticism and Society,” in *Prisms*, trans. Samuel and Shierry Weber, Cambridge, M.A.: The MIT Press, 1981, p. 26.

② Theodor W. Adorno, “Cultural Criticism and Society,” in *Prisms*, trans. Samuel and Shierry Weber, Cambridge, M.A.: The MIT Press, 1981, p. 26.

③ Theodor W. Adorno, “On Lyric Poetry and Society,” in *Notes to Literature,* Volume One, trans. Shierry Weber Nicholsen, New York: Columbia University Press, 1991, p. 39.

又指出，“意识形态作为社会的必要表象，也是（因为这种必要性）真理的扭曲形象”[①]。可以说，阿多诺一直就是在“它确实是虚假意识，但它又不仅仅是虚假”这样一个“意识形态的辩证法问题”[②]上展开其思考的。把意识形态看作虚假意识，显然是对传统马克思主义通常看法的一种呼应；而意识到意识形态不可或缺，则又分明看到了作为表象的意识形态在人们的社会生活中扮演着重要角色。而批评家的任务就是要揭示这种表象之虚幻、谎言之虚伪，并在这种揭示中接近对真理的认识。因为“阿多诺认为虚假意识也能够获得真理，这就是为什么在《小伦理学》中他坚持孩子不能和洗澡水一起泼出去”[③]。

如此看来，阿多诺在意识形态问题上遇到了两难困境，而解决这种困境的办法在他看来只能是内在批评。因为表面上看，阿多诺拿内在批评说事是为了拯救文化批评，但实际上，他是为了粉碎文化批评背后的意识形态幻象。如此操作，与鲁迅决计要毁坏那间“铁屋子”，进而把熟睡的人们从梦中唤醒异曲同工。于是任何批评或批判活动，但凡有意识形态进驻其中，都是阿多诺警惕的对象。为什么他认为“意识形态的超验批判”（transzendente Kritik der Ideologie）已陈腐过时？不仅是因为与“内在沉思”相比，“超验沉思”“会遗忘概念化的努力及内容本身，而用规定的标签、僵化的谩骂（通常来自‘小资产阶级’）和从上面下发的圣旨取而代之”，也不仅是因为“旨在总体性的超验方法似乎比预设了一个可疑整体的内在方法更为激进”，而且更是因为，“这种方法已屈服于那个物化，而物化正是它所批判的主题”。[④]正

① Theodor W. Adorno, *Aesthetic Theory*, trans. Robert Hullot-Kentor, London: The Athlone Press, 1997, p. 233.

② Theodor W. Adorno, “Contribution to the Theory of Ideology,” Quoted in Simon Jarvis, Adorno: A *Critical Introduction*, Cambridge: Polity Press, 1998, p. 65.

③ Deborah Cook, *The Culture Industry Revisited: Theodor W. Adordo on Mass Culture*, Lanham: Rowman & Littlefield Publishers, Inc., 1996, p. 81.

④ Theodor W. Adorno, “Cultural Criticism and Society,” in *Prisms*, trans. Samuel and Shierry Weber, Cambridge, M.A.: The MIT Press, 1981, pp. 33, 31, 34.

是基于如上原因，阿多诺才请出了内在批评，让它闪亮登场了。他指出：

> 与这种情况做斗争的是本质上更为辩证的内在批评。它严肃对待这样一个原则：虚假的并非意识形态本身，而是它假装与现实相符。对精神现象和艺术现象进行内在批评，就是通过分析其形式和意义，努力抓住它们的客观理念与其伪装之间的矛盾，并对作品所表达的生存结构的一致性和不一致性进行命名。这样的批评不会在一般性地认出客观精神的奴役状态面前止步不前，而是会极力转化这种知识，以此提高对事物本身的认识。只有当文化的否定性（Negativität der Kultur）揭示了认识的真实或虚假、思想的重要或残缺、结构的紧凑或松散、修辞的结实或空洞时，它的约束力才能被深刻理解。……在内在批评看来，成功的作品并非在伪造的和谐中解决了客观矛盾，而是通过体现在其内在结构中的那些纯粹的、不可调和的矛盾，以否定的方式表达出那种和谐的理念。面对这种作品，“仅仅是意识形态”的裁定将失去其意义。但与此同时，内在批评也明显坚持这样一个事实：精神一直都处在某种魔咒之下，神志不清。精神单靠自己费心劳神是不能解决那些矛盾的。即便它单靠自己把失败反思得完全彻底，也依然有其局限，因为它仅仅停留在反思层面，却没有改变证明其失败的存在。因此，内在批评无法在自己的理念中获得慰藉。①

尽管还不是全部，但上述文字确实已是《文化批评与社会》中论述内在批评的精粹所在。那么，又该如何理解阿多诺所谓内在批评呢？结合以上论述及其他相关论述，我以为可进行如下解读。

---

① Theodor W. Adorno, “Cultural Criticism and Society,” in *Prisms*, trans. Samuel and Shierry Weber, Cambridge, M.A.: The MIT Press, 1981, pp. 32-33.

首先，内在批评的主要工作在于揭示批评对象那里的矛盾状态，而这种矛盾性恰恰又是由意识形态造成的。如前所述，揪住意识形态不放，实际上是马克思以来形成的一个批判传统。齐泽克便是从马克思的商品拜物教理论出发，形成了“意识形态幻象”（Ideological Fantasy）的相关解读：“意识形态的基础层不是用来掩饰事物真实状态的幻觉，而是用来建构我们社会现实本身的（无意识）幻象。”为了论证这一命题，他也假道于阿氏并指出：“甚至阿多诺也得出了这样的结论：严格地说，从前提出发，意识形态只是一套认为真理属于自己的体系。也就是说，它不仅是谎言，而且是作为真理而经历的谎言，一种假装被认真对待的谎言。”[①]实际上，“意识形态幻象说”在阿多诺那里就已具雏形（前文已略有触及），那应该是他活学活用马克思著作的产物（如同本雅明的 Aura 中游荡着马克思商品拜物教理论的幽灵）。正是因为意识到笼罩在意识形态幻象下的社会现实如雾中看花、朦胧模糊，也正是因为意识形态制造了种种假象，所以缩短意识形态伪真理与真理之间的距离，揭示意识形态与社会现实之间的矛盾，就成为阿多诺反复言说的一个主题。这个主题指向哲学，就是马克思所谓“改变世界”的万丈雄心；指向文学艺术，则是对“解释世界”的不懈努力。因为无论是阿多诺所期待的自主艺术，还是他所批判的大众文化，那里面不仅隐含着正确、错误、扭曲、似非而是、似是而非的诸多信息，而且它们也是进入社会现实的重要入口。正是在这个意义上阿多诺才说：

> 批评的任务绝不是去寻求文化现象所归属的特殊利益集团，而是去破译那些体现在这些现象中的一般社会趋势，以及最强大的利益集团如何借助这种趋势做成了自己。文化批评必须成为社会的观相术。[②]

---

① Slavoj Žižek, *The Sublime Object of Ideology*, London and New York: Verso, 2008, pp. 30, 27.

② Theodor W. Adorno, “Cultural Criticism and Society,” in *Prisms*, trans. Samuel and Shierry Weber, Cambridge, M.A.: The MIT Press, 1981, p. 30.

请注意，这里所谓文化批评实际上已是被内在批评改造过的文化批评。在阿多诺的想象中，真正的文化批评是能够为一个社会相面的。在花团锦簇或杂乱无章的世相面前，文化批评应该有从头看到脚、从外看到里的本事，从而述往事，思来者，预测它的贵贱安危，诊断它的吉凶祸福。例如，当市场经济兴旺发达之际，本雅明却发出了“资产阶级的丰碑在坍塌之前就已是一片废墟”[①]的预言，这才是成为社会观相术的文化批评。

其次，必须意识到，内在批评之所以是内在批评，就是因为其批评不在“外在”或“外部”，而是“内在”于批评对象之中。国内哲学界的周爱民博士在谈及阿多诺等人的批判理论时，曾结合西方学界看法，对“外部批判”（External Critique）、“内部批判”（Internal Critique）和“内在批判”（Immanent Critique）做过区分。根据他的梳理，所谓外部批判，是指“批判者利用某些外在的规范要求衡量特定社会现实，包括：批判者从其他完全不同的社会系统中找出某些标准衡量被批判的社会；批判者声称自身的立场完全中立，与自身所处的社会环境毫不相关；从某种人类学的普遍假设出发，声称这些假设应当放之四海而皆准，无须考虑某些特殊的社会结构与其历史”。这种批判很容易令人联想到国内文艺理论界近年来讨论的“强制阐释”，其缺陷是批判者外在于其批判对象，借用王国维的术语，这就是所谓“隔”。所谓内部批判，是批判者“总是利用内在于社会实践中的规范要求去批判该实践”。与外部批判相比，内部批判的优势在于“利用批判对象自身声称的原则与要求进行批判”，所以它“无须为其提供更多正当性辩护”。内部批判的主要缺陷在于其“约定论、保守性、主观性”。而所谓内在批判，一方面，“试图通过再次区分批判的规范标准，使之区别于内部批判。内在批判试图指出，自身的规范标准并非仅仅是人们实际接受的规范，同时也是人们成功的实践活动不得不接受的规范，从而使其具有超越既定社会规范的潜

① Walter Benjamin, *Charles Baudelaire: A Lyric Poet in the Era of High Capitalism*, trans. Harry Zohn, London: Verso, 1992, p. 176.

能。另一方面，内在批判总是试图指出，这种不得不接受的规范虽然有时未被人们意识到，但是总是要么蕴含于人们的实践之中，要么已经成为现实社会制度背后的支撑原则，因此它总是内在于社会实践之中”。因此，内在批判“不仅仅是一种批判方法，同时也是一种理论立场”。①

以上关于三种批判的区分显然有助于我们对内在批评的理解，但因它是哲学话语，所以还需要进行布莱希特所谓“功能转变”（Umfunktionierung）。威尔逊（Ross Wilson）指出：在阿多诺那里，内在批评意味着“这种批评依据它所批评的东西而进行，而并非根据任何材料在实际处理之前所确立的规范来操作。他认为批评必须长于它所批评之物的体内，在此意义上它才是‘内在的’；也就是说，它必须尽量靠近其批评对象工作，而不是将外部形成的标准强加于它”②。外部形成的标准、外部确立的规范往往与批评对象相异，以此进行批评活动，就只能按图索骥，强制阐释，凌空蹈虚，高举高打。这样的批评是不及物批评，是我国学者童庆炳所谓“只注重概念的判断，逻辑的推衍，做出简单的结论”的“概念上跑马式”批评。③内在批评深挖洞（文学文本），广积粮（社会语境），其方法意识或方法论便从这里生根、发芽、开花、结果。阿多诺指出：“用哲学的术语来说，方法必须是一种内在的东西，社会的种种概念不宜从外部运用于作品之中，而是要通过对作品本身的严格考量把它们提取出来。”④这就意味着批评概念是从作品内部长出来的，而不是借鸡下蛋、借坡下驴从外部套上去的。转换到我国的文学语境中，这就是写小说时沈从文所谓“贴着人物写”：“作者要和人物同呼吸、共哀乐。作者的心要随时紧贴着人物。什么时候作者的心‘贴’不住人物，笔下就会浮、

---

① 周爱民：《论批判理论的“家族相似性”——从内在批判的视角看》，《马克思主义与现实》2019 年第 5 期。

② Ross Wilson, *Theodor Adorno*, London and New York: Routledge. 2007, p. 66.

③ 童庆炳：《文化诗学：理论与实践》，北京大学出版社 2015 年版，第 126 页。

④ Theodor W. Adorno, “On Lyric Poetry and Society,” in *Notes to Literature,* Volume One, trans. Shierry Weber Nicholsen, New York: Columbia University Press, 1991, p. 39.

泛、飘、滑，花里胡哨，故弄玄虚，失去了诚意。”[①]这也是张承志在其《心灵史》中反复提及的重要发现：“正确的研究方法存在于被研究者的形式之中。”[②]

最后，借助于张承志，我已提及形式。事实上，阿多诺的内在批评就是从形式层进入文学作品的。而在其著作文章中，他对形式的重视与强调——例如，《文学笔记》的首篇文章就是“Der Essay als Form”，我以为可以像翻译杜威的《艺术即经验》（*Art as Experience*）那样译为《论笔即形式》——可以说比比皆是。然而，他的操作方案又与俄国形式主义、英美新批评只关注语言、结构等形式层大相径庭。考夫曼（Robert Kaufman）就曾指出：阿多诺其实很狡猾，因为在《论抒情诗与社会》这篇广播讲话中，他表面上是施展其内在批评之功，从形式层进入社会层，然后解读出社会层面的东西，但实际上，他是要动摇德语听众事先已经形成的“新批评”预设。“常常被概括为阿多诺作品（以及广义上的法兰克福学派理论）特征的内在分析（Immanent Analysis），致力于沉浸于形式之中，致力于对其肌质、句法、节奏和调性充分体验并参与其中。与其说这是对‘新批评’（或者其他方法论上的形式主义者）的形式关注弃之不顾，不如说是把它拓展到社会层面并附加条件后使其再度归来：诗歌或艺术作品不能被构想为一个独立客体，而是像本雅明那样，被当作由作品和社会层面之间一系列复杂关系生成的聚阵结构（constellation）或力场（kraftfeld）的一部分（这可以理解为，社会往往是，或至少在微观层面上是内在于作品之中的）。”[③]从作品的形式入手并对形式进行内在分析，由此揭示意识形态与社会现实之间的矛盾性、复杂性和含混性，进而破解社会为各类机关暗道设置的种种密码，挑明意识形态掩盖下的事实真相，由表而

---

① 汪曾祺：《沈从文先生在西南联大》，《汪曾祺全集》三，北京师范大学出版社 1998 年版，第 465 页。

②《张承志文学作品选集（长篇小说卷）》，海南出版社 1995 年版，第 146 页。

③ Robert Kaufman, “Adorno’ Social Lyric, and Literary Criticism Today: Poetics, Aesthetics, Modernity,” in ed. Tom Huhn, *The Cambridge Companion to Adorno*, Cambridge: Cambridge University Press, 2004, P. 357.

入里，因内而观外，这就是内在批评的致思路径和操作方案。因为阿多诺相信，社会层面的秘密就隐藏在艺术作品的形式之中，艺术作品的种种形式就像勋伯格的“无调音乐”一样，既非空穴来风，也不可能独立寒秋，单向度地存在。它们都是“有意味的形式”。

阿多诺就是这样一位杰出的内在批评家。例如，通过对《〈终局〉试理解》（“Versuch, das Endspiel zu Verstehen”）做内在分析，他告诉我们：“理解《终局》只能意味着去理解它的不可理解性，去具体重构它没有意义的意义这一事实。”[①]这是对《终局》形式层的解读。而当他指出“贝克特的垃圾桶是奥斯威辛之后文化重建的徽章”[②]时，这就进入了社会层，也呼应了他在《否定的辩证法》中的激进判断：“所有后奥斯威辛文化（post-Auschwitz culture），包括对它的迫切批判，都是垃圾。”[③]同样，在《介入》一文中，他对萨特与布莱希特的批判可谓刀刀见血、酣畅淋漓，也是内在批评的经典案例。在他看来，“萨特的戏剧是作者传达观念的工具，它们还没有跟上审美形式进化的步伐。……那些简单明确的情节与同样简单明确却可以提取的观念相结合，让萨特获得巨大成功，并使他适用于文化工业（Kulturindustrie），但这无疑违背了他的初衷”[④]。而布莱希特的戏剧虽然以其“间离效果”闻名于世，但在阿多诺眼中，它们都不同程度地患上了“间离幼稚病”（verfremdender Infantilismus）。比如：“《胆大妈妈》（*Mutter Courage*）意在还原蒙泰库科利（Montecuccoli）‘发战争财’这一格言的荒诞，却成了一部插图版的初级读物。”之所以如此，关键在于“他试图重构社会现实，结果先是导致了一种虚

① Theodor W. Adorno, “Trying to Understand Endgame,” in *Notes to Literature,* Volume One, trans. Shierry Weber Nicholsen, New York: Columbia University Press, 1991, p. 243.

② Theodor W. Adorno, “Trying to Understand Endgame,” in *Notes to Literature,* Volume One, trans. Shierry Weber Nicholsen, New York: Columbia University Press, 1991, pp. 266-267.

③ Theodor W. Adorno, *Negative Dialectics*, trans. E. B. Ashton, London and New York: Taylor & Francis e-Library, 2004, p. 266.

④ Theodor W. Adorno, “Commitment,” in *Notes to Literature,* Volume One, trans. Shierry Weber Nicholsen, New York: Columbia University Press, 1991, p. 81.

假的社会模式，然后造成了戏剧的难以置信”[①]。由此看来，作为批评家的阿多诺之所以如此犀利、准确、深刻、精湛，正是因为他启用了内在分析，玩活了内在批评（他在分析萨特与布莱希特时还顺手插入了这样一个句子：“内在批评作为唯一辩证的批评，其任务则是对其作品中形式与政治的效度进行综合评估。”[②]这当然是自我定位，却也像是炫技之语）。而通过其批评实践，他也把内在批评这支投枪擦得锃光瓦亮了。

然而，话说回来，尽管内在批评被阿多诺构想得几近完美，运用得恰到好处，但要把它落实下去，普及开来，却也存在着不小的难度。这种难度不仅在于批评家能否既沉浸于作品之中（入乎其内）又超拔于作品之外（出乎其外），而且也在于“去野蛮化”（debarbarization）能否成为文化的规范性概念，[③]社会能否为批评提供一个“自由表达意见”的言论环境。阿多诺说：“没有这种自由，没有超越到文化内在性之上的意识，内在批评本身将是不可想象的：只有那种没有被对象完全吞没的人才跟得上对象的自发运动。”[④]阿多诺就是这样的人，所以他做到了，也把内在批评做强做大了，但更多被对象吞没或者被对象吓得只敢做“艺术欣赏”的所谓批评家能做到吗？而且，当今德国又出现了赖希－拉尼茨基这种号称“文学教皇”的批评家，他在德国电视二台主持《文学四重奏》达十三年之久，已充分利用媒体霸权造势，塑造了自己的公众形象，但作家却对他怕得要死——既怕他批评（他喜欢打棍子、扣帽子），更怕他沉默，因为“教皇”一沉默，作家就哆嗦，那意味着其新作的受损程度会更加严重。于是他便成为人物原型，被写进小说，经历了马

---

① Theodor W. Adorno, “Commitment,” in *Notes to Literature,* Volume two, trans. Shierry Weber Nicholsen, New York: Columbia University Press, 1992, pp. 85, 86.

② Theodor W. Adorno, “Commitment,” in *Notes to Literature,* Volume two, trans. Shierry Weber Nicholsen, New York: Columbia University Press, 1992, p. 85.

③ See Henry W. Pickford, “Adorno and Literary Criticism,” in eds. Peter E. Gordon, Espen Hammer, Max Pensky, *A Companion to Adorno*, Hoboken: Wiley, 2020, p. 367.

④ Theodor W. Adorno, “Cultural Criticism and Society,” in *Prisms*, trans. Samuel and Shierry Weber, Cambridge, M.A.: The MIT Press, 1981, p. 29.

丁·瓦尔泽（Martin Walser）所谓“批评家之死”[①]。这样的批评家我们又该如何面对？这种批评家所做的工作距离阿多诺所说的内在批评是近还是远？

所有这些，都无法不让我们对内在批评心存忧虑。

于是我想到了阿多诺在《小伦理学》一书中的终曲格言。他在那里说的是哲学，但我以为也可以由此想想文学和文学批评，想想内在分析和内在方法。现在我就把这段文字拿过来，姑且当作我这篇解读文章的结束语吧：“面对绝望，唯一能够尽责尽力去实践的哲学，是试图从救赎的层面去观照所有事物，考量它们在这个层面上会呈现的样子。只有通过救赎，知识才有照亮世界的光芒：其他一切都是重构，雕虫小技而已。必须塑造出这样一些视角：将这个世界错置其位，使其陌生化，揭示其本相，包括它的裂缝与罅隙，就像有朝一日它终将在弥赛亚之光中呈现出贫困与扭曲之相那样。”[②]

① 参见马丁·瓦尔泽：《批评家之死》，黄燎宇译，人民文学出版社 2004 年版，“译者序”第 5—7 页。

② Theodor W. Adorno, *Minima Moralia: Reflections from Damaged Life*, trans. E. F. N. Jephcott, London and New York: Verso, 2005, p. 247.

| 第三章 |

征服读者群

——《什么是文学？》中的大众观

法国思想家萨特（1905—1980）连同他的思想似乎已成明日黄花，但我们不得不承认，他那篇长文《什么是文学？》（1947）依然算得上是一个迷人的文本。这不仅是因为“介入文学”的主张通过该文本有了一次集中亮相的机会，而且是因为萨特那种迫不及待的陈述时而清晰时而模糊，给我们留下了许多需要破解的谜。比如，在此文的第四部分，我们会发现“我们有读者，但无读者群”[①]的焦虑与呼吁不时出现，而解决这一问题的方案又构成了“介入文学”的重要内容。那么，萨特为什么会意识到这一问题呢？读者群的潜在含义究竟是什么？那种解决方案中蕴含着萨特怎样的乌托邦冲动？所有这些问题显然值得认真清理。

第一节 “我们有读者，但无读者群”出场的历史语境

分六期刊发于1947年《现代》杂志上的《什么是文学？》由四部分内容组成：“什么是写作？”“为什么写作？”“为谁写作？”“一九四七年作家的

① 萨特：《什么是文学？》，施康强译，《萨特文集》第7卷，人民文学出版社2005年版，第272页。

处境”。为了回答如上问题，我们有必要首先面对萨特提出读者、读者群问题的具体语境。

既然萨特要阐述“介入文学”的主张，“介入”也就成了《什么是文学？》的逻辑起点。因此，在《什么是文学？》的第一部分，萨特主要论述了作家写出的文学作品为什么会具有介入的功能，进而对散文的介入性和诗歌的非介入性进行了区分。至第二部分，萨特开始引入读者维度。萨特认为，没有为自己写作这么一回事，如果谁这样做，必将遭到最惨痛的失败。“任何文学作品都是一项召唤。写作，这是为了召唤读者以便读者把我借助语言着手进行的揭示转化为客观存在。”[①]既然写作是一种召唤，它要召唤出读者的什么东西呢？萨特的回答是“自由”——“作家向读者的自由发出召唤”，“作家为诉诸读者的自由而写作”。[②]当作家的写作是向读者召唤自由时，读者的阅读也成了对这种召唤的一种响应。于是，在萨特的想象中，阅读活动就出现了这样一种图景：“阅读是作者的豪情与读者的豪情缔结的一项协定；每一方都信任另一方，每一方都把自己托付给另一方，在同等程度上要求对方和要求自己。因为这种信任本身就是豪情，谁也不能迫使作者相信他的读者将会运用自己的自由；谁也不能迫使读者相信作者已经运用了自己的自由。这是他们双方做出的自由决定。”[③]在这样一种“自由”的承诺中，萨特最终形成了如下结论：写作和阅读就是要求自由和保卫自由。

这里形成的阅读理论实际上是胡塞尔（Edmund Husserl）的现象学哲学、萨特式的存在主义哲学共同作用的结果。一方面，在现象学的层面上，萨特认为阅读过程是一个预测和期待的过程，这一过程伴随着读者的知觉活动和创造活动。这一思路与同样师承胡塞尔的英伽登（Roman Ingarden）的观点异

① 萨特：《什么是文学？》，施康强译，《萨特文集》第7卷，人民文学出版社2005年版，第126—127页。

② 萨特：《什么是文学？》，施康强译，《萨特文集》第7卷，人民文学出版社2005年版，第127、131页。

③ 萨特：《什么是文学？》，施康强译，《萨特文集》第7卷，人民文学出版社2005年版，第134页。

曲同工。另一方面，自由又是萨特哲学的核心概念，在他早期的存在主义哲学中，他要论述的关键问题就是人的绝对自由。因此，当萨特把自由看作连接作家写作与读者阅读之间的纽带时，这种观点是毫不奇怪的。当然，更重要的是，读者在这一部分内容中登场亮相了，只不过这里的读者更多还是哲学语境中或美学意义上的读者。

写作与阅读的重要性被萨特提出来之后，他就沉入历史的梳理与分析之中。因此，第三部分“为谁写作？”其实是对法国文学史中作家与读者的关系所做的一个扫描。根据萨特的设想，作家与社会总是处在一种冲突之中。作家因其活动的“无用”和“有害”，让社会产生了一种负疚心理。因此，作家与试图维持平衡的保守力量永远处于对抗之中，作家的目的就是要打破平衡。当统治阶级意识到危险之后，他们“就给艺术家颁发年金以便控制他的毁灭力量，所以艺术家是统治阶级的‘精英分子’的食客。但是就其功能而言，他与养活他的那些人的利益背道而驰”[1]。当作家的写作活动延伸到读者的阅读层面，其冲突就表现为作家的真正读者（代表保守势力）与潜在读者（代表进步势力）的对抗。基于这一思想，萨特认为17世纪的法国并不存在潜在的读者群，结果作家只能在统治阶级的意识形态内部对自由发出召唤。18世纪，作家虽然在很大程度上实现了自己的文学理想，但随着资产阶级取得胜利，它也创立了新的压迫形式。至19世纪，文学开始走向实验之路，结果，文学又一次退回到沙龙之中，成为人们怀着无限敬意谈论的对象。其后的唯美主义、象征主义、为艺术而艺术等等，虽然在极力拯救文学的自主性，但这时候的文学实际上却陷入危机：“文学切断了它与社会的全部联系；它甚至不再有读者群。”[2]在萨特眼中，19世纪以来的文学走的是一条自甘堕落、自我毁灭的路。

正是在这一部分内容中，“读者群”或“潜在的读者群”开始频频出场

① 萨特：《什么是文学？》，施康强译，《萨特文集》第7卷，人民文学出版社2005年版，第154页。
② 萨特：《什么是文学？》，施康强译，《萨特文集》第7卷，人民文学出版社2005年版，第206页。

了。而当萨特谈到19世纪的文学时，如下的论述尤其值得我们注意。萨特认为，1830—1848年，一些作家虽然发现了一个被叫作“人民”的读者群，但他们的出身决定了他们无法对这个读者群有深入了解。于是，“人民只是他们某些作品的题材，而不是他们选定的读者”①。这样，除雨果之外，其他作家都没有赢得一个“工人读者群”。由此可见，“他们保卫无产阶级的决心”显得十分抽象，他们甚至成了无产阶级之外的一个“冒牌无产阶级”。②与此同时，由于文学刚刚从宗教意识形态中解脱出来，所以寻求独立于任何意识形态的自主性便成为文学的奋斗目标。而这种追求注定会与读者的接受形成一种错位：“作家真心实意地拒绝使文学服从某一读者群或某一特定题材。但是他没有发现正在奋力兴起的那个具体革命与他从事的抽象游戏背道而驰。这一次，群众旨在夺取政权，但是因为群众没有文化修养也没有闲暇，而任何一种自以为是的文学革命都致力于雕琢技巧，结果群众根本读不懂在这一文学革命感召下产生的作品，于是文学革命正好符合社会保守主义的利益。”③

从以上论述可以看出，萨特在谈到读者群问题时，不仅在前面加了修饰语（如“工人读者群”），而且“人民”“群众”“无产阶级”等政治语汇也伴随着读者群开始出现。那么读者群与这些政治语汇是何种关系？

让我们暂时悬置这一问题，再来看看此文的第四部分内容。

“一九四七年作家的处境”是萨特对法国当代文学现状的分析。为了描绘出这一全景，他首先区分出三代作家。第一代作家在1914年以前已开始创作，到1947年前后已经功成名就。对于这代作家，萨特的判断是“大致上实现了文学与资产阶级读者群的和解”④。这代作家中虽不乏大家（如纪德、普鲁斯特等），但萨特从总体上把他们的文学定位成“托辞文学”。显然，在萨特

① 萨特:《什么是文学?》，施康强译，《萨特文集》第7卷，人民文学出版社2005年版，第182页。
② 萨特:《什么是文学？》，施康强译，《萨特文集》第7卷，人民文学出版社2005年版，第182—183页。
③ 萨特:《什么是文学？》，施康强译，《萨特文集》第7卷，人民文学出版社2005年版，第184—185页。
④ 萨特:《什么是文学?》，施康强译，《萨特文集》第7卷，人民文学出版社2005年版，第220页。

的眼中，这一代作家延续了19世纪的写作路数，不值得提倡。第二代作家在1918年以后长大成人，其中超现实主义写作集中体现了这代作家的精神困境。在萨特看来，自动写作一方面取消了主体性，一方面又摧毁了客体性，于是超现实主义进行的是一项古怪的事业："用过度丰盈的存在来实现虚无。"[①]而更重要的是，超现实主义作家在无产阶级中间没有任何读者。这样，第二代作家在萨特心目中也就大都扮演着成事不足、败事有余的角色。第三代作家即包括萨特在内这一代人。既然第一代和第二代作家已是萨特鄙视的对象，那么他显然把希望寄托在第三代作家身上。对于这一代作家及其文学活动，萨特提出了怎样的要求呢？

首先，萨特提醒当代作家注意，由于"我们位于处境之中"，所以当代作家需要创造的是一种"极限处境文学"。为了更好地理解萨特所谓"处境文学"，这里有必要对"处境"略做解释。在萨特论述的语境中，"处境"首先是一个重要的哲学范畴。萨特曾经举例说："一块岩石，如果我想搬动它，它便表现为一种深深的抵抗，然而当我想爬到它上面观赏风景时，它就反过来成为一种宝贵的援助。……它是中性的，也就是说它等待着被一个目的照亮，以便表露自己是一个对手还是一个助手。"[②]这个例子常常被用来说明萨特所谓处境与选择之间的关系。杜小真在引用了这段文字之后解释道："所谓处境，在萨特看来就是自在的偶然性与自由的偶然性的共同产物，是一种模棱两可的现象。在每种具体的、特定的处境下，很难区分那些回到自由中去的和回到自为的原始存在中去的东西。所谓障碍与帮助是模棱两可的，它们都只有在自由选择的行动中才可获得意义，也就是说，人处处可能遇到不是自己建立的障碍或帮助，但只是在自由选择中才可遇到。"处境显现具有五种方式，包括"我处的地点（ma place）、我的过去（mon passé）、我的周围（mes eutours）、我的邻人（mon prochain）和我的死亡（ma mort）"。[③]

① 萨特：《什么是文学？》，施康强译，《萨特文集》第7卷，人民文学出版社2005年版，第228页。
② 萨特：《存在与虚无》，陈宣良等译，生活·读书·新知三联书店1987年版，第618—619页。
③ 杜小真：《一个绝望者的希望——萨特引论》，上海人民出版社1988年版，第129—130页。

1947年的“处境”显然与萨特的哲学思考有关，但似乎内容更为丰富。萨特说：“从一九三〇年起，世界危机、纳粹主义上台、中国的事变、西班牙战争擦亮了我们的眼睛；我们觉得脚下的土地即将塌陷。”[①]经历了第二次世界大战之后，法国已是满目疮痍、伤痕累累，战争给人带来的阴暗记忆依然在人的心头挥之不去，新的战争又随时有爆发的可能。在这种环境中，萨特似乎体现出一种前所未有的焦虑。他说：“我们的作品的命运也与处境危险的法国的命运连在一起：我们的前辈为度假的灵魂写作，轮到我们对读者说话时，假期已经结束：我们的读者群由与我们同类的人组成，他们与我们一样等待着战争和死亡。对于这些没有闲暇、不懈怠地关心着唯一一件事的读者，唯一合适的题材是写作有关他们的战争和他们的死亡的事情。我们被粗暴地重新纳入历史，被迫创作一种强调历史性的文学。”[②]从这段表白中可以看出，萨特所谓处境显然与当时特殊的社会氛围、历史语境密切相关。所以，我们可以把他反复强调的处境看作一种处于特殊历史关头的紧急状态。

明白了处境所指，处境文学也就不难理解了。萨特指出：“我们的任务是创造一种能使形而上的绝对与历史事实的相对性交汇、和解的文学。因为找不到更好的说法，我姑且名之为重大关头文学。”[③]“重大关头文学”其实就是对“处境文学”的形象说明。而在“重大关头文学”之后，萨特还特意做了一条注释，注释指出：“加缪、马尔罗、凯斯特莱、卢赛等人创作的如果不是一种极端处境文学，又能是什么呢？他们创造的人物居于权力的顶峰或者身陷囹圄，即将死去，或者即将受刑或杀人；战争，政变，革命行动，轰炸与屠杀对他们是家常便饭。”[④]在另一处地方，萨特又特别强调：“每一处境都是陷阱，四面都是墙壁：我表达得不好，没有可供选择的出路。出路是人们自

① 萨特:《什么是文学?》,施康强译,《萨特文集》第7卷，人民文学出版社2005年版，第249页。
② 萨特:《什么是文学?》,施康强译,《萨特文集》第7卷，人民文学出版社2005年版，第251页。
③ 萨特:《什么是文学?》,施康强译,《萨特文集》第7卷，人民文学出版社2005年版，第257页。
④ 萨特:《什么是文学?》,施康强译,《萨特文集》第7卷，人民文学出版社2005年版，第318页。

己发明的。”[1]从这条注释和这个比喻中可以看出，极限处境文学就是把人物推到某种绝境，然后让他在那种险象环生、走投无路的情况下做出选择，于是某种可能的选择与行动便在这种处境中被激发出来，读者因此受到巨大震动，作家的召唤也因此得以实现。正是因为意识到处境文学所具有的特殊效果，萨特有了“提倡一种处境剧”的呼吁，他甚至为如何写作处境小说提供了一种操作方案：

> 既然我们在处境之中，我们唯一可能想到去写的小说是处境小说，既无内在叙述者，也无全知的见证人；简单说，如果我们想了解我们的时代，我们必须从牛顿力学转向广义相对论，让我们的书里充满半清醒、半蒙昧的意识，我们可能对其中的一些意识或另一些意识更具同情，但是任何一个意识对于事件和自身都不享有优先观点；……最后我们还必须到处留下怀疑、期待与未完成的段落，迫使读者自己去做各种假说，让他感到他对情节与人物的看法只能是许多看法中的一种，从不引导他，也不让他猜到我们的感情。[2]

对于处境小说，萨特显然采用的是不同于处境剧的处理思路。他希望通过一种特殊的艺术表达方式呈现事件和世界的模棱两可性、不可逆料性、不透明性和粗暴的新鲜感，他更希望读者掉进每个人物的陷阱里，从一个意识被扔进另一个意识。唯其如此，处境小说才能像卡夫卡的作品一样，在其中“认出历史和处于历史中的我们自己”[3]。如果说萨特的处境剧采用的是激将法，他的处境小说使用的则是推诿法——把判断、选择的自由交给了读者，然而两者所要达到的目的又大同小异，即都是为了把真实、严酷的处境呈现出来，然后让作者与读者在他们达成的信任承诺中共同面对和解决现实问题。

---

① 萨特：《什么是文学？》，施康强译，《萨特文集》第 7 卷，人民文学出版社 2005 年版，第 306 页。
② 萨特：《什么是文学？》，施康强译，《萨特文集》第 7 卷，人民文学出版社 2005 年版，第 258 页。
③ 萨特：《什么是文学？》，施康强译，《萨特文集》第 7 卷，人民文学出版社 2005 年版，第 260 页。

其次，在处境文学的基础上，进一步提出建立一种“实践文学”的主张。萨特认为，以往的文学既是存在的文学又是消费的文学。所谓存在的文学是指沉浸于沉思冥想的静止状态中而无法唤醒人们行动的文学，17 世纪的文学是其典范；所谓消费的文学是指既消耗物质财富也挥霍文化传统从而使文学走向虚无的文学，超现实主义文学达到其极致。实践文学既是存在文学的反动，也是对“生产文学”的呼唤，同时还是“整体文学”（对于萨特来说，这种文学应该是文学的理想境界）的前奏或雏形。萨特指出：“只有在社会主义集体中，当文学终于明白自己的本质，完成了实践与存在的综合，否定性与建设的综合以及做、有、存在三者的综合之后，文学才配得上整体文学的名字。”①显然，在萨特心目中，实践文学还只是一种过渡形态，但却是能让文学拨乱反正的重要步骤。这一步迈出去，就能走向通往整体文学的通途。

正是在这一背景下，萨特有了“我们有读者，但无读者群”的强烈焦虑。那么，如何解决这一问题呢？从萨特的思路中可以看出，他依然是在作家与读者的关系中设计他的操作方案的。从作家的方面看，萨特极力想让他的同代作家明白一个道理：他们是资产阶级队伍中的一员，而由于资产阶级是压迫阶级，所以必须首先背叛自己的阶级才能在实践文学方面有所作为。萨特指出：“我们自己也是资产者，我们亲身体验过资产者的焦虑，我们有过这种被撕裂的灵魂，但是，既然负疚的良心特点是企图挣脱不幸状态，我们就不能安安稳稳地待在本阶级的内部，而且，由于我们不再可能通过赋予自己以贵族寄生阶级的外表，振翅一飞就脱离本阶级，我们就必须做它的掘墓人，即便我们有与它一起被埋葬的危险也义无反顾。”②这种宣言似的表白似乎透露出萨特与资产阶级划地绝交的决心。从读者的方面看，就是让作家转向被压迫阶级——工人阶级，既把他们作为表现对象，也把他们作为“一个革命的读者群”：“就工人是被压迫者而言，文学作为否定性能反映他的愤怒的对象；

① 萨特：《什么是文学？》，施康强译，《萨特文集》第 7 卷，人民文学出版社 2005 年版，第 268—269 页。

② 萨特：《什么是文学？》，施康强译，《萨特文集》第 7 卷，人民文学出版社 2005 年版，第 277 页。

就工人是生产者和革命者而言，他是一种实践文学的最好题材。……必须毫不犹豫地说，文学的命运与工人阶级的命运是联在一起的。”①

至此为止，萨特的意图终于明朗起来了：由于作家位于处境之中，萨特的雄心又是要建构一种处境文学，进而实现实践文学和整体文学的总体目标，所以他一方面要号召作家与自己所在的资产阶级决裂，一方面要鼓励作家想方设法为工人阶级大众写作。而争取或征服读者群的过程其实就是让自己的作品亲近工人阶级大众的过程。而由于读者群是实践文学或整体文学的重要一环，所以，这种文学能否真正作用于读者群——工人阶级大众，便成了它生死存亡的关键所在。正是在这一意义上，我们可以说，萨特所谓读者群是可以与无产阶级或工人阶级大众画上等号的。许多时候，他表面上用的是读者群这一语词，实际上隐含的意思却是无产阶级大众。

第二节 知识分子与大众的新型关系

把读者群看作无产阶级大众，意味着读者群并非纯粹文学意义或接受美学意义上的概念，而是一个充满政治学含义的语词。而弄清楚这一问题显然有利于我们对《什么是文学？》的再认识。

让我们从作家的角色扮演谈起。在《什么是文学？》中，虽然萨特处处在对作家提出要求，但实际上我们可以把他笔下的作家换成知识分子。这正如萨义德所指出的那样：《什么是文学？》中“使用的字眼是作家，而不是‘知识分子’，但所说的显然是知识分子在社会中的角色”②。而由于萨特本人便是知识分子角色的扮演者，他在1968年之后又提出了“新知识分子”的概念和主张，所以《什么是文学？》既是萨特从文学介入政治实践过渡的桥梁，

① 萨特：《什么是文学？》，施康强译，《萨特文集》第7卷，人民文学出版社2005年版，第277—278页。

② 爱德华·W. 萨义德：《知识分子论》，单德兴译，生活·读书·新知三联书店2002年版，第65页。

也是作家与知识分子角色转换的中介。有关这一问题，我已有专文论说[①]，兹不赘述。

一旦把《什么是文学？》中的作家看作知识分子，而读者群又意味着无产阶级大众，作家与读者群的关系也就转换成知识分子与大众的关系。那么，这种转换对于我们认识《什么是文学？》乃至萨特又意味着什么呢？这就需要简单回顾一下知识分子与大众的关系史。

按照威廉斯（Raymond Williams）的梳理和分析，“大众”或“群众”（masses）这个词虽然不太复杂，却相当有趣，“因为它具有正反两方面的意涵：在许多保守的思想里，它是一个轻蔑语，但是在许多社会主义的思想里，它却是具有正面意涵的语汇”。作为轻蔑语，它表达的意思是“多头群众”（many headed）或“乌合之众”（mob），这群人低下、无知且不稳定；作为正面用语，它与革命传统相关，并体现出一种“正面的社会动力”。当代用法中，由这个词所构成的词组也正好体现了这两种意涵。[②]

既然大众存在着正、负两种含义，那么，知识分子对大众究竟形成过怎样的认识和判断？诞生于他们手中的理论究竟又为大众输入了怎样的意涵？实际上，在大众形象的建构过程中，知识分子往往取其负面含义，这与知识分子对大众的认识有关。比如，据约翰·凯里（John Carey）分析，尼采是最早对大众做出强烈反应的知识分子。在《权力意志》中，尼采认为“需要高级人士对大众宣战”，而宣战的时机又十分重要。因为“各处的庸人正在联合起来使自己成为控制者”[③]。而法国的勒庞（Gustave Le Bon）则最早对大众进行过系统的负面评价。1895 年，勒庞出版《乌合之众——大众心理研究》一书，全面论述了大众（群体）的特征和心理。他认为，“我们就要进入的时

① 参见赵勇：《文学介入与知识分子的角色扮演——萨特〈什么是文学？〉的一种解读》，《外国文学》2007 年第 4 期。

② 雷蒙·威廉斯：《关键词：文化与社会的词汇》，刘建基译，生活·读书·新知三联书店 2005 年版，第 281—289 页。

③ 约翰·凯里：《知识分子与大众：文学知识界的傲慢与偏见，1880—1939》，吴庆宏译，译林出版社 2008 年版，第 4 页。

代，千真万确将是一个群体的时代”，而对于群体中人的特征，他又做出了如下概括：“有意识人格的消失，无意识人格的得势，思想和感情因暗示和相互传染作用而转向一个共同的方向，以及立刻把暗示的观念转化为行动的倾向，是组成群体的个人所表现出来的主要特点。”[①]1929 年（亦说 1930 年），西班牙的奥尔特加·加塞特（Jose Ortega Y Gasset）出版了《大众的反叛》。在此书中，他以非常明确的知识分子姿态，并以极为浓郁的精英主义倾向对大众和大众时代展开了更猛烈的批判。因为在他看来，社会总是由两部分人组成的：少数精英（minorities）和大众人（a mass-man）。所谓少数精英“并不是指那些自以为高人一等的人，而是指那些对自己提出更高要求的人”。这些人虽然清楚那些高要求甚至无法实现，但依然孜孜以求，“并赋予自己重大的责任和使命”。而所谓大众人“就是那些毫无生活目标，一味随波逐流的人，结果是，尽管他拥有无限的潜能和力量，最终却一事无成”。[②]此后，像英国的阿诺德（Matthew Arnold）、利维斯（F. R. Leavis）与利维斯主义者，德国的阿多诺与法兰克福学派，美国的麦克唐纳（Dwight MacDonald），等等，也延续了批判大众的谱系，他们也以此为基础，建构了自己的大众文化批判理论。

在以上的负面评价中，虽然其逻辑起点各不相同，但大众无疑都是一群乌合之众，他们的存在或他们将要成为社会的主宰只会给社会带来危害。于是知识分子除对大众进行谴责和批判之外，甚至还希望大众销声匿迹。凯里在罗列了大量史料之后指出：“梦想大众将灭绝或绝育，或者否认大众是真正的人，这都是 20 世纪早期知识分子虚构的避难方法。”[③]由此看来，尼采、勒庞、奥尔特加等人的说法表面上看虽是负面评价，但实际隐含的却是知识分

---

① 古斯塔夫·勒庞：《乌合之众——大众心理研究》，冯克利译，中央编译出版社 2000 年版，第 6、22 页。

② 奥尔特加·加塞特：《大众的反叛》，刘训练、佟德志译，吉林人民出版社 2004 年版，第 6—7 页。

③ 约翰·凯里：《知识分子与大众：文学知识界的傲慢与偏见，1880—1939》，吴庆宏译，译林出版社 2008 年版，第 17 页。

子与大众的一种极为紧张的关系。

在这一背景下，萨特所期望出现的那种知识分子与大众的关系就显得格外引人注目。当然，这种关系并非无源之水，而是与马克思主义传统存在着千丝万缕的联系。因为按照恩格斯的解释，“无产阶级是由于工业革命而产生的”。作为“专靠出卖自己的劳动而不是靠某一种资本的利润来获得生活资料的社会阶级”，它的成员从一开始就处在了被剥削受压迫的境地。结果，他们的生活状况与社会地位“不是随着工业的进步而上升，而是越来越降到本阶级的生存条件以下。工人变成赤贫者，贫困比人口和财富增长得还要快”。因此，资产阶级在为自己生产着财富的同时，也为自己生产出了掘墓人。[①]显然，在马克思与恩格斯创立自己革命学说的年代，他们是把无产阶级或工人阶级作为一个革命的阶级来对待的，因为他们处在社会的底层，受剥削受压迫，所以他们有革命的要求和动力。于是无产阶级大众便率先成为革命的主体。

这里需要略做说明。由于“阶级”和“阶级斗争”是马克思与恩格斯思考问题的主要语境，所以他们通常谈论的是“无产阶级”而不是“大众”或“群众”。然而，“大众”或“群众”往往又是可以和“无产阶级”画上等号的，或者说，“无产阶级”往往是由“大众”组成的一支革命队伍，而阶级属性不过是强化了大众的革命要求和政治正确性，从而为大众赋予了崭新的内涵。验之于后来的正统马克思主义者对马克思思想的解读，“群众”“大众”“民众”或“人民”开始频繁出现，基本上已成为“无产阶级”的同义语。比如，列宁说：“革命是历史的火车头，——马克思这样说过。革命是被压迫者和被剥削者的盛大节日。人民群众在任何时候都不能够像在革命时期这样以新社会秩序的积极创造者的身份出现。”[②]又说：“马克思最重视的是群众的历史主动性。……马克思当时虽然流亡在伦敦，但他却以他特有的全部

---

①《马克思恩格斯选集》第一卷，人民出版社 1995 年版，第 230、284 页。

②《列宁选集》第一卷，人民出版社 1972 年版，第 601 页。

热情投入了这一群众斗争。”[①] 在这里，列宁已把马克思的无产阶级置换成了“群众”或“人民群众”。

马克思主义传统中的大众观显然深刻影响到左翼知识分子的价值立场和价值判断，以至于当这种类型的知识分子一旦想到大众，大众便成了他们需要发动的盟友。威廉斯说：“在某些社会情况里，从事革命的知识分子或革命党，并不是来自‘平民百姓’（the people）；他们视这些‘平民百姓’为一起奋斗的 masses，并且认为 masses 是他们服务的对象：亦即，masses 作为一种目标或者 mass 作为一种可以被操纵的材料。”[②] 当知识分子如此理解大众时，他们也就建构出一种与大众的新的想象关系。这种关系显然已不是负面判断中那种剑拔弩张、势如水火，而是变得含情脉脉、唇齿相依了。

一方面，萨特的大众观显然与马克思主义传统有关。实际上，对于萨特所谓实践文学，我们既可以将其看作一种“革命文学”，也可以将其看作一种带有社会主义色彩的文学。在马克思的设计中，社会主义与资本主义相比是一种更高级、更合理的社会形态，为了走向这种社会形态，需要的是无产阶级的革命。无产阶级既是推翻资本主义制度的革命主体，也是营造社会主义社会的建设主体。种种迹象表明，萨特在 1947 年虽然还没有正式思考存在主义与马克思主义的融合问题，但字里行间已呈现出吻合马克思主义的基本思路。因此，他把工人阶级看作文学可以大有作为的领域，是毫不奇怪的。然而，由于当时的工人阶级还是沉默的大多数，文学与他们并无关系，所以如何让文学延伸到工人阶级读者那里，从而解决萨特所谓“有读者而无读者群”的问题就变得至关重要。

另一方面，萨特大众观的形成又与他的切身经历有关。1939 年 9 月，萨特在反法西斯战争中应征入伍。来年 5 月，其好友尼赞（Paul Nizan）在前线阵亡。6 月，萨特在法德边境被俘，被关进德国特里尔战俘集中营。1941 年

---

①《列宁选集》第一卷，人民出版社 1972 年版，第 688—689 页。

② 雷蒙·威廉斯:《关键词：文化与社会的词汇》，刘建基译，生活·读书·新知三联书店 2005 年版，第 288 页。

4 月，萨特谎称自己是文职人员，并凭借视力欠佳的证明而获释。但这段集中营生活给萨特带来了很大影响。因为经过十个月左右的战俘生活后，萨特曾有过如下感慨：“在战俘集中营，重温了集体生活，这在离开师范学校之后还没有过……那里我喜欢的一点，是觉得自己是群众中一分子那种感情。可以无日无夜，毫不间断地与人交谈，直接往来，平等相待。我从中学到很多东西。”[①]这意味着在那个集中营里，萨特过上了久违的集体生活；他并没有觉得他失去自由，也没有被臭虫和跳蚤闹得浑身难受，而是感受到了集体的欢乐与温暖，这正如列维（Bernard-Henri Lévy）所指出的那样：“他投身于群体中。他深入潮湿而热烈的人群。包围着他、保护着他的群体让他嗅到了一种芬芳。我们可以大胆地说，那是群体的味道，是群体的意义，是兄弟情谊的功劳。”[②]于是，意想不到的事情终于发生了：进入集中营时，萨特还是一个孤独的个人主义者；出了集中营，他的孤独症不治而愈。“萨特年轻时原本信奉尼采，习惯于高高在上，怀疑一切，不赞成人多势众”，然而经历集中营生活后，萨特却发现了“社会主义”和“团结一致”。这样，萨特在集中营里就形成了一种列维所谓“群体价值观”，这种价值观又深入他的骨髓里，不得不让他脱胎换骨。[③]如此看来，萨特能意识到读者群的重要性，也应该是这种“群体价值观”作用的结果。

可以说，正是马克思主义传统和萨特本人业已成形的群体价值观，铸就了《什么是文学？》中的大众观。而正是有了这种大众观，萨特才对作家提出了崭新的要求——占领大众媒介。萨特指出：

> 书有惰性，它对打开它的人起作用，但是它不能强迫人打开它。

---

① 罗新璋编译：《萨特年表》，柳鸣九编选：《萨特研究》，中国社会科学出版社 1981 年版，第 412 页。

② 贝尔纳·亨利·列维：《萨特的世纪——哲学研究》，闫素伟译，商务印书馆 2005 年版，第 616 页。

③ 贝尔纳·亨利·列维：《萨特的世纪——哲学研究》，闫素伟译，商务印书馆 2005 年版，第 617 页。

> 所以谈不上“通俗化”：若要这么做，我们就成了文学糊涂虫，为了使文学躲开宣传的礁石反而让它对准礁石撞上去。因此需要借助别的手段，这些手段已经存在，美国人称之为“大众传播媒介”：报纸、广播、电影。这便是我们用于征服潜在的读者群的确实办法。自然我们必须压下一些顾虑；书当然是最高尚、最古老的形式；我们当然还要转回去写书，但是另有广播、电影、社论和新闻报道的文学艺术。根本不需要注意“通俗化”：电影本质上就是对人群说话的；它对人群谈论人群及其命运；广播在人们进餐时或躺在床上时突然袭来，此时人们最少防备，处于孤独的、几乎在生理上被抛弃的境地。今天广播利用这个情况哄骗人们，但是这一时刻也是最适合诉诸人们的诚意的时刻：人们此时不扮演自己的角色或者不再扮演。我们在这块地盘上插一脚：必须学会用形象来说话，学会用这些新的语言表达我们书中的思想。[①]

可以说，借助于报纸、广播、电影等大众媒介说话，用新的语言表达书中的思想，这不仅仅是萨特的理论主张，而且也成为他身体力行的实践方向。比如，1945 年，他与梅洛·庞蒂创办《现代》杂志，从而团结了一批知识界人士，《现代》也成为法国知识分子左派的大本营。从 1944 年开始，萨特也在《战斗报》《费加罗报》《解放报》《快报》《法兰西晚报》《新观察家周刊》等报纸上发表过大量专题性的时政文章。1970—1974 年，他还担任过革命性报纸《人民事业报》《我控诉》等的主编或编辑。与此同时，他也不时在广播电台上发表讲话。而更重要的是，萨特在他的有生之年不断创作戏剧作品，并让纸上的文本变成了舞台上的演出。而之所以热衷于戏剧创作，一方面是因为在他看来“戏剧不是艺术，而是一种工具；不是文学的一种体裁，而是载体，是机器，虽然非常有效，但是很平凡，几近庸俗，可以用来干预世纪

① 萨特:《什么是文学?》，施康强译，《萨特文集》第 7 卷，人民文学出版社 2005 年版，第 289 页。

的大事”[①]；另一方面是因为萨特意识到戏剧具有巨大的传播效果，他说：“一个剧本演出成功，作者就触及人数更多的公众……一出戏若能在一家大剧场连演一百场而不衰，那它就触及十万名观众。一本书有十万名读者却是少有的事。”[②]这也就是说，当萨特以戏剧为武器投入战斗时，戏剧已不再是纯文学作品，而是一种可资利用的文化工业产品。它可以以最快捷的方式作用于更广泛的公众，影响他们的身心，甚至让他们付诸行动，以此实现知识分子的使命。

通过以上的梳理和分析，我大体已谈清楚了《什么是文学？》中大众观的来龙去脉。那么在今天看来，我们该如何认识这种大众观，这种大众观又能给我们带来什么启迪呢？

首先，我们应该意识到，这种大众观是特殊历史语境中的产物。当我们在《什么是文学？》中读到那么多马克思主义化的语词时，这固然是萨特亲近马克思主义的结果，但同时也是当时的历史语境逼迫萨特所做的选择。他曾经说过：“法西斯主义首先提出反对共产主义。因此，成为共产主义者或至少是社会主义者，就是一种抵抗的形式。这是使自己处于与纳粹主义相对立的地位，反对纳粹的最好方式就是强调自己对于一种社会主义社会的欲望。”[③]萨特的这种选择与当年本雅明的做法可谓异曲同工。因为当本雅明发现法西斯主义试图组织起新生的无产阶级大众，并使政治生活审美化时，他便以“共产主义对此做出的回答是艺术政治化”[④]回击。这至少说明，萨特的选择并非个人行为，而是特殊年代左翼知识分子（如本雅明、布莱希特等）集体诉求中的一个声部。这种诉求虽然带有乌托邦色彩，却是我们不得不正视和清理的一笔思想遗产。

---

① 贝尔纳·亨利·列维：《萨特的世纪——哲学研究》，闫素伟译，商务印书馆 2005 年版，第 102 页。

② 萨特：《作者，作品与公众》，施康强译，《萨特文集》第 7 卷，人民文学出版社 2005 年版，第 470—471 页。

③ 西蒙娜·德·波伏瓦：《萨特传》，黄忠晶译，百花洲文艺出版社 1996 年版，第 452 页。

④ Walter Benjamin, *Illuminations,* trans. Harry Zohn, London: Fontana Press, 1992, p. 235.

其次，萨特的大众观是与他知识分子意识的形成和知识分子身份的建构紧密联系在一起的。在“二战”之前出版《恶心》(1938)的年代，他与大众的关系还是“作家”和“读者”的关系，这也是他所谓“精英关系”。[①]而自从他1945年有了一种“整体读者”的构想，[②]并在1947年提出“征服读者群”的主张后，他本人的知识分子意识开始萌动，他的知识分子身份也逐渐清晰。从此往后，他与读者群的关系也慢慢变成了“知识分子”与“大众”的关系。虽然实现这种关系的路程比较漫长，其中经历了萨特所谓从“古典知识分子”到“新知识分子”的转换过程，[③]但我们不得不说，萨特确实称得上是名副其实的践行者。因此，《什么是文学？》中的大众观不光是萨特对同时代作家提出的一种要求，也是萨特向他自己发出的一道绝对律令。这意味着无论他的大众观有无普遍意义，他都以自己的实践活动为这种观念输入了稠密的内容，他的大众观因此显得不再空洞。

再次，萨特的大众观在很大程度上颠覆和改写了原有的知识分子与大众的关系，也在很大程度上暗合了葛兰西(Antonio Gramsci)所谓“有机知识分子”(organic intellectual)的思路。葛兰西认为，传统的知识分子喜欢坐而论道、夸夸其谈，而所谓有机知识分子则是那些能把自己与大众结合在一起，用自己的哲学来引导大众的哲学(常识)的知识分子。他指出：“成为新知识分子的方式不再取决于侃侃而谈，那只是情感和激情外在和暂时的动力，要积极地参与实际生活不仅仅是做一个雄辩者，而是要作为建设者、组织者和‘坚持不懈的劝说者’。”[④]因此，所谓“有机”，意味着知识分子与大众的统一、理论与实践的统一。虽然在1947年萨特还没有像葛兰西那样提出如此明确的主张，但自从他形成“新知识分子”的构想后，“与群众结为一体”“知

---

① 让-保尔·萨特：《萨特自述》，黄忠晶等编译，河南人民出版社2000年版，第53页。

② 让-保尔·萨特：《萨特自述》，黄忠晶等编译，河南人民出版社2000年版，第54页。

③ 让-保尔·萨特：《萨特自述》，黄忠晶等编译，河南人民出版社2000年版，第86—91页。

④ 安东尼奥·葛兰西：《狱中札记》，曹雷雨等译，中国社会科学出版社2000年版，第5页。

识分子应该追随群众”[①]便成为他晚年的一个固定思路。葛兰西的“有机知识分子”论是革命失败的产物，萨特也恰恰是在“五月风暴”之后开始重新定位知识分子的，这种相似性或许表明，知识分子在重大的历史关头，常有寻找盟友的冲动，而大众往往成为他们的首选对象。

最后，更值得深思的是萨特大众观中占领大众媒介的思想。长期以来，作家习惯于著书立说，却不擅长通过报纸、广播、电影和电视发言。通过书籍自然也能对读者产生影响，但其影响面毕竟是有限的。萨特意识到了问题所在，所以他发出了“必须学会用形象来说话，学会用这些新的语言表达我们书中的思想”的呼吁。而在我看来，这种做法其实是让作家成为知识分子的重要标志。因为既然作家要去征服读者群，他就必须广泛地占领和利用大众媒介，而一旦在大众媒介上发言，他又必须改变自己原来的话语系统——既把自己的思想通俗化，又以大众喜闻乐见的方式表达出来，传播出去。在这一过程中，作家既以自己的思想参与了公共事务的讨论，也让自己的声音进入了公共领域之中。于是，他也由一个书斋里的作家变成了一个活跃于媒体中的知识分子。当然，我们也必须意识到，把自己的思想通俗化肯定意味着一种思想的简化，但这很可能是使用“新的语言”所必须付出的代价，非如此，则无法使知识分子的思想直接落实到大众那里。萨特把厚厚的《存在与虚无》（1943）变成“存在主义是一种人道主义”（1945）的演讲题目也是一种简化，而演讲内容被印刷成一本流传盛广的小册子（1946）后甚至让他很不舒服，[②]但同时，存在主义思想也因此获得了广泛的传播；再者，虽然萨特意识到了这种传播的悖论，但他后来依然义无反顾地选择了他先前制定的目标。

当然，这种矛盾也并不意味着无法解决。而在解决矛盾的办法上，萨特那种把自己“一分为二”的思路很可能也值得我们借鉴。当他想以作家身份

① 让 - 保尔 · 萨特：《萨特自述》，黄忠晶等编译，河南人民出版社 2000 年版，第 89 页。
② 让 - 保尔 · 萨特：《萨特自述》，黄忠晶等编译，河南人民出版社 2000 年版，第 64—65 页。

向自己的读者倾诉时，他写出了《文字生涯》（1964）之类的纯文学作品；当他想以知识分子角色对陌生的大众发言时，他选择了舞台戏剧与报章短论。列维说：在萨特心目中，“作家和知识分子是分开的。作家走作家的路，而知识分子则有时通过一些文章和剧作，为伟大的事业奔走呼号”[①]。如果后来者能参透萨特的这种做法，或许他才能在作家与知识分子的角色扮演之间，进而在作家与读者、知识分子与大众的复杂关系中闪展腾挪、游刃有余。

① 贝尔纳·亨利·列维：《萨特的世纪——哲学研究》，闫素伟译，商务印书馆2005年版，第102页。

| 第四章 |

从“审美中心论”到“审美/非审美”矛盾论
——童庆炳文化诗学话语的反思与拓展

十多年前，我曾结合童庆炳先生（1936—2015）的相关文章思考过一番他的文化诗学构想，并参与过相关话题的讨论。①但我只是兴之所至，浅尝辄止，并没有坚持思考下去。近些年来，随着童庆炳遗著《文化诗学：理论与实践》（北京大学出版社 2015 年版）的出版，随着“文化诗学与童庆炳先生学术思想研讨会”（2016 年 10 月，由北京师范大学文艺学研究中心与福建连城县委县政府联合主办）的举办②，随着“文化诗学”学术交流会（2016年12月，参与者为北师大文艺学研究中心成员）的进行③，也随着李春青教授反思

① 我这方面的相关文章有：《“文化诗学”的两个轮子——论童庆炳的“文化诗学”构想》，《江西社会科学》2004 年第 6 期；《文化研究还是“文化诗学”——“童—陶之争”与文艺学学科的建设问题》，《文化与诗学》第五辑，北京大学出版社 2005 年版，第 89—102 页；《谁的“日常生活审美化”？怎样做“文化研究”？——与陶东风教授商榷》，《河北学刊》2004 年第 5 期；等等。

② 参见田原：《筚路蓝缕，薪火相传：文化诗学三十年——“文化诗学与童庆炳先生学术思想研讨会”综述》，《学术评论》2016 年第 6 期。

③ 参见李春青、程正民、赵勇等：《中国“文化诗学”研究的来路与去向（专题座谈）》，《河北学刊》2017 年第 2 期。

文化诗学与审美诗学一文的发表[①]，我觉得又有了进一步思考童庆炳文化诗学话语的契机与理由。

童庆炳先生是我的授业导师，学生谈论老师的东西既存在某种难度，也面临一定风险，还有可能受到某种情感因素的制约。但以下所言，我还是想本着“吾爱吾师，吾更爱真理”的古训，尽可能客观地呈现我的思考。因此，本章既想挖掘童庆炳文化诗学话语背后的动因，指出其成就，也想展示其矛盾与困境，反思其缺憾与不足。在此基础上，我也将提供我对文化诗学的认识与理解，并提出一种对其拓展的方案。

第一节　守成与斗争：“审美中心论”的成因

有必要首先指出，童庆炳对文化诗学的构想并不是一步到位的，而是经历了一个不断思考和不断完善的过程。据他回忆：“1998 年，在扬州召开的会议上，我做了一个发言，当时大家对‘文学理论走向何处’的问题深感迷茫，我的学生陶东风、钱中文的学生金元浦，他们提出要引进文化研究。”[②]正是在这次会议上，他提出了“建立‘文化诗学’的初步构想”，并于 1999 年“发表了两篇论文《文化诗学是可能的》《文化诗学的学术空间》。2001 年再次发表了论文《文化诗学刍议》，并于当年 11 月 7 日到中央电视台‘百家讲坛’做了题为“走向文化诗学”的讲演”[③]。此后，他对文化诗学的思考就延续在 21 世纪的前十五年中，而思考的结晶则是两本著作的出版：《文化诗学的理论与实践》（湖南人民出版社 2015 年版）和《文化诗学：理论与实践》。前者是

---

① 参见李春青：《论文化诗学与审美诗学的差异与关联》，《北京师范大学学报》（社会科学版）2016 年第 5 期。

② 童庆炳、邹赞：《从“文化诗学”到“文化研究”——北京师范大学童庆炳教授访谈》，《社会科学家》2012 年第 9 期。

③ 童庆炳：《我的新时期文学理论研究之旅》，《从审美诗学到文化诗学：童庆炳自选集》，首都师范大学出版社 2014 年版，第 16 页。“走向文化诗学”讲座时间实为 2002 年 11 月 7 日，作者记忆有误。

专题论集，收集了他有关文化诗学方面的所有论文；后者是专著，是对文化诗学的一次系统化的研究、完善和表述。

那么，思考到最后，童庆炳对文化诗学的核心命意是什么呢？用他归纳的话说，叫作“一个中心，两个基本点，一种呼吁”。所谓“一个中心”是以审美为中心。之所以如此，是因为文化诗学以文学为研究对象，而文学又是充满诗情画意的。所谓“两个基本点”，其一是深入历史语境之中，其二是要有细致的文本分析。所谓“一种呼吁”是希望文化诗学“从文本批评走向现实干预”。[①] 显然，在童氏文化诗学的构想中，审美是核心和灵魂，“两个基本点”大体上可以看作方法论，“一种呼吁”似可理解为学术姿态或立场。而由于“一个中心，两个基本点”是对政治话语的挪用，因此，在这一层面上，就像党的十三大报告中明确的“基本路线”那样[②]，我们甚至可以把如此定位的文化诗学看作建设具有中国特色的文学理论的“基本路线”。也就是说，虽然童庆炳没有在任何地方解释过这种“挪用”之意，但由于他在文学理论界一直扮演着领军人物的角色，且时常存有矫正文学理论航向的急迫之心和非常之举，所以在隐喻层面上，把“一个中心，两个基本点”理解成他是在为中国文论界设计“基本路线”，应该也不算十分离谱。

为什么童庆炳会如此阐述他的文化诗学构想呢？可以先从“两个基本点”谈起。重视历史语境是童庆炳多年来强调的一个主题，也是其文化诗学话语中的一个重要声部。他生前所做的最后一次学术讲座恰恰就是“文学研究与历史语境”（2015 年 4 月 29 日）。而在最后一次学术访谈中，他对历史语境

---

① 参见童庆炳：《文化诗学：理论与实践》，北京大学出版社 2015 年版，第 265—269、128—134、270 页。

② 党的十三大报告（1987）指出：“我们党的建设有中国特色的社会主义的基本路线是：领导和团结全国各族人民，以经济建设为中心，坚持四项基本原则，坚持改革开放，自力更生，艰苦创业，为把我国建设成为富强、民主、文明的社会主义现代化国家而奋斗。”此后，“以经济建设为中心，坚持四项基本原则，坚持改革开放”被概括为“一个中心，两个基本点”。赵紫阳：《沿着有中国特色的社会主义道路前进——在中国共产党第十三次全国代表大会上的报告》，1987 年 10 月 25 日，http://www.ce.cn/xwzx/gnsz/szyw/200705/31/t20070531_11559806.shtml。

又有过如下说明："我最近研究的是历史语境问题，实际上就是从文和史的关系的角度来进入的。文学理论走到一定的阶段，路越走越窄，有的研究者喜欢逻辑推理，认为逻辑推理可以发现新知，我认为这是有片面性的。当然，演绎、综合可能发现真理，但是，当一个学科达到比较成熟的阶段的时候，光靠演绎和推理就不够了。这个时候就需要突破，从哪里突破？我觉得就要从文史结合的角度来突破。一定要重视文的历史语境。"[①]实际上，这些话也是他著作文章中和平时言谈话语中的惯常表达。在他看来，此前的文学理论因过于依赖哲学认识论，于是在逻辑层面游走，在概念密林中滑行，这也是许多研究者易犯的通病。结果是，研究者虽也完成了一次次智力游戏，但这样的理论既不接地气，也很难有助于问题的真正解决。因此，只有把文学现象、观念、产品、思潮等等还原到具体的历史语境之中，我们才能对其做出有效阐释。在我看来，无论怎样强调这一"基本点"都是毫不为过的，因为脱离历史语境的文学研究至今依然为数不少。但如何深入历史语境，却并非轻而易举之事，值得专门探讨，此处不赘。

文本分析或文本细读主要是英美新批评倡导的阐释方法，把它拿过来用于文化诗学，本身并无多少新意。而它之所以会成为"基本点"之一，我以为与文化诗学的研究对象有关。由于童庆炳反复强调文化诗学要聚焦于文学，而文本又是文学赖以存在的基础，因此文本分析也就成了文化诗学的题中应有之义。在这一层面上，童庆炳着重强调的是，文本分析既要抓住作家作品的"征兆性"特点（即阿尔都塞所谓"症候阅读"），又要把那些"征兆"置于历史语境之中。这就意味着历史语境与文本分析并非单枪匹马、各自为政，而是要相互依存、紧密结合："我们之所以强调历史语境的重要性，是因为它可以帮助我们深入细致地分析文本；我们强调文本分析，是置放于历史语境中的文本分析，不是孤立的分析。所以，这两个基本点的关系应该是：我们

① 童庆炳、宋媛：《治学要讲究精神与方法——童庆炳先生与青年学者谈心》，《北京师范大学学报》（社会科学版）2015 年第 4 期。

面对分析的对象（作家、作品、文论），先要寻找出对象的征兆性，然后再把这征兆性放到历史语境中分析，从而实现历史语境与文本细读的有效结合，使我们的研究达到整体性、具体性、深刻性和现实针对性。”[①] 如此一来，文本分析也就走出了英美新批评封闭式阐释和德里达所谓“文本之外别无他物”的误区，无限接近了新历史主义文化诗学所谓“文本的历史性和历史的文本性”[②]。

“两个基本点”并非我想谈论的重点，所以只是点到为止，不再展开。我更想分析的是“一个中心”之所以如此的成因。在一次访谈中，童庆炳曾经这样说过：

> 所谓“一个中心”，是指文学审美特征而言的。“审美”作为80年代美学热的“遗产”，我认为是可以发展的，不能轻易丢弃。不但不能丢弃，而且还要作为“中心”保留在“文化诗学”的审美结构之中。在我看来，审美是人类的一种对象性活动，在这活动中，人们实现了情感的评价。审美的重要性在哪里？审美是与人的自由密切相联系的。今天我们的自由问题解决了吗？当然没有。过去完全被政治束缚住，今天我们的文艺往往是被消费主义的意识形态、被一心只想赚钱的文化老板的思想束缚住了，我们手中没有权力，我们所能掌握的只有文学艺术话语。因此，我们搞文学研究也好，搞文学批评也好，审美的超越、审美的自由就成为我们的话语选择。[③]

---

① 童庆炳：《文化诗学：理论与实践》，北京大学出版社 2015 年版，第 269 页。

② 童庆炳虽然强调他所倡导的文化诗学与格林布拉特的文化诗学并不相同，但对于新历史主义的重要主张“文本的历史性和历史的文本性”，他还是持赞赏态度的。他不仅对这句名言做了详细解读，而且认为“美国的‘文化诗学’仍然有许多学术养分值得我们吸收”。参见童庆炳：《文化诗学：理论与实践》，北京大学出版社 2015 年版，第 120—121 页。

③ 童庆炳、吴子林：《从“审美诗学”到“文化诗学”——文艺理论家童庆炳先生访谈》，童庆炳：《审美及其生成机制新探》，福建人民出版社 2015 年版，第 8 页。

这处表白有两点值得注意：其一，审美并非空穴来风，而是对20世纪80年代美学理论遗产的继承；其二，审美之所以重要，是因为它关联着人的自由。而这两点又与特定的时代氛围和童庆炳本人在审美诗学领域的开掘密切相关。20世纪80年代，伴随着拨乱反正和思想解放的进程，马克思的《1844年经济学哲学手稿》受到前所未有的重视，“按照美的规律来建造”也成为思考文学、美学问题的指路明灯。与此同时，各种各样的美学理论（从列·斯托洛维奇的《审美价值的本质》、苏珊·朗格的《情感与形式》到马尔库塞的《审美之维》）涌入中国，给文学理论界带来了一次精神洗礼。在这种氛围中，“美学热”持续数年，理论著作《美的历程》（李泽厚）、《美是自由的象征》（高尔泰）等等成为流行读物，《审美与人的自由》也成为博士学位论文的选题。可以说，每一个从80年代过来的理论研究者都得益于这种时代风尚，美、审美、审美与自由也成为哺育一代学人的精神之乳。

正是在这种历史语境中，童庆炳开始了自己的审美诗学之旅。为了从僵硬的苏联文论模式中走出，也为了挣脱“把一切文学问题政治化”的桎梏，他开始认真学习马克思的《1844年经济学哲学手稿》，反复阅读斯托洛维奇的《审美价值的本质》，悉心体会狄德罗的“美在关系说”和黄药眠的“美在评价说”，最终提出了“文学审美特征论”，并首次把这一理论成果吸收进他自著的《文学概论》（红旗出版社1984年版）教材之中。[①] 尽管在今天看来，“文学审美特征论”已是常识，但在那个正本清源的年代里，这一提法还是切中肯綮的。而更重要的是，自从有了这一发现，审美就成为童庆炳日常生活和学术思考中的头等大事。例如，他从“田头的月季花”想到了“主体的需

① 参见童庆炳：《我的新时期文学理论研究之旅》，《从审美诗学到文化诗学：童庆炳自选集》，首都师范大学出版社2014年版，第3、5页；童庆炳、黄春燕：《诗意人生，诗性守望——童庆炳先生访谈录》，童庆炳：《文学审美论的自觉——文学特征问题新探索》，北京师范大学出版社2011年版，第6页。童庆炳在《文学审美论的自觉》一书的后记中说：“我对‘审美’的理解深受法国狄德罗的‘美在关系说’和我的老师‘美在评价说’的影响，与当前流行的美学观点不同。”见该书第398页。

要与美密切相关”；他在“梦醒时分”悟出的道理是“美在关系”。[①] 而在他研究《文心雕龙》二十年后，最让他激动的发现之一是他从刘勰那里为审美找到了最简洁的答案——“物以情观”。[②] 因此，审美与“审美中心论”既是20世纪80年代“美学热”的精神遗产，也是童庆炳自己日积月累形成的一笔思想财富。当“美学热”退潮，人们走进一个“务实不务虚”的“新时代”后，“审美”已与“乌托邦”联用而成为学界批判的“宏大叙事”，解构主义与后现代主义亦已成为学界的新潮话语，但童庆炳却固守在自己的审美园地里，以旧说呵护它，以新知浇灌它，直到它成为自己的精神之鼎和理想之光。因此，说得学术点，审美应该是童庆炳所有诗学活动中的第一存在；说得通俗点，审美就是他的命根子。

明乎此，我们便可以理解为什么素来信奉“亦此亦彼”思维方式[③]的童庆炳会在21世纪介入相关问题的论争之中了。

屈指算来，世纪之交以来，童庆炳曾参与过“文学终结论”问题、“日常生活审美化”问题、“文艺学边界”问题的学术论争，而这些论争最终又都可归为一个——“文化诗学与文化研究之争”。我们不妨对这些论争稍加回顾。2001年，美国学者希利斯·米勒的《全球化时代文学研究还会继续存在吗？》(《文学评论》2001年第1期）发表之后，童庆炳撰文《全球化时代的文学与文学批评会消失吗？——与米勒先生对话》，其核心观点是“文学虽然有这样或那样的改变，但文学不会消失，因为文学的存在不决定于媒体的改变，而决定于人类的情感生活是否消失”[④]。2003年，陶东风等学者在《文艺争鸣》(第6期）刊发一组有关“日常生活审美化”的讨论文章，童庆炳又撰文批驳，他认为日常生活审美化问题“是审美的最浅层次，而不是深层次”，

---

① 参见童庆炳:《又见远山　又见远山：童庆炳散文集》，高等教育出版社2016年版，第284—288页。

②《童庆炳文集》第七卷“《文心雕龙》三十说”，北京师范大学出版社2016年版，第445—446页。

③ 参见童庆炳:《又见远山　又见远山：童庆炳散文集》，高等教育出版社2016年版，第157页。

④ 童庆炳:《全球化时代的文学和文学批评会消失吗？——与美国加州大学希利斯·米勒先生对话》,《童庆炳文集》第六卷“文学创作问题六章”，北京师范大学出版社2016年版，第379页。

因此，“用‘眼睛的美学’如何切入非图像的文学作品的艺术世界呢”。[①]2004年，随着《河北学刊》《文艺争鸣》等刊物提供“文艺学边界”问题的讨论平台，特别是随着《文学评论》设置“关于‘文学理论边界’的讨论”专栏，童庆炳又参与到争鸣之中。他说：“我认为文学的边界不是固定的，是移动的。但文学的边界只能是根据文学的事实、文学的经验和文学的问题的移动而移动。问题的核心仍然是，今天我们是否就可以撇开原本意义的文学，而把城市规划、购物中心、流行歌曲、广告、时装等看成是文学？这种看法是现实的吗？”[②]

究竟如何评价这场长达数年的论争并非我谈论的重点，论争背后是否隐含着当时就有人意识到的“学术话语权”之争乃至“弑父”因素[③]，也非我兴趣所在。我想指出的仅仅在于，童庆炳之所以在这场论争中挺身而出乃至疾言厉色，关键是有人动了他的“奶酪”。那么，构成这块“奶酪”的成分又是什么呢？其一是文学，其二是审美。因此，当米勒借助德里达之言，指出新媒介到来之后“整个的所谓文学的时代（即使不是全部）将不复存在”，“甚至连情书也不能幸免”时[④]，童庆炳必然会与之交手，因为道理很简单，既然文学已不复存在，文艺学也断无存在的理由，所谓皮之不存，毛将焉附？当国内一些学者鼓吹“日常生活审美化”并要对文艺学“扩容”“越界”时，他也必然要奋起还击，因为这是在米勒预言基础上的釜底抽薪之举。于是他

---

① 童庆炳：《文艺学边界三题》，《文化诗学的理论与实践》，湖南人民出版社 2015 年版，第 61、62 页。

② 童庆炳：《文艺学边界应当如何移动》，《文化诗学的理论与实践》，湖南人民出版社 2015 年版，第 51 页。

③ 李春青教授指出：文化研究模式的倡导者作为后起之秀，“如何摆脱压制，获得言说的权威地位，乃是梦寐以求的事情”。于是另起炉灶，颠覆师辈的话语系统就成为其重要策略。张婷婷教授记录道：“前辈学者钱中文先生在‘交叉与融通：文艺学学科建设 2005 高峰论坛’上做主题发言之余，指出了子辈学者要‘弑父’，要剥夺父辈学者话语权的问题。”参见李春青：《关于“文学理论边界”之争的多维解读》，《文学评论》2005 年第 1 期；张婷婷：《文艺学“边界”论争之我见》，《社会科学战线》2005 年第 5 期。

④ J. 希利斯·米勒：《土著与数码冲浪者：米勒中国演讲集》，易晓明编，吉林人民出版社 2004 年版，第 92 页。

指出：

> 目前中国某些学者所热衷的“文化研究”，其对象已经从大众文化批评、女权主义批评、后殖民主义批评、东方主义批评等进一步蔓延到去解读城市规划，去解读广告制作、去解读模特表演、去解读街心花园、去解读时尚杂志、去解读互联网络、去解读居室装修、去解读美人性爱图片等等，解读的文本似乎越来越离开文学文本，越来越成为一种无诗意或反诗意的社会学批评，像这样发展下去文化研究岂不是要与文学和文学理论“脱钩”？文学艺术文本岂不要在文化批评的视野中消失？所以，我最大的担心是当前某些新锐教授所呼喊的文艺学的“文化转型”，将使文学理论和批评的对象完全转移，而失去文学理论和批评的起码学科品格。正是基于这种担心我们才提出“文化诗学”的构想。①

与以上论述相类似的说法还在不同场合和文章中出现过，由此可见童庆炳的心结所在。在这段论述中，可以把“反诗意”与“社会学批评”看作其中的关键词。因为在他看来，一旦进行文化研究，就必然会远离文学，从而也远离了“诗意的裁判”，文化研究者所进行的研究已不是文学批评而是社会学批评了。如此一来，他们也就与文艺学学科脱钩，走上了另一条不归路。

时至今日，一些高校的文化研究建制（如 2004 年上海大学成立文化研究系，2011 年首都师范大学成立文化研究院等）早已成形，一些原本在文艺学学科或其他文学专业中打拼的学人也早已在文化研究中安营扎寨，这意味着在学科分化和细化时期，“车走车路马走马路”自有其道理，我们现在已完全能够以平常心对待童庆炳当年的焦虑了。我之所以重提这场争端，只是想说明一个基本事实：童氏文化诗学话语的形成，既是他继承与发展“旧说”的

① 童庆炳：《文化诗学：理论与实践》，北京大学出版社 2015 年版，第 98 页。

结果，也是他与“新说”（文化研究）“斗争”的产物。关于前者，童庆炳曾明确说过：“回顾我走过的学术之路，一方面我的思想是随着时代的发展而发展的，但另一方面，我又对自己过去研究过提出过的思想和理论总是采取‘保留’的态度。不像某些学者那样，主张新说就意味着抛弃和解构旧说，我总是把旧说改造和累积于新说之中。我所提出的‘文化诗学’可以说是对于前面我所钟情的四种诗学（即审美诗学、心理诗学、文体诗学和比较诗学）的综合、改造和发展。”① 关于后者，可以把这种斗争理解为保卫“旧说”的胜利果实，也可以看作与“新说”交往互动中的矛盾运动过程：从总体上看，童庆炳对走文化研究之路是不以为然的，这是一种排斥，但并不意味着他就一味拒绝。尤其是当他的文化诗学中有了“一种呼吁”之后，我以为那种“关怀现实”“介入现实”的姿态除得益于萨特之外②，一定程度上也受到了文化研究的影响。

第二节 审美之常与文学之变：文化诗学话语的困境

无论从哪方面看，童庆炳的文化诗学话语都充满了一种悲天悯人的人文主义情怀、坚定不移的理想主义信念、纯正典雅的古典主义气息，乃至“第二次天真”③般的浪漫主义冲动。他对文学的痴情、对审美的挚爱，既是他个人发乎本能的自我选择，同时也在很大程度上代表着部分从 20 世纪 80 年代走来的老一代学者的精神气质与思想归属。因此，他与文化研究倡导者的论

① 童庆炳：《文化诗学的理论与实践》，湖南人民出版社 2015 年版，第 273 页。

② 谈到“介入”时，童庆炳引用了萨特的相关论述。参见童庆柄：《文化诗学：理论与实践》，北京大学出版社 2015 年版，第 270 页。

③ “第二次天真”是心理学家马斯洛的说法，童庆炳对其解释道：已经社会化的成人只有获得“第二次天真”之后，才“可能在更高的层次上恢复童心，以质朴的、率直的、自由的、诗意的眼睛去面对世界，这时世界就像最初展现在儿童面前一样，充满神奇，充满诗一般的色彩和声音，世界这才会听你调遣”。童庆炳：《又见远山　又见远山——童庆炳散文集》，高等教育出版社 2016 年版，第 282 页。

争常常会让我想到英国的利维斯（F. R. Leavis, 1895—1978）与美国的布鲁姆（Harold Bloom, 1930—2019），他在晚年的选择与坚守又常常会让我想到法兰克福学派的重要成员之一马尔库塞（Herbert Marcuse, 1898—1979）。20世纪50年代，大众文化在英国迅速崛起，利维斯的应对策略是严格鉴定并推广文学经典，积极传播文学知识和文学鉴赏，以便让读者进入“伟大的传统”之中，阅读文学名著，培养道德意识和审美意识，以坚实而和谐的“生命感”抵制和对抗大众文化给人带来的轻薄“快感”。[①] 利维斯等人的思路与做法当然遭到霍加特与威廉斯等人的质疑和反对，于是有了后来的文化研究。20世纪八九十年代，英国的文化研究“旅行”至美国后已开花结果。面对同行们逃避审美领域、扎堆于文化研究的局面，布鲁姆阐释“西方正典”，倡导审美价值，批判他所谓“憎恨学派”（School of Resentment）。因为他担心：“如果文学系变成文化研究系，它们开始时会希望做迫切的政治工作，但会以训练学生用行话表达憎恨而告终。”[②] 利维斯与布鲁姆的做法无论有无成效，这种力挽狂澜的执着都不能不令人敬重感佩。马尔库塞经历了20世纪60年代文化革命狂欢的喜悦和失败的苦涩之后，70年代的他退回到18、19世纪的高雅文学中，试图在那里寻找“审美之维”，建造一种“审美乌托邦”王国。因为他坚信，文学艺术“是独立于既定现实原则的，它所召唤的是人们对解放形象的向往”[③]。这种选择无论是否合理，都不能不令人瞩目沉思。尽管童庆炳不一定熟读过利维斯、布鲁姆和马尔库塞，但在其价值取向上，他的思路与进路（亦可称为退路）却与他们惊人相似。因此，如果要确认其文化诗学话语的价值和意义，我以为可以比照上述三位学者的所作所为加以思考，或者至

---

① See Simon During, “Introduction,” in ed. Simon During, *The Cultural Studies Reader*, London and New York: Routledge, 1993, p. 2.

② 理查德·罗蒂：《哲学、文学和政治》，黄宗英等译，上海译文出版社2009年版，第117页。

③ 布莱恩·麦基编：《思想家——当代哲学的创造者们》，周穗明、翁寒松译，生活·读书·新知三联书店1987年版，第72—73页。有关马尔库塞建构“审美乌托邦”的心路历程，我曾有详细分析，可参考。参见赵勇：《整合与颠覆：大众文化的辩证法——法兰克福学派的大众文化理论》，北京大学出版社2005年版，第287—306页。

少他们的精神指归为童庆炳学术思想的“晚期风格”提供了一种价值评判的参照系。

但话说回来，童庆炳的文化诗学话语也并非无懈可击。如前所述，他在建构文化诗学话语的过程中特别倚重文学与审美，宽泛而言，如此经营文化诗学似无太大问题，但是却禁不住仔细推敲。由于其文化诗学关联着他的审美诗学，我们不妨从他对文学的理解谈起。

在《文学审美特征论》一书的“自序”中，童庆炳对“文学的审美特征”这一主题的形成过程做了一番交代后指出：“我的基本理论假设是，文学是一种广延性很强的事物，它必然会有社会性、政治性、认识性、道德性、宗教性、民俗性等等，但是文学的所有这些属性都必须溶解于审美中，才可能是诗意的，因此文学作为一种艺术，它的特性是审美。如果说它是一种反映的话，它是审美反映；如果说它是意识形态的话，那么它是审美意识形态。”①这是童庆炳在20世纪80年代对文学形成的基本认识。这一认识不仅是其审美诗学中的核心话语，而且也被他移植到文化诗学中，成为那里面的“一个中心”。也就是说，当童庆炳晚年走向文化诗学之途时，他使用的核心范畴并无多大变化，也并未进行“范式”转换。李春青教授指出：由于文化诗学与审美诗学是基于不同的社会状况与文化语境而形成的两种理论形态，“因此试图把二者‘结合’起来的想法无疑是一种异想天开，而不是实事求是的学术探讨。简言之，如果以审美为核心，那就不可能是文化诗学；如果以文化为核心，也就不可能是审美诗学”②。我倒不认为这两种诗学可以“断裂”得如此分明。我的问题是，当童庆炳如此定义文学、谈论审美时，他心目中的文学究竟是怎样的文学？

种种迹象表明，应该是高雅文学、美文学或纯文学。为了说清楚这一问题，我们不妨从童庆炳的文学阅读谈起。

---

① 童庆炳：《文学审美特征论》，华中师范大学出版社2000年版，第2页。

② 李春青：《论文化诗学与审美诗学的差异与关联》，《北京师范大学学报》（社会科学版）2016年第5期。

因受龙岩师范赖丹老师的“文学诱惑”，童庆炳1955年考入北京师范大学的第一件事是去图书馆借出歌德的《浮士德》，读完此书，“我心中似乎有了一个审美的标杆，我知道哪些是好的，哪些是比较好的，哪些则要差一些”。而读大学期间，他在北京师范大学图书馆除借阅并如饥似渴地读过高尔基的《母亲》、科斯莫杰米扬斯卡娅的《卓娅和舒拉的故事》、马雅可夫斯基的诗歌外，还“读完了奥斯特洛夫斯基的《钢铁是怎样炼成的》、法捷耶夫的《青年近卫军》、西蒙洛夫的《日日夜夜》、波列沃依的《真正的人》、阿扎耶夫的《远离莫斯科的地方》、肖洛霍夫的《他们为祖国而战》、巴甫连科的《幸福》……随后我又对俄罗斯文学产生浓厚兴趣，读普希金，读屠格涅夫，读托尔斯泰，读契诃夫，所有的书都从图书馆借来”。20世纪60年代后期在阿尔巴尼亚地拉那大学工作期间，他曾有过“偷书”阅读的经历。于是《鲁迅全集》被他读了三遍，其后“我陆续找到的有《诗经》《楚辞》《左传》《史记》，当然我也让王维、李白、杜甫、李商隐、杜牧等我比较喜欢的诗人来陪伴我。歌德、席勒、海涅、列夫·托尔斯泰、契诃夫、梅里美、巴尔扎克、雨果等我所喜爱的作家，带着他们的作品来与我为友”[①]。他还说过：“对我影响最大的书是《红楼梦》，我曾经无数遍读它。……《红楼梦》是我的‘看家书’。”至于中国当代作家作品，他“最推崇”的作家是“王蒙和汪曾祺”，最推重的作品有“王蒙的《失态的季节》、汪曾祺的《受戒》、莫言的《红高粱》、刘震云的《新兵连》《一地鸡毛》、史铁生的《我的遥远的清平湾》、贾平凹的几个写商州农村的中篇等”。[②]而在理论著作中，他最喜欢举的文学例子除唐诗宋词外，大概就是苏联作家布宁的《轻轻的呼吸》、肖洛霍夫的《一个人的遭遇》、拉斯普金的《告别马焦拉》和《活着，可要记住》了，因为前一个短篇小说体现了形式对内容的征服，后三部中、长篇小说则体现了他所谓历史理性与人文关怀的张力，代表着一种“文学理想”，它们可以被称为

---

① 童庆炳：《旧梦与远山》，北京大学出版社2015年版，第267、197—198、157—158页。

② 朱竞编著：《世纪印象——百名学者论中国文化》上，华龄出版社2003年版，第152、155页。

“伟大的作品”。①

以上罗列当然不可能是童庆炳文学阅读的全部，但我们已能从中看出一些端倪。20 世纪 50 年代，苏联老大哥引领着中国人的物质生产与精神生活，俄苏文学也就成为许多读者的不二之选。因此，童庆炳钟情于苏联小说是毫不奇怪的，此为那个时代中国人的精神状况。之所以《红楼梦》能够成为童庆炳的“看家书”，是因为他留校任教后有了研究这部小说的念头，于是阅读《红楼梦》及其相关资料就成为他 60 年代中前期的日常功课。“文革”开始后，许多人或因闹革命而无暇读书，或因书被封存而无书可读，那时的童庆炳却能躲在异国他乡，在文学世界中大快朵颐，这无疑是他的幸运之处。1978 年之后，他曾有过“一天读一部长篇小说，一天想啃完一部经典著作”的经历。②很可能就是从那时起，他开始关注中国当代作家的作品，但他的大面积阅读应该主要集中在 80 年代。一个人的文学观与审美观无疑首先是被他的文学阅读建构而成的，于是在童庆炳那里，《红楼梦》对他影响最大，他最为推崇中国当代作家中的王蒙与汪曾祺，《告别马焦拉》等代表着他的文学理想，他“特别欣赏”“行到水穷处，坐看云起时”的诗句，③“情以物兴，物以情观”是他寻找到的审美答案……凡此种种联系起来看就有了一条主线：在童庆炳的审美世界中，古典人文主义的价值观无疑是其精神底色，古典主义、现实主义（其中既有批判现实主义也有社会主义现实主义）文学应该是其主要审美对象，“乐而不淫，哀而不伤”的中和之美显然是其审美理想。④不得不说，这一审美世界是非常精致甚至完美的，也非常符合古典美学的精神，但遗憾的是，我们在他的文学阅读中很难找到先锋文学、通俗文学、现代主

① 参见童庆炳：《文学审美特征论》，华中师范大学出版社 2000 年版，第 130—132 页；童庆炳：《文化诗学的理论与实践》，湖南人民出版社 2015 年版，第 159—170 页。

② 童庆炳：《旧梦与远山》，北京大学出版社 2015 年版，第 135 页。

③ 童庆炳：《旧梦与远山》，北京大学出版社 2015 年版，第 221 页。

④ 童庆炳曾从审美心理学的角度对“乐而不淫，哀而不伤”做过解读，并认为“它规定了艺术情感的快适度”，“是精辟而独到的”。参见《童庆炳文集》第八卷“中国古代诗学与美学”，北京师范大学出版社 2016 年版，第 82—88 页。

义与后现代主义文学的踪影，自然，由此形成的现代荒诞式或后现代游戏式的文学、美学风格也基本不在他的关注范围之内。这当然是时代原因造成的，但我以为与他的审美趣味、主动选择也不无关系。他曾说过阅读美学著作的体会：“我所信服的理论总是那些与我自身的体验相通的理论。凡我的体验无法印证的理论，不论它多么高深莫测，我总是持保留和怀疑的态度。相反，那些与我的体验息息相通的理论，不论被人批得如何狗血淋头，我还是佩服得五体投地。”“我们难以接受的是‘新’而又‘新’却讲不出多少道理、无法用自己的体验去证实的玄妙之论。”[①]我以为，把这处心得中的“理论”换成“文学”也是可以成立的。也就是说，根据“体验优先”的原则，童庆炳很可能已把许多读不出味道、引不起共鸣的文学事先排除了。或者是，即便读了某些与他趣味和体验不符的作品，它们也无法进入其审美世界，只能成为他批评的对象。例如，在半公开和私下场合，他曾表达过他对钱锺书《围城》的不满，对张爱玲小说的厌恶。之所以如此，显然是其风格或格调既无法满足他的审美期待，也与他的审美趣味、审美理想和审美体验严重相左。

因此，尽管童庆炳的审美观中也会融入一些现代元素，但往往又被他整合进古典主义的审美理想中了。2001 年 7 月，他曾应邀在中央电视台刚刚开办的《百家讲坛》上做过一次“审美是人生的节日”的主题演讲。演讲至最后，他除对“节日”的第一特征（人不能没有节日）和第二特征（节日具有氛围感、超功利色彩）进行解释之外，还总结出“节日”的第三个特征：

> 节日的第三个特征，或者说最重要的特征，就是它的精神自由和它对现成世界的正规性、压抑性、永恒性、不可改变性的消解，对变动性、未完成性的肯定。如果说非节日是由现成的条文统治的话，那么节日属于另一个世界，属于平民的狂欢，自由精神统治一切。在过节的时刻，可以犯规，可以出格，可以反常，可以颠三倒

① 童庆炳：《审美及其生成机制新探》，福建人民出版社 2015 年版，第 21、22—23 页。

> 四，可以不顾等级的规定，可以摆脱一切刻板的条文。这是一种乌托邦思维，一种超越时空的想象。如同在节日一样，在审美活动中，人的精神获得了最大的自由。[①]

这一处的论述显然接通了巴赫金有关“两种生活”的思考。在巴赫金看来，“第一种生活”循规蹈矩、枯燥乏味，是“常规的、十分严肃而紧蹙眉头的生活，服从于严格的等级秩序的生活”[②]。而狂欢节则“是人民大众以诙谐因素组成的第二种生活”[③]，它打破了常规，充满了笑声，获得了自由。因此，童庆炳借助巴赫金的诗学话语重申审美与自由的关系，既是对庸常生活的某种反抗，也是对其审美理想的进一步建构，其中的现代元素不言而喻。然而，这种元素也只是惊鸿一瞥，因为他紧接着举例时，引用的却是《文心雕龙》中的《神思》篇、苏联诗人叶夫图申科的《我想……》。这两个例子自然也可以说明通过审美如何获得自由，却又远离了他刚刚论述的巴赫金的自由精神。这种错位或移位可以有多种解读（比如场合问题），但我以为寻找“进”与“退”的平衡点，或者以古典美学思维整合现代美学精神，也可以作为解释之一。

简要梳理与分析童庆炳的文学观和审美观如上，是想说明童氏文化诗学话语所面临的困境。童庆炳既要让文化诗学以审美为中心，又想让它关怀现实和介入现实，这种用心与用意很值得敬重，但问题是，如此一来，他所谓审美与当下的现实之间也就形成了某种矛盾或错位。按照他的解释，“非诗意”或“反诗意”的东西无须关注，这意味着文化诗学不仅排除了广告、时装、流行音乐、主题公园、城市空间等等文化研究的研究对象，而且也把通

---

① 童庆炳：《文学审美论的自觉——文学特征问题新探索》，北京师范大学出版社 2011 年版，第 280 页。

② 巴赫金：《陀思妥耶夫斯基诗学问题》，白春仁、顾亚铃译，生活·读书·新知三联书店 1988 年版，第 184 页。

③ 巴赫金：《拉伯雷研究》，李兆林、夏忠宪等译，河北教育出版社 1998 年版，第 10 页。

俗文学、介于文学与非文学之间的大量文本拒之门外了，这么做的后果是文化诗学恰恰无法“关怀”到更多的“现实”。因为现实的状况是，传统意义上的文学尽管不可能走向终结，但是它却发生着种种裂变；文学性四处蔓延，许多文化产品具有了审美、非审美乃至反审美的多重特征；雅俗之间的分野已在抹平，雅文学俗化和俗文学雅化的现象已日见分晓；大众文化的生产与消费已是常态，传统文学的地盘已被蚕食鲸吞。如此现状甚至直接波及人文研究的选题、思路与方法，这意味着传统的研究模式与路径将被打破。正是在这一意义上，伊格尔顿才不无调侃地指出：

> 文化理论另一项具有历史意义的收获是确立了大众文化值得研究。……不久前，在某些传统派的大学里，你还不能研究那些依然健在的作家，这简直就是教唆你在一个浓雾弥漫之夜将利刃刺入他们的两肋之间。如果你所选定的小说家身强体健，还只有34岁，这将是对你耐心的非凡考验。你当然不能研究你周边每天都看得见的东西。根据定义，那不值得研究。被认为适合人文学科研究的大部分东西并不是像指甲屑或杰克·尼科尔森那样清晰可见，而是像司汤达、主权概念或莱布尼茨单子论的婀娜雅致那样看不见摸不着。今天，大家普遍公认，日常生活如同瓦格纳一般错综复杂、高深莫测、晦涩难懂，并且偶尔也会单调乏味，因而显然值得探究。从前看什么值得研究，通常是看它如何没用、单调和深奥难懂。如今在一些圈子里，研究之物不过是你和朋友晚上所做的事情。学子们过去写文章论及福楼拜时毕恭毕敬，悬置批评，但是一切都已改观。现在他们写论文谈及《老友记》(*Friends*)时也是批评悬置，充满敬意。[①]

① 特里·伊格尔顿:《理论之后》，商正译，商务印书馆2009年版，第6页。根据原文有改动。Terry Eagleton, *After Theory*, New York: Basic Books, 2003, pp. 4-5.

这段论述很容易让我们联想到米勒引用的那个例子：德里达曾建议一个比较文学专业的美国学生去研究 20 世纪文学作品中有关电话的主题，那位学生并不高兴，因为她还喜爱文学。[①]但时过境迁，研究选题已不是溢出传统路数一点点的问题了，而是有了大面积的转移。在中国，尽管文艺学学科的从业者选择做文化研究还面临着某种质疑和风险，但硕士生、博士生的一些选题已在向着伊格尔顿所论的方向进军了。凡此种种，都让文化诗学遇到了意想不到的挑战。

由此看来，童庆炳虽然想让文化诗学面向现实，但其核心命意与基本理念又制约着它面向现实的视野。它虽然可以研究王蒙和汪曾祺（经童庆炳指导，也确实写出了关于这两位作家的博士学位论文，前者被他认为是“很好地实践了北师大学科点的‘文化诗学’的理论构想”[②]），但是用它来解读“非诗意”的王朔和“反诗意”的王小波就比较麻烦。而且更重要的是，囿于文化诗学的思路与理路，很可能许多文学文本与文学现象恰恰是它无法解读的。比如，鲍勃·迪伦本是一位摇滚乐歌手，却获得了诺贝尔文学奖，这种现象如何用文化诗学解释？“下半身写作”极大地挑战了人们的传统审美观念，曾令许多人措手不及，但事隔多年之后诗人朵渔却说：“一切传统的东西都烟消云散了，一切经典都变得扯淡了，我们所欣赏的那种美已孱弱不堪。我现在读一首诗，更愿意将它与一件装置艺术并置起来，看看它在卡塞尔、威尼斯，在蓬皮杜、泰特能否立得住而不羞愧、不怯懦。这就是‘下半身’对我的意义，它让我摆脱了‘唐诗三百首’、‘新诗百年经典’这个参照系，来到了一个异常空旷、荒芜、野蛮、混杂的境地里，让我去面对一种赤裸的当代境况。”[③]像这种现象，文化诗学是否需要面对，如果面对它能否做出有效

---

① 参见 J. 希利斯·米勒：《土著与数码冲浪者：米勒中国演讲集》，易晓明编，吉林人民出版社 2004 年版，第 92 页。

② 郭宝亮：《王蒙小说文体研究》，北京大学出版社 2006 年版，“序言”第 2 页。

③ 朵渔：《颈子高昂，迎向那道光——回答时宁的十二个问题》，公众号“追蝴蝶”，2017 年 7 月 31 日，https://mp.weixin.qq.com/s/Hjras__F1kUWc7fBKaHdQQ。

回应？

这就是问题。在这些问题面前，我们没有理由不进行深刻反省。

第三节 “审美/非审美”矛盾论：文化诗学的一种拓展

假如以上所论确实是童庆炳文化诗学话语中的主要问题，如何才能解决这一问题呢？在做出回答之前，我觉得有必要从童庆炳生前遭遇的最后一次“挑战”谈起。

2015年5月16日，“百年学案2015南北高级论坛”在北京师范大学举行。童庆炳因做主题发言时以郭沫若的《蔡文姬》为例，以此说明历史语境与个案研究的重要性，随后遭到南开大学王志耕教授的质疑。王说：“如果在中国有七成以上的人根本不关心文学，你搞一班精英关在屋子里研究个案或理论，到底有没有意义？”于是他问在座的研究生谁读过《蔡文姬》，结果无人响应。童老师回应：此剧当年上演时可是万人空巷，连演了几百场呢。王志耕继续反驳道：“那是个文学的饥荒年代，可现在不一样了，大众文化消解了民众的文学热情；更重要的是，有大量的普通民众所接受的教育，根本到不了读懂严肃文学的程度，在这样一个社会基础之上，文学怎么可能有创新？”

接着话题转到了“闲聊”的层面，童老师说起他在给小孙女编写启蒙读本，比如新唐诗三百首、古典散文等等，这样就会让后代从小接受文学教育，那么等他们长大了，自然就会对高雅文学有亲近感。于是我说，童老师哪，你可以这样做，因为你是“学一代”，你的儿子就是“学二代”，孙女就是“学三代”；同样的道理，贵州山区里的孩子，他们的爷爷是“穷一代”，儿子就是“穷二代”，孙子就是“穷三代”。社会板结化，这就是中国目前的现实。我说完这句话，童老师停顿了一下，没有说话，然后发出一声长长的叹息：“唉！”——这就是我和童老师交谈的最后一个词。直到此刻，我仍然可以清晰地听到这个“唉”声，那里面透露着他的无奈、矛盾，当然也有坚守。

因为没有坚守，不是童老师。[①]

举办这次会议的目的之一是落实文化诗学的操作方案——做学案研究，但王志耕的叫板和质疑却触及了更根本的问题：研究《蔡文姬》的意义在哪里？文学在今天怎样存在？底层民众因社会板结化还能否接触到高雅文学？文化诗学存在的理由何在？这些问题肯定触动了童庆炳，自然也就逼出了他的矛盾和无奈，但遗憾的是，他还没来得及思考这些问题就与世长辞了。于是，在童庆炳思考的基础上"接着说"，也就有了充足的理由。

在我看来，走文化诗学之路依然是发展文学理论的一个正确选择。改革开放以来，中国的文学理论确实经历了一个"向内转"和"向外转"的过程。而历史的经验教训告诉我们，单纯的内部开掘或外部研究固然也有种种可取之处，却也存在着诸多问题。它们走到极致，又很容易故步自封、画地为牢，使文学理论进入一条死胡同之中。童庆炳意识到问题所在，所以才倡导打通内外，走向综合。无论从哪方面看，这都是一个极为明智的战略决策。他曾如此评价巴赫金的文化诗学："巴赫金的复调小说之所以是'文化诗学'的成功实践，首先在于巴赫金由内及外，从体裁、语言看出思想文化，又回过来从思想文化考察体裁与语言——即由外向内的分析视角。这种内外结合，双向贯通，'打通'文本内外关联的研究策略正是我们当下一直提倡的'文化诗学'研究的基本路径。"[②]这就意味着童庆炳的文化诗学话语最终从巴赫金那里得到了印证。更耐人寻味的是，他虽然强调过童氏文化诗学与格氏"文化诗学"（Poetics of Culture）的不同，但在其精神气质上，二者又多有相通之处。因为格林布莱特曾经说过：文化诗学的"中心考虑是阻止自己永久地封闭话语之间的往来，或者是防止自己断然隔绝艺术作品、作家与读者生活之间的联系"；文化诗学研究者的阐释任务是"对文学文本世界中的社会存在以及社

① 王志耕：《忆念庆炳吾师》，北京师范大学文艺学研究中心、北京师范大学文学院编：《木铎千里　童心永在：童庆炳先生追思录》下，北京师范大学出版社 2016 年版，第 558 页。

② 童庆炳：《文化诗学：理论与实践》，北京大学出版社 2015 年版，第 339 页。

会存在之于文学的影响实行双向调查”。[①] 这样也就形成了格氏文化诗学的理论假定：“在审美客体（即文本或艺术作品）与社会之间存在着复杂联系，因此必须将所有文本置于其文化语境中予以分析，而不是孤立地加以理解。”[②] 由此看来，童氏文化诗学话语并非闭门造车，而是在许多方面汇入了全球化时代文学理论反思、开拓与创新的大潮之中。

但是也正如我前面所言，童庆炳的文化诗学话语也存在着问题，面临着困境。问题的关键在于他所谓“审美中心论”因其纯正、高雅的古典主义气息，已在很大程度上阻断了文化诗学介入现实的通道，因此，拓展文化诗学的可能方案之一是改变“一个中心”的内部构成，把“审美中心论”的单维结构变成双维——“审美／非审美（反审美）”或“诗意／非诗意（反诗意）”。在这一结构中，我们依然承认康德—席勒—马克思所形成的审美观念的重要性，承认审美非功利性、通过审美获得自由、通过审美实现人对自我本质力量的真正占有等等依然颠扑不破的真理。文化诗学要面向文学，我们应该知道也必须知道文学的高标在哪里。而在很大程度上，审美的境界（这个境界可以有许多种）也就是文学的境界。但与此同时，我们也应该承认，大量的文学事实和文化事实正以非审美或反审美、非诗意或反诗意的面目出现，它们对传统审美观念或者构成了一种补充，或者形成了一种消解甚至否定。从个人的审美趣味上看，对它们嗤之以鼻乃至在道德理想主义的层面批驳，在审美中心主义的层面鞭挞，都自有其道理，但文化诗学却应该也必须正视它们的存在，并给出合理的阐释、强有力的解读乃至高屋建瓴的批判。正如杜尚把小便池带到艺术展览上参展艺术界不能对它熟视无睹，正如周星驰的《大话西游》火爆电影界不能对它无动于衷，文化诗学也不能对种种非

① 斯蒂芬·格林布莱特：《〈文艺复兴自我造型〉导论》，赵一凡译，中国社会科学院外国文学研究所，《世界文论》编辑委员会编：《文艺学和新历史主义》，社会科学文献出版社 1993 年版，第 80 页。

② 查尔斯·E. 布莱斯勒：《文学批评：理论与实践导论》，赵勇、李莎、常培杰等译，中国人民大学出版社 2015 年第 5 版，第 234 页。

审美或反审美的文学、文化事象置若罔闻。直接与它们画地绝交或者不屑与它们为伍，都是一种回避问题的做法。

那么，在“一个中心”中，既要审美又要非审美，既要有诗意又要反诗意，这岂不是一种二律背反式的矛盾组合？我们知道，所有理论话语大体上都以化解矛盾、解决问题为指归，为什么还要在文化诗学中人为制造矛盾？这正是我想解释的关键之处。在我看来，童庆炳的“审美中心论”之所以显得比较脆弱，恰恰在于它既没有正视审美的复杂性，也在于它自成一体后已对现实矛盾形成了一道天然屏障。伊格尔顿指出：“审美从一开始就是个矛盾且双刃的概念。一方面，它扮演着真正的解放力量之角色……另一方面，审美意味着马克斯·霍克海默所称的‘内在化压制’（internalised repression），它把社会权力更深地置于被征服者的肉体之中，并因此作为一种最有效的政治霸权模式而发挥作用。”[①]童庆炳看重审美的解放力量却丝毫不提审美的压制力量，这本身已是对审美的简化处理。而当这种审美形成一种“家园”式的格局后，它也就砌起了一堵围墙，只对适合于自身的外界事物开放，却关闭了与其他矛盾现实交往互动的通道。因此，让非审美与反诗意进驻其中，既是要对审美本身构成一种刺激，以此进一步激活其潜能，也是要让文化诗学正视当下矛盾重重的现实处境。

如此一来，是不是会打破“一个中心”的和谐格局？回答是肯定的，但这也正是我的用意之一。童氏文化诗学话语因受“审美中心论”的统领，实际上显得太宁静优雅、四平八稳和“美是和谐”了，久而久之，它必然会丧失其生机与活力。让文化诗学的“一个中心”变得有冲突与矛盾一些，并非要让那些冲突元素捉对厮杀，而是要让它们比邻而居、和平共处，在相看两不厌中相互对话，这样才有可能打破同一性思维模式，走向更高境界的和谐，

① 特里·伊格尔顿：《审美意识形态》，王杰、傅德根、麦永雄译，广西师范大学出版社 2001 年版，第 16—17 页。根据原文有改动。Terry Eagleton, *The Ideology of the Aesthetic*, Oxford: Blackwell Publishing Ltd., 1990, p. 28.

因为正如阿多诺所言：“不谐和（dissonance）是关于和谐的真理。”[①]

接下来的问题是，从“审美中心论”到“审美／非审美”矛盾论，是不是已大大违背了童庆炳的意愿？表面上看似乎如此，但实际上，反而更符合他所倡导的思维方式与研究路径。因受恩格斯相关论述的启发，“亦此亦彼”一直是童庆炳思考问题的重要方法。以这种思维方法研究心理美学时，他也曾发现过创作心理活动的种种矛盾。如何面对这些矛盾，起初他颇感困惑，后来他从德国物理学家海森堡那里得到了重要启发。海森堡指出：“在物理学发展的各个时期，凡是由于出现上述这种原因而对以实验为基础的事实不能提出一个逻辑无可指责的描述的时刻，推动事物前进的最富有成效的做法，就是往往把现在所发现的矛盾提升为原理。这也就是说，试图把这个矛盾纳入理论的基本假说之中而为科学知识开拓新的领域。”[②]因为海森堡，童庆炳最终“将矛盾提升为原理”，因而才有了对艺术创作与审美心理的新发现和新认识，为什么我们不能把审美与非审美这对矛盾提升为原理呢？

即便提升不成原理也无关紧要。因为众所周知，康德曾在《纯粹理性批判》中提出过四对二律背反命题，同时他也指出了理性面对这些命题时的困窘。对于这种困窘，阿多诺曾如此解读道：二律背反的矛盾本质就在于使“理性批判的澄明意图与形而上学的拯救意图之间得到了表达”。“按照康德的观点，这两种意图在理性中是同等重要的，因为它们在理性中使自己发生同等效用，因此，这两种意图之间的矛盾情结导致了不可消除的矛盾。”随后，他又以易卜生的《野鸭》为例解释道，《野鸭》并没有解决二律背反的矛盾，而是呈现了矛盾的不可解决性。“当我向你们讲矛盾的不可解决性被显示出来，这句话就意味着，这里不仅完成了认识，而且还实现了彻底的具体

① Theodor W. Adorno, *Aesthetic Theory,* trans. Robert Hullot-Kentor, London: The Athlone Press, 1997, p. 110.

② W. 海森堡：《严密自然科学基础近年来的变化》，《海森堡论文选》翻译组译，上海译文出版社 1978 年版，第 136 页；童庆炳：《艺术创作与审美心理》，百花文艺出版社 1992 年版，第 4 页。

化。”[①]也许，审美／非审美与诗意／反诗意的矛盾本身就是不可解决的，但是也就像阿多诺所说的那样，重要的不是解决，而是让它在“一个中心”的话语结构中形成某种张力，进而完成并刷新我们对文化诗学的认识。

如果我的以上思考有些道理，也就意味着文化诗学的操作方案需要做出相应调整。而这种调整首先涉及的是文化诗学与文化研究的关系。如前所言，童庆炳的文化诗学话语虽也吸收了文化研究的合理因素，但现在看来，这种吸收实际上是非常有限的。许多时候，我们从他的潜台词和话外音中可以感到，二者的关系已被他视作一种二元对立的敌我关系。我们把非审美与反诗意的东西纳入文化诗学的问题框架之中，意味着文化诗学必须在研究对象的选取、研究方法的运用、研究路径的考量等方面向文化研究学习，也意味着二者的关系将由原来剑拔弩张的对峙变为销兵洗甲之后的握手言和。消除敌意之后还须放低姿态。文艺学曾经在基础理论研究方面取得过丰硕成果，如今走向文化诗学，意味着它需要开疆拓土，也意味着它需要借鉴和拿来更多的理论资源，万取一收。文化研究之父斯图亚特·霍尔曾把自己比作喜鹊，“东抓一把，西抓一把，把什么东西都抓到自己的窝里”，以便更好地“运用理论”。[②]为什么我们不能学习霍尔的“喜鹊”精神，也把文化研究抓到自己的窝里呢？例如，原来以审美为中心的文化诗学在进入问题、展开研究时，必然会采用“鉴赏式分析法”。这种分析方法很成熟也很重要，我们自然不能丢弃。但是，在审美／非审美的问题框架中，仅有鉴赏式分析是远远不够的，我们还需要拿来文化研究中操练得比较成熟的“表征式分析法”。把这种分析方法抓过来，文化诗学就多了一种理论武器。

文化诗学既然要向文化研究敞开，是不是因此就会改变文艺学学科的颜色，变成童庆炳所担心的文化研究？这种顾虑其实大可不必。我曾引用布迪

---

① T. W. 阿多诺：《道德哲学的问题》，谢地坤、王彤译，人民出版社 2007 年版，第 32—33、182、183—184 页。

② 参见金惠敏：《积极受众论——从霍尔到莫利的伯明翰范式》，中国社会出版社 2010 年版，第 86—87 页。

厄的说法思考过这一问题：“布迪厄指出：‘哪里突破了学科的藩篱，哪里就会取得科学的进展。’[①]因此，从学科的发展与建设上看，把文化研究请进文艺学或文艺学的文化研究化，并非让文艺学‘死’掉而是让它‘活’起来的重要举措。”[②]时至今日，我的基本看法并无太大变化。如果有什么变化，也只是觉得具有中国特色的文化研究除我当时意识到的问题外，又多出来一些新问题，所谓沉疴未去，新病加身。而在我近年阅读的博士学位论文中，凡做文化研究者大都还不能尽如人意。但凡做得有点模样的，也能看出其制胜法宝之一是其文学理论的功底。这就意味着无论是理论研究还是个案分析，文化诗学依然是其根本所在。因此，文化诗学对于文化研究，是充实与壮大，而并非投靠或投降。

十多年前，我曾撰写过一篇题为《在文学研究与文化研究之间——对一种新研究范式的期待》的文章，在此文的结尾处我如此写道：“在文学已经发生诸多变化的时代，文学研究中有无文化研究维度，文化研究中有无文学研究维度，其研究效果与结论是很不一样的。然而，增加这种维度既需要克服偏见，也需要一种磨合。如果假以时日，我们最终能看到一种事实判断与价值判断并举、美学分析与意识形态症候分析并重的研究范式出现，那么，对于文学理论的发展来说，很可能是一件值得庆幸的事情。”[③]之所以有此文章又有此结论，其意图之一便是想与童庆炳先生对话。如今，当我重新面对他的文化诗学话语时，我忽然发现我的这一想法其实已隐含在文化诗学的问题框架之中，只不过当时还不甚分明。今天看来，所谓“在文学研究与文化研究之间”，其前提首先是“在审美与非审美之间”“在诗意与反诗意之间”“在纯文学与大众文化之间”，因为这是“矛盾论”的起点和立足点。它的方法论资

① 皮埃尔·布迪厄、华康德：《实践与反思——反思社会学引论》，李猛、李康译，中央编译出版社 1998 年版，第 197 页。

② 赵勇：《关于文化研究的历史考察及其反思》，《中国社会科学》2005 年第 2 期。参见拙著：《法兰克福学派内外：知识分子与大众文化》，北京大学出版社 2016 年版，第 340 页。

③ 赵勇：《在文学研究与文化研究之间——对一种新研究范式的期待》，《湛江师范学院学报》（哲学社会科学版）2008 年第 5 期。

源应该在鉴赏式分析与表征式分析（亦即美学分析与意识形态症候分析）之间，价值观资源则很可能在倡导“介入”的萨特与反对“介入”的阿多诺之间。只有这些“之间”形成一个有机整体，“在文学研究与文化研究之间”才不至于成为空中楼阁。而“之间”或“间性”之所以重要，是因为正如“城乡接合部”混乱、无序、芜杂同时却也生机勃勃一样，正如路遥聚焦于“城乡交叉地带”写出了《平凡的世界》一样，纯文学与大众文化的“接合部”同样充满着种种独异性（singularity）、疑难性与生发出问题意识的可能性。那是矛盾丛生之处，也该是文化诗学大有可为之所，而新的思想与学术的生长点或许就诞生在这里。

“时间将会证明，文化诗学这条路通过不断的修理和完善，一定会越走越宽。”[①] 此为童庆炳先生在《文化诗学：理论与实践》一书“后记”中写下的期望。如今我不揣鄙陋，把它“修理和完善”一番，以此作为生者与逝者的进一步对话。而如此这般之后，文化诗学之路能否走得通畅，能否“越走越宽”，当然是既需要求教于学界同人，也需要接受实践检验的。我所在意者，是“今朝相送东流后”能否“犹自驱车更向南”。假如我们能同心协力，一起把文化诗学这件事情做强、做大、做好，则善莫大焉，童庆炳先生也可以含笑九泉了。

---

① 童庆炳：《文化诗学：理论与实践》，北京大学出版社 2015 年版，第 380 页。

| 第五章 |

走向一种批判诗学

——从法兰克福学派的视角看中国当代文化诗学

1986 年 9 月 4 日，美国加州大学伯克利分校教授斯蒂芬·格林布拉特（Stephen Greenblatt）在西澳大利亚大学做了一次题为“走向一种文化诗学”（“Towards a Poetics of Culture”）的演讲，以此明确和完善“新历史主义”的理论主张。不无巧合的是，2002 年 11 月 7 日，在中央电视台创办不久的《百家讲坛》节目里，北京师范大学文学院教授、文艺学研究中心主任童庆炳先生也以“走向‘文化诗学’为题，进行了一次演讲，以此为他在 1998—1999 年提出的文化诗学构想张目——或许我们可以模仿英国文化研究的“葛兰西转向”（turn to Gramsci）之说，把这次行动命名为童氏“文化诗学转向”。虽然那时的童庆炳并不知道他与格氏已然“撞题”，后来知晓时又为这种“重名”而感到“不幸”，[①] 但从此以后，文化诗学不仅成为他重点思考的理论问题，以至其遗著是一本《文化诗学：理论与实践》，而且由于他的大力倡导和

① 童庆炳说：“2001 年 11 月 7 日（作者记忆有误，应为 2002 年），我在中央电视台‘百家讲坛’做了‘走向文化诗学’的讲演。我的讲演非常不幸地跟美国加州大学伯克利分校英系教授斯蒂芬·格林布拉特教授的一次讲演重名了。……我本以为他的理论叫作‘新历史主义’，我不知道他后来把他的理论改名为‘文化诗学’。”童庆炳：《文化诗学：理论与实践》，北京大学出版社 2015 年版，第 1 页。

率先垂范，文化诗学已成为北京师范大学文艺学研究中心的一面旗帜，也在很大程度上成为北京师范大学文艺学学科师生进行学术研究的指南针和方法论，[①]其绵延已近二十年之久。不太谦虚地说，在文化诗学的理论武装之下，我们已取得了累累硕果。[②]

然而，尽管如此，我还是发现了文化诗学所存在的一些问题。这些问题我在上一章已有初步梳理和反思，并且指出了拓展其文化诗学话语的可能方向。如今，我想把这一方向进一步明确为“批判诗学”（Poetics of Critique），进而论述走向一种批判诗学的必要性和可能性。我深知，在当下中国复杂的现实语境和文论格局中，提出批判诗学既存在着某种风险，也面临着某种践行的难度，但我依然希望学界同人能关注这件事情。此举不是为了立山头、喊口号，而是为了理论与批评可能具有的某种向度和风度。

第一节　“审美中心论”的主要问题

由于批判诗学与文化诗学既有联系又有区别，我需要先从文化诗学（尤其是其问题）谈起。

---

① 实际上，文艺学研究中心内部成员对文化诗学的理解也不尽一致。对此，程正民、李春青、赵勇等人都撰写过相关文章，成员之间也进行过相应讨论，但这并不妨碍大家达成某种共识。参见李春青、程正民、赵勇：《中国“文化诗学”研究的来路与去向（专题座谈）》，《河北学刊》2017 年第 2 期。

② 例如，在 2005 年北京大学出版社集中推出的“文艺学与文化研究丛书”中，其名下就有“文化与诗学”系列。该系列至 2008 年共出版五部著作（分别为赵勇、郭宝亮、程正民等、陈雪虎、杨红莉所著）。从 2014 年起，童庆炳教授有《从审美诗学到文化诗学》等三部以“文化诗学”为题的书稿面世。2015 年，湖南人民出版社出版过“文化诗学文丛”，共三本（分别为童庆炳、姚爱斌、石朝辉所著）。2014 年以来，北京大学出版社已陆续推出“文化诗学理论与实践丛书”，目前已出版著作四部（分别为方维规、童庆炳、赵勇、蒋原伦所著），预计将出至八到十部。“十三五”期间（2016—2020），文艺学研究中心所规划的主攻方向是“文化诗学的理论开掘与当下实践”，在此方向下共设五个重大研究项目，其阶段性研究成果已有上百篇论文，最终成果会有更多的论著。此外，文艺学研究中心自世纪之交获批为教育部人文社会科学重点研究基地以来，2000 年创办《文学理论学刊》，2003 年更名为《文化与诗学》后沿用至今。目前，该集刊已出版 30 辑。

中国本土的文化诗学并非北京师范大学文艺学学科独此一家的倡导，而是涌动于 20 世纪 90 年代、成形于世纪之交的一种文学理论话语。据青年学者李圣传梳理，在文化诗学的旗帜之下，又可分为“古代文论现代转换派”（以童庆炳、顾祖钊为代表）、“比较文学研究派”（以刘庆璋、程正民、张进为代表）、“古代文论意义阐释派”（以林继中、李春青为代表）、“文化批评派”（以蒋述卓、王进为代表）、“传统文献资料考证派”（以蔡震楚、侯敏、郭宝亮为代表）等五个派别。[①]这里的归纳虽不一定十分准确，但也大体可以看出，各派在其求同存异的同声相应之中，已然汇成了一股学术潮流。而按照童庆炳的分析，20 世纪 90 年代以来文化诗学之所以能够风生水起，其现实依据在于社会转型所导致的文学文化乱象，以及当代学者对“人文精神”的追求。这样，文化诗学的基本诉求便是“通过对文学文本和文学现象的解析和批判，提倡深度的精神文化，特别提倡诗意的追求，提倡人文关怀，批判社会文化中一切浅薄的、俗气的、不顾廉耻的、丑恶的和反文化的东西”[②]。在这种诉求的驱使下，他把他所倡导的文化诗学概括为“一个中心、两个基本点和一种呼吁”。所谓“一个中心”是以审美为中心，即以文学为研究对象去释放其审美内涵；而“两个基本点”则主要涉及操作方法，一是深入历史语境之中，二是要有细致的文本分析；所谓“一种呼吁”，是希望文化诗学“从文本批评走向现实干预”。[③]

我在上一章已分析过童庆炳文化诗学话语所面临的困境，这种困境大致可概括为：由于童庆炳更看重高雅文学，更强调诗情画意，其文学观与审美观也就偏向古典主义与人文主义。它固然纯正典雅，却也在很大程度上关闭了与文学、文化现实交往互动的通道，所谓“关怀现实”与“介入现实”很难落到实处。为什么说起来容易做起来难？如今我意识到的问题是，他的文

---

① 李圣传：《“文化诗学”流变考论》，《天府新论》2012 年第 5 期。

② 童庆炳：《文化诗学：理论与实践》，北京大学出版社 2015 年版，第 89 页。

③ 参见童庆炳：《文化诗学：理论与实践》，北京大学出版社 2015 年版，第 265—269、128—134、270 页。

化诗学话语中或许并不缺少批判之维，但是缺少批判的内部动力系统，这是导致其文化诗学很难与现实互动的主要原因。

让我们略做分析。如前所述，童庆炳文化诗学话语的核心构成是“审美中心论”，它无疑关联着20世纪80年代“美学热”的理论遗产，也是对他本人“审美诗学”成果的一次全面继承。在80年代的历史语境中，审美既是启蒙普罗大众的高端武器，也是思想界拨乱反正、正本清源的优雅符号，它与青年马克思、人道主义、异化扬弃、感性解放等等，一起构成了“让思想冲破牢笼”的精神资源，其进步性、革命性与先锋性自然是不言而喻的。然而，进入90年代之后，当审美变成“审美文化”甚至成为美容美发的修饰语时（北京街头就可以发现“审美理发店”之类的招牌），一方面，审美已“飞入寻常百姓家”，成为大众文化的合作伙伴，开始了它的泛化之旅（“审美文化”实为对“大众文化”的最初命名，是理论界在大众文化冲击之下一时还找不着北的替代表达，它形象地说明了理论界的慌乱、乱中出错和歪打正着）；另一方面，也意味着在市场经济大潮的裹挟中，审美已耗尽了它在80年代的革命冲动和感性解放能量，变成了一件很家常甚至很平庸的事情（把威廉斯的著名说法“Culture is ordinary”修改成“审美是平常的”，应该也大体不差）。世纪之交以来，“日常生活审美化”的倡导者虽然又拿审美说事，但此鸭头已非彼丫头，头上哪讨桂花油？在他们闪烁其词或理直气壮的背后，实际上隐含着如下事实：这是对审美泛化合法性的一次理论确认，甚至是“狼来了”之后准备“与狼共舞”的一次无意泄密和提前招供。这个时候，审美的精神性和超越性向度已荡然无存，取而代之的是其物质性维度和世俗性面向的大面积走俏。

于是，重温一下伊格尔顿的说法就显得很有必要：“审美从一开始就是个矛盾且双刃的概念。一方面，它扮演着真正的解放力量之角色……另一方面，审美意味着马克斯·霍克海默所称的‘内化压抑’（internalised repression），它把社会权力更深地置于被征服者的肉体之中，并因此作为一种最有效的政治霸权模式而发挥作用。”[①]在20世纪90年代以来的历史语境中，这种“内化压抑”机制也许是通过更加复杂的程序完成的。一方面，审美之舟偏离了80年代“启蒙辩证法”的航道，摇向了“欲望辩证法”的港湾，于是本能欲望与“娱乐至死”勾肩搭背，阔步而行——这并非压抑，而是一种能量释放；另一方面，在这种释放中，审美的形而上之维，或者是马尔库塞所谓“审美的政治潜能”被人淡忘或遗弃，“非压抑性升华”的机制无法启动，“内化压抑”遂以一种更隐蔽、更曲折、更欲擒故纵的方式发挥着作用。因此，90年代以来，审美本身既已发生了变异，我们实际上也进入了一个无美可审的时代。就像“奥斯威辛之后写诗是野蛮的”一样，经历了巨大创伤事件之后的当代中国，审美既显得奢侈，也变得野蛮残酷。而一切以审美名义出现的审美活动，要么是怀旧之思，要么则是刻奇（Kitsch）之举，它们已无法与当今社会形成真实的同构关系。

必须面对审美在当代社会的历史变迁，我们才能意识到“审美中心论”所存在的问题。童庆炳指出：“文化诗学为什么要以‘审美为中心’，道理很简单，就因为我们不是去研究别的东西，我们研究的唯一对象就是文学。为什么研究文学要以审美为中心呢？……人的一切活动中都含有‘审美’的因素，但只有文学艺术活动才把‘审美’作为基本的功能。”[②]从一般的意义上看，这种说法是绝对正确甚至“政治正确”的，但是无助于现实问题的真正解决。例如，假如以“审美为中心”，“躲避崇高”的王朔便无法评价，因为他的小说是“非诗意”的；假如以是否“追求诗意”为尺度，具有后现代主义写作意味的王小波很可能也不入文化诗学的法眼，因为他的文学是“反诗意”的。而更重要的是，若以“审美为中心”，红色经典剧（如《林海雪原》）中意识形态的剩余价值问题，清装宫斗剧（如《甄嬛传》）中的价值取

---

① 特里·伊格尔顿：《审美意识形态》，王杰、傅德根、麦永雄译，广西师范大学出版社2001年版，第16—17页。根据原文有改动。Terry Eagleton, *The Ideology of the Aesthetic*, Oxford: Blackwell Publishing Ltd., 1990, p. 28.

② 童庆炳：《文化诗学：理论与实践》，北京大学出版社2015年版，第103页。

向问题，动作片（如《战狼 2》）中的民族主义情绪问题，等等，更是无法予以讨论，因为作为典型的大众文化产品而非真正的文学作品，它们已被文化诗学事先排除在外。因此，在童庆炳的设计方案中，审美是干净、整洁、优雅甚至典雅的，他在审美主体与审美对象之间构想出一种纯洁的双边关系：前者童心未泯，后者窗明几净，二者在康德的审美非功利或斯托洛维奇审美价值论的层面如切如磋、如琢如磨，行到水穷处，坐看云起时。说得直白些，这样的文化诗学即便没有对更复杂的文学文化现象紧闭双眼、三缄其口，也唯恐自己染指其中弄脏双手。它喜欢干干净净，但谁来做那些脏活儿呢？

童庆炳意识到"市场经济也给我们带来了许多严重的问题"，而部分作家通过其作品艺术地反映了这些问题，他因此呼吁："我们的理论家和文艺批评家为什么不可以通过对这些作品的评论而介入现实呢？文化诗学就是要从文本批评走向现实干预。因此关怀现实是文化诗学的一种精神。"[①]为了强化这种呼吁，他甚至借用萨特的"介入"理论并指出："作家要'介入'，为什么文学批评家不可以'介入'？文学理论应该摆脱自闭状态，去介入现实。"[②]尽管如此，但是，从实际情况看，文化诗学既无法有效介入现实，也无法对现实形成有效干预。何以如此？关键在于"审美中心论"拖了后腿。也就是说，当现实要求文化诗学举起批判之剑时，"审美中心论"却又稀释、淡化甚至阻止了这种批判的意图。打一个不一定恰当的比方，童庆炳并非不想让文化诗学有更多的担当，但问题是，开的是奔驰车，里面装的却是捷达的发动机，它如何能够多拉快跑呢？正是由于这一原因，文化诗学在面对古典文学时往往显得信心满满，同时也能呈现出一种阐释的有效性（童庆炳曾不断拿中国古代四大名著举例，并对李白的《独坐敬亭山》进行解读，以此作为文化诗学个案分析的成功实践），但是一旦面对当下的文学文化现象，恐怕它就显得捉襟见肘、左支右绌了。或者也可以说，它只能解读当代文学中那些相对平

① 童庆炳：《文化诗学：理论与实践》，北京大学出版社 2015 年版，第 270 页。

② 童庆炳：《文化诗学：理论与实践》，北京大学出版社 2015 年版，第 270 页。

和或平稳的作家作品，却显然还缺少处理复杂问题的能力。[①]

以上便是“审美中心论”的主要问题。概而言之，作为一种研究方法，我以为童庆炳文化诗学话语中的“两个基本点”依然有效，但是，“一个中心”却因其温柔敦厚而欠缺介入现实的力度甚至能力，这是我想对它进行拓展或改造的主要原因。

第二节 走向批判诗学的必要性与可能性

有必要指出，当我指出“审美中心论”的文化诗学存在着某些问题时，我只是想说明审美的脆弱、保守和在现实问题前所面临的窘境，而并不是要取消审美。无论从哪方面看，审美既是文学艺术的本质规定性之一，也是人们摆脱身心枷锁、走向自由境界的途径之一。晚年的马尔库塞曾经指出：借助于审美形式，艺术“多少赋予个体一点点自由，并让其实现于不自由的王国之中”[②]。20 世纪 80 年代的高尔泰也曾在“美是自由的象征”的命题之下，力论审美活动与人的自由和解放的关系。因此，审美的重要性和必要性是不需要论证的，尤其是在“告别革命”的年代，审美简直就是医治创伤、消弭

① 例如，王蒙、汪曾祺是童庆炳非常喜爱的两位当代作家，于是他分别指导郭宝亮和杨红莉写出了两篇博士学位论文，并多次在公开场合予以表扬，认为其论文是运用文化诗学做研究的成功范例。他说：“郭宝亮的论文很好地实践了北师大学科点的‘文化诗学’的理论构想，这是很令人振奋的。”（郭宝亮：《王蒙小说文体研究》，北京大学出版社 2006 年版，“序言”第 2 页。）杨红莉也在其博士学位论文后记中交代：“尤其是先生近年来倡导的‘文体学’和‘文化诗学’的文艺理论思想，更给我的文学批评提供了切实可行的方向。”（杨红莉：《民间生活的审美言说：汪曾祺小说文体论》，北京大学出版社 2008 年版，第 266 页。）而在我看来，这两篇博士学位论文对文化诗学的运用之所以成功，一是因为这两位作家的作品都比较中正平和（王蒙之作虽然也有激烈的时候，但最终都是“发乎情，止乎礼义”。2019 年，他获“人民艺术家”国家荣誉称号，便是官方对王蒙其人其作的极大认可。汪曾祺的作品则在温暖人心处下功夫，是典型的温柔敦厚、诗意满满之作），比较符合童庆炳的审美理想；二是两位研究者都是从文体层面进入问题，这就相对容易把握一些。如果换成张承志或王小波，对其进行文化诗学研究就会遇到许多麻烦。

② Herbert Marcuse, *The Aesthetic Dimension: Toward a Critique of Marxist Aesthetics*, Boston: Beacon Press, 1978, p. 10.

暴力、化解仇恨、让个体走向澄明之境的灵丹妙药。席勒的《审美教育书简》（反思法国大革命）是如此，马尔库塞的《审美之维》（反思20世纪60年代西方世界的文化革命）是如此，高尔泰的《美是自由的象征》（反思中国的“文化大革命”）也是如此。

然而，也正是审美的重要性反衬出批判的边缘性。这当然不是说审美挤占了批判的市场，也不是说审美堵塞了批判的言路——它们其实构不成一种二元对立关系；而是说我们今天处在一个与批判为敌乃至取消批判的时代，于是让批判出场便有了许多隆重的理由。

不妨对中国的现代批判史稍做回顾。毫无疑问，中国的现代批判传统是由五四一代的启蒙者开创的。以鲁迅先生为例，通过文化批评，也通过社会批判，他所建构出来的是一种现代知识分子的典型意象——介入现实，守护理念，为生民立命，向权势说真话，生命不息，批判不止。因此，我所理解的鲁迅精神就是毫不妥协的批判精神。鲁迅当然不缺少审美的眼光、热情和冲动，但批判却是其底色。唯其如此，他才既能写出审美性与批判性兼顾的文学作品，又能以审美与批判的双重眼光形成一种“诗意的裁判”。红学家梁归智指出：鲁迅论述《红楼梦》，仅“爱博而心劳，而忧患亦日甚矣”和“悲凉之雾，遍被华林，然呼吸而领会之者，独宝玉而已”两句话，其“对曹雪芹和《红楼梦》的‘解味’维度，就超越写了多少著作论文的‘红学家’们不知凡几”。[①] 在我看来，这固然是鲁迅胆识才情的写照，却也更是他“双重眼光”逼视的结果。然而，这样一种批判精神后来却被迫中断了。

取代鲁迅式批判的是1949年之后历次运动所形成的“革命大批判”。由于众所周知的原因，这种群众运动很可能关联的是阿多诺所谓个体变成群体成员之后的心理退化，却与个体的判断与清明的理性精神背道而驰。批判被做坏之后，真正的批判精神固然已荡然无存，批判本身也被弄得灰头土脸、不得人心，以致人们走出“大批判”后依然对批判谈虎色变、心有余悸。直

① 梁归智：《〈红楼梦〉里的四大风波》，三晋出版社2018年版，第85页。

到今天，“批判”在词典中的第一义项都是“对错误的思想、言论或行为做系统的分析，加以否定”[①]。结合中国当代历史语境中的种种批判运动，这种解释并无问题，但我们依然可以从其字里行间嗅出政治批判的味道。显然，这一义项还是对革命年代“大批判”遗产的变相继承，也暗示着人们对批判这一概念的理解程度和认知水平。

20世纪80年代是审美促使感性解放的时代，也是批判激情丰盛的时代。而这个时候的批判显然是要恢复中断已久的五四精神和鲁迅传统，它与知识分子的担当意识关联在一起，构成了一种奇异的思想风景。陈平原说：“八十年代没有所谓的公共知识分子；因为，几乎每个学者都有明显的公共关怀。独立的思考，强烈的社会责任感，超越学科背景的表述，这三者，乃八十年代几乎所有著名学者的共同特点。……可以这么说，八十年代的中国知识分子，特别像‘五四’时期的青年，集合在民主、科学、自由、独立等宽泛而模糊的旗帜下，共同从事先辈未竟的启蒙事业。”[②]而80年代的新启蒙运动，既是一般意义上的启迪民智，也可以理解为是对批判的正本清源之举。阿多诺指出：“批判来自希腊语的‘做决定’（Krino），谁要是把现代的理性概念等同于批判，那么他并未夸大其词。启蒙运动思想家康德想让社会从其自己招致的不成熟状态中解放出来，他教人自律（亦即根据自己的见解下判断），以此与他律（被迫服从他人）相对照，于是他把自己的三大著作命名为批判。”[③]在这里，启蒙、批判与现代理性显然是三位一体的，它们你中有我，我中有你，共同支撑起了启蒙这块天地。而中国80年代的新启蒙虽然激情大于理性，但借助于启蒙的庇护，批判毕竟获得了名正言顺的生存空间。

但是，这场启蒙与批判的双重变奏却在20世纪80年代末走向了终结。此后的1993年，虽有人文知识分子借助法兰克福学派理论资源对大众文化的

---

①《现代汉语词典》，商务印书馆2016年第7版，第990页。

② 查建英主编：《八十年代：访谈录》，生活·读书·新知三联书店2006年版，第133页。

③ Theodor W. Adorno, “Critique, ” in *Critical Models: Interventions and Catchwords*, trans. Henry W. Pickford, New York: Columbia University Press, 1998, p. 282.

批判，从 1994 年开始，又有持续三年左右的“人文精神大讨论”，其中亦不乏批判的内容，但是一方面，此时的批判目标已经转移，它所对准的主要是市场经济的伴生现象，另一方面，批判也更像知识界“孤独站在这舞台，听到掌声响起来”般的告别演出，在他们那些或直截了当或意在言外的表达中，其实隐含着诸多更加丰富的信息，它们或许关联着批判的言不由衷或突然扑空，以及由此引发的无奈、失意和淡淡的苦涩。王晓明把“人文精神大讨论”的特点之一概括为“强烈的批判性”后紧接着指出：“在很大程度上，你不妨就将它看作是知识分子的自我诘问和自我清理。……我曾说，‘人文精神’的提倡其实是知识分子的自救行为。我今天仍然想重复这个意见。知识分子应对社会尽自己的责任，‘知识分子’这个词，本身就可以说是这种责任的代码。但是，在动手尽责之前，你先得要问自己：你拥有尽责所必需的思想能力吗？”[①]从80年代的批判社会、指点江山到90年代的自我清理和自我反思，这不能不说是一种进步，却也在很大程度上体现了一种马尔库塞式（退守内心、走向审美）的凄凉与悲壮。与此同时，在这场讨论中，知识分子所达成的共识已经破裂，“责任感”与“使命感”等等大词被人嘲笑。此后，知识分子要么回到了书斋，为学术而学术，“允许并尊重那些钻进象牙塔的纯粹书生的选择”[②]成为一种不得已而为之的被迫之举（所谓“思想家淡出，学问家凸显”）；要么走向了市场，复制叫卖自己的知识学问，“恨不得把屁股下破旧的冷板凳，打扮成时装模特的展示台”[③]，结果，“知道分子”应运而生。批判的主体既然已土崩瓦解，批判的事业自然也难以为继。后来虽然也有批判的声音不时鸣响，但从规模上看，它更像是黄鼠狼娶媳妇——小打小闹；从性质上说，有时它甚至已演变成一种真人秀，从而远离了真正的批判精神。在批判缺席的时代，批评家沉默了，表扬家如过江之鲫，他们活跃在文学批评

① 王晓明编：《人文精神寻思录》，文汇出版社 1996 年版，第 273 页。

② 陈平原：《学者的人间情怀》，《读书》1993 年第 3 期。

③ 张承志：《寺里的讲义》，《文明的入门——张承志学术散文集》，北京十月文艺出版社 2004 年版，第 294 页。

和文化批评的舞台之上，并像阿多诺所说的那样，与文化形成了一种“共谋”（Complicity）关系。[①]于是，批判理论被束之高阁，赞美理论（并非伽达默尔所谓“赞美理论”，他把“赞美”用作动词而非名词[②]）开始讨人喜欢并畅行无阻。崔健在 90 年代唱道：“新的时代到了，再也没人闹了 / 你说所有人的理想已被时代冲掉了 / 看看电视听听广播念念报纸吧 / 你说理想间的斗争已经不复存在了。”（《混子》）春江水暖鸭先知，他不过是以一个摇滚歌手的敏感及时捕捉并提前预告了一个时代的没落和另一个时代的开始。

通过以上的简短扫描，我想指出的是这样一个事实：在中国当代的文化环境中，批判本来就是稀缺资源，后来又一度被弄得变形走样。它被恢复了本来面目后曾经有过短暂的辉煌，但随后就进入了一种长期失语和沉默的状态。阿多诺说：“作为精神的一个核心主题，批判在世界各地都并不怎么受人欢迎。”[③]这种局面在当下的中国或许体现得更为突出。既然如此，为什么我在这里还要强调批判的重要性并且提出走向一种批判诗学的可能性呢？理由当然很多，但我更想从马克思主义的维度做出如下简要分析。

研究马克思主义及其文论的人或多或少忽略了一个基本事实：批判实际上是马克思主义的一个伟大传统。在马克思恩格斯的著作中，“批判”应该是使用频率最高的语词之一，而批判意识和批判精神也贯穿在他们的《1844 年经济学哲学手稿》《黑格尔法哲学批判》《哥达纲领批判》《德意志意识形态》《共产党宣言》《资本论》等一系列经典著述之中，成为其唯物辩证法的思想武器。因为青睐批判，马克思、恩格斯甚至把它设计到专业分工取消后的理想愿景之中：“在共产主义社会里，任何人都没有特殊的活动范围，而是都可以在任何部门内发展，社会调节着整个生产，因而使我有可能随自己的兴

① Theodor W. Adorno, “Cultural Criticism and Society,” in *Prisms*, trans. Samuel and Shierry Weber, Cambridge, M.A.: The MIT Press, 1981, p. 22.

② 参见《赞美理论——伽达默尔选集》，夏镇平译，生活 · 读书 · 新知三联书店 1988 年版，第 20—22 页。

③ Theodor W. Adorno, “Critique,” in *Critical Models: Interventions and Catchwords*, trans. Henry W. Pickford, New York: Columbia University Press, 1998, p. 283.

趣今天干这事，明天干那事，上午打猎，下午捕鱼，傍晚从事畜牧，晚饭后从事批判，这样就不会使我老是一个猎人、渔夫、牧人或批判者。”[①]在这里，“晚饭后从事批判”是一个让人会心一笑的温暖意象，它关联着马克思的个人喜好，也暗示着人的全面发展应该具有的样子。正是在这一意义上，马尔库塞才说：“在黑格尔的体系中，所有范畴都终止在现存的秩序之中，而在马克思那里，所有范畴都涉及对这种秩序的否定。……就所有概念都是对现存秩序总体进行控诉而言，马克思的理论实为一种‘批判’（critique）理论。”[②]

马克思、恩格斯把他们的批判理论运用到对文学作品的品评与分析之中，就变成了批判诗学。恩格斯读过巴尔扎克后曾经说过：“我从这个卓越的老头子那里得到了极大的满足。这里有 1815 年到 1848 年的法国历史，比所有沃拉贝耳、卡普菲格、路易·勃朗之流的作品中所包含的多得多。多么了不起的勇气！在他的富有诗意的裁判中有多么了不起的革命辩证法！”[③]在我看来，所谓“诗意的裁判”（poesievollen gerechtigkeit），一方面是对作家作品提出的要求，另一方面也构成了文艺批评的一条基本原则。前者意味着巴尔扎克的“伟大的作品是对上流社会无可阻挡的崩溃的一曲无尽的挽歌”[④]，此为批判现实主义的精髓。于是批判中有挽歌轻唱，挽歌中有否定性意向，就构成了巴尔扎克作品中的混声音响。后者则意味着批评家需要像铁面无私的法官那样下判断，做决断，他固然需要从“美学观点”出发去面对作家作品，但更需要秉持“诗性正义”原则，对作家作品批而判之。这样，在马克思主义的文艺批评观中便有了批判诗学的萌芽。

如果把法兰克福学派的文学艺术批评活动命名为批判诗学，应该并不离

---

① 马克思、恩格斯：《德意志意识形态》，《马克思恩格斯选集》第一卷，人民出版社 1995 年版，第 85 页。

② Herbert Marcuse, *Reason and Revolution: Hegel and the Rise of Social Theory,* New Jersey & London: Humanities Press International, Inc., 1983, p. 258.

③ 恩格斯：《致劳·拉法格》，《马克思恩格斯全集》第三十六卷，人民出版社 1975 年版，第 77 页。

④ 恩格斯：《恩格斯致玛·哈克奈斯》，《马克思恩格斯选集》第四卷，人民出版社 1995 年版，第 684 页。

谱。[1]在批判理论的指引下，法兰克福学派的美学思考向着艺术和大众文化的两极延伸，这在阿多诺那里体现得尤为明显。一方面，他坚定不移地批判着文化工业，这在今天看来更像一种激进的文化研究。事实上，道格拉斯·凯尔纳就曾把法兰克福学派的大众文化理论看作文化研究的早期模式，把批判理论看作文化研究的元理论（metatheory）之一。[2]另一方面，他又深入卡夫卡、贝克特、勋伯格等人的艺术世界中，寻找并捍卫着真正的艺术，也从中汲取着批判的力量。在他看来，诗与社会的关系是对抗性的，因为意识形态纯属子虚乌有，是虚假意识，是谎言连篇。诗歌需要做的事情是揭穿那种假象，戳破那些谎言。同时，从形式上看，它又是完美和谐的。但这种和谐恰恰“证明了它的对立面，证明了主体异化的生存之痛和对其所爱——的确，诗之和谐其实不过是这种痛苦与爱恋的互渗交融”[3]。所以，在阿多诺的心目中，真正的艺术就应该像莫扎特的音乐那样，于和谐中有不谐和音的鸣响；也应该像荷尔德林的诗歌对句那样，喜中含悲，悲中见喜。因此，艺术中仅有愉悦的快感往往浅薄，严肃性才是所有艺术作品的巨大底座。“作为逃离现实却又充满着现实的东西，艺术摇摆于这种严肃与欢悦之间。正是这种张力构成了艺术。”同时，也正是“艺术中欢悦与严肃之间的矛盾运动”，才构成了“艺术的辩证法”。[4]在我看来，如果说马克思、恩格斯“唯物辩证法”武装之下的“诗意的裁判”是批判诗学的古典形式，那么，阿多诺那种建立在诗与社会对抗性基础之上的“艺术辩证法”就是批判诗学的现代样式。

从马克思主义那里，尤其是从法兰克福学派和阿多诺那里，我们可以借

---

① 实际上，在西方学界，以“批判诗学”为题谈论阿多诺批判理论与实践的著作已经出现。参见 Steven Helmling, *Adorno's Poetics of Critique,* New York: Continuum, 2009.

② Douglas Kellner, *Media Culture: Cultural Studies, Identity and Politics between the Modern and the Postmodern*, London and New York: Routledge, 1995, pp. 27-30.

③ Theodor W. Adorno, “On Lyric Poetry and Society,” in *Notes to Literature,* Volume One, trans. Shierry Weber Nicholsen, New York: Columbia University Press, 1991, p. 41.

④ Theodor W. Adorno, “Is Art Lighthearted?,” in *Notes to Literature,* Volume two, trans. Shierry Weber Nicholsen, New York: Columbia University Press, 1992, p. 249.

鉴许多东西。首先，批判是马克思主义哲学的基石。青年马克思曾把自己所要创造的理论称为“批判哲学”，并“把批判和实际斗争看作同一件事情”[①]。霍克海默则指出：“哲学的真正社会功能在于它对流行的东西进行批判。……这种批判的主要目的在于，防止人类在现存社会组织慢慢灌输给它的成员的观点和行为中迷失方向。”[②]而到了阿多诺那里，这种批判的哲学则成为“否定的辩证法”和“社会观相术”。[③]由此可以看出，无论批判在哪个层面运行，它都是哲学的基本武器，批判诗学必须从这里汲取思想的滋养和批判的元气。

其次，批判是面向社会、文化和文学进行观察、分析的基本视角。众所周知，法兰克福学派所强调的批判理论有一种乌托邦的气质和情怀，这在霍克海默的表述中可以看得很是分明：“这一理论的目的绝非仅仅是增长知识本身。它的目标是要把人从奴役之中解放出来。”[④]今天看来，这种乌托邦冲动依然弥足珍贵，但不免有宏大叙事之嫌。对批判理论更切合实际的思考或许体现在洛文塔尔那里。他认为，批判理论“是一种视角，一种面对所有文化现象所采取的共同的、批判的、基本的姿态”[⑤]。由于批判诗学主要面对的是文学与文化现象，这种视角和姿态是切实可行的，也更值得我们借鉴。

最后，如前所述，由于法兰克福学派的美学思考主要是向着艺术和大众文化的两极延伸，这就形成了两种致思路径和研究通道：美学分析和意识形态批判。美学分析主要面对纯文学和雅文化，它相当于韦勒克所谓“内部研究”，更接近于传统意义上的“鉴赏型分析”。意识形态批判主要指向俗文学和大众文化，按照杰姆逊的解释，现象与本质之间的距离乃意识形态批判大

---

① 马克思：《马克思致阿尔诺德·卢格》，《马克思恩格斯文集》第十卷，人民出版社 2009 年版，第 9 页。

② 马克斯·霍克海默：《批判理论》，李小兵等译，重庆出版社 1989 年版，第 250 页。

③ Theodor W. Adorno, “Cultural Criticism and Society,” in *Prisms*, trans. Samuel and Shierry Weber, Cambridge, M.A.: The MIT Press, 1981, p. 32.

④ Max Horkheimer, *Critical Theory: Selected Essays,* trans. Matthew J. O’ Connell and Others, New York: The Continuum Publishing Corporation, 1982, p. 246.

⑤ Leo Lowenthal, *An Unmastered Past: The Autobiographical Reflections of Leo Lowenthal*, ed. Martin Jay, Berkeley: University of California Press, 1987, p. 60.

有可为的地方，因为造成这种距离的正好是意识形态本身。[①]因此，意识形态批判其实就是阿多诺所谓“内在批判 / 批评”（Immanente Kritik），也更接近于文化研究所谓“表征型分析”。当然，美学分析和意识形态批判并非各自为政、互不往来，而是你中有我、我中有你式的互渗、互动和互补。它们也构成了批判诗学的两个翅膀。只有在两翼齐全的情况下，批判诗学才有可能在文艺理论的跑道上滑行、起飞并振翅高翔。

第三节 在“文学介入”与“艺术自主”之间

如果批判诗学的构想可以成立，那么又该如何把它付诸实践呢？由于童庆炳在其文化诗学的设计方案中提及“现实干预”和萨特的“介入”，也由于阿多诺对萨特的“介入”和“介入文学”多有批评，因此，对阿多诺与萨特之争进行分析便很有必要，而弄清楚他们的选择，显然有助于确立批判诗学的理论预设和操作方案。

可以先从萨特的“介入文学”或“文学介入”谈起。萨特之所以倡导介入，并在《什么是文学？》中论证介入的必要性和紧迫性，至少有两个原因必须提及：其一是他对法国近代以来的文学特别不满；其二是他对法国当下的现实处境十分忧虑。萨特文学观中的一个重要内容是“没有为自己写作这一回事：如果有人这样做，他必将遭到惨痛的失败”[②]。于是让文学与既定的读者群形成关联就成为他的一个固定思路。由此检点 17、18 世纪的法国文学，作家与读者的关系尽管不尽如人意，但好赖还维持着某种平衡。然而 19 世纪以来，随着文学极力开发其自主性，也随着文学革命更多注重于形式层面，致力于雕琢技巧，文学不再有延伸到社会层面的广泛读者群，仅有的读

① 参见程巍：《中产阶级的孩子们：60 年代与文化领导权》，生活 · 读书 · 新知三联书店 2006 年版，第 244 页。

② 萨特：《什么是文学？》，施康强译，《萨特文集》第 7 卷，人民文学出版社 2005 年版，第 123 页。

者群只是由专家和作家组成，阅读活动也成为文学内部的一次秘密旅行。于是，“斯丹达尔的读者是巴尔扎克，而波德莱尔的读者是巴尔贝·德·奥尔维利，至于波德莱尔本人又是爱伦·坡的读者。文学沙龙变得多少有点像头衔、身份相同的人的聚会，人们在沙龙里怀着无限的敬意低声‘谈论文学’，……随着艺术离生活越来越远，它再次变成神圣的”[①]。这样一来，文学就成为少数人把玩的爱物，却不再有任何用处。萨特说：“无用的极致，当然就是美。从‘为艺术而艺术’经过现实主义和巴那斯派直到象征主义，所有的流派在一点上达成一致，即艺术是纯消费的最高形式。艺术不传授任何内容，不反映任何意识形态，它尤其禁止自己带有道德性。”[②]值得注意的是，文学的有用与否，确实是萨特强调文学有无价值的一个重要标准。他之所以对法国当代作家乔治·巴塔耶的耗费理论冷嘲热讽，就是因为他强调了文学的无用性。[③]而所谓无用，就是以“为艺术而艺术”的名义生产的各类文学产品，它们讲究的是绝对的非功利性；所谓有用，就是文学必须作用于世道人心，必须与社会现实形成关联。正是在这一层面上，萨特表现出对既有文学的强烈不满。

再者，“处境”既是萨特反复提及的主要哲学范畴，也是他思考文学与介入的主要现实语境。萨特说过：“从一九三〇年起，世界危机、纳粹主义上台、中国的事变、西班牙战争擦亮了我们的眼睛；我们觉得脚下的土地即将塌陷。”[④]这就意味着《什么是文学？》中虽专设一节谈论“一九四七年作家的处境”，但这种处境并非局限于1947年，而是关联着法国近二十年来的现实境况。尤其是经历了“二战”之后，法国已是满目疮痍、伤痕累累，战争带来的阴暗记忆依然在人们心头挥之不去，新的战争又随时有爆发的可能。面对这种境遇，萨特似乎表现出一种前所未有的焦虑。他说：“我们的作品的命

① 萨特：《什么是文学？》，施康强译，《萨特文集》第7卷，人民文学出版社2005年版，第186页。

② 萨特：《什么是文学？》，施康强译，《萨特文集》第7卷，人民文学出版社2005年版，第188—189页。

③ 萨特：《什么是文学？》，施康强译，《萨特文集》第7卷，人民文学出版社2005年版，第248页。

④ 萨特：《什么是文学？》，施康强译，《萨特文集》第7卷，人民文学出版社2005年版，第249页。

运也与处境危险的法国的命运连在一起：我们的前辈为度假的灵魂写作，轮到我们对读者说话时，假期已经结束；我们的读者群由与我们同类的人组成，他们与我们一样等待着战争和死亡。对于这些没有闲暇、不懈怠地关心着唯一一件事的读者，唯一合适的题材是写作有关他们的战争和他们的死亡的事情。我们被粗暴地重新纳入历史，被迫创作一种强调历史性的文学。”[①]在萨特的描述中，既然国家的命运如此危险，那么作家就不应当无动于衷，文学也不应当沉浸在象牙塔中享受着“无用”之乐。于是让作家走出象牙塔，让文学走进现实，就成为萨特极力鼓吹的创作主张。

正是基于以上两个原因，萨特就既向作家发出呼吁，也开始对介入文学积极建构。例如，他想创造出一种“极限处境文学”或“重大关头文学”，而在对社会主义集体和工人阶级读者群的想象中，他又把文学命名为“存在文学”“实践文学”和“整体文学”。而无论是哪种文学，萨特其实都是在强调介入的重要性，或者也可以说，这些文学都是介入文学的具象化和升级版。他的言外之意似乎是，只有把介入落到实处，他所谓新的文学样式才能建立起来，而这种文学必然关联着“有用”和“生产”，摈弃的是“无用”和“消费”。

那么，如何才能让作家付诸行动呢？概而言之，萨特的方案大致如下：首先，由于工人阶级已经形成一个革命的读者群，那么为这个读者群写作，进而把他们的生活作为“一种实践文学的最好题材”[②]纳入文学生产之中，就显得非常紧迫。正是在这个意义上萨特才斩钉截铁地指出：“必须毫不犹豫地说，文学的命运与工人阶级的命运是连在一起的。”[③]其次，“必须征服‘大众传播’”，并且“必须直接为电影和广播写作”。[④]之所以必须如此，是因为作

① 萨特:《什么是文学?》，施康强译,《萨特文集》第7卷，人民文学出版社2005年版，第251页。
② 萨特:《什么是文学?》，施康强译,《萨特文集》第7卷，人民文学出版社2005年版，第277页。
③ 萨特:《什么是文学?》，施康强译,《萨特文集》第7卷，人民文学出版社2005年版，第278页。
④ 萨特:《什么是文学？》，施康强译,《萨特文集》第7卷，人民文学出版社2005年版，第278—289页。

家原来写的是书，但书与书中所写，无论从形式还是内容上看，都还属于雅文化和纯文学，谈不上通俗化。书只对文化程度高和打开它的人起作用，而广播与电影却直接面向人群说话，它们可以快捷方便地传播到工人阶级受众那里。最后，与此相对应的是，作家必须改变自己的表达方式——“必须学会用形象来说话，学会用这些新的语言表达我们书中的思想”①。书中思想大概就像萨特本人的《存在与虚无》那样，是艰涩而深奥的；只有把它变成“存在主义是一种人道主义”那样的演讲或是《隔离审讯》那样的戏剧，书中思想才能获得有效传播。当然，这样一来，也必然意味着书中思想的通俗化和简化，但这并非萨特的担心之处，甚至这恰恰是他的希望所在。为了介入这项伟大的事业，或者是为了他梦想中的有用的文学，可以说萨特也是拼了。

萨特的介入主张遭到了许多人的批评，而在这些批评者中，阿多诺可谓不遗余力的一位。自从他在 1962 年发表《介入》一文之后，他对萨特的批评就与对介入的反思紧密结合在一起，并成为其晚期著作《否定的辩证法》和《美学理论》中不时奏响的音符。归纳一下，阿多诺批评的重点主要集中在三个方面：其一，萨特的介入说是与其哲学观念“自由选择”联系在一起的，但是在一个全面被管控的世界里，选择显得抽象，自由也变成了一种空洞的主张。由于介入无法与自由有机统一，萨特只好向作家主体发出呼吁。然而让介入成为作家的一种意向，这实际上是萨特极端主观主义哲学的体现，“尽管它发出了唯物主义的弦外之音，却依然可以听到德国唯心主义思辨哲学的回响”②。其二，介入的理念体现到作品中，必然会思想大于材料，成为作者某种观念的传声筒。例如，“他人即地狱”这句格言虽然出自萨特的戏剧作品《隔离审讯》，但在阿多诺看来，却更像是对其《存在与虚无》的引用。于是阿多诺指出：“为了使其戏剧和小说超越于纯粹的宣言之上——宣言的原型是

---

① 萨特：《什么是文学？》，施康强译，《萨特文集》第 7 卷，人民文学出版社 2005 年版，第 289 页。

② Theodor W. Adorno, “Commitment,” in eds. Andrew Arato, Eike Gebhardt, *The Essential Frankfurt School Reader*, trans. Francis McDonagh, New York: Urizen Books, 1978, p. 304. 拙译《介入》全文已刊发于《广州大学学报》（社会科学版）2020 年第 6 期，可参考。

被严刑拷打时的惨叫——萨特不得不向平面化的客观性求助，却拿掉了任何辩证法的形式和表达，那不过是他自己哲学思想的一次传播。他的艺术的内容变成哲学，除席勒外，还没有哪个作家如此操作过。”[①]其三，承载萨特介入理念的文学样式主要是其戏剧作品，然而阿多诺却指出，这些作品不仅情节老套，在审美形式的更新上乏善可陈，而且很容易变成文化工业的产品：“那些简单明确的情节与同样简单明确却可以提取的观念相结合，让萨特获得巨大成功，并使他适用于文化工业（Kulturindustrie），但这无疑违背了他的初衷。”[②]对于这一点，萨特其实心知肚明，因为他说过：“文学与电影一样正在变成工业化的艺术。我们当然是受惠者。”[③]这就意味着阿多诺的担心之点正是萨特所极力追求的方面。可以说，在这个问题上，他们早已分道扬镳。

为什么阿多诺对萨特要批而判之呢？关键是他所倡导的艺术自主与萨特所谓文学介入是两条道上跑的车，走的不是一条路。在《介入》一文的开篇，阿多诺便从“介入文学”与“自主文学（艺术）”的理论之争进入问题，由此可见，自主是介入的对立面，自主文学也是相对于介入文学的一个对举性概念。那么何谓艺术自主？阿多诺指出，所谓自主即意味着艺术日益独立于社会的特性，但这种独立的过程却异常艰难，因为从艺术发展之初一直到现代集权国家，始终存在对艺术的直接社会控制，直到资产阶级时期，这一局面才有所改观。[④]而由于“为艺术而艺术”便是资产阶级上升时期的产物，所以艺术自主显然与这一主张存在着千丝万缕的联系。但阿多诺并没有为完全与社会切断联系的“为艺术而艺术”进行辩护，而是既强调艺术的自主性，又强调艺术的社会性，努力让这二者保持一种平衡。于是他指出：“更

① Theodor W. Adorno, “Commitment,” in eds. Andrew Arato, Eike Gebhardt, *The Essential Frankfurt School Reader*, trans. Francis McDonagh, New York: Urizen Books, 1978, p. 305.

② Theodor W. Adorno, “Commitment,” in eds. Andrew Arato, Eike Gebhardt, *The Essential Frankfurt School Reader*, trans. Francis McDonagh, New York: Urizen Books, 1978, p. 305.

③ 萨特:《什么是文学?》，施康强译，《萨特文集》第7卷，人民文学出版社2005年版，第251页。

④ Theodor W. Adorno, *Aesthetic Theory*, trans. Robert Hullot-Kentor, London: The Athlone Press, 1997, p. 225.

为重要的是，艺术通过其对抗社会，并且只有作为自主艺术如此站位时才成为社会的。艺术只是靠其存在本身批判社会——通过把自己晶化为独一无二之物，而不是去遵守现存的社会规范，获得‘社会效用’（socially useful）的资格。”[①]这就是说，要想让艺术具有社会性，其前提是必须使其自主。或者也可以说，只有在自主艺术那里，才能充分体现出艺术的介入性、社会性和批判性。

为了更有力地反驳萨特，阿多诺举了一些自主艺术的例子。萨特曾经提及毕加索的《格尔尼卡》，并以此追问："有人相信它曾为西班牙共和国的事业赢得哪怕只是一个人的支持吗？"[②]萨特之所以质疑，是因为此画意义含混，无法直接行使介入之责，于是他把介入的重任交给了直接与意义打交道的作家。阿多诺则引用坊间流传甚广的一则故事，予以反驳：纳粹占领军的一位军官造访毕加索的画室，然后指着《格尔尼卡》问："这是你干的？"据说毕加索答道："不，是你干的。"以此为基础，阿多诺想要谈论的问题是：自主的艺术作品像这幅画作一样，固然坚决否定了经验现实，但在他看来，由于这种极端自主性的作品"既不适应市场又不依赖商业通俗化，所以不知不觉就具有了攻击性"[③]。如此看来，《格尔尼卡》虽然没有直接介入现实，但是因其坚守着自主的底线，也因为它在形式上的革命和创新（其立体主义和超现实主义的画风确实否定了经验现实，但是却创造出另一种更为惊心动魄的现实），所以，它对法西斯主义暴行的揭露与批判并不比萨特和布莱希特的戏剧逊色多少。这就意味着《格尔尼卡》虽然没打介入这张牌，但它并不缺少介入的作用。

在文学上，阿多诺则常常以卡夫卡和贝克特为例，以此与萨特过招。这

---

① Theodor W. Adorno, *Aesthetic Theory*, trans. Robert Hullot-Kentor, London: The Athlone Press, 1997, pp. 225-226.

② 萨特：《什么是文学？》，施康强译，《萨特文集》第7卷，人民文学出版社2005年版，第98页。

③ Theodor W. Adorno, "Commitment," in eds. Andrew Arato, Eike Gebhardt, *The Essential Frankfurt School Reader*, trans. Francis McDonagh, New York: Urizen Books, 1978, p. 314.

两位作家都与萨特的所谓介入无关，可谓自主文学的典型代表，但是，难道就能因此说他们的作品没有介入性吗？阿多诺的回答是否定的。他认为，尽管卡夫卡没有直接去写政治，但他的作品中却充满了政治，"其中非暴力的理念与政治接近瘫痪的破晓意识融合在一起"[①]，让作品呈现出特殊的意味。而面对贝克特的作品，尽管人们"吓得瑟瑟发抖，但没有谁能否认这些古怪荒诞的戏剧和小说是人人都知道但无人敢于说的东西"[②]。正是在这一背景下，阿多诺才有了如下思考：

> 要是满足介入艺术作品的理念，就必须放弃对世界的任何介入……卡夫卡的叙事作品、贝克特的戏剧以及他那部真正怪异得叫人害怕的小说《无法称呼的人》（*Der Namenlose*）都有这样一种效果——官方的介入作品与之相比，看上去就像小玩闹（Kinderspiel）。他们唤醒了存在主义只是挂在嘴边的"畏"。在对假象的破除中，卡夫卡和贝克特从内部爆破了艺术，而所谓介入却只是从外部服从于艺术，于是这种介入也就只能浮在表面。他们的作品所呈现的那种无法抗拒的必然性迫使态度发生改变，而在介入性作品中这种改变只是过过嘴而已。一旦被卡夫卡的车轮所碾压，人们就永久丧失了与世界和睦相处的感觉，也永远失去了用"世界进程变坏"这一判断安慰自己的机会；这样，屈从于恶的绝对权威、对这种权威的内在认同也就被焚毁一空了。[③]

在这里，阿多诺指出了自主艺术与介入艺术的一个重要区别：介入的观

① Theodor W. Adorno, "Commitment," in eds. Andrew Arato, Eike Gebhardt, *The Essential Frankfurt School Reader*, trans. Francis McDonagh, New York: Urizen Books, 1978, p. 318.

② Theodor W. Adorno, "Commitment," in eds. Andrew Arato, Eike Gebhardt, *The Essential Frankfurt School Reader*, trans. Francis McDonagh, New York: Urizen Books, 1978, p. 314.

③ Theodor W. Adorno, "Commitment," in eds. Andrew Arato, Eike Gebhardt, *The Essential Frankfurt School Reader*, trans. Francis McDonagh, New York: Urizen Books, 1978, pp. 314-315.

念仿佛是从外部贴到艺术那里去的一个标签，所以它主题先行，意味寡淡，虽然也能在一定程度上引起人们的共鸣，但往往只能作用于人们意识的浅表层面，所谓走眼不走心。而自主艺术尽管表面上放弃了对世界的介入，但以特别的方式、特殊的形式构造重组了艺术，这样也就使艺术本身爆发出巨大的能量。这种能量能穿透身体甲胄，向着人们的无意识深处渗透、扩散，于是心灵为之悸动，灵魂为之战栗。大概这就是被卡夫卡的车轮碾压之后的效果。因此，与卡夫卡的《审判》相比，萨特的处境剧（如《隔离审讯》）就显得意蕴单薄；与贝克特的《等待戈多》相比，布莱希特的说教剧（如《胆大妈妈》）也显得浅露直白。这就意味着阿多诺一旦拿卡夫卡和贝克特说事，即便做得最好的介入文学都不是他们的对手。何以如此？因为从一开始介入就剑走偏锋，偏离艺术的正道，过错了自己的生活。阿多诺说："错误的生活无法过得正确。"[①]在对介入艺术绵密细致的敲打中，阿多诺似乎说明的就是这样一个道理。

在今天看来，阿多诺对介入文学的批评、对艺术自主的捍卫依然显得深刻、精湛，充满了辩证法的意味。实际上，从阿多诺思考艺术问题的那个时代起，文学艺术就不断面临着种种危机：一方面，社会对它的管控并没有取消——在一些特殊的国度，这种管控甚至有愈演愈烈之势；另一方面，文化工业又以其强劲的势头，正在对原来追求自主的艺术蚕食鲸吞。在这两股势力的夹击下，艺术自主已变得越来越困难重重。因此，倡导艺术自主，让文学艺术以其应该有的样子行世，就不仅是一种理论主张，而且更是一种拯救行动。否则，它们就会沦落风尘，失去自己的清白之身。

与此同时，我们也应该看到，只有在艺术自主的前提下，所谓艺术创新或形式革命才可能出现。而在阿多诺所重点关注的现代主义作家、艺术家（如毕加索、卡夫卡、贝克特、勋伯格等）中，他们一方面把悲愤、苦难、荒

① Theodor Adorno, *Minima Moralia: Reflections from Damaged Life*, trans. E. F. N. Jephcott, London and New York: Verso, 2005, p. 39.

诞和绝望书写在自己的艺术作品里，另一方面也正是通过种种崭新的审美形式，才让这些苦难意识有了曲尽其妙的表达。萨特说过："人们不是因为选择说出某些事情，而是因为选择用某种方式说出这些事情才成为作家的。"① 这种说法其实更像是阿多诺的思想，或者也可以说，他在不经意间表达了阿多诺想要表达的意思。而对于阿多诺来说，他更想做的事情是借助于自主艺术的支援，重建文学批评和文化批评的尊严。在对文化批评的构想中，他的做法是让"对所有物化毫不妥协"的辩证法去穿透那个"凶险的、被整合成整体的社会"②；让内在批评去"分析智识现象与艺术现象的形式和意义"，从而"努力抓住它们的客观理念与其伪装之间的矛盾"③；让文化的否定性（negativity of culture）去揭示"认识的真实或虚假，思想的重要或残缺，结构的紧凑或松散，修辞手法的结实或空洞"④。而对于文学批评家，他则提出了如下要求："只有他同时让自己沉浸在充分的自由与责任之中，沉浸在向他走来的对象之中，不考虑任何公众接受与权力聚阵结构，并同时把最精确的艺术—技术专门知识运用起来；而且假如他能向扭曲形式中固有的绝对性提出要求，甚至向最可怜的艺术作品中固有的绝对性提出要求，从而严肃到仿佛是作品本身要求的那样，他才能成功地干成这件事情。"⑤可以说，阿多诺通过自己所倡导的"内在批评"，已把文学批评和文化批评充分整合到一起，形成了属于自己的批判诗学。于是，无论从哪方面看，我们若致力于打造批判诗学，都不可能不从他那里汲取"批判"的元气和"诗学"的智慧。

那么，这是不是意味着萨特的文学介入就一无是处了呢？问题可能并非

---

① 萨特:《什么是文学？》，施康强译，《萨特文集》第7卷，人民文学出版社2005年版，第108页。

② Theodor W. Adorno, "Cultural Criticism and Society," in *Prisms*, trans. Samuel and Shierry Weber, Cambridge, M.A.: The MIT Press, 1981, pp. 31, 34.

③ Theodor W. Adorno, "Cultural Criticism and Society," in *Prisms*, trans. Samuel and Shierry Weber, Cambridge, M.A.: The MIT Press, 1981, p. 32.

④ Theodor W. Adorno, "Cultural Criticism and Society," in *Prisms*, trans. Samuel and Shierry Weber, Cambridge, M.A.: The MIT Press, 1981, p. 32.

⑤ Theodor W. Adorno, "On the Crisis of Literary Criticism," in *Notes to Literature,* Volume Two, trans. Shierry Weber Nicholsen, New York: Columbia University Press, 1992, p. 308.

如此简单。萨义德曾经指出，《什么是文学？》中“使用的字眼是作家，而不是‘知识分子’，但所说的显然是知识分子在社会中的角色”[①]。实际上，只是在纯粹的文学艺术层面思考，我们是无法把萨特的所谓介入谈清楚的，只有转换到左拉以来的法国知识分子传统中，萨特的用意或许才可以获得有效解读。这就意味着萨特是在知识分子的意义上呼吁着作家的所作所为，又在“报章文体”的层面想象着文学的作用和功能。[②]甚至当他批判着“为艺术而艺术”时，也隐含着一个他希望打造的对立面——“为现实而艺术”或“为今天而艺术”。列维在把萨特的“为谁而写”概括成“为今天而写”后指出：“总之，对于一本小说来说，‘介入’，就意味着抛弃作品会永恒的幻想。打‘介入’这张牌，就是不要像瓦勒里生前所做的那样，就是抵制‘为后世而写作’的诱惑。介入的作家，就是‘在死之前曾经生活过’的作家。捍卫介入，不是别的，正是抛弃死后扬名的幻影。”[③]所谓不为后世写作而为当下写作，便是追求写作的时效性和有用性，尽管这样的作品很可能会因为介入的功利性而伤及文学性，但萨特似乎也在所不惜。实际上，这依然是知识分子价值理念的一种体现。这种做法，很容易让人想起中国的鲁迅。鲁迅在谈到自己的写作初衷时曾明确指出：“说到‘为什么’做小说罢，我仍抱着十多年前的‘启蒙主义’，以为必须是‘为人生’，而且要改良这人生。我深恶先前的称小说为‘闲书’，而且将‘为艺术的艺术’，看作不过是‘消闲’的新式的别号。所以我的取材，多采自病态社会的不幸的人们中，意思是在揭出病苦，引起疗救的注意。”[④]在文学创作上，鲁迅是“为人生而艺术”的信奉者，而他后

---

① 爱德华 · W. 萨义德：《知识分子论》，单德兴译，生活 · 读书 · 新知三联书店 2002 年版，第 65 页。

② 列维说过：“萨特关注媒体，因此也就是关注公众，而且关注的程度那么深，几乎等于相信，如果要选择最为高尚的体裁，如果非要说哪种体裁最适合于说明文学的有限功效、即时作用、对此时此刻的依存特点，那就是报章文体。他在《什么是文学？》中也是这样说的。”贝尔纳 · 亨利 · 列维：《萨特的世纪——哲学研究》，闫素伟译，商务印书馆 2005 年版，第 109 页。

③ 贝尔纳 · 亨利 · 列维：《萨特的世纪——哲学研究》，闫素伟译，商务印书馆 2005 年版，第 109 页。

④ 鲁迅：《我怎么做起小说来》，《鲁迅全集》第四卷，人民文学出版社 2005 年版，第 526 页。

来终于由小说而杂文，明知速朽而为之，其实就是知识分子的角色扮演占了上风。因此，尽管“为现实而艺术”或“为人生而艺术”不可能让文学变得优雅从容，但也恰恰在这里体现着知识分子的精神气质和价值追求。而这一点，恰恰被包括阿多诺在内的许多有识之士忽略了。实际上，如果说阿多诺所推崇的自主艺术是借助于种种伪装（审美形式）进行拐弯抹角的批判，那么，萨特所倡导的介入文学无疑也是批判。虽然这种批判往往简单粗暴，却很可能更具有直截了当的效果。因此，在批判的层面上，它们不可能分庭抗礼，而更应该握手言和。

更值得注意的是阿多诺在文化工业层面对萨特的批评。阿多诺是文化工业的批判者，他之所以毕生为之，坚定不移，是因为他意识到大众文化既是商业主义俘获大众的武器，也是集权主义整合大众的工具。而在这一思维路线上，阿多诺把萨特所倡导的介入文学纳入文化工业的阐释框架中加以批判，就显得既顺理成章也合情合理。萨特并非不清楚文学变成大众文化后会降低文学的艺术含量，但他为什么却以“受惠者”的心态加以接纳，甚至要身体力行地进行打造呢？关键在于萨特对大众的想象和理解与阿多诺判然有别。阿多诺常常在尼采或勒庞的意义上俯视大众，在他看来，大众往往愚昧无知，缺心眼，没脑子，很容易上当受骗，也甘愿接受文化工业的收编和整合，可谓标准的庸众或乌合之众。然而，萨特却把工人阶级读者群（大众）看作一种新兴的革命力量，他们需要被社会主义的“道理”或“常识”武装起来，这样才能投入他所构想的斗争之中。但因其文化程度所限，这样的大众既读不懂《存在与虚无》或《启蒙辩证法》之类的理论著作，也无法与卡夫卡、贝克特等人的文学作品心心相印。为了适应他们的理解水平和欣赏旨趣，就必须降低文学的档次，把原来阳春白雪似的高雅艺术变成下里巴人般的大众文化。如此看来，萨特呼吁作家占领大众媒体，倡导“用形象来说话，学会用这些新的语言表达我们书中的思想”等等，就全部有了着落，因为这是他让专家之学大众化、让文学艺术通俗化的重要举措。这就意味着，尽管《存在与虚无》与《启蒙辩证法》的宏论可圈可点，尽管《城堡》或《无法称呼的人》意蕴丰厚，但是它们无法直接走进普通大众的阅读世界。而能够对大众起作用的恰恰是《隔离审讯》或《胆大妈妈》那种主题直白、意味浅露的简化之作。如此看来，尽管阿多诺批判萨特显得底气十足，但其命运却很可能是被闪了一下的扑空之举。

如果结合后来的英国文化研究路向，我们对萨特的理解或许会更加充分。众所周知，文化研究曾经发生过“葛兰西转向”，而葛兰西所谓“常识”“文化领导权”的重要性也深刻地改变了文化研究的发展方向。正是在这一意义上，霍尔才指出：“葛兰西的论述最能表达我们想要做的事情。”[①]“葛兰西为我们提供了一套更明晰的术语，他用这些术语将大量‘无意识’、特定‘常识的’文化范畴同更为主动的和有组织性的意识形态方式联系在一起，后者可以介入常识和大众传统的基础，并通过这种介入组织男女大众。”[②]而借助于葛兰西的理论武装，霍尔则提出了如下著名观点：“大众文化既是其斗争场域之一，也是这场斗争输赢的利害所在。……这就是为什么‘大众文化’很重要。”[③]萨特既不清楚葛兰西的理论，也不可能预测到霍尔对葛兰西的理论借用，但是由其介入而生发出来的一整套理论话语却与葛兰西、霍尔的思考戏剧般地相遇在一起。这很可能意味着，虽然萨特使用的是占领大众媒体、重视工人阶级读者群等另一套用语，但其实与葛兰西、霍尔对大众文化重要性的思考异曲同工。这也意味着萨特的种种言辞仅仅在其所论的历史语境中或许还看不清晰，只有把它们转移到“有机知识分子”“文化领导权”等等观念的另一语境中，才能有效地确认其价值和意义。

如此看来，萨特的介入理论并非像阿多诺所说的那样一团糟，而是很有重新面对和认真清理之必要。这就意味着我们倡导批判诗学，仅仅从阿多诺

---

① Stuart Hall, “Cultural Studies and its Theoretical Legacies,” in eds. Lawrence Grossberg, Cary Nelson and Paula A. Treichler, *Cultural Studies*, New York and London: Routledge, 1992, p. 280.

② 斯图亚特·霍尔：《文化研究：两种范式》，孟登迎译，罗钢、刘象愚主编：《文化研究读本》，中国社会科学出版社 2000 年版，第 64 页。

③ Stuart Hall, “Notes on Deconstructing ‘the Popular’,” in ed. Raphael Samuel, *People's History and Socialist Theory*, London: Routledge & Kegan Paul, 1981, p. 239.

那里汲取理论滋养并不能解决全部问题，我们还需要从萨特这里拿来知识分子的批判精神、介入当下现实的勇气，以及对待大众媒体和大众文化的新态度和新观念。

走笔至此，我们可以对上述问题稍做总结了。阿多诺在谈及介入问题时曾经说过一句意味深长的话："'萨特式山羊'（Sartreschen Böcke）与'瓦莱里式绵羊'（Valéryschen Schafe）不能截然分开。"[①]这里的"山羊"和"绵羊"显然借用了《圣经》故事中的说法，但其表达的意思还是非常清晰的。所谓"萨特式山羊"，无疑指的是介入文学；所谓"瓦莱里式绵羊"，则应该是指自主文学。而所谓"不能截然分开"，则意味着阿多诺看到了介入与自主关系的复杂性。可惜的是，在进一步的论述中，阿多诺终于还是历数"萨特式山羊"的种种弊端，差不多已把它打入了另册。但在我所构想的批判诗学中，文学介入与艺术自主不仅不能截然分开，而且不能有所偏废。假如过分依赖艺术自主，文学固然获得了种种形式创新，甚至因此获得了一种纯棉裹铁般的艺术力量，但先锋的艺术形式很可能会对普罗大众构成一种拒绝。而一旦纯棉太厚，或者形式革命最终变成了一种孤芳自赏，它也就失去了作用于世道人心的力量。假如完全借助于文学介入，文学可能拥有快速出击的能力，进而赢得了广泛的受众，但"短平快"的操作方案，"稳准狠"的功利追求，很可能又会让文学速生速灭，成为过眼烟云。批判诗学所要做的一件事情是化解其矛盾，吸收其长处，努力在"亦此亦彼"而非"非此即彼"的辩证思维中寻找一条中间道路。因此，在文学介入和艺术自主之间，实际上就是在作家（学者）与知识分子的角色扮演之间保持一种平衡关系，在形式创新与通俗表达之间寻找一种磨合空间，在内在批评和外部批判之间追求一种张力结构。虽然这种保持、寻找和追求并非易事，但我们知道心往何处想，劲往哪处使，应该还是很有必要的。

---

① Theodor W. Adorno, "Commitment," in eds. Andrew Arato, Eike Gebhardt, *The Essential Frankfurt School Reader*, trans. Francis McDonagh, New York: Urizen Books, 1978, p. 301.

下辑 | 实践篇

| 第六章 |

文学活动的转型与文学公共性的消失

——中国当代文学三十年的回顾与反思

考察改革开放三十年（1978—2008）的文学活动，我们大体上可把20世纪80年代看作中国当代文学的兴盛时代。而进入90年代之后，一方面文学已失去了80年代那种轰动效应，一方面文学活动也从整体上开始了转型的过程。这种转型已被一些学者做过描述和分析，但有几个问题几乎未被触及，即：文学活动的转型与文学公共性呈现出何种关系？转型之前是否业已形成一个文学公共领域，转型完成是否意味着文学公共领域已走向消亡？借助于西方学者有关“公共领域”的理论来观照这三十年的文学活动，我们究竟能够从中发现怎样的演变轨迹？所有这些问题构成了本章思考的重心。

第一节　何谓公共性

名不正则言不顺，在进入这些问题之前，有必要对公共性、文学公共性等概念做出简要的界定。

关于公共性（Publicity），尽管国内有学者认为它是“对一切不平等的等级关系的否定和对社会多样性的肯定”，“‘公共性’应该成为一种争取平等权利的战斗的呼唤”，[①]但此说一方面与西方学者的定位不大吻合，一方面也与我的理解存在着一定距离。哈贝马斯（Jürgen Habermas）指出：“公共性本身表现为一个独立的领域，即公共领域，它和私人领域是相对立的。有些时候，公共领域说到底就是公众舆论领域，它和公共权力机关直接相抗衡。”[②]由此看来，公共性与公共领域（public sphere）基本上可看作一个概念，或者可以把公共性看作公共领域发挥作用之后呈现出的一种基本特征。

那么，何谓公共领域呢？关于这一问题，虽然阿伦特（Hannah Arendt）与桑内特（Richard Sennett）等学者也有过精彩论述[③]，但我在这里主要还是采用哈贝马斯的阐释。在哈贝马斯看来，“资产阶级公共领域是在国家和社会间的张力场中发展起来的，但它本身一直都是私人领域的一部分”[④]。在这里，“国家”与“社会”是理解公共领域的重要概念。因为国家代表着权力机关，它所形成的是一个公共权力领域；而社会（市民社会）则是由成熟而自律的私人领域建构而成的。当国家与社会二位一体（比如中世纪晚期的统治）时，并不存在公共领域；只有社会与国家彻底分离，公共领域才会诞生。哈氏指出：“由于社会是作为国家的对立面而出现的，它一方面明确划定一片私人领域不受公共权力管辖，另一方面在生活过程中又跨越个人家庭的局限，关注公共事务，因此，那个永远受契约支配的领域将成为一个‘批判’领域，这也就是说它要求公众对它进行合理批判。”[⑤]可以说，理解了这一论断，也就理解了社会与国家之分离对于公共领域形成的重要性。

由此看来，我们不妨把公共领域视作国家与社会之间的一种中间地带，

① 汪晖：《文化与公共性·导论》，汪晖、陈燕谷主编：《文化与公共性》，生活·读书·新知三联书店 2005 年版，第 2—3 页。

② 哈贝马斯：《公共领域的结构转型》，曹卫东等译，学林出版社 1999 年版，第 2 页。

③ 参见汉娜·阿伦特：《公共领域与私人领域》，刘锋译，汪晖、陈燕谷主编：《文化与公共性》，生活·读书·新知三联书店 2005 年版，第 57—124 页；理查德·桑内特：《公共人的衰落》，李继宏译，上海译文出版社 2008 年版，第 3—32 页。

④ 哈贝马斯：《公共领域的结构转型》，曹卫东等译，学林出版社 1999 年版，第 170 页。

⑤ 哈贝马斯：《公共领域的结构转型》，曹卫东等译，学林出版社 1999 年版，第 23 页。

这一地带由私人领域生发而成，又可通过公共舆论抵达公共权力领域。而在哈贝马斯的分析中，公共领域的存在之所以有价值，就是因为公众在这一领域可以“进行批判”，并最终形成公共舆论。所以，公共领域实际上是一个批判的领域。

在此基础上，哈贝马斯又进一步把公共领域区分为文学公共领域与政治公共领域。文学公共领域出现于城市之中，其机制体现为咖啡馆、沙龙以及宴会等。此领域率先与代表着国家机器的文化形式相对抗。而“政治公共领域是从文学公共领域中产生出来的；它以公众舆论为媒介对国家与社会的需求加以调节”[①]。在哈贝马斯心目中，文学公共领域应该是十分重要的领域，因为它既是政治公共领域形成的基础，又是联结私人经验与政治公共领域的桥梁。按照我的理解，作为私人经验的政治诉求首先是通过文学形式的固定才进入文学公共领域的，而在此领域中因文学公共话题形成的公众舆论，又可成为进入政治公共领域的前奏。如果说政治公共领域的舆论是刚性的、直来直去的，文学公共领域的舆论则显得柔和与委婉，而经过文学与诉诸人性层面的疏通与铺垫，文学公共领域的舆论进入政治公共领域之后很可能会具有一种美学力量，它可以让政治诉求变得更容易被人接受。

如此对哈贝马斯所谓公共领域做出描述，自然已大大简化了他的理路。但简要了解哈贝马斯说过些什么，显然有助于我们对中国当代文学问题的理解。在此基础上，我试图给文学公共性做出如下界定：所谓文学公共性，是指文学活动的成果进入公共领域所形成的公共话题（舆论）。此种话题具有介入性、干预性、批判性和明显的政治诉求，并能引发公众的广泛共鸣和参与意识。虽然我们判定文学的尺度已有许多，但若要考量文学与一个时代是何种关系，文学公共性的多少、有无及相关效应可以也应该成为一个重要尺度。

---

① 哈贝马斯：《公共领域的结构转型》，曹卫东等译，学林出版社 1999 年版，第 35 页。

第二节　文学公共领域的形成

把文学公共性话题带入中国当代文学三十年的思考中，我们只能取其大意而不可机械套用，否则我们将不得不首先面对国家与社会是合二为一还是一分为二等理论难题。这些问题尽管重要，却并非本章谈论的重点。因此，本章将把类似问题暂时悬搁，而直接去面对文学活动与文学公共性的关系问题。

如果把目光稍稍放远一些，我们便会发现，早在1978年之前，一些文学活动已经具有了公共性的雏形。比如，读过《“文化大革命”中的地下文学》一书的人都会意识到，即使在“文革”那样一个“大公无私”、公私不分的年代里，依然有文学活动的私人领域存在。它们以文学群落和地下沙龙的形式出现，供人们秘密讨论、争论、辩论文学问题和当时人们极为关注的政治问题。用朱学勤对“六八年人”的描述来说，这种边劳动边读书边思考的生活格局，最终形成的是“一个从都市移植到山沟的‘精神飞地’，或可称‘民间思想村落’”①。

但是，由于众所周知的原因，这种文学活动在当时只能处于地下状态。这就意味着在1978年之前，虽然存在着文学活动的私人领域，且这种私人领域已具备了生成文学公共领域的基质，但其讨论的种种话题却无法有效地进入公共空间，而只能在小范围内流传。文学活动进入公共领域的标志性事件应该是民间刊物《今天》的创办与传播。1978年底，当赵振开（北岛）、芒克等人把《今天》创刊号张贴于北大、清华校园和人民文学出版社门口，并迅速流传而成为一起公共事件时，中国当代的文学公共领域开始出现。而在1978年前后，《班主任》《伤痕》等文学作品亦见诸报刊，“伤痕文学”也成为拓宽文学公共领域的一个重要因素。需要说明的是，我在这里谈到文学公共领域的出现时首推《今天》，不仅是因为它的民刊性质，更在于它是“文革”

① 朱学勤：《思想史上的失踪者》，《书斋里的革命：朱学勤文选》，长春出版社1999年版，第65页。

地下文艺沙龙的直接延续，从中我们可以看出文学活动的私人领域向公共领域转换的逻辑链扣。

以《今天》的创刊为标志，同时也伴随着“伤痕文学”“反思文学”“改革文学”的推波助澜，文学呈现出浓郁的人文关怀、社会关怀和政治关怀等特征。徐晓曾经回忆说：“《今天》所追求的是自由的人文精神……她的作者们自我标榜从事纯文学创作，但这种所谓‘纯文学’也只是相对于意识形态化文学而言。虽然《今天》的发起人在创意时曾经达成保持纯文学立场的共识，但事实上这是完全不可能的。由于振开和芒克的某些做法，被其他成员视为违背了不参政的初衷，导致最初七位编委中有五人退出，仅留下了他们俩。”“这至少说明，在当时的中国，也许不仅仅在中国，纯粹的文学、学术是不存在的。不管《今天》的创办者是如何地试图纯文学，都无可奈何地与初衷相背离，而一旦介入其中，将不可避免地被逐出主流社会，其命运的坎坷也是可想而知的。”[①]徐晓在这里力陈那个年代纯文学之说的虚妄，并隐含着文学介入政治（参政）的信息，实乃道出了1978年之后文学的共同追求。因为无论是民间刊物还是正式刊物，无论作家以什么方式发言，文学以怎样的姿态面世，其中都或多或少隐含着一种社会关怀和政治诉求。在这样一种总体氛围中，文学公共领域开始成型。

许多事例都可以说明20世纪80年代文学公共领域的活跃景观，在这里，我只想以报告文学（也包括纪实文学、报告小说等）这种特殊的文类为例略做分析。作为一种文学与新闻杂交而成的文体，报告文学在80年代空前繁荣，究其原因，主要在于它具有一种快速、有力、近距离地介入社会、干预现实的特点。而自从《人妖之间》面世之后，一方面一支优秀的报告文学作者队伍迅速形成，一方面报告文学的批判理念也逐渐产生。因此，这一时期的报告文学无论是写人还是说事，大都涂抹着揭露、质疑、商榷、批判的底色。举例言之，1985年5月19日，曾雪麟执教的中国国家足球队在小组赛

---

① 徐晓：《荒芜青春路》，《半生为人》，同心出版社2005年版，第139、140页。

中输给中国香港队，引发北京球迷闹事，酿成了著名的“5・19”事件。主流媒体一方面把闹事者称作“害群之马”，一方面声明要对肇事者予以严惩。即使在这种严峻的气氛中，作家理由和刘心武依然分别写出并发表了报告文学《倾斜的足球场》和报告小说《五・一九长镜头》。刘心武在其作品的结尾写道：“事到如今，我们无妨反过来想想，倘如5・19那天球赛结束后，看台上的中国观众都心平气和地为‘双方的精彩表演’鼓掌，然后极有秩序地鱼贯而出，并纷纷微笑着各自回家，全世界和我们自己，对我们这个民族该做出怎样的评价呢？”①显然，这是与主流意识形态商榷的声音，而这种声音也在许多人那里激起了强烈共鸣。报告文学及时、有效的介入性与干预性由此可见一斑。大概也正是因为这一缘故，这一时期集中研究过报告文学的谢泳才从此种文体中提炼出一个概念——参预（与）意识。他指出：“读《中国的要害》《北京失去平衡》《阴阳大裂变》等作品就能强烈地感受到这种‘参预（与）意识’的冲击。”②而在我看来，所谓参预（与）意识，其实就是参政、议政的声音在文学公共领域中的一次彩排，它被热议和放大之后有可能进入政治公共领域之中。

如果我们承认20世纪80年代存在着一个文学公共领域，文学公共性也曾头角峥嵘地处于一种疯长的状态，那么我们接着需要追问的是其背后的原因。在我看来，文学公共领域形成的因素大体有三。

首先，在思想解放的进程中，主流意识形态的政治理念与民间的政治诉求存在一种同步性与同构性，即从总体上看，二者都是要清除“文革”中极左思潮加在人们身上的禁锢。在这种状态下，意识形态国家机器有意放松了一些管制，这就让文学公共领域有了存活与生长的空间。鲁迅先生曾经指出：“我每每觉到文艺和政治时时在冲突之中；文艺和革命原不是相反的，两者之间，倒有不安于现状的同一。惟政治是要维持现状，自然和不安于现状的文

① 刘心武：《五・一九长镜头》，《小说选刊》1985年第9期。

② 谢泳：《报告文学及其态势评价》，《文学自由谈》1987年第3期。

艺处在不同的方向。”[①] 这里说的是文艺与政治的常态。当政治也想改变现状时，它就与不安于现状的文艺不谋而合了。20 世纪 80 年代某些时段正好呈现出文艺与政治殊途同归的景观。而随着“创作自由”被 1984 年的作协“四大”规定为一项文艺政策，许多作家更是把它视为文艺松绑的一个信号，他们的胆识才情因此也有了“自由”释放的空间。当然，我们也应该看到，80 年代文艺与政治的关系也并非风平浪静、一派祥和，鲁迅所言的那种“冲突”也时有发生，比如，“清除精神污染”（1983 年）与“反对资产阶级自由化”（1987 年）便是二者冲突的一个标志。但是今天看来，那种时松时紧的环境对于文学公共领域的生长并非完全是不利因素，因为这样一来，反而让文学公共领域成了一个“斗争”的场所，许多观念、理论似乎首先是在这一场所亮相、交锋之后才获得了某种言说的正当性与合法性。因此，“斗争”的结果是擦亮了一些顺乎历史发展潮流的观念，并让它们逐渐变成了常识。与此同时，公共领域也在“斗争”中扩大了自己的地盘，延展了理性的声音。

其次，从写作主体的层面看，20 世纪 80 年代的作家往往身兼二任：一方面，他们是诗人、小说家或报告文学作家；另一方面，他们又扮演着知识分子的角色。本来，作家有作家的使命，知识分子有知识分子的天职，前者只是通过文学作品向世人说话，其话语内容并不必然体现出文学公共性的要求，后者则以政论、时评等方式发言，其发言内容则会有效地进入公共空间，并成为公共领域中重要的话语力量，但是 80 年代的作家却是作家与知识分子身份合二为一。陈平原指出：“80 年代没有所谓的公共知识分子；因为，几乎每个学者都有明显的公共关怀。独立的思考，强烈的社会责任感，超越学科背景的表述，这三者，乃 80 年代几乎所有著名学者的共同特点。”[②] 这里说的是学者，但我以为换成作家大体上也是可以成立的。明乎此，我们就会明白，当有作家在 80 年代中后期提出“玩文学”的说法时，为何立刻遭到了众人的

---

① 鲁迅：《文艺与政治的歧途》，《鲁迅全集》第七卷，人民文学出版社 2005 年版，第 115 页。
② 查建英主编：《八十年代：访谈录》，生活·读书·新知三联书店 2006 年版，第 133 页。

批评。而一段时间内，作家的责任感与使命感也成为文学界热议的话题。路遥说："一个有良知的作家艺术家，都会自觉地意识到保证创作自由和社会责任感并不是对立的。人们希望作家艺术家关注国家的兴衰、人民的命运和现代化事业的前程，因为这和作家自身的命运和前程是息息相关，血肉相连的。一个真正的作家，不可能对自己国家的命运毫不动情，也不会对人民的疾苦欢乐漠然视之。"①李存葆也指出："正像我们每一个作家时时不可忘记自己的艺术追求一样，同时也更不应该忘记自己的社会责任感。"②现在看来，当许多作家把社会责任感落实成文学写作时的道德律令时，其作品也就必然会让文学公共性的声音鸣响，因为他们已经不同程度地把知识分子的社会理想和政治抱负落实成了一次次的文学实践。

最后，文学公共领域的形成离不开阅读公众。现在看来，20 世纪 80 年代一方面是文学阅读空前繁荣的时期，另一方面也是阅读公众走向成熟的时期。作家出版社原社长助理杨葵说过，王府井书店刚放开时，"购书的人排出两里地，那时销量最大的是西方古典文学，巴尔扎克的《高老头》《欧也妮·葛朗台》，托尔斯泰的《复活》《安娜·卡列尼娜》，等等"③。而据查建英回忆，她上大一大二的时候，北大书店经常有赶印出来的中国书和外国书，"一来书同学之间就互相通报，马上全卖光。当时还没有开架书，图书馆里的外国小说阅览室里永远坐满人"④。美学著作与哲学著作甚至也成为畅销书，有人回忆，80 年代初的北京大学里，李泽厚的《美的历程》，大学生们几乎人手一册。⑤萨特的《存在与虚无》1987 年第一次印刷达三万七千册；而据卡西尔《人

① 路遥：《关注建筑中的新生活大厦》，《光明日报》1986 年 1 月 2 日；马玉田、张建业主编：《十年文艺理论论争言论摘编（1979—1989）》，北京十月文艺出版社 1991 年版，第 754—755 页。

② 李存葆：《我的一点思考》，《光明日报》1985 年 12 月 4 日；马玉田、张建业主编：《十年文艺理论论争言论摘编（1979—1989）》，北京十月文艺出版社 1991 年版，第 748 页。

③ 吴琪：《畅销书历史：精英落幕》，《三联生活周刊》2006 年第 28 期。

④ 查建英主编：《八十年代：访谈录》，生活·读书·新知三联书店 2006 年版，第 24—25 页。

⑤ 赵士林：《对"美学热"的重新审视》，张未民等编选：《新世纪文艺学的前沿反思》，人民文学出版社 2007 年版，第 296 页。

论》一书的译者甘阳介绍，该书一年内就印了二十四万册，成为全国头号畅销书。[①] 公众的阅读盛况由此可见一斑。

与此同时，众多文学杂志在 20 世纪 80 年代的发行量大得惊人（如《收获》最高发行量达一百万册），亦可反证文学读者队伍的庞大。而由于一些重要的大型文学期刊有着明确的文学理念和责任担当（如《当代》），一些深度介入社会现实的文学作品可以迅速走向读者群体。在我的理解中，文学读者并不一定就是阅读公众，但由于文学近距离地审视着生活，也由于文学阅读的主要群体是高校学生（也包括一些中学生），80 年代的文学读者就像当年的五四青年一样，他们既通过文学认识着社会现实，也通过文学接受着思想启蒙。结果，文学读者不仅不断刷新了自己的审美意识，而且也逐渐拥有了一种冷峻的批判意识。这样的读者是具有一种再阐释能力的，一旦他们在学校中组织了文学社团，自办起文学刊物，或者拥有了某种话语权，他们就会营造出一个又一个小型的公共空间，进而放大文学界的声音，扩散思想启蒙的影响。在这一意义上，他们由文学读者变成了具有批判意识的阅读公众，并以他们特有的方式参与到文学公共领域的建构之中。

以上择其要者，我罗列了文学公共领域形成的三方面因素。自然，这并非其全部。事实上，如果 20 世纪 80 年代没有思想界（包括哲学界、美学界、翻译界等）的活跃，也就没有文学界的繁荣。李陀曾引批评家蔡翔的一个观点指出："80 年代文学界有一个优点，它和思想界是相通的，思想界有什么动静文学界都有响应，甚至那时候文学界有时还走在思想界的前面。"[②] 在此意义上，我们甚至可以说思想界的革命是文学公共领域形成的一种助力。然而，进入 90 年代之后，业已形成的文学公共领域开始土崩瓦解，文学与文学活动也进入另一个时期。

---

① 查建英主编：《八十年代：访谈录》，生活 · 读书 · 新知三联书店 2006 年版，第 203 页。

② 李陀：《漫说"纯文学"——李陀访谈录》，《上海文学》2001 年第 3 期。

第三节 文学公共性的消失

有限的篇幅很难呈现出文学公共性消失的全貌，但我依然想在一些节点上予以停留，以便让一些基本的症候浮出水面。

经历 20 世纪 80 年代的喧哗与骚动之后，90 年代以来的文学开始趋于平静。作家大都远离重大的社会现实问题，开始关注私人生活。报告文学走向衰落，家长里短的散文开始升温。一方面，越来越规范的文学制度（比如文艺政策的调整与落实，作协、文联机构的完善，专业作家制度的形成，各种官方文学奖项的设立，等等）试图把文学拉入体制之内，另一方面，文学的市场化又给文学提供了与商业联姻的机会。与此同时，文学作品开始淡出人们的视线，文学读者大量流失，其直接后果是各种文学期刊的发行量骤减。世纪之交，文学期刊虽出现了“改版”风潮，但除少数期刊获得成功（如《天涯》通过改为思想文化类期刊而获得成功，《萌芽》因举办“新概念作文大赛”而起死回生）外，多数期刊或者回到原来那种不死不活的老路上，或者彻底改变了颜色而变成一种娱乐休闲期刊（如《湖南文学》变《母语》）。[①] 可以说，90 年代的文学期刊已很难行使 80 年代的那种功能了。

让我以一些例子略做说明。

例一：20 世纪 80 年代的刘心武之所以是一个重要作家，既是因为他写过《班主任》《立体交叉桥》《钟鼓楼》乃至《五·一九长镜头》《公共汽车咏叹调》等一系列具有现实感的作品，也是因为他在担任《人民文学》主编期间体现出一种责任与担当。他的作品与他所做的文学工作因此成为公共话题，也成为建构文学公共领域的一部分。90 年代以来，他虽然还在不断写作，但 80 年代的那种责任感与使命感似乎已随风而去。人们对他略有记忆的要不就

---

① 参见邵燕君：《倾斜的文学场——当代文学生产机制的市场化转型》，江苏人民出版社 2003 年版，第 22—111 页。

是他在“二武对话录”中说过一些车轱辘话[①]，要不就是把“江湖夜雨十年灯”据为己有的笑谈。这些年“前度刘郎今又来”，并不是因为他有苦心经营的文学创作，而是因为他靠“揭秘”《红楼梦》大红大紫。作为一种个人选择，这种做法其他人自然无权干涉，但一个当年近似于信马由缰的文坛侠客演变成今天《百家讲坛》上的娱乐明星，不是也很能说明一些问题吗？

例二：20世纪90年代以来并无多少像样的文学讨论，唯一一次与文学相关并越出文学范围之外的讨论是关于“人文精神”的争鸣。现在看来，虽然这次讨论有着许多情绪化之处，但它显然延续了80年代文学公共领域的风韵。而从讨论中，一些学者重建文学公共性的努力也跃然纸上。然而，一些作家的反应却令人吃惊。比如，写过《躲避崇高》并为王朔辩护的王蒙便曾指出：“我们的作家都是像鲁迅一样就太好了吗？完全不见得。文坛上有一个鲁迅是非常伟大的事，如果有50个鲁迅呢？我的天！”[②]此种话语可以做出多种解读，但我以为这种皮里阳秋的表述起码暴露了作家选择后撤并为这种后撤辩护的犬儒主义心态。这种近似于胡搅蛮缠的辩论不但不可能为文学公共性的重建添砖加瓦，反而会迅速解构公共话题的沉重与隆重，让它在笑骂之中归于虚无。果然，人文精神的讨论无果而终、不欢而散，重建文学公共性的努力宣告失败。

例三：从文学公共性的生成角度看，文学研讨会在文学的解读与传播、文学话语转换成公共话语方面起着重要作用，但这种文学活动在20世纪90年代以来也发生了许多变化。

20世纪80年代的文学研讨会，其开展之认真、气氛之热烈，其对文学发展的推动和对公共话语的形成所产生的作用，都令过来人感慨。文学评论家陈骏涛曾回忆过80年代的几次文学研讨会（如1985年3月在厦门大学召开

---

① 参见刘心武、张颐武：《刘心武张颐武对话录——“后世纪”的文化瞭望》，漓江出版社1996年版。

② 王蒙：《人文精神问题偶感》，王晓明编：《人文精神寻思录》，文汇出版社1996年版，第116页。

的“全国文学评论方法论讨论会”，1986 年 5 月在海南岛召开的“全国青年评论家文学评论研讨会”，1986 年 10 月在北京召开的“新时期文学十年学术讨论会”等），从中既可看出会议的盛况，亦可看出会议“辐射面宽、震动力大”而变成公共话语的可能性。[①] 我在 1988 年 5 月曾参加在芜湖举行的号称有一百八十九人之多的盛会——“中国文艺理论学会第五届年会”，也亲身感受到 80 年代文学研讨会的魅力。

20 世纪 90 年代以来，以文学为名的各类研讨会虽越开越多，但它的威力、魅力和辐射力已今非昔比。与此同时，参会者的心态也发生了明显变化。戴维·洛奇（David Lodge）曾经指出：“现代研讨会很像中世纪的基督徒朝圣，能让参加者纵情享受旅行中的各种乐趣和消遣，而看起来这些人又似乎在严肃地躬行自我完善。诚然，它也有一些悔罪式的功课要表演——也许要提交论文，至少要听别人宣读论文。但是，有了这个借口，你便可以到一些新的、有趣的地方旅行；与新的、有趣的人们相会，与他们建立新的、有趣的关系；相互交换流言碎语与隐私（你的老掉牙的故事对他们都是新的，反之亦然）；吃饭、饮酒，每夜与他们寻欢作乐；而且这一切结束之后，回家时还会因参与了严肃认真的事业而声誉大增。今天的会议参加者还有古时的朝圣者所没有的额外便利。他们的花费通常都能报销，或至少会得到些补助，从他们所属的机构，如某个政府部门，某个贸易公司，而更普遍的，可能是某所大学。”[②] 他的这番调侃之言放在今天的中国也大体适用。而由于开会甚至已成为高等院校或其他科研单位年度考核的一项指标，研讨会便成了一件例行的公事。会议主办者因完成任务而办会，会议参加者因游山玩水而赴会，大家心照不宣地在文学以外的层面达成共识。于是，不再有会上热烈争论的场面，也不再有会下继续讨论的冲动，更不可能指望文学话语变成公共话语而在公共空间中占一席之地，此种会议更像一种大型的窃窃私语活动，从而

① 陈骏涛：《从一而终——我的文学批评之旅》，《芳草》2007 年第 1 期。

② 戴维·洛奇：《小世界·序曲》，赵光育译，作家出版社 1998 年版，第 1 页。

变成了行业内部的话语游戏。李陀与查建英对谈时曾特别提到过这一现象，他指出：80年代的“会中会”“会下会”以及知识界朋友们的定期聚会十分重要，因为只有在那种场合，真正的讨论和争论才能够开始。他们认为，这种讨论就是“一种非常特殊的公共空间”。但是进入90年代之后，这样的聚会已越来越少；即使有，也出现了一种奇异的景观：作家耻于谈文学，学者耻于谈学术。大家在一起只是谈装修，谈房子，发牢骚，发议论，但绝不争论。[①] 这种局面应该就是我们今天的真实现状。

正如我在前面谈及文学公共领域的形成时要寻找原因，面对文学公共性的消失，我们同样需要思考隐含在其背后的种种动因。众所周知，1989年是当代中国历史的一个拐点。当20世纪80年代的文学公共领域转换成政治公共领域并最终以广场话语的方式体现出来时，文学公共性已发挥到极致。这时候，鲁迅先生在《文艺与政治的歧途》中所描述的历史景象就演变成现实中一幕真实的场景。遭遇重创之后，1989年之后的文学公共领域实际上已不复存在，知识界所有的人士都在逃离政治，政治似乎已成一个可怕的梦魇。这种局面再一次印证了如下事实：当文艺与政治发生冲突时，文艺总是脆弱的，而因此所建构的文学公共领域也往往不堪一击。

在这样一种情境中，知识界人士纷纷开始了对安身立命之本的反思，也开始了对价值立场的调整与转换。许纪霖在谈到这一现象时指出：“从90年代初开始，一部分知识分子开始有了一种学术的自觉：认为知识分子不仅需要从政治系统里面分离出来，而且认为对于知识分子来说，更重要的是承担一种学术的功能，从知识里面来建构文化最基本的东西。他们对80年代知识分子那种‘以天下为己任’的态度是有反省的，认为这是十分虚妄的，是一种浮躁空虚的表现，是缺乏岗位意识的体现。随着90年代初的国学热以及重建学术规范的讨论，一大批知识分子开始学院化，进入了现代的知识体制。

---

① 查建英主编：《八十年代：访谈录》，生活·读书·新知三联书店2006年版，第260—261、256页。

他们似乎不再自称是公共的知识分子，更愿意成为现代知识体制里面的学者，甚至是某一知识领域的专家。而90年代国家控制下的知识体制和教育体制的日益完善、世俗社会的功利主义、工具理性大规模侵入学界，也强有力地诱导着大批学人放弃公共关怀，在体制内部求个人的发展。在这种情况下，很多知识分子不再具有公共性，只是某个知识领域的专家，甚至是缺乏人文关怀的技术性专家。”[①]这里说的是学界的情况，却也在很大程度上描述出知识界的整体状况。而在我看来，这种心态与状态最终营造出来的是知识界人士纯化其角色扮演的集体行动：学者与知识分子角色相分离而仅仅满足于做一个学究，作家也与知识分子角色相分离而仅仅满足于做一个码字匠。一段时期内，知识界仿佛展开了一场自我矮化的体育竞赛，这时候，似乎谁越是低姿态、低八度、低到尘埃里去行腔运调，谁就越是能赢得鲜花和掌声。这当然是一种生存策略，但它由此带来的负面影响也不可低估。在这一意义上，王朔在此时的走红便值得反思，他及时地捕捉到历史转换时期的社会心理，并把知识界的矮化运动转换成了文学上的祛魅（祛知识分子之魅）行动。

现在看来，作家去除知识分子的角色扮演，其实就是放弃了20世纪80年代的那种价值追求，文学公共性的建设工程被迫搁浅。而文学公共性的关门之日也正是文学私人性的开张之时。当作家从社会退守自我，文学也就从外部世界退向内心世界。萨特谈到18世纪的法国文学时曾经说过：“资产阶级把作家看成一种专家；假如作家竟然会思考社会秩序，他就会使资产阶级感到厌烦，产生恐惧，因为资产阶级要求于作家的只是让他们分享作家对人的内心世界的实际经验。这一来，文学就与在十七世纪一样，还原成心理学了。”[②]历史常常有惊人相似的一幕，90年代初期的中国文学界似乎也在重复着历史上的某一时刻。于是，“私语”成为文学的重要形式，而“个人化写作”或“私人写作”则成为一些作家重新宣布的文学主张。这种写作自然可

---

① 许纪霖:《中国知识分子十论》，复旦大学出版社2004年版，第14页。

② 萨特:《什么是文学》，施康强译，《萨特文集》第7卷，人民文学出版社2005年版，第179页。

以被看作对社会责任感的一种逆反或逃避，但我们同时也不该忘记，在这种冠冕堂皇的表述背后，无疑也隐秘地透露出民族、国家、社会等宏大叙事受阻和遇挫之后的创伤性体验。

在这一语境中，1993 年所出现的《废都》就成了一个重要的文学文本。它似乎含蓄地回应了那种创伤性体验，却又走得更加极端，以至于把私人写作变成了身体写作。而贾平凹让作为作家的主人公选择女人并使其沉迷于肉的狂欢之中，似乎也变成了一种隐喻：当作家卸下知识分子的重负之后，不得不直面迷茫和虚妄。由于无路可走或无计可施而逃向女人怀抱常常是封建末世文人的传统套路，所以那种通过性来寻求忘却、超脱、反抗或振作便显示出一种双重的退化。一方面是道德层面的退化，一方面是文化层面的退化——一个现代作家居然既抛弃了 20 世纪 80 年代新启蒙的成果，也跨越了五四思想启蒙的底线，而直接接通了末世文人的雅好畸趣，作家的沉沦之深与堕落之远确实是让人触目惊心。

与此同时，《废都》也开启了一种纯文学的商业炒作模式："当代《红楼梦》"的预先宣传，百万稿酬的事先报道，等等，均吊足了读者的胃口，以至于短短几个月内正版盗版发行百万册。当时一名出版社负责图书发行的人士说："我认为这是贾平凹和出版社精心策划的广告策略，他们合作得巧妙，同时利用起新闻界，如：他们不时地透露一些诸如'一百万稿费'的消息，然后矢口否认，用这种既透露又否认的办法使自己成为热点，既不冒风险又赚到了钱。《废都》热起来不是偶然的，北京出版社去年曾成功出版、发行 40 万册的《曼哈顿的中国女人》就是前例。北京出版社这两年探索的出版发行经验值得我们认真借鉴。"① 这种广告策略居然成为其他出版社可资借鉴的经验，由此可见《废都》商业炒作的成功。而事实上，这种炒作策略此后果然频频用于纯文学的出版发行之中，进而内化为文学商业化的一个游戏规则。如今，由于经济利益，作家更是与书商和出版商捆绑在一起。每当一部小说

---

① 多维编：《〈废都〉滋味》，河南人民出版社 1993 年版，第 76 页。

面世，他们往往高调出场，四处演讲，签名售书，频频在媒体上亮相。他们成了文学商业化的推波助澜者。

在这里，我之所以对《废都》的商业炒作旧事重提，是因为它改写了公共话题的性质和方向。当名副其实的文学公共领域消失之后，有关文学的公共话题并没有消亡。特别是1992年文学也迈开市场化的步伐之后，图书出版界、新闻界乃至文学界急需一些话题来添补公共领域消失后留下的真空地带。这时候，制造话题、营造热闹景象从而迎合与满足读者大众的消费心理，便成为文学市场化时代的重中之重。《废都》的出场适逢其时，它的香艳与颓废、名人效应、广告策略等等非常适合商业时代大众传媒的口味，也很容易形成一种奇观文化。于是，以《废都》的名义，我们仿佛又拥有了与文学相关的公共话题。但这样的公共话题却充斥着猎奇、笑骂、心理宣泄、裸露与窥视等内容，与20世纪80年代已无法同日而语。甚至当年那些批判《废都》的文本也大都被那种畸变的公共话题所感染，从而显得夸张变形，它们融入公共话题的消费浪潮中，成了消费文化的同谋。

这样，我们也就不得不指出20世纪90年代大众文化的兴起和大众媒介的冲击对文学活动造成的影响。在我看来，这种影响主要有二：一方面，它们让文学"非活动化"了，这就是人们所谓的文学边缘化；另一方面，它们又使许多文学变成了"活动"，文学因此新闻化和传媒化了。韩少功曾经指出："小说的苦恼是越来越受到新闻、电视以及通俗读物的压迫、排挤。"[①]这是对前一种状况的回应。昆德拉（Milan Kundera）说："大众传媒的精神是与至少现代欧洲所认识的那种文化的精神相悖的：文化建立在个人基础上，传播媒介则导致同一性；文化阐明事物的复杂性，传播媒介则把事物简单化；文化只是一个长长的疑问，传播媒介则对一切都有一个迅速的答复；文化是记忆的守卫，传播媒介是新闻的猎人。……被新闻控制，便是被遗忘控制。这就制造了一个'遗忘的系统'，在这系统中，文化的连续性转变成一系列瞬

① 韩少功：《灵魂的声音》，《夜行者梦语》，知识出版社1994年版，第3页。

息即逝、各自分离的事件，有如持械抢劫或橄榄球比赛。”[①]此说法是对大众媒介进入文学活动之后的分析。90 年代（尤其是 90 年代中后期）以来，由于纸媒、电媒与网媒的崛起与繁荣，中国开始进入媒介文化时代；而由于大众媒介从总体上朝着新闻娱乐化的方向迈进，文学界便时常成为媒体重点关照的对象。如果说 80 年代文学活动还主要掌握在作家与批评家手里，他们在其中拥有绝对的话语权，那么，90 年代以来，文学活动中作家与批评家的声音却日渐式微，话语权开始转移到媒体记者手里。他们开始控制局面，并成为其言说主体，或者作家与批评家也成了媒体记者的合作伙伴。新闻娱乐话语对文学批评话语的入侵与掌控，意味着切入角度、行文方式、话语风格、兴奋点与聚焦点等等均发生了变化，文学活动从此被新闻娱乐业接管了。[②]

那么，指出以上问题又意味着什么呢？意味着文学公共领域消失之后，文化消费的伪公共领域与伪私人领域的兴起。哈贝马斯在谈到这一现象时认为，在文学公共领域的建构中，公众批判意识的养成来自基本的生活需求，而并非受制于生产与消费的循环。然而随着大众媒介侵入私人领域，失去私人意义的内心生活遭到破坏，批判意识也会逐渐转化为消费观念。结果，文化批判公众逐渐淡出，文化消费公众则走向前台。而“文化批判公众之间的交往一直都以阅读为基础，人们是在家庭私人领域与外界隔绝的空间进行阅读的。相反，文化消费公众的业余活动在同一个社会环境中展开，不需要通过讨论继续下去：随着获取信息的私人形式的消失，关于这些获取物的公共交往也消失了”[③]。实际上，中国20世纪90年代以来大众文化与大众媒介对文学活动的挤压与裹胁，也在很大程度上吻合了哈贝马斯的分析。于是我们看到，大众媒介虽制造了文学活动的热闹景象，却同时消解了公众的批判意识，

---

① 安托万·德·戈德马尔：《米兰·昆德拉访谈录》，谭立德译，李凤亮、李艳编：《对话的灵光——米兰·昆德拉研究资料辑要（1986—1999）》，中国友谊出版公司 1999 年版，第 516 页。

② 此种现象我在《从文坛事件看文学场的混乱与位移》（《中华读书报》2008 年 6 月 25 日）一文中有过分析，可参考。

③ 哈贝马斯：《公共领域的结构转型》，曹卫东等译，学林出版社 1999 年版，第 190 页。

催生了他们的消费意识。而目标受众的位移与消费公众的大量出现，也给重建文学公共领域的努力带来了很大难度，因为文化消费的伪公共领域形成后，它既会遮蔽、掩盖、淡化、擦抹原公共领域的问题意识，也会把原来的真问题变成伪问题，而把现在的伪问题变成真问题。假作真时真亦假，在这种真真假假、虚虚实实的情境中，我们进入了昆德拉所谓“遗忘的系统”之中。

第四节　何处寻找公共性

当代文学三十年，文学公共性的消失与文化伪公共领域的诞生显然是一起重要的文化事件，它表征着当代中国政治气候、经济因素、文化场域、时代风尚等方面变迁互动的复杂性与微妙性。而在当下的现实情境中，文学公共性一旦消失，对它的恢复和重建几乎是不可能的。这不仅是因为文学远离现实之后已在很大程度上失去了穿透生活、阐释世界的能力，而且也因为在今天这样一个年代里，文学知识分子在许多方面已不再具有发言权。与此同时，虽然“解放政治”（emancipatory politics）还是一项未完成的工程，但在全球化的语境中，当下中国也开始了“生活政治”（life politics）的进程，[①]这意味着公众的政治诉求已发生很大变化并因此变得更加分散，人们在“解放政治”层面所形成的想象的共同体已不复存在。所有这些，都意味着当今的文学与文学活动已失去了生成公共性的基质。

既然文学已与公共性无缘，我们又该去哪里寻找建设公共性的基础呢？简单地说就是在文学以外。事实上，当20世纪90年代的公共领域不复存在

① 此处借用了吉登斯（Anthony Giddens）的说法。他认为解放政治可定义为“一种力图将个体和群体从对其生活机遇有不良影响的束缚中解放出来的一种观点”，“生活政治关涉的是来自于后传统背景下，在自我实现过程中所引发的政治问题，在那里全球化的影响深深地侵入到自我的反思性投射中，反过来自我实现的过程又会影响到全球化的策略”。大体而言，我以为20世纪80年代的中国主要是沉浸在解放政治的宏大叙事中；而90年代以来，解放政治开始退位，生活政治开始兴起。参见安东尼·吉登斯：《现代性与自我认同》，生活·读书·新知三联书店1998年版，第247—248、252页。

后，重建公共性的潜流就一直在人文社会科学界暗自涌动。而此领域的一些学者也通过种种方式寻求着在专业之外发言的机会。世纪之交以来，关于公共知识分子的议论渐成话题，这也从一个侧面反映出知识界对重建公共性的期待。2004 年，《南方人物周刊》第 7 期推出“影响中国 公共知识分子 50 人”的特别策划，其入选标准为：“具有学术背景和专业素质的知识者；对社会进言并参与公共事务的行动者；具有批判精神和道义担当的理想者。”而所评选出的五十人涉及经济学家、法学家和律师、历史学家、哲学史家、政治学家、社会学家、作家和艺术家、科学家、公众人物、传媒人、专栏作家和时评家等。这一评选虽有媒体炒作意味并引发一些议论，却也透露出如下信息：第一，作家虽有入选，但五十人中只有五人，这样的事实也印证了文学界确实已不再具有生成公共性的能力。第二，公共知识分子多为人文社会科学界的学者，又意味着重建公共性的基础已从原来的文学界转移并扩散至经济学界、法学界、历史学界、哲学界、社会学界、传媒界和科学界等。这种既有专业背景又有公共关怀的多点突破，应该是当下中国重建公共性的新气象。

大概正是因为出现了这种变化，才有学者对重建公共性方案做出过如下构想：“新的公共性基础不再是左拉、萨特式的普遍话语，也不限于福柯式的特殊领域，他从专业或具体的领域出发，实现对社会利益和整体意义的普遍化理解。从特殊走向普遍的视野来看，世界既不是由虚幻的意识形态所构成，也不是被后现代和技术专家分割得支离破碎；它从各个不同的特殊性批判立场出发，汇合成一个共同的，又是无中心的话语网络，正是这样的整体网络，建构起当下世界的完整意义和在权力与资本之外的第三种力量：自主的和扩展的文化场域。正是在这样由具体而编制成整体的知识网络中，知识分子获得了自己公共性的基础。”①这种方案应该说是合理的，但也必须意识到重建的种种困难。伪公共领域的存在正在削减着文化批判公众的规模，明松暗紧的媒体管制又让话语空间变得或大或小、阴晴不定。学界虽然已是重建公共性

① 许纪霖：《中国知识分子十论》，复旦大学出版社 2004 年版，第 78 页。

基础的重镇，但现行的学院体制又正在熄灭着许多学人的公共关怀与公共冲动，或者如雅各比（Russell Jacoby）所言，久居学院的教授“不是他们缺乏才能、勇气或政治态度；相反，是因为他们没有学会公共话语；结果，他们的写作就缺少对公众的影响”[①]。所有这些，都让公共性的重建变得艰难困顿起来了。而正视这些难题，积极寻求应对方法，并在种种缝隙中拓宽言路，从而逐步改变公共领域的现状，可能正是所有还未淡忘知识分子职责者所需要长期做的一项工作。

---

① 拉塞尔·雅各比：《最后的知识分子》，洪洁译，江苏人民出版社 2002 年版，第 13 页。

| 第七章 |

在大众阵营与精英集团之间

——路遥“经典化”的外部考察

自从《平凡的世界》面世之后，路遥其人其作就获得了两极分化的待遇：一方面，他（它）被文学圈外的广大读者追捧热读，绵延至今；另一方面，他（它）又被学术圈内的专家学者小瞧低看、置之不理。这种“冰火两重天”的景观已被文学研究界的有识之士命名为“路遥现象”。①

实际上，最早注意到这种现象的是北京大学的邵燕君博士。2003 年，她先是发表论文，后又在其著作中设专节谈论《平凡的世界》作为“现实主义长销书”所面临的问题：几个调查数据表明，《平凡的世界》是读者购买最多也最喜欢的小说，路遥则是读者“最心仪的作家”之一。但她也特别指出，文学精英集团对路遥其人其作比较冷淡，例如，在公认的三部“学术成就高、影响大”的文学史论著中，路遥或者干脆“未曾提及”，或者虽谈及《人生》，但《平凡的世界》却被一笔带过。②

那么，为什么会形成这种“路遥现象”呢？究竟该如何为路遥其人其作

① 参见赵学勇：《“路遥现象”与中国当代文坛》，《小说评论》2008 年第 6 期。

② 邵燕君：《倾斜的文学场——当代文学生产机制的市场化转型》，江苏人民出版社 2003 年版，第 160—166、170—171 页。

定位？这种两极分化在路遥“经典化”过程中又意味着什么？所有这些，恰恰是我很感兴趣的。

第一节　大众阵营或读者要素：网民发声与数据说话

不妨从路遥逝世十五周年说起。

2007 年 11 月 17 日前后，随着“路遥文学馆”落成开馆，以及“纪念路遥逝世十五周年暨全国路遥学术研讨会”在延安大学举行，纪念活动弥漫开来，荡漾开去，形成了一种独特的文化景观。在此期间，《路遥十五年祭》（李建军编）出版，《路遥评论集》（李建军、邢小利编选）、《路遥纪念集》（马一夫、厚夫、宋学成主编）面世，新浪网、中国网、人民网等门户网站专设纪念路遥板块，推出纪念专辑。与此同时，无数的路遥迷通过新浪微博、百度贴吧等网络渠道，谈阅读心得，发怀念感言，其浩大声势令人动容，普通读者的声音开始大面积地浮出水面。

必须讲述我自己的一个亲身经历才能说清楚网友发声给我带来的巨大震惊。也是在纪念路遥逝世十五周年的日子里，我作短文一篇——《今天我们怎样怀念路遥》。此文先在《南方都市报》“个论版”发表，随即又被我贴至天涯博客。没想到几天之内，此文被点击一万四千多次、跟帖一百六十个（此前此后的同类短文最多也就是点击四千次、跟帖二十多个）。第一个发言的网友正版乡下人说：“代表部分 60 后、全体 70 后、部分 80 后抢沙发，因为我发现《平凡的世界》几乎是这三部分人的接头暗号。”五彩斑斓的竹说：“怀念路遥。《平凡的世界》我看了三遍，据一哥们说他一哥们看了七遍，是我知道的最牛的。”川眉说：“大一初读《平凡的世界》，颠覆了我对以往所读全部小说的理解！……这些年来，几乎每过一两年都会利用休假的时间读一遍《平凡的世界》。人生的阅历越深，越觉此著作不朽！”

有那么多陌生的网友进来评论留言，这是大大出乎我意料的。他们三言两语，既无论证过程，表达也谈不上严密，当然更不可能有什么学术含量；但他们却我手写我口，绝假存真，说出了自己心中的真实感受。我在这些跟帖面前震惊，又在一些说法面前沉思良久。例如，当一位网友把路遥比作狄更斯时，他是不是已在很大程度上说出了许多专家都没想过、没说出的道理?

正是在那个时期，我去新浪网翻阅“路遥逝世十五周年祭”板块，发现有“新浪博友缅怀路遥”栏目，其中《我为什么觉得路遥才是最伟大的作家》的博文被置顶，作者通过与当代其他作家比较，得出了这样的结论：“我觉得路遥才是最伟大的作家，在我的阅读中，路遥用他的作品改变了我的精神世界甚至生活轨迹。”在随后的展开中，这位网友告诉我们，《在困难的日子里》和《平凡的世界》他不知读过多少遍，在他生命最灰暗最消沉的时候，是路遥“给了我以心灵抚慰和激励，使我感受到了战胜饥饿、屈辱和苦难的勇气，让我认识到了爱情、亲情和友情的价值和意义”。因此，“路遥的影响已经超越了文学的本身，改变着我们的人生观、价值观，还有爱情观。那些所谓大师的作品，无论他们的文学意义或者成就有多么的高，有多么的炫目，对于我又有什么意义呢”。[1]在专家学者的眼中，这样的“文学评判标准”或许不登大雅之堂，但它并非没有存在的理由。

正当我在普通读者那里寻寻觅觅时，王兆胜的文字进入了我的视野。他说：“在新时期中国作家中，我最喜欢并且对我影响最大者是路遥。”随后，他如此交代了自己喜欢路遥的心路历程：

> 我还是一个大学生时，路遥的《平凡的世界》就给我心灵以强烈的震动，那是一个农民之子所能领略的人之艰辛与永不言败的精神。作为生长于社会底层、一贫如洗的农民之子，我曾三次高考都名落孙山，第四次高考才实现了自己的梦想。从这个意义上说，在

---

① 漠北向南：《我为什么觉得路遥才是最伟大的作家》，2007 年 10 月 21 日 http://blog.sina.com.cn/s/blog_4b8e1ca401000c5s.html?tj=1。

> 孙少平身上我看到了自己的影子，一个不安于农村封闭落后的状况、试图以自己的努力改变命运的形象。直到今天，这部作品一直成为我人生和精神的内在动力。前几年，如母亲一样的姐姐突然病逝，在极度伤心和痛苦之中，我有幸读到了路遥的小说《姐姐》，也可能是心有灵犀，也可能是情之所至，也可能是作品高尚的境界使然，整个阅读过程竟成了一次灵魂的抚慰和洗礼。记得当时我的泪水如江河般涌流，泣不成声，一颗心都碎了，但过后却有一种“楚天千里清秋”的辽阔、舒畅和自由。这是一个伟大作家和一篇伟大作品所产生的精神和艺术感染力！[①]

王兆胜是文学博士，也是林语堂研究专家和散文作家，长期在国内权威刊物担任文学编审。这就意味着，如果说当年他读《平凡的世界》时还是一位“普通读者”的话，那么后来他读《姐姐》时，无疑已是一位“专业读者”了。一般而言，专业读者往往阅人（作家）无数，熟读经典，甚至已是桑原武夫所谓“文学方面的老油子”[②]。而《姐姐》还能让王兆胜涕泗滂沱，楚天清秋，只能说明路遥的作品历久弥新，具有非凡的艺术力量，与他形成了深刻的遇合。与此同时，作为学术中人，王兆胜也不可能不清楚路遥其人其作在学术界遭到了怎样的慢待冷遇。为了向高雅的文学品味看齐，或者为了不被同道中的鉴赏大师们笑话，他原本是可以把这段比较“浅薄”也有些“跌份”的阅读经历藏着掖着的，但他却像一个高三或大一的普通读者那样直眉愣眼地把它讲出来了。为什么他如此性情？为什么他比我还没有城府？他在专业读者与普通读者之间的自由切换究竟意味着什么？

暂不回答这些问题，我需要继续公布我发现的一些数据材料。2009 年 4 月，随着新版《平凡的世界》由北京十月文艺出版社推出，该社总编韩敬群

---

① 王兆胜：《天唱的绝响》，马一夫、厚夫、宋学成主编：《路遥纪念集》，人民文学出版社 2007 年版，第 398 页。

② 桑原武夫：《文学序说》，孙歌译，生活・读书・新知三联书店 1991 年版，第 80 页。

在回答记者提问时指出："你可以去当当和卓越的页面上看看读者留言，在很短时间内，读者的留言已有很多，而且都写得有血有肉，有特别好的细节，说得都比我好多了。有些读者写得很自然、感人，称《平凡的世界》是他'人生的圣经'。"我在 2010 年 6 月查阅当当网，见有七八种版本的《平凡的世界》陈列其中，每个版本都有数量不菲的读者评论，其中北京十月文艺出版社 2009 年 1 月版的读者评论最多，达 1559 条，韩敬群所言果然不虚。2010 年元月，我应邀参加北京十月文艺出版社举办的"新版《路遥全集》出版座谈会暨'我与《平凡的世界》'征文颁奖会"，有幸得到了获奖的全部征文（共 16 篇）。其中三等奖获得者袁伟望（浙江省宁海县教育局教研室）读过《悲惨世界》《战争与和平》《约翰·克利斯朵夫》等一批世界名著，但面对路遥他依然说："我这哪里是在读小说《平凡的世界》啊，我这分明是在读自己的人生！我一直非常感谢路遥，他让我筛落人性人世间的丑与恶，让我筛选人性的善与美，学会保存人性中的那份温暖，学会回味人世生活的那份温馨。"（《以平凡之名——〈平凡的世界〉的深情祝福》）另一位名叫刘广梅的北京读者（三等奖获得者）则如此写道："路遥先生笔下的孙少平、高加林、田晓霞等人物在我懵懂的青春岁月，对我树立人生观产生启迪，……曾经有朋友问我，如果想培养孩子正确的人生观和道德感，应该让他读什么书？我毫不犹豫地回答：一本雨果的《悲惨世界》，一本路遥的《平凡的世界》，仅此二者足矣。"（《平凡的世界，辉煌的人生》）

我还获得了一份关于北京师范大学图书馆外借图书排行（2005 年 1 月 1 日—2010 年 5 月 1 日）的统计资料。资料显示，排名前两位的分别是白寿彝的《中国通史》（外借 1350 次）和《平凡的世界》（中国文联出版公司 1986 年版，外借 1314 次）。但实际上，这一排行榜中还有中国青年出版社 2000 年出版的《平凡的世界》，外借 197 次。两个版本相加，《平凡的世界》实际外借次数达 1411 次，已稳居第一。此外，据报道，《平凡的世界》近年来在全国许多高校的"出镜率"都很高，并连续 4 年（2012—2015）荣登"浙江大学图书馆年度借阅排行榜”榜首。[①]更有专业人士通过对国内20所“985工程”高校图书借阅排行榜的分析，得出一项重要数据：《平凡的世界》在2015年度登榜频次最高，位居22种图书之首。分析者因此形成的一个结论是：“该书在2015年最受高校读者欢迎。”[②]

我也择要公布我本人完成的一项调查结果。2014年春季学期，我曾设计一张含有14个问题的关于路遥的调查问卷，发放给听我“文学理论专题”课的大二学生（2012级）。本次调查共发放与回收问卷117份，其中17人未做任何回答。由此可大体推算出85.5%的听课学生读过路遥的作品。在“你读过路遥的哪些作品”这一问题之下，回答《人生》的46人，《平凡的世界》83人，《早晨从中午开始》31人，《在困难的日子里》5人，《路遥文集》5人。在“你是通过什么方式读到路遥作品的？”问题之下，回答“他人推荐”的55人，“传媒推荐”7人，“偶然看到”27人，“其他”11人。在“你认为路遥的文学是何种类型的文学？”的问题之下，回答“纯文学”的35人，“通俗文学”17人，“纯文学与通俗文学的糅合”44人，未选择的4人。在“你认为路遥作品的优势在于”这一问题之下，回答“很励志”的11人，“很先锋”1人，“能提供某种写作典范”8人，“能让人获得某种人生感悟”62人，此外，回答“很励志+能让人获得某种人生感悟”的还有10人。在“如果用一句话，你如何评价路遥？”的问题之下，除23人未做任何评价外，正面或偏中性的说法有：“伟大而有深度的作家”“给人人生启示的作家”“贴近心灵的作家”“懂得生活的作家”“写乡土的传统作家”“当代作家的典范”“朴实勤奋的写作者”“敏锐而正统的作家”“应该认真去读并感受的作家”“朴实无华的讲故事的人，给人以生生不息的力量”“小说中的现实令人感慨万千，很现实的作家”“用生命写作”“平凡的世界 不平凡的路遥”“改革时代的记

① 参见张冰清：《〈平凡的世界〉四获浙大图书馆年度借阅排行榜冠军》，《钱江晚报》2016年2月14日。

② 吴汉华、姚小燕、倪弘：《我国“985工程”高校图书借阅排行榜分析》，《大学图书馆学报》2016年第6期。

者”“70 年代生人的偶像”“本可以享有更高的声誉和成就”“当时的通俗文学，如今进入了经典”“路遥知马力，日久见文心”“宗教式的虔诚与爱情式的激情”“很励志，有忍耐力，宗教苦修情怀，人道主义关怀”“泥土里发出的思考”“写实、质朴、励志，有黄土地的味道”“朴实的农民大哥用朴实的话讲朴实的道理”……

其中也有 5 条不太正面或较负面的评语：“励志但毫无创新”“没有了解，感觉就是一普通作家”“一个聪明但倒霉的人”“勤奋但不够天才，只是平凡记录了他看到的时代”“有文学梦，很努力，但不深刻，也没有多美，情感表现不复杂的作家”。

2012 级的本科生无疑都是“90 后”，与“60 后”“70 后”“80 后”相比，他们对路遥其人其作的看法似乎要更客观、更理性一些，但很显然，路遥在他们那里依然是知名度很高的作家，他们也大都在初中高中阶段（57 人）与大学初级阶段（43 人）完成了对路遥代表作的阅读。而在更年轻的清华学子（2015 级）那里，他们在即将入学之际便收到了校长邱勇所赠的《平凡的世界》。虽然这种“奉旨读书”并非最好的阅读状态，但正如清华大学中文系王中忱教授指出，尽管他起初担心这些本科新生自小生活优裕，一路接受精英教育，理解“平凡”人物的人生际遇、心底波澜和喜怒歌哭或许吃力，但读过他们的随感之后，他“不仅感到原来的担心已经没有必要，还从同学们对路遥小说的解读中获得了惊喜”。因为尽管确有同学“对路遥小说所描述的年代氛围和生活情景感到陌生，但这最终并没有成为他们走进‘平凡的世界’的障碍”[①]。这也意味着，路遥与其《平凡的世界》走向更年轻的“95 后”那里时畅通无阻。

如果从《平凡的世界》第三部发表（刊发于《黄河》1988 年第 3 期）和一百二十六集的《平凡的世界》在中央人民广播电台播送结束（1988 年 8 月

① 史宗恺主编：《续写岁月的传奇：清华学子感悟〈平凡的世界〉》，清华大学出版社 2016 年版，第 407 页。

2 日）算起，这部作品在世已达三十年之久。三十年来，它几易出版社，印数多少，盗版几何，又有多少读者读过，实际上是无法统计的。但就我目前掌握的资料数据来看，前十五年它在读者中口碑很高、阅读者众，后十五年它依然长销不衰，不断有年轻的读者加入阅读队伍之中，恐怕已是不争的事实。同时也需要注意的是，20 世纪八九十年代，由于缺少发声渠道，路遥其人其作只是以“口头文化”的方式传播，其口耳相传之言也就随风飘散、无迹可求，读者仿佛成了“沉默的大多数”。世纪之交以来，随着网络与种种新媒体的兴盛，普通读者方才获得了畅所欲言的表达空间，“读者评论”仿佛也才进入“书面文化”时代。所有这些，对于路遥其人其作的“经典化”进程究竟意味着什么呢？让我们暂时放下这一问题，先来看看精英集团的举动。

第二节　精英集团或文学史要素：冷遇景观与善待迹象

由于邵燕君在其分析中主要提到了三本文学史论著，我们依然可从这三本著作说起。

三本著作中，杨匡汉、孟繁华主编的那本已增补修订为《共和国文学 60 年》（人民出版社 2009 年版）再度面世，但它既非严格意义上的教科书，“未曾提及路遥”的局面也几无改观，这里便可存而不论。陈思和与洪子诚的那两本虽也再版，但前者似未修订，后者虽有修订，但关于路遥并无多少改进。所谓“似未修订”，是因为据我粗略比对，陈版文学史第二版只是删去了初版的“后记”，增加了一个“附录三”（《关于当代文学史教学的几点看法》），两个版本的正文页码则完全对应，一模一样。这意味着《平凡的世界》依然被一笔带过。[①] 与初版相比，洪版修订版把原来一小节的“历史创伤的记忆”调整扩展成了一章内容。因为这一修订，路遥与《人生》得以露面——“有的批评家，还把《人生》（路遥）、《鲁班的子孙》（王润滋）、《老人仓》（矫

① 陈思和主编：《中国当代文学史教程》，复旦大学出版社 2017 年第 2 版，第 240 页。

健），以及贾平凹、张炜的一些小说，也归入这一行列（注：指‘改革文学’）”①。虽然这只是惊鸿一瞥，说了也等于没说，但它毕竟打破了洪版教材正文中对路遥“只字不提”的局面。

为什么洪版文学史如此对待路遥？说白了原因倒也简单，因为洪子诚不喜欢《平凡的世界》。在与解志熙对谈时他曾说过：“我对《创业史》和《平凡的世界》，说老实话并不是太喜欢。或者说，我认为它们是当代文学里面的重要作品，但是评价不如解老师那么高。”②而此前李云雷也曾给他提出过如下问题：“关于路遥的评价问题，包括您的文学史在内的多部‘当代文学史’，都没有提到他和他的《平凡的世界》，或者评价不高。但路遥的小说当今却受到很多青年人与普通读者的欢迎。不知道您在写作文学史的时候，对路遥有一个什么样的判断，您如何看待这一现象？”洪子诚是这样回答的：

> 我在不同的学校演讲，总有同学提出这样的问题。除了为什么没有写路遥之外，还有为什么不写王朔，为什么没有写王小波。为什么？我也有点纳闷。记得80年代我上课的时候，曾经用很多时间分析路遥的《人生》。20世纪90年代写文学史，确实对他没有特别的关注，也翻过《平凡的世界》，感觉是《人生》的延伸，艺术上觉得也没有特别的贡献，那时我也不知道他的小说在读者中的广泛影响。这也许就是一个疏忽？当代人写当代史，缺失、偏颇、疏漏应该是一种常态。我们常常举的例子，就是唐朝人选的唐诗选本经不起时间的检验。认识到这种“过渡”的性质，可以减轻压力。如果在这个问题上要为自己辩护的话，那就是：不要说我这样的庸常之辈，即使才华横溢、咄咄逼人的别林斯基，在独具慧眼地正确论

---

① 洪子诚：《中国当代文学史》，北京大学出版社2007年修订版，第259页。

② 洪子诚、解志熙：《清华园里谈读书》，《文艺争鸣》2018年第7期。

述普希金、果戈理等的价值的同时，他也有不少看走眼的地方。[①]

因为不太喜欢，所以不怎么阅读，这种情况在洪子诚那里并非孤例。因为当年读硕士的邵燕君曾在洪子诚生病时抱过去一套《天龙八部》，并劝道："不读金庸，您这一生会失去许多乐趣的。"但他"读了几十页也不能进入'情况'，确实读不下去，终于连第一本也没有读完。大概像批评家吴亮说的，'口味不对而已，没有道理可讲'"[②]。很显然，《平凡的世界》也是这种情况。不读自己不喜欢的作品是每一个读者的权利，洪子诚当然也拥有这种权利。但问题是，他又不是一名普通读者，而是文学史研究专家。如果说不读金庸对于中国当代文学史并无大碍的话，那么，不读《平凡的世界》却会给文学史的写作带来影响。从这个意义上说，可以把邵燕君那篇文章中涉及洪版文学史的部分看作她对洪老师的委婉提醒。而他终于没有接受这一建言，无论如何都显得有些遗憾。因为根据他的最新说法，由于年龄和精力方面的原因，"我不会再去修订我编写的文学史"[③]了。

这两部教科书如此，其他文学史又怎样呢？据一篇硕士论文统计，在1986—2010年出版的76部中国现当代文学史中，对路遥其人其作有所分析者16部，仅占所有文学史的1/5。论文详细罗列了对路遥只字未提的权威教材20部，又更详细地介绍了对路遥有所分析却比较边缘的教材约10部。[④]虽然有所分析的教材中有的对路遥列了专章（如特·赛音巴雅尔：《中国当代文学史》，民族出版社2000年版），有的对《平凡的世界》详细论述（如郑万鹏：《中国当代文学史（1949—1999）》，华夏出版社2007年版），但由于种

---

① 李云雷、洪子诚：《关于当代文学史的答问》，2013年8月13日，https://www.douban.com/group/topic/42770387/。

② 洪子诚：《问题与方法：中国当代文学史研究讲稿》，生活·读书·新知三联书店2002年版，第241页。

③ 丁雄飞：《洪子诚谈中国当代文学史》，2018年2月25日，https://baijiahao.baidu.com/s?id=1593336853121996291&wfr=spider&for=pc。

④ 参见王海军：《路遥接受史论》，四川师范大学硕士学位论文，2010年，第16—20页。

种原因，它们还无法形成多大影响。

这种对路遥的忽略也延续到其他性质的文学史中。例如，据我统计，在张健教授总主编的《中国当代文学编年史》（山东文艺出版社 2012 年版）中，张清华主编的第五卷（1976 年 10 月—1984 年 12 月）中贾平凹出现 61 次、路遥出现 14 次，蒋原伦主编的第六卷（1985 年 1 月—1989 年 12 月）中贾平凹出现 51 次、路遥出现 6 次，张清华主编的第七卷（1990 年 1 月—1995 年 12 月）中贾平凹出现 31 次、路遥出现 3 次。这里选择贾平凹与路遥对比，是因为他们在 20 世纪 80 年代差不多是同时出道的作家。而贾平凹在编年史中出现的次数远高于路遥，虽然原因很复杂（例如 80 年代中后期路遥埋头创作《平凡的世界》，很少在媒体露面，也很少有其他作品面世），但显然也与分卷主编对两个作家的重视程度和对其相关材料的挖掘程度有关。因为我也主编了其中两卷，对总主编的意图及讨论产生的编纂方案非常清楚。比如，“新中国成立后去世的作家（一般作家除外），去世时一般应有集中的评价，但须以史料（观点摘编）形式出现”，此为编写原则之一，“评价”的篇幅则视作家的重要程度而定。我主编的第八卷在王小波去世时有 1350 字的评价（第 151—153 页），而路遥去世时的评价却只有 740 字（第 276—277 页）。我个人以为，这样的字数与路遥的重要程度并不相称。

正是因为目前的文学史教材依然对路遥轻视颇多，清华大学中文系教授解志熙才发出如下感叹：“在所谓学术中心的高层学术圈子里，《平凡的世界》其实是备受冷遇的。”他说严家炎先生前些年领衔主编《二十世纪中国文学史》，路遥名字只是顺便提及。“说来惭愧，我也是该书的编写者之一，但这部分不由我写，所以我也无可奈何。”①

北京大学中文系素有教授“被学生所促动”，进而去关注某位当代作家的传统。比如，关于金庸，除洪子诚不为所动外，钱理群、严家炎等人对他的

① 解志熙：《经典的回味——〈平凡的世界〉的几种读法》，史宗恺主编：《续写岁月的传奇：清华学子感悟〈平凡的世界〉》，清华大学出版社 2016 年版，第 16 页。

关注与研究，都与年轻学子的推动和督促有关。①严家炎教授更是指出，他在1995年开设“金庸小说研究”课，“并非为了赶时髦或要争做‘始作俑者’，而是出于文学史研究者的一种历史责任感”②。路遥没有被严主编重点关注，究竟是北大学生不给力、“促动”不够，还是路遥在文学史中的地位与“介于雨果与大仲马之间”的金庸③相去甚远，无甚可谈，或者是所谓“历史责任感”也因人而异、因势利导？所有这些我都不宜妄加猜测。我之所以提出这些问题，是觉得连解志熙这种置身于当代文学界的专业人士都如此感叹、无能为力时，路遥在学院派那里的待遇之差也就可想而知了。

当然，也不是没有改观。早在路遥逝世十周年之际，李建军便写出重要文章，分别在“为谁写”“为何写”“写什么”“如何写”四个层面释放路遥其人其作的价值与意义。④此前此后，陕西师范大学的李继凯，兰州大学（后调入陕西师范大学）的赵学勇，延安大学的梁向阳（厚夫）、惠雁冰等，也在撰文著书，解读路遥。他们无疑都属于学院派，但他们为路遥的鼓与呼、论与辩又往往会被学界误读为“乡党情谊”。在路遥研究中，也有越来越多的年轻人加入进来。据中国知网硕博士学位论文数据库中的统计，2001—2017年，以路遥为题的硕士学位论文达88篇，但博士学位论文是0。虽然这一数据并不十分准确，但大体上也能看出一种学院心态：把路遥作为博士学位论文选题，或许会被一些博士生掂量再三，感觉分量不够；或许会被其导师劝阻，觉得无甚可做。而硕士学位论文尽管研究路遥的已经不少，但由于水平、规模等问题，也由于人微言轻，他们的声音还不能对主流研究构成多大影响。

在这一改观中，有两个动向也值得一提。北京大学的陈晓明教授2009年出版教科书《中国当代文学主潮》，其中有两处论及路遥：一处简要分析《人

① 戴锦华主编：《书写文化英雄——世纪之交的文化研究》，江苏人民出版社2000年版，第135—137页。

② 严家炎：《金庸小说论稿》，北京大学出版社1999年版，“序言”。

③ 严家炎认为：“金庸在中国文学史上的地位可以进入到类似于法国文学史中雨果和大仲马之间的位置。”邵燕君：《中国文化界的金庸热》，《华声月报》1995年第6期。

④ 参见李建军：《文学写作诸问题——为纪念路遥逝世十周年而作》，《南方文坛》2002年第6期。

生》(约740字),另一处更简要地谈论《平凡的世界》(约420字)。虽然这种分析与谈论还无法与贾平凹相提并论(陈书在寻根文学处谈及贾平凹约1900字,后面论及《废都》约3100字),[①]但与其他对路遥只字不提或一笔带过的教材相比,这已显得很不容易。更值得注意的是,该教材在四年后修订再版,除保留对《人生》原有的分析外,还加大了对《平凡的世界》的分析力度(共计约1450字)。陈晓明原是中国当代先锋文学的守护者与阐释者,路遥此前应该不在他的关注范围之内和话语谱系之中。他能在其教材中提及路遥,并在修订版中加大对《平凡的世界》的论述篇幅,既指出这部作品在艺术表现手法上"并无特别创新之处",也承认"叙事的展开气势恢宏,起承转合,章法有序,足见路遥的功力",[②]或许说明他已在一定程度上走出了先锋文学的迷雾?同时,关于他对路遥青眼相加,虽不宜做过度阐释,但是不是也意味着路遥作品经过民间力量的多年推动已对学院派构成了某种触动乃至影响?是不是新一代文学史研究者已经或正在放弃他们的"傲慢与偏见",准备与路遥握手言和?

另一个动向来自中国人民大学程光炜教授与他的博士(生)团队。从2005年起,程光炜带领其博士生"重返八十年代",把这一文学史研究工作做得有声有色。正是在这一"重返"活动中,程光炜对"路遥现象"展开了某种反思。在他看来,"虽然路遥的文学史定位现在还是一个问题",但重返历史现场,显然已无法在他面前绕道而行。尤其是改革开放以来,由于中国社会所发生的巨大历史变迁,"奋斗、人生、劳动、尊严、生命"等等概念重新进入人们的视野,并被知识界加工再造。而这些概念又"反复地繁衍生产着路遥的文学史形象,繁衍生产着他的小说的意义和价值"。因此,"把路遥小说放在文学史的环境之外"重新观察是必要的。[③]

---

① 参见陈晓明:《中国当代文学主潮》,北京大学出版社2009年版,第293—294、332—333、383、558—561页。

② 陈晓明:《中国当代文学主潮》,北京大学出版社2013年第2版,第386页。

③ 程光炜:《文学史二十讲》,东方出版中心2016年版,第287、293页。

可以把这一思考看作是师生互动之后的一个结晶，因为在其弟子杨庆祥、黄平和杨晓帆的相关论文中，路遥研究已显露出新的迹象。而“重新观察”路遥，首先意味着对路遥的重视，其次对于路遥研究来说，也有可能开辟出一条新的路径。从这一意义上说，这一工作是值得尊敬且意义重大的。这也意味着学院派并非精诚团结、铁板一块——当一些文学史研究者对路遥视而不见、对路遥研究停滞不前时，程光炜与其学术团队却在“学术中心的高层学术圈子里”挑起了这个重担。正所谓“东方不亮西方亮，黑了南方有北方”。

但我也有一些疑惑：把路遥其人其作放在文学史环境之外，是要进行韦勒克所谓“外部研究”还是另有深意？如此一来，路遥与文学史又将是怎样一种关系？程光炜提倡文学史研究的“陌生化”，而所谓“陌生化”，其要义之一“就是你们也应该对我今天所讲的内容产生怀疑”，进而“质疑和逼问讲演者”“你这样研究问题的目的到底是什么？”。

那么我的问题来了：路遥本来就不在文学史中您那个“毋庸置疑的文学经典谱系”之内，您这样研究用意何在？是要像美国人那样“开放经典”（open the canon）呢，还是预先更换一套话语系统，把本未纳入“学院经典化”进程中的路遥先“去经典化”（decanonization），干脆把他打发到文学经典的谱系之外？

把问题“陌生化”到如此程度之后，其实我也被搞糊涂了。为了消除自己的疑惑，我不得不面对杨庆祥博士的研究成果了。

必须承认，杨庆祥发表于2007年的论文（《路遥的自我意识和写作姿态——兼及1985年前后“文学场”的历史分析》，《南方文坛》2007年第6期）既新意迭出，又锋芒毕露，把许多复杂的问题简单化了。比如，说路遥“对柳青的认同，实际上是对毛泽东时代文学遗产的认同”，便既失之简单，也显得武断，因为A认同B，B又认同C，所以A就认同C，这是小胡同赶猪式的思维方式。更何况，后来者对前辈作家除了“致敬”，至少还有“影响的焦虑”。当然，这些都还算是枝节问题，更值得思考的是作者推出的其中一个结论："如果站在一种'泛现实主义'的立场上来夸大路遥的地位，也同样值得怀疑，因为一个事实是，路遥的最高成就其实止步于《人生》，他前此的一些并不出色的作品都是《人生》的准备，而后此的《平凡的世界》无论从现实主义文学的哪种评判标准来看（主题、人物、思想、结构等等）都不过是《人生》的'加长版'，这些是否能够支撑路遥作为一个'经典'作家的地位，还有待时间的考证。"①

《平凡的世界》是不是《人生》的"加长版"这里暂且不论，我更想表达的意思是，当杨庆祥借助于洪子诚和陈思和的两部文学史、李陀的先锋文学读者观，以及1985年以来的"纯文学观"来质疑或者忧虑路遥的"经典作家"地位时，他或许也处在其导师所谓"已经被别的研究所规训、所遮蔽"②的过程之中了。因为他后来坦承："在整个本科阶段，路遥并没有进入我的阅读视野。虽然当时也有老师在课堂上谈到路遥，但是我从心理上对他有种排斥感，认为他是一个很'土'的作家，其时我认为余华、莫言等'先锋作家'更'洋气'，更能证明我作为一个中文系学生的优越感。"③这段真情表白让我意识到的问题是，先锋文学究竟在多大程度上塑造了我们的审美趣味？它们所形成的文学成规对我们究竟构成了怎样的影响？崇尚"怎么写"的先锋文学是不是一定高于追求"写什么"的现实主义文学？我们是不是能向罗蒂学习，既欣赏纳博科夫式的"私人完美"，也欣赏奥威尔式的"社会正义"，④从而在两者之间做到"亦此亦彼"？

尽管我认为程光炜及其团队的"祛魅之举"更多带有"文化研究"的意味——他们很可能已不再关注"何谓真正的经典""经典的价值和意义几何"这类传统问题，而是在解构中建构，甚至在追问"谁的经典"和"谁的经典标准"——但是，这种质疑也同样具有价值和意义。因为它既是逼问与反思，

---

① 杨庆祥：《分裂的想象》，北京大学出版社2013年版，第166、178页。

② 程光炜：《文学史二十讲》，东方出版中心2016年版，第37页。

③ 杨庆祥：《阅读路遥：经验和差异》，《南方文坛》2012年第5期。

④ Richard Rorty, *Contingency, Irony and Solidarity*, Cambridge: Cambridge University Press, 1989, p. 145.

却也在不经意间中了埋伏，成了“民选经典”学院化过程中的必要环节。

第三节 民选经典或民间经典化：路遥其人其作的绿色通道

现在必须直面路遥“经典化”这个问题了，但若想把这个问题说透，我依然需要从路遥逝世十五周年前后说起。

2007年前后，“当代文学经典化”逐渐成为一个重要议题。于是，以“当代文学经典化”之名，投标立项、拿来国家重大课题者有之，呼朋唤友、反复召开学术研讨会者有之。与此同时，一些重要的批评家开始摇旗呐喊，发声响应，一些重要的评论刊物也开始集思广益，开辟“经典化”阵地。程光炜教授特别指出：从2006年开始，《当代作家评论》开启了当代作家“经典化”过程。撰文响应者“堪称当前中国文学批评的主力阵容。它的重要性在于他们不仅来自文学界的主流社会，是名牌大学教授，而且还担负着推介、宣传和传播当代文学作家和作品的重任。某种意义上，这个经典作家名单及其认同式的权威批评，已经对文学史研究和大学课堂教学产生了显著影响”①。

我还可以顺着程光炜的思路，对《当代作家评论》的作家“经典化”举动做些补充。2006年至今，该刊曾对贾平凹、莫言、王蒙、王安忆、阎连科、范小青、苏童、阿来、格非、张承志等作家做过“研究专辑”，格非与余华享受过“先锋回顾专辑”的待遇。在这些作家中，贾平凹和莫言的待遇最为隆重，“研究专辑”一开始就是以他们（2006年第3期与第4期）打头阵的。莫言获得诺贝尔文学奖后的2013年，该刊又推出了“莫言专号”（第1期）、“贾平凹专号”（第3期）和“阎连科专号”（第5期）。2015年，前度刘郎今又来，“莫言研究专辑”（第6期）二度面世。2016年，该刊开辟“寻找当代文学经典”专栏，莫言与贾平凹一前（第5期）一后（第6期），再次成为入选的头两位作家。我还注意到，主持人在开栏语中特意借用斯蒂文·托托西之

① 程光炜：《文学史二十讲》，东方出版中心2016年版，第22页。

说，把“经典化”看作一个“累积”过程，并借用其“文本、读者、文学史、批评、出版、政治”等要素来固定这一过程。[①]

但据我统计，《当代作家评论》在对当代作家长达十一年（2006—2016）的“经典化”遴选过程中，不仅没有为路遥做过“研究专辑”，而且没有发表过一篇专论路遥其人其作的文章。只是到 2017 年（第 1 期），才以“路遥研究小辑”之名发表了两篇论文。两位作者的身份（其中一位是第一作者），其一是硕士研究生，其二是地方院校的讲师。也就是说，在经典的先期遴选中，路遥本来就没被“文学史”这个要素重视，“累积”起来的“文化资本”严重不足，随后又有十年左右未入打造着经典的“名刊”的法眼，“累积”更是无从谈起。即便近年有“研究小辑”面世，但研究者既不是来自“文学界主流社会”的大牌批评家，也不是“名牌大学教授”。在今天这个连山西煤老板都懂得如何进行“炫耀性消费”（conspicuous consumption）、怎样获得“展示价值”（exhibition value）的年代，“经典化”浪潮的推波助澜之势、烘云托月之法更是要看名气、摆阵容、论规模、讲排场。仅凭研究生或讲师写写文章，仅在《延安大学学报》或《榆林学院学报》之类的刊物上发表研究成果，路遥能够完成其“经典化”的“累积”吗？或者更尖锐的问题是，路遥进入“经典化”的过程之中了吗？

这正是我们必须面对的一个关键问题。在托托西提出的“经典累积形成理论”（a theory of cumulative canon formation）中，“读者”被他认为是“经典形成的关键因素”[②]。但事实上，在具有中国特色的“当代文学经典化”进程中，读者因素一向是缺席的。我们当然不应该否认撰写“研究专辑”论文的大牌批评家、编写“文学史”教材的名牌大学教授也是读者，但他们往往又是被纯文学养育过、被先锋文学洗礼过的“高级读者”（advanced readers）或“文艺读者”。首先，这类读者长于学院之中，是“东总布胡同”的“面包

---

① 王尧、韩春燕：《“寻找当代文学经典”专栏·主持人的话》，《当代作家评论》2016 年第 5 期。
② 斯蒂文·托托西：《文学研究的合法化》，马瑞琦译，北京大学出版社 1997 年版，第 44 页。

派”。其次，他们的审美趣味或者高雅纯正，是纯文学的“美食家”，或者剑走偏锋，是先锋文学的“学者粉”（scholar-fans）。再次，他们在经典遴选之中无疑都是有情怀、有担当且大公无私的，但是，谁又有本事走出哈兹里特所说的那个怪圈呢？“当代作家大致可以分为两类——你的朋友或你的敌人。对前者我们总是太有好感，对后者我们总是成见太深，于是我们便无法从中获得阅读之乐，也无法给予两者公正的评价。”[①] 最后，他们的“经典化”之举既箭在弦上，势在必发，也显得伟大光荣正确，但如果借用布尔迪厄的视角打量，一切都变得不再简单。当年的美国新批评家们把现代主义诗人诗作请进来，奉为经典；把不合其口味的作品赶出去，让它们沦落为街头的大众文化，实际上动机并不纯正。因为只有如此操作，才能既确保文学的审美难度和“高大上”品位，也让阐释它们的人从中受益——教授积累了文化资本，批评家提升了符号价值。[②] 中国当然不是美国，但中国的大学教授和批评家们在“比学赶帮超”中是不是也会活学活用乃至心照不宣？凡此种种，都让没有“读者要素”或只有“文艺读者”没有“普通读者”的当代文化“经典化”显出几分可疑。

正是在这一意义上，我觉得重视“经典化”过程中的读者要素是至关重要的；也正是在这一意义上，路遥其人其作的“经典化”过程才显得既与众不同，又提供了一个绝佳的范例。

可以先从路遥的读者观谈起。在中国七十余年的当代文学史中，如果说前三十年读者意识最强（没有之一）的作家是赵树理，那么后四十年中，路遥则算得上读者意识非常明确的作家之一了。早在《人生》出版之初、社会反响巨大之际，他就向责编王维玲表达过他对读者的重视：这部作品“使我愉快的是，它首先拥有了广泛的读者”，“评论家的意见当然应该重视，但对作家来说，主要是写给广大读者看的，只有大家看，这就是一种最大的安

---

① 哈洛·卜伦：《西方正典》下册，高志仁译，立绪文化事业有限公司 1998 年版，第 738 页。

② 参见约翰·杰洛瑞：《文化资本：论文学经典的建构》，江宁康、高巍译，南京大学出版社 2011 年版，第 4、164 页。

慰”。[①] 并非主要写给评论家读而是写给广大读者看，此为路遥与当年先锋作家的最大区别。而实际上，中国当代的不少作家虽然也希望他们的作品拥有读者群，但许多时候，他们的“理想读者”（ideal reader）更是大学教授、作家同行、著名评论家、文学期刊主编，甚至某个奖项的评委；他们所希望者，或许就像萨特所言：“斯丹达尔的读者是巴尔扎克，而波德莱尔的读者是巴尔贝·德·奥尔维利，至于波德莱尔本人又是爱伦·坡的读者。文学沙龙变得多少有点像头衔、身份相同的人的聚会，人们在沙龙里怀着无限的敬意低声‘谈论文学’。”[②]路遥当然不是圣人，他也希望他的作品被“理想读者”（比如周昌义）相中，但除此之外，他更在意“虚设读者”（virtual reader），更追求如何“用生活的真情实感去打动读者的心”，如何让自己的作品“引起最广大读者的共鸣”，这是他所理解的“真正的艺术作品的魅力”所在。[③] 于是，当这种读者意识成为路遥写作理念中的重要元素之后，它甚至参与了他的选择，帮助他坚定了《平凡的世界》所要坚守的现实主义创作方向：

> 考察一种文学现象是否“过时”，目光应该投向读者大众。一般情况下，读者仍然接受和欢迎的东西，就说明它有理由继续存在。当然，我国的读者层次比较复杂。这就更有必要以多种文学形式满足社会的需要，何况大多数读者群更容易接受这种文学样式。“现代派”作品的读者群小，这在当前的中国是事实；这种文学样式应该存在和发展，这也毋庸置疑；只是我们不能因此而不负责任地弃大多数读者于不顾，只满足少数人。更重要的是，出色的现实主义作品甚至可以满足各个层面的读者，而新潮作品至少在目前的中国还做不到这一点。[④]

---

① 王维玲：《岁月传真》，中国青年出版社 2003 年版，第 385 页。
② 萨特：《什么是文学？》，施康强译，《萨特文集》第 7 卷，人民文学出版社 2005 年版，第 186 页。
③ 路遥：《答〈延河〉编辑部问》，《早晨从中午开始》，北京十月文艺出版社 2010 年版，第 33 页。
④ 路遥：《早晨从中午开始》，北京十月文艺出版社 2010 年版，第 89—90 页。

现实主义创作方法与读者大众的关系是一个很大的话题，值得撰文探讨，我这里想要说明的是，当路遥如此在意大多数读者的需要，并因此相中现实主义这一“常规武器”时，他也就最大限度地成了萨特的精神盟友。萨特认为：“没有为自己写作这一回事，如果有人这样做，必将遭到最惨痛的失败。”由于“拉斯柯尔尼科夫的期待，这是我的期待，是我把我的期待赋予了他；如果没有读者的这种迫切心情，那么剩下的只是［白纸上］一堆软弱无力的符号”，所以，读者便在文学活动中扮演着极为重要的角色。也因此，写作就是“作家向读者的自由发出召唤”，阅读则是“作者的豪情与读者的豪情缔结的一项协定；每一方都信任另一方，每一方都把自己托付给另一方，在同等程度上要求对方和要求自己”。正是在这一意义上，萨特坚决反对无病呻吟，反对作家“为虚假的灵魂写作”。同时，为了解决“我们有读者，但没有读者群”的历史难题，他甚至大声疾呼作家介入或占领“大众媒体”（报纸、广播、电影等），因为这是“征服潜在的读者群的确实办法”。他不仅要求别人“必须学会用形象来说话”，而且自己也以身示范、身体力行，既写《存在与虚无》，也写《死无葬身之地》，把他所鼓吹的“介入文学”推到极致。①

在 20 世纪 80 年代的存在主义“萨特热”中，萨特是否对路遥构成过影响，这些在今天看来已不太重要（尽管这是一个值得开掘的论文选题），重要的地方在于，路遥的写作追求与萨特的呼吁如此契合，以至我们没办法不在两者之间产生联想。许多人都回忆，路遥是有政治抱负的作家。路遥的生前好友海波更是指出，“作家首先应该是政治家，政治上不敏锐、不正确、不坚定，写得再好也是‘鸡零狗碎’‘小儿科’”，此为路遥的一贯主张。②既如此，路遥就不可能像海波那样“守住自家坟头哭”，而是要向巴尔扎克学习，让作家成为一个时代和社会的“记录员”，让小说成为一个“民族的秘史”，同时让其作品最大限度地走向广大的普通读者大众之中。唯其如此，文学才能介

---

① 萨特：《什么是文学？》，施康强译，《萨特文集》第 7 卷，人民文学出版社 2005 年版，第 123、126、127、134、251、287、289 页。

② 海波：《我所认识的路遥》，长江文艺出版社 2014 年版，第 163 页。

入现实，改变社会，影响世道人心，从而也才能把他所理解的文学功能发挥到极致，把他的政治抱负落到实处。在路遥生前，《人生》就被改编成电影、广播剧，《平凡的世界》则先被中央人民广播电台做“小说连播”，后被改编为十四集电视连续剧，这既是机缘巧合，但又何尝不是作家介入“大众媒体”的成功范例？路遥在兴奋之余既感慨“它们与大众的交流是那么迅速而广大，几乎毫无障碍”①，同时是不是也意识到了自己与读者（听众）的息息相通和心心相印？果如此，他在生前就应该自豪与庆幸，因为虽然远隔千山万水，虽然已经斗转星移，但他实际上已几近完美地落实了萨特的文学方案。

必须结合路遥的个人遭际、政治抱负和写作理念才能说清楚这一问题，也必须联系20世纪80年代的理想主义情怀与英雄主义气质才能完善这一问题，但此处我将不再展开。我想指出的仅仅在于，路遥经历了真正意义上的“作者之死”，但他的追求并未扑空，他的作品也没有速朽。恰恰相反，在90年代以来的非主流文学空间中，路遥其人其作越来越被读者拥戴与阅读，《平凡的世界》甚至成了他们心中的圣经与人生指南，成了影响到网络作家并被猫腻称为“我看过的最好一本YY小说”②。于是，“作者之死”与“读者之活”也就缠绕成一道独特的文学风景。为什么那么多的读者会去读《人生》或《平凡的世界》？为什么无数网友会发出“我这哪里是读小说，分明就是在读自己的人生”之类的感叹？为什么许多人通过读《平凡的世界》确立或改变了自己的世界观、人生观、价值观乃至爱情观？让我们先来看看清华大学大一新生邢成博的回答：“路遥并没有讲述一个所谓‘逆袭’的励志故事，却给人们的心中注满了力量。”何以如此？“我的看法是，一个故事的力量来自四个字——感同身受。”③他随后的分析虽然还显得稚嫩，但已逼近了那些深刻的

① 路遥：《我与广播电视》，《早晨从中午开始》，北京十月文艺出版社2010年版，第70页。

② 邵燕君：《以“爽文”写“情怀”——著名网络作家猫腻专访》，《网络时代的文学引渡》，广西师范大学出版社2015年版，第322页。

③ 邢成博：《当无奈成为生活的力量——我们为什么要读〈平凡的世界〉》，史宗恺主编：《续写岁月的传奇：清华学子感悟〈平凡的世界〉》，清华大学出版社2016年版，第223页。

接受美学道理：移情、共鸣、代入感、内模仿、物我同一、寻找自己。

因此，当许多读者读路遥读出了无奈与忧伤、温暖和感动，甚至读得或泪如雨下或汗不敢出，把自己读成了高加林，又把孙少安读成了他自己时，这绝非小儿科，也不是没出息，而是走进了文艺心理学所谓“卡塔西斯”（katharsis）或“寓教于乐”之中，走进了社会心理学所谓“身份认同”和“文化认同”之内，从而让文本形成了费斯克所谓“符号生产力”与“声明生产力”（enuneiative productivity），并且印证了罗蒂所谓文学经典所具有的“激励价值”（inspirational value）。这些读者被击中、被感动、被净化、被励志之后，他们深知“独乐乐不如众乐乐”，于是情不自禁，奔走相告，说心得，谈体会，一传十，十传百，受众越来越多，雪球越滚越大，及至创建了自己的民间阅读组织（如“《平凡的世界》吧”），形成了自己的“阐释群体”（interpretive community）。一旦这股力量在暗中涌动，在网上发声，无名的读者便开始显山露水，从而也构成了文学“经典化”过程中的一个重要元素。

走笔至此，我必须借用并改写赵毅衡先生发明的一个概念了。赵毅衡认为经典更新原来主要是专家学者的事情，但时至今日，普罗大众成为文学场的闯入者，于是有了“群选经典”。但大众往往不按常理出牌，他们“是用投票、点击、购买、阅读观看等等形式，累积数量作挑选，这种遴选主要靠的是连接：靠媒体介绍，靠口口相传，靠逸事秘闻。‘积聚人气’成为今日文化活动的常用话”[①]。我大体同意赵毅衡教授的分析，并且认为“专选经典”和“群选经典”是“经典化”过程中的重要分析范畴。但是，我并不同意他在全然否定的层面对“群选经典”所形成的判断。因为群选活动是复杂的，其中既有他所谓盲目追随，“全跟或全不跟”的人群（这种情况在文学商业化时代体现得尤其明显），又有像读《平凡的世界》的人群。后者虽然并非专家学者，但他们也在比较、鉴别、分析、判断，他们的分析固然业余，缺少专业水准，但并不意味着不值得认真对待。因此，我觉得把“群选经典”改为

---

① 赵毅衡：《两种经典更新与符号双轴位移》，《文艺研究》2007 年第 12 期。

"民选经典"，并赋予其正面价值是非常必要的。

于是，当路遥其人其作不被专家学者待见、不被"专选经典"看好之时，普通读者便为他们喜爱的这位作家开辟了"民选经典"的绿色通道。因此，如果说莫言等在世作家是通过精英集团与专业人士精心打造，通过重要奖项（比如诺贝尔文学奖）加以确认，从而走在"经典化"之途的话，那么，路遥这样的离世作家却主要是通过大众阵营与民间力量的阅读与推动，运行在另一条"经典化"道路上的。"学院经典化"既拥有"文学史"权力，也越来越财大气粗，"民间经典化"自然无法与之相提并论。但后者靠真正的民心浇灌，靠真实的阅读推动，靠持久的信念维护，充分体现了启功先生所谓"做事诚平恒"的特点。而当那么多的读者愿意反复阅读《平凡的世界》甚至把它读到七遍时，这样的作品实际上也走进了学院派所制定的经典评判标准之中。因为布鲁姆就说过，"一项测试经典的古老方法屡试不爽：不能让人重读的作品算不上经典"[①]。凡此种种都提醒我们，对"民间经典化"熟视无睹既是对"读者要素"的漠视，也可能会与伟大作家、经典作品失之交臂。而在路遥这一个案中，无论是陈晓明在其文学史著作中向他示好，对其进行解读分析，还是程光炜及其团队对路遥研究另辟蹊径，追问质疑，或许都可以看作"文学经典化"过程中"民间"已对"学院"构成微妙影响，造成一定压力。这种影响往往看不见摸不着，有时候，一个帖子，一篇文章，一次演讲，甚至一个"伸伸腿"的动作，很可能都会让专业人士的心理发生细微变化，进而引发他们重估重判，最终在"重写文学史"中做出某种"经典修正"（canon transformation）。而从某种意义上看，追问与质疑更意味"民选经典"进入专业人士的思维框架与价值谱系之中，标志着学院派的敞开与接纳，是"坏事变好事"。因为按照赵毅衡的观点，"专选经典"的形成与更新恰恰是需要批评与反批评的。这就是为什么我说程光炜等学者"中了埋伏"。

---

① 哈罗德·布鲁姆：《西方正典：伟大作家和不朽作品》，江宁康译，译林出版社 2005 年版，第 21 页。

当然话说回来，我之所以为“民选经典”辩护，主要还是因为它是“弱势群体”，而并不意味着“民间经典化”就完美无缺、无懈可击。正如“学院经典化”已有集权主义倾向，“民间经典化”又有民粹主义色彩。它们真正需要的是消除成见、互通有无、取长补短、共同进步，这样才有助于“文学经典化”的充实与完善、巩固与提高。而路遥，像中国当代的许多作家那样，他的经典化之旅也依然处在“现在进行时”中，远未真正完成。他与他的作品究竟还能走多远，他能否成为网友所谓文学史中狄更斯式的人物，我们也将拭目以待。

| 第八章 |

在《讲话》与种种“讲话”之间

——也说赵树理与《讲话》的貌合神离

在赵树理研究中，赵树理与毛泽东《在延安文艺座谈会上的讲话》（以下简称“《讲话》”）的关系依然是一个值得思考的话题。一方面，正如李洁非所言：“说老赵就是为展现《讲话》所示方向而生，或许夸张，但他这样的人，的确是《讲话》精神所要寻找的人，是这种精神的最佳示范者。”[①]这就意味着“赵树理方向”既是周扬等人把赵树理与《讲话》焊接到一起的工程[②]，也是赵树理其人其作必然被历史选中的政治加冕。另一方面，赵树理（或“赵树理方向”）与《讲话》的貌合神离也进入了研究者视野，以至于李扬教授认为：虽然“赵树理方向”被周扬等人视为《讲话》的实践与收获，但是对于《讲话》，无论是赵树理还是周扬，其认知都显得过于简单。而由于赵树理对贯穿《讲话》的“经”“权”历史辩证法缺乏深入理解，他在处理“政治”与“政策”、“普及”与“提高”、“为工农兵服务”与“为农民服务”等诸多关系时就遇到了无法克服的困难。结果，“赵树理方向”成了一个昙花一

① 李洁非：《“老赵”的进城与离城》，《典型文坛》，湖北人民出版社 2008 年版，第 148 页。

② 参见拙文：《“赵树理方向”的历史节点与是非曲直——赵树理评价问题研究之一》，《文艺争鸣》2021 年第 9 期。

现的口号，赵树理也成为中国左翼文坛上极具悲剧色彩的人物。[①] 这又意味着赵树理的悲剧性是咎由自取，时代、《讲话》、“赵树理方向”等等很难对其负责。

我是认同赵树理与《讲话》貌合神离之说的，但我主张把这一问题复杂化。而一旦复杂化这一问题，我们就会发现事情远没有想象的那么简单。

第一节　到群众中去：赵树理对《讲话》的深度落实

众所周知，延安文艺座谈会虽然开在1942年5月，但《讲话》的正式发表时间却是1943年10月19日。而在《讲话》发表之前，赵树理已出版了《小二黑结婚》（1943年9月）和《李有才板话》（1943年10月）。这就意味着虽然周扬以事后追认的方式把赵树理纳入了《讲话》的话语体系之中，以至于赵之成功“是他实践了毛泽东同志文艺方向的结果”，“是毛泽东文艺思想在创作上实践的一个胜利”，[②] 但是，赵树理的成名作却与《讲话》没有实质性关联。指出这一点是想澄清这样一个事实：长期以来，赵树理与《讲话》的关系犹如“毛”之于“皮”，人们似乎只有在“皮之不存，毛将焉附”的因果链中才能确认赵树理的价值，但实际情况却并非如此。事实上，我们虽然可以说是赵树理的创作主张走进了毛泽东的设计之中，但我们同样可说，是赵树理预见了毛泽东的“文艺大众化”之路，而后者也应该更符合事实。鲁迅曾经指出，文艺家因其“感觉灵敏”，往往是春江水暖鸭先知，许多话会比政治家说得要早。[③] 由此检视赵树理写于1941年的《通俗化“引论”》和《通俗化与“拖住”》，再想想他在《讲话》正式发表之前就出版的那两篇作品，

① 参见李扬：《“赵树理方向”与〈讲话〉的历史辩证法》，《文学评论》2015年第4期。

② 周扬：《论赵树理的创作》，黄修己编：《赵树理研究资料》，知识产权出版社2010年版，第166页。

③ 参见鲁迅：《文艺与政治的歧途》，《鲁迅全集》第7卷，人民文学出版社2005年版，第118—119页。

我们就会发现赵树理确实言行合一、先知先觉，通过其创作实践，他其实已提前解决了《讲话》中所强调的一些问题。

这当然不是说赵树理就比毛泽东高明，而是说作为作家的赵树理在其诞生之初就进入一种吊诡的处境之中：他固然是先知先觉者，但必须经过《讲话》的烛照与点化，也必须成为《讲话》的一个注脚之后，他与他的作品才具有合法存在的价值和理由，否则就显得来路不明。明乎此，我们就可以理解为什么赵树理当年读到《讲话》会那么兴奋了：

> 这是赵树理多年来竭力反对却又苦于讲不清说不服的问题，现在，毛主席高瞻远瞩，在遥远的延安就把一切问题给看透了，解决了，真使他佩服得五体投地，他一遍又一遍地学习《讲话》，就好像腊月天遇上了米酒油馍木炭火，心里亮堂堂的，暖融融的，荡漾着一丝甜蜜的醉意。他后来说："毛主席的《讲话》传到太行山区之后，我像翻了身的农民一样感到高兴。我那时虽然还没有见过毛主席，可是我觉得毛主席是那么了解我，说出了我心里想要说的话。十几年来，我和爱好文艺的熟人们争论的，但始终没有得到人们同意的问题，在《讲话》中成了提倡的、合法的东西了。我心里有一种说不出的高兴。因为这是关系到中国几亿读者的大问题，要满足这样广大的读者的要求，不是一两个，几十个，几百个作家能包下来的事。这是必须动员全体文艺界一起来干的伟大的革命事业。毛主席在《讲话》中给文艺工作者指出了革命文艺的发展方向，给了我很大鼓舞。"……他对《讲话》爱不释手，反复研究，最后，凭他惊人的记忆力，竟能一字不落地背下这篇二万字的著作。①

这是《赵树理传》中的记录，而来自赵树理本人的说法则是："一九四三

---

① 戴光中：《赵树理传》，北京十月文艺出版社 1993 年版，第 174—175 页。

年我写出《小二黑结婚》，恰是毛主席《在延安文艺座谈会上的讲话》传到太行区来的时候（比发表的时期迟一年），我读了，以为自己是先得毛主席之心的，以为毛主席讲话批准了自己的写作之路。”[①]在这里，无论是“像翻了身的农民一样感到高兴”，还是“毛主席讲话批准了自己的写作之路”，都应该是赵树理的肺腑之言。因为在一些文化人看来，赵树理写的那种通俗故事根本算不上正经东西。于是，“《小二黑结婚》当稿交到太行新华书店后，如石沉大海，杳无音信”，若不是彭德怀出手相助，估计很难有面世机会；而即便《小二黑结婚》出版后广受群众好评，也依然有人冷嘲热讽：“认为那只不过是‘低级的通俗故事’而已。甚至当时太行山区的一位知识分子出身的干部，看过小说后也摇头说：‘这是海派！’”[②]可以想见，在《讲话》发表之前，赵树理的创作不但理不直气不壮，而且很容易积攒一肚子窝囊气。而《讲话》一来，他的作品就如同获得了免检证书，可以大摇大摆、招摇过市，他本人也可以放心大胆地往前走，一条道走到黑了。

如此看来，赵树理对于《讲话》确实是有理由感激涕零的。而后来周扬等人把他定为“方向型”作家虽然并非出于他之本意，也是他无法拒绝的一个政治包袱，但是“赵树理方向”，毕竟夯实了他与《讲话》牢不可破的关系。而从此往后，落实《讲话》精神，贯彻《讲话》思想，源源不断地创作出“老百姓喜欢看，政治上起作用”的佳作，自然就成了赵树理的奋斗目标。或者也可以说，没有《讲话》时，赵树理是独自摸索着前行，走得也就不免磕磕绊绊，有了《讲话》的指引之后，他“得劲”了，可以大步流星、多拉快跑了，这样，写出更多更好的作品也就成为理所当然之举。

然而，实际情况却并非如此。为了说清楚这一问题，我们不妨先来看看赵树理的自我表白：

---

① 赵树理：《我的第二次检查》，《赵树理全集》第六卷，大众文艺出版社 2006 年版，第 458 页。

② 杨献珍：《〈小二黑结婚〉出版经过》，黄修己编：《赵树理研究资料》，知识产权出版社 2010 年版，第 77、78 页。

> 我近三年来没有多写东西，常常引起关心我的同志们、朋友们口头的和书面的询问，问得我除了感谢之外无话可答。我之不写作，客观的理由找一百个也有，可是都不算理由；真正的原因只有一个，就是脱离实际、脱离群众。现在趁着毛主席发表《在延安文艺座谈会上的讲话》的十周年纪念，我用他这篇划时代的文件的精神来检查一下自己，做一次公开的检讨，以回答关心我的同志们、朋友们的盛意。①

这是《决心到群众中去》（1952）一文的开头段，也是赵树理为纪念《讲话》发表十周年而特意写出的文章。在此文中，赵树理确实开诚布公，认真检讨了自己没写出更多作品的原因：对旧人旧事很熟悉，对新人新事则较陌生。而“进城”之后，一方面自己先前积累起来的“养料”已用得所剩无几，另一方面因脱离群众实际生活而致使“养料”无法得到及时补充。于是，对照毛主席《讲话》中说法（“必须长期地无条件地全身心地到工农兵群众中去……”），赵树理开始表态了：“在这个纪念日，我保证立即排除一切客观的理由，长期地、无条件地、全身心地到群众中去吸取养料，写出作品来，用作品来纪念毛主席在延安文艺座谈会上发表讲话的十周年。”②

在赵树理与《讲话》的关系史上，《决心到群众中去》应该是一篇重要文章。因为“进城”之后，赵树理既因兼职繁多而不得不忙于种种事务性的工作，也因主编《说说唱唱》、发表《金锁》而迎来了自己的“检讨时刻”。与此同时，还有所谓“入部读书”（1951）：“胡乔木同志批评我写的东西不大（没有接触重大题材）、不深，写不出振奋人心的作品来，要我读一些借鉴性作品，并亲自为我选定了苏联及其他国家的作品五六本，要我解除一切工作尽心来读。我把他选给我的书读完，他便要我下乡，说我自入京以后，事也

① 赵树理：《决心到群众中去》，《赵树理全集》第四卷，大众文艺出版社 2006 年版，第 119 页。
② 赵树理：《决心到群众中去》，《赵树理全集》第四卷，大众文艺出版社 2006 年版，第 122 页。

没有做好，把体验生活也误了，如不下去体会群众新的生活脉搏，凭以前对农村的老印象，是仍不能写出好东西来的。”[①]所有这些，都意味着赵树理“进城”三年，除了忙得焦头烂额之外，还很是倒霉。这种姥姥不疼、舅舅不爱的局面肯定让他感到惶恐，于是对照《讲话》宣誓明志，进而深入生活，就成了赵树理的不二之选。

现在看来，在深入生活的问题上，赵树理应该是把《讲话》精神落实得最坚决、最实在、最彻头彻尾，也最彻里彻外的作家之一，以至于李洁非说：“北京对老赵来说基本是个旅馆，只有 1953 年冬开始写《三里湾》时住过较长时间，其他都是因开会等短期住住，绝大部分时间都在山西农村。当时文学强调深入生活，作家经常下去。但老赵于农村，显然已非‘下去’，他就生活在那里头。而且别人下去，目的都是为创作准备素材，是作为作家下去的；老赵去农村，则并不以此为目标，他是去农村参加工作，工作中发现了题材或问题，他会写东西，但绝不是为了写东西而下去。”[②]对照一下 20 世纪五六十年代赵树理的“下乡”经历，我们就会发现这确实是不刊之论。而赵树理最终举家离京（1965 年 2 月），自然原因多多，但更“方便深入群众”[③]显然也是其主因之一。于是到太原落脚不久他便直接打回老家（担任晋城县委副书记），也就变得顺理成章了。

正是因为赵树理在行动上完全彻底地深入了生活，他对深入生活的经验之谈（其实也是理论总结）才显得非常在行，也特别走心。其中有两点更值得重视：其一，下乡（即深入生活）要具有“长期性”，“应该住个一定久的时间”，这样做的好处是久则亲（只有和群众共事共到走不开的程度，才能说与群众的思想感情打成一片了）、久则全（待得越久，就越对农村、农事、农民了解全面，理解深刻）、久则通（通是指可以把问题复杂化，对现实的理

---

① 赵树理：《回忆历史　认识自己》，《赵树理全集》第六卷，大众文艺出版社 2006 年版，第 468 页。
② 李洁非：《“老赵”的进城与离城》，《典型文坛》，湖北人民出版社 2008 年版，第 156—157 页。
③ 赵树理：《回忆历史　认识自己》，《赵树理全集》第六卷，大众文艺出版社 2006 年版，第 481 页。

解能融会贯通）、久则约（约是指熟能生巧，可以把问题归类，触类旁通）。[①]其二，要做生活的主人，参加一定的工作。“因为农民没有义务把一切都告诉你，参加了一定的工作，有了责任，有些事情经过自己处理，才有亲身体会。我觉得最理想的办法是在一定的地方立个户口，和农民过一样的生活，与农民的关系才密切，不然，至少也要到一个核算单位去，不一定要有什么名义，但必须要有做主人的思想，不能做客人。”[②]由于毛泽东关于深入生活的论述只是概论，显得很“骨感”，赵树理的这种阐释无疑已使其血肉丰满了。而当赵树理说出“我不敢说我这种体会和做法就能合乎毛主席文艺理论的精神，只能说我主观上是按照毛主席文艺理论的精神来做的”[③]之类的话时，一方面说明他是做了才敢说，把行动放在一个重要位置，另一方面也意味着他对《讲话》某些方面的理解已达到了那个年代常人无法企及的高度。

既然生活深入得如此彻底，赵树理本来应该是“写起来一联系到就是一嘟噜，往往会使人产生一点得劲之感”[④]的，但实际情况是，除了在1955年出版了长篇小说《三里湾》之外，他后来写出的反映现实生活的作品屈指可数。1962年，当他应林默涵之约写出短篇小说《张来兴》之后，他甚至特意在文尾注了这样一笔：“一九六二年五月，为纪念《在延安文艺座谈会的讲话》发表二十周年试笔。”[⑤]在这个特殊的日子里“试笔”，这固然是赵树理的谦恭之辞，却也应该是其心有忐忑的真实表露。因为这个时候的赵树理已经历过《“锻炼锻炼”》的讨论（1959），有人把它斥之为“一篇歪曲现实的小说”[⑥]；

---

① 赵树理:《谈“久”——下乡的一点体会》,《赵树理全集》第五卷，大众文艺出版社2006年版，第399—401页。

② 赵树理:《做生活的主人——在广西壮族自治区文艺创作座谈会上的发言》,《赵树理全集》第六卷，大众文艺出版社2006年版，第139页。

③ 赵树理:《谈“久”——下乡的一点体会》,《赵树理全集》第五卷，大众文艺出版社2006年版，第402页。

④ 赵树理:《谈“久”——下乡的一点体会》,《赵树理全集》第五卷，大众文艺出版社2006年版，第402页。

⑤ 赵树理:《张来兴》,《赵树理全集》第六卷，大众文艺出版社2006年版，第75页。

⑥ 参见武养:《一篇歪曲现实的小说——〈锻炼锻炼〉读后感》,《文艺报》1959年第7期。

而在所谓“反右倾运动”中，他又经历过中国作协党组对他的重点整治和帮教（1959），最终不得不写出“长达数千言的书面检查”[①]而涉险过关。于是，在《讲话》纪念日推出这样一篇不疼不痒的作品（后文详述），它是否符合《讲话》精神，赵树理确实应该是拿不准了。而就在这种拿不准的状态中，赵树理也基本上结束了自己的写作生涯，迎来了自己真正倒霉的时刻（1966）。

第二节 不想写和写不出：赵树理对《讲话》的过度反应

从以上的梳理可以看出，赵树理既是《讲话》的信奉者，也是把《讲话》精神融化在血液里、落实在行动中的实践者，但与此同时，他显然又是《讲话》的愚忠者，以至于他一辈子都没有走出《讲话》的“魔咒”。这种局面体现在其创作上，就造成了他的不想写和写不出。

不想写主要是指他一旦下乡深入生活，工作便成为第一位的事情，写作因被放在次要位置而常常处于无暇顾及之中。他曾经说过：“我下乡以后就把写作暂且搁过，一心参加工作。我这样想：虽然暂时不能写出东西来，但在另一方面还是做了些工作，这对建设社会主义也有帮助。假如我们下到哪个公社，因为我们和群众一道做了工作，找着了增产关键，粮食多打了几万斤，我觉得这不是件小事；虽然这时没有写出精神食粮，生产出来物质食粮也不错。”[②]而在康濯的记忆和转述中，赵树理还有过更直接的表达。当一位下乡的作家感叹有个把月没写一个字时，“老赵连忙接过话道：‘你是说没写创作？可是这个把月，你在农村做了多少具体工作啊！’他不管人家的话是出自无心，而仍然十分严肃地说：‘写一篇小说，还不定受不受农民欢迎；做一天农村工作，就准有一天的效果，这不是更有意义么！可惜我这个人没有组织才

① 陈徒手：《1959 年冬天的赵树理》，《人有病 天知否：1949 年后中国文坛纪实》，人民文学出版社 2011 年版，第 165 页。

② 赵树理：《当前创作中的几个问题》，《赵树理全集》第五卷，大众文艺出版社 2006 年版，第 301 页。

能，不会做行政工作，组织上又非叫我搞创作；要不然，我还真想搞一辈子农村工作呢！只怕那样我能起的作用，至少也不会比搞写作小！’”①

把农村工作以及与农民“共事”看得比写作更重要，这一方面意味着“农民，已经是赵树理的‘宗教’。……一个人为了他自己的宗教情绪，做任何事都是快乐与陶醉的，虽然在别人看来也许不值得”②，另一方面，也可以把这种做法视作赵树理对《讲话》的过度反应。毛泽东固然说过文艺工作者若要和工农兵大众打成一片，“就得把自己的思想感情来一个变化，来一番改造”③，但这主要还是针对“资产阶级和小资产阶级知识分子”（如丁玲等人）而言的。而由于赵树理本来就是农民出身，土生土长，即便“进城”之后也依然心系农村，保持着农民本色，所以，他的思想感情根本就不需要变化和改造。这正如康濯所言：“我去农村总还是‘下乡’，是从‘上面’去‘下面’；赵树理却毫无什么上下之分而只是‘回乡’、‘回家’，……总之就是说，在同工农的结合上，我还有明显的差距。赵树理则几乎都不必提起结合不结合问题。而我这方面的根本原因自又主要并非由于自己是湖南人，乃在于我是个生长于城市的小资产阶级知识分子。”④与此同时，虽然毛泽东也说过“中国的革命的文学家艺术家，有出息的文学家艺术家，必须到群众中去，必须长期地无条件地全心全意地到工农兵群众中去”⑤，但到群众中去是为了充分占有生活后更好地从事精神生产，而不是为了完全投入物质生产而混同于一般老百姓。如此看来，赵树理的不想写已剑走偏锋，是不足为训的。

当然，更值得注意的是他的写不出。早在《决心到群众中去》一文中，赵树理就思考过“写旧人旧事较明朗，较细致，写新人新事较模糊，较粗糙”的问题。在他看来，旧人旧事之所以写得好，是因为他经常与旧人物同吃同

---

① 康濯：《写在〈赵树理文集续编〉前面》，陈荒煤等：《赵树理研究文集》上卷，中国文联出版公司 1996 年版，第 146—147 页。

② 李洁非：《“老赵”的进城与离城》，《典型文坛》，湖北人民出版社 2008 年版，第 160 页。

③ 毛泽东：《在延安文艺座谈会上的讲话》，《毛泽东论文艺》，人民文学出版社 1992 年版，第 39 页。

④ 康濯：《忆赵树理同志》，《新文学史料》1979 年第 3 期。

⑤ 毛泽东：《在延安文艺座谈会上的讲话》，《毛泽东论文艺》，人民文学出版社 1992 年版，第 49 页。

住同劳动，对他们的生活习性已熟悉到无以复加的程度："当他们一个刚要开口说话，我大体上能推测出他要说什么——有时候和他开玩笑，能预先替他说出或接他的后半句话。"但是，一旦面对新人新事，他就变得捉襟见肘了。何以如此？因为"对新的人物，大半是在会议时间碰一碰头，如何能发现每一个人的思想性格和各个人各个阶级各种关系的全貌呢？在会场上的收获也不少，可是只能写非文艺性的报告，不能写文艺作品，因为只能了解到群众生活的某些方面，而不能了解到全面，就是这些方面还只有概念，没有形象，如何谈得到描写呢？会议之外，自然也还有些别的接触机会，例如土地改革中的串联诉苦，生产中的访问劳动模范等，但所接触者又和开会一样，都是只接触某一方面，而且时间也很短，就事论事写个印象记还差不多，据以写一个又自然又生动又合乎进步规律的新的完整人物是不行的"①。

于是有必要稍做解释。所谓旧人物，实际上就是后来所谓"中间人物"。他们居于英雄人物与落后人物的中间状态，是"文艺主要教育的对象"②。而在赵树理的作品中，这些人物从二诸葛、三仙姑（《小二黑结婚》）开始，经过张木匠、小飞娥（《登记》）、糊涂涂、常有理、铁算盘、惹不起（《三里湾》），到吃不饱、小腿疼（《"锻炼锻炼"》）等等，可以说阵容强大，形成了一个栩栩如生的人物画廊，也成为今天看来依然具有文学价值的典型人物。与之相反，所谓新人物则是指先进人物，甚至是那种无产阶级的英雄人物。而在新中国、新社会的语义场中，新人物自然也就是社会主义新人，他们代表着历史前进的方向。对于这样的人物，赵树理自然也在孜孜以求、积极塑造，而且从小二黑与小芹开始，他也确实每每在作品中给他们留下了一席之地。但是，一方面他一直没有解决"旧的多新的少"③的创作矛盾；另一方面，即便他费了九牛二虎之力去塑造新人物，那些新人物在他笔下也依然显得单

---

① 赵树理：《决心到群众中去》，《赵树理全集》第四卷，大众文艺出版社2006年版，第120页。

② 邵荃麟：《在大连"农村题材短篇小说创作座谈会"上的讲话》，《邵荃麟评论选集》，人民文学出版社1981年版，第403页。

③ 赵树理：《〈三里湾〉写作前后》，《赵树理全集》第四卷，大众文艺出版社2006年版，第383页。

薄，反而常常成了旧人物的陪衬。当然也有例外，比如《“锻炼锻炼”》中的杨小四。但杨小四之所以能让人过目难忘，恰恰是因为赵树理没按常理出牌：他写的是新人物，却并没有去歌功颂德，而是写了杨小四工作方法和工作作风的简单粗暴。

在这样一种语境中，简要分析一下赵树理的“试笔”之作（《张来兴》）就很有必要。七十五岁的张来兴是一个本地厨子，因为很会做鱼而引起了县人大代表的注意，于是有了张来兴的故事和旧事重提。20世纪30年代，张师傅曾在安徽亳州当厨师，因脾气刚直，得罪了东家，被辞退之后回了山西老家。当时县财政局缺一个做饭的，他便被介绍过去。一次，局长张维的干爹何老大的孙子娶媳妇，张维头天晚上去送礼，顺路献殷勤说局里有个厨子，特别会做海味，可以打发他去帮忙。但庶务员去请张师傅出山时，却被他拒绝了，理由是这么做不合规矩。因为要请人做菜，须先得派个主事的去跟厨师商量，要办多大场面，需配什么菜，用什么作料，等等。“像他这样，明天要摆席，今天晚上叫我一声让我马上就去，我是他家的狗？”随后，张维又亲自出面，吹胡子瞪眼下命令：“反了你！一个穷厨子，摆什么臭架子？”而由于张师傅坚辞不从，他也就被撵出了财政局。听完这个故事后，代表们都很感慨，于是县长派人把张师傅请出来，与代表们见面，他向大家说：“各位委员、各位代表：今天咱们大家吃这几桌好菜，是这位七十五岁高龄的老张师傅亲自做的。我建议为了感谢这位老师傅，为了这位老师傅的健康干杯！”①

概括这篇小说的主题并不困难，简单地说，这是通过新旧社会的对比，讲述了一个旧社会把人当成狗，新社会把人当成人的故事。因为尽管张师傅只是一个厨子，但厨子也有厨子的规矩，厨子也需要赢得人们的尊重，捍卫自己的尊严。然而在旧社会，一个处于社会底层的厨子是没有什么尊严可言的，而他居然还要讲规矩，谈尊严，其必然命运就只能是卷铺盖走人。进入

---

① 赵树理：《张来兴》，《赵树理全集》第六卷，大众文艺出版社2006年版，第66—75页。

新社会之后，同样是做厨子，张来兴却被给足了面子，这不禁让人联想到赵树理在 1956 年给长治地委书记的信中所言："又要靠群众完成任务，又不给群众解决必须解决的问题，是没有把群众当成'人'来看待的。"[①]也就是说，尽管已过去了好几年时间，但"把人不当人"和"把人当成人"依然是萦绕于赵树理心中的一件大事情，于是借张来兴酒杯，浇自己块垒，很可能就成了赵树理写作此小说更深层也更隐秘的创作动因。

但问题是，在《讲话》纪念日写出这样一篇小说，它符合《讲话》精神吗？如果从宽处着眼，似乎没有多大问题。但是，该小说依然以旧人旧事为主要叙描对象，不是重大题材，没有触及阶级斗争，张来兴既非先进人物，更谈不上英雄人物，小说的看头也主要集中在旧社会中张来兴的刚直与抗争上……凡此种种，都没法不让人为赵树理的写作捏一把汗。赵树理在"文革"之初谈及此小说时说过："《山西日报》有人揭发我是借炊事员之口骂党，我实在不知所措。"现在看来，"骂党"云云固然是污蔑不实之词，但是说这篇小说是没有定好纪念基调且与《讲话》貌合神离的"失焦"之作，应该并不离谱。这也意味着若以《讲话》理路严格要求，赵树理在《讲话》发表二十周年之际其实依然没有找准创作感觉。从这个意义上说，赵树理所谓"试笔"是有道理的。因为以其对《讲话》的熟稔，他不可能不知道如此写作不大符合主流意识形态的要求，而明知有错位或不吻合却依然要把它写出来，并且还要将它发表于影响甚大的《人民日报》上，"试着写"或"试一试"或许就成了他最真实的心中所想。

由此思考赵树理的不想写和写不出，问题也就变得不再那么简单。写不出自然是指没写出更多作品，但更值得注意的是，即便在他写出的作品中，新人新事不是付之阙如就是笔力不逮。这样一来，从是否落实《讲话》精神层面考虑，这些作品写了也等于没写。孙犁谈到赵树理时曾经指出："进城"

① 赵树理：《给长治地委 ×× 的信》，《赵树理全集》第四卷，大众文艺出版社 2006 年版，第 481 页。

之后，“他的创作迟缓了，拘束了，严密了，慎重了。因此，就多少失去了当年青春泼辣的力量”。对此状况，孙犁的解释是因为“他被展览在这新解放的，急剧变化的，人物复杂的大城市里。不管赵树理如何恬淡超脱，在这个经常遇到毁誉交于前，荣辱战于心的新的环境里，他有些不适应”。[①] 倘若此说有理，那么赵树理的热衷于下乡就有了一种新的解释：在他那里，下乡固然是为了响应毛主席号召而深入生活，这是能够摆到桌面上的冠冕堂皇的理由，但也未尝不是他借此逃避大城市生活的借口。而逃到乡下去参加工作，以致工作到不想写或无暇写，这依然能从物质食粮生产方面找到说得过去的理由，但也未尝不是一种更深一层的逃避。也就是说，在赵树理的创作变得捉襟见肘之时，他首先有了空间上的逃避，然后又把这种逃避作用于写作。而当这两种逃避叠加在一起后，不想写与写不出也就变得你中有我，我中有你，剪不断，理还乱了。

但是，为什么赵树理会变成这样？造成他如此这般更深层的原因又是什么呢？假如仅仅聚焦于赵树理与《讲话》本身，是无法说明全部问题的，于是我们需要面向那个时代和毛泽东的其他“讲话”了。

第三节　写什么和怎么写：赵树理对种种“讲话”的无所适从

谈及赵树理与《讲话》的关系时，研究者往往喜欢援引胡乔木的一个说法，因为他说过：“《讲话》正式发表后不久，毛主席说：郭沫若和茅盾发表意见了，郭说：‘凡事有经有权。’毛主席很欣赏这个说法，认为是得到了一个知音。‘有经有权’，即有经常的道理和权宜之计。毛主席之所以欣赏这个说法，大概是他也确实认为他的讲话有些是经常的道理，普遍的规律，有些

① 孙犁：《谈赵树理》，《赵树理研究文集》上卷，中国文联出版公司 1996 年版，第 27 页。

则是适应一定环境和条件的权宜之计。”[①]于是，有研究者就认为，赵树理之所以出现问题，原因在于他把《讲话》中所论当成了“经”，却不能适应已经发生变化了的环境。例如，革命在山沟里进行时，群众多数没什么文化，文艺上采取一些他们喜欢的旧形式是必需的。但是，革命在全国胜利后，文化就不能再迁就农民的标准。“赵树理非但认识不到革命意识形态高于农民文化，是要向前发展的，反而把这种文化中产生出来的表现形式当成‘正统’和最高典范。难道革命文艺会永远止于评话、鼓词、快板的层次么？”[②]另外，“新民主主义”也是充满了“经与权”的辩证概念，它既具有资产阶级革命的性质（权），又以社会主义革命作为自己的目标（经）。这种关系决定了延安时期的新民主主义政策都是过渡性的，“赵树理的作品如果只是停留于对这一现象的描述，就不可能表现出两种政治之间的相互协商与相互否定，由此，他永不可能触摸到《讲话》真实的灵魂”[③]。

不能说这样的看法没有道理，因为赵树理确实对民间文艺形式偏爱到了偏执的程度；同时，他也不是政治家，他对社会主义革命也不可能不存在认知缺失，而所有这些，都无法不造成他与《讲话》的貌合神离。但这就是他偏离《讲话》的终极原因吗？回答自然是否定的。而要想讲清楚这一问题，我们不妨从毛泽东的一段论述说起：

> 在许多作者看来，历史的发展不是以新事物代替旧事物，而是以种种努力去保持旧事物使它得免于死亡；不是以阶级斗争去推翻应该推翻的反动的封建统治者，而是像武训那样否定被压迫人民的阶级斗争，向反动的封建统治者投降。我们的作者们不去研究过去历史中压迫中国人民的敌人是些什么人，向这些敌人投降并为他们服务的人是否有值得称赞的地方。我们的作者也不去研究自从

---

① 胡乔木：《胡乔木回忆毛泽东》，人民出版社 2014 年版，第 270 页。

② 李洁非：《“老赵”的进城与离城》，《典型文坛》，湖北人民出版社 2008 年版，第 155 页。

③ 李扬：《“赵树理方向”与〈讲话〉的历史辩证法》，《文学评论》2015 年第 4 期。

一八四〇年鸦片战争以来的一百多年中，中国发生了一些什么向着旧的社会经济形态及其上层建筑（政治、文化等等）作斗争的新的社会经济形态，新的阶级力量，新的人物和新的思想，而去决定什么东西是应当称赞或歌颂的，什么东西是不应当称赞或歌颂的，什么东西是应当反对的。[①]

这是毛泽东为《人民日报》所撰社论（1951 年 5 月 20 日）中的文字。在《讲话》中，毛泽东固然说过："苏联在社会主义建设时期的文学就是以写光明为主。他们也写工作中的缺点，也写反面的人物，但是这种描写只能成为整个光明的陪衬，并不是所谓的'一半对一半'。"[②]但是，一方面这种论述容易淹没在歌颂光明与暴露黑暗的宏大命题之中而无法引起人们重视；另一方面，写新人新事也并非当时的首要问题。只是到批评《武训传》时，毛泽东才开始疾言厉色，把歌颂与反对的东西进一步具体化了。而所谓"新的社会经济形态，新的阶级力量，新的人物和新的思想"，则显然是以前《讲话》中没有的新提法，也是文艺界落实毛泽东思想的主要依据。于是，在纪念《讲话》发表十周年前夕（1952 年 3 月），《文艺报》刊发了一篇《长期地无条件地全身心地到工农兵群众中去》的社论。社论历数新中国成立两年多来"空前未有的飞跃的进步"后指出：

但是，说到作为现实斗争的反映的文学艺术，就不得不承认：它远远地落后于我们的现实生活的发展。和灿烂丰富的现实生活相比，我们的文学艺术是显得多么的寒伧和贫乏。存在于现实中的英雄人物是那样地多，却很少被真实地塑造到我们的艺术作品中。相反地，有的作品还甚至歪曲了现实斗争，歪曲了我们的英雄人物的

---

① 毛泽东:《应当重视电影〈武训传〉的讨论》,《毛泽东选集》第五卷，人民出版社 1977 年版，第 46—47 页。

② 毛泽东:《在延安文艺座谈会上的讲话》,《毛泽东论文艺》，人民文学出版社 1992 年版，第 60 页。

> 形象。这种现象，难道是可以容许的吗？以文学艺术来作为自己参加革命斗争的武器的文艺工作者难道可以抛弃武器，或者错误地使用武器吗？不，这是不能够的。①

这是配合全国文联组织作家深入生活、贯彻《讲话》精神所配发的社论。从此往后，描写新人新事，创造英雄人物，就成为文艺界的一种强有力的舆论，从而对文艺工作者的创作构成了一种召唤。为了把这一问题推向深入，《文艺报》还开设了“关于创造新英雄人物问题的讨论”专栏，分别在六期杂志上刊发读者来信和专家文章，使得讨论延续大半年时间。该讨论的“编者按”指出：“关于创造新英雄人物的问题，前一时期在一部分文艺刊物上曾经进行过讨论，……某些文艺刊物还向文艺工作者提出‘创造新英雄人物是我们的创作方向’的号召。这一问题，主要是针对目前文艺创作中的落后状况——缺乏新的人物、新的事件、新的感情、新的主题；歪曲劳动人民的形象——而提出来的。”②而在第二次全国文代会（1953年9月）上，周扬在援引了毛泽东对《武训传》的批评后紧接着指出：“这里就提出了当前文艺创作的最重要的、最中心的任务：表现新的人物和新的思想，同时反对人民的敌人，反对人民内部的一切落后的现象。”这样，“文艺作品需要创造正面的英雄人物”，“作家要表现我们时代的先进人物”，就成了周扬报告中重点阐释的内容。③而到1955年底，毛泽东在写按语时也直接指出：“这里又有一个陈学孟。在中国，这类英雄人物何止成千上万，可惜文学家们还没有去找他们，下乡去从事指导合作化工作的人们也是看得多写得少。”④

如果说塑造英雄人物，描写新人新事，是毛泽东在“写什么”的层面向

---

①《长期地无条件地全身心地到工农兵群众中去》，《文艺报》1952年第5期。

②《关于创造新英雄人物问题的讨论・编辑部的话》，《文艺报》1952年第9期。

③ 周扬：《为创造更多的优秀的文学艺术作品而奋斗——一九五三年九月二十四日在中国文学艺术工作者第二次代表大会上的报告》，《文艺报》1953年第19期。

④ 毛泽东：《〈合作社的带头人陈学孟〉一文按语》，《毛泽东论文艺》，人民文学出版社1992年版，第89页。

文艺工作者提出的新要求，那么“革命现实主义与革命浪漫主义相结合”（即所谓“两结合”）就是毛泽东在“怎么写”的层面为文艺工作者提供的新技法。追溯起来，虽然早在1939年5月毛泽东就说过“抗日的现实主义，革命的浪漫主义”[①]，这可以视作“两结合”的雏形，但这种创作方法并没有进入《讲话》之中。而《讲话》之后，革命的或无产阶级的现实主义曾被含含糊糊地使用过，这种局面延续到1952年底而被来自苏联的“社会主义现实主义”明确取代。因为在这一年11月出版的《文艺报》上，放在最前面的是一篇社论——《文艺工作者必须认真学习斯大林关于社会主义经济问题的伟大著作》，紧随其后的有《学习苏联共产党（布）中央委员会关于文学艺术的指示》、苏共中央委员会书记马林科夫所做报告中关于文学艺术部分的摘录、法捷耶夫的发言《苏联文学艺术工作的任务》等。与此同时，中共党内理论家冯雪峰（《文艺报》主编）亦发表了《学习党性原则，学习苏联文学艺术的先进经验》，文中指出：“经过社会主义现实主义的方法，为实践党性原则而努力，这是我们文学艺术创造的唯一正确的道路。”“我们现在必须加倍深刻了解：如果社会主义现实主义，不以实践党性原则为其基本的原则，那么，它就不能成为我们的正确的文学艺术方法。苏联的文学艺术最重要的、最中心的经验，就在于它证明了这一点。”“毛主席一再着重地指示我们以党性的原则，也指示我们以革命的、无产阶级的现实主义（即社会主义现实主义）的方法；但我们却了解得非常不够，努力得更不够。”[②]随后，周扬则在第二次全国文代会的报告中“把社会主义现实主义方法作为我们整个文学艺术创作和批评的最高准则”。

现在看来，由于社会主义现实主义的创作方法来自苏联，也就注定了它在中国的文艺界只能起到过渡作用。因为随着中苏关系的日趋紧张，摆脱对苏联的亦步亦趋已成为毛泽东考虑的主要问题。于是在成都会议（1958年3

① 毛泽东：《为鲁迅艺术学院周年纪念题词》，《毛泽东论文艺》，人民文学出版社1992年版，第14页。

② 冯雪峰：《学习党性原则，学习苏联文学艺术的先进经验》，《文艺报》1952年第21期。

月）上，毛泽东严厉地批评了各行各业“照搬苏联”的教条主义做法。他甚至举例道：“卫生工作也搬，害得我三年不能吃鸡蛋，不能喝鸡汤，因为苏联有一篇文章说不能吃鸡蛋和喝鸡汤，后来又说能吃了。”[①]与此同时，毛泽东又在会议上反复举例，大谈特谈“对立统一”的规律。正是在这一语境中，他才提出了新诗的内容应该是“现实主义与浪漫主义对立的统一”。最早把“两结合”信息公之于众的是郭沫若，他在解释毛泽东的《蝶恋花》时说：“主席这首词正是革命的现实主义与革命的浪漫主义的典型结合。”[②]紧随其后，周扬在《红旗》创刊号（1958 年 6 月）上发表文章，文中指出：“毛泽东同志提倡我们的文学应当是革命的现实主义和革命的浪漫主义的结合，这是对全部文学历史的经验的科学概括，是根据当前时代的特点和需要而提出来的一项十分正确的主张，应当成为我们全体文艺工作者共同奋斗的方向。”[③]而在第三次全国文代会（1960 年 7 月）上，周扬在大会报告中更是以“革命现实主义和革命浪漫主义的结合”为小标题，专门拿出一节内容论证了一番“两结合”的必要性与合理性。在他看来，这一艺术方法“是毛泽东同志对马克思主义文艺理论的又一重大贡献”。采用这一艺术方法，“可以帮助我们的作家、艺术家最真实、最深刻地表现出这个英雄的时代和这个时代的英雄”。[④]而如何通过这一艺术手法去创造“新英雄人物”或“社会主义的、共产主义的新人”，也确实是周扬论述的重点。这就意味着“怎么写”并非孤立存在，它是服务于“写什么”的，或者说通过“写什么”，“怎么写”才更能显示其重要价值。

我之所以要在“写什么”和“怎么写”的层面不厌其详地梳理毛泽东的指示和周扬等人的阐发，是想说明这样一个往往为人忽略的道理：在 1949 年

---

① 毛泽东：《在成都会议上的讲话》，《毛泽东文集》第七卷，人民出版社 1999 年版，第 368 页。

②《郭沫若同志答〈文艺报〉问》，《文艺报》1958 年第 7 期。

③ 周扬：《新民歌开拓了诗歌的新道路》，洪子诚主编：《中国当代文学史 · 史料选》上，长江文艺出版社 2002 年版，第 462 页。

④ 周扬：《我国社会主义文学艺术的道路——1960 年 7 月 22 日在中国文学艺术工作者第三次代表大会上的报告》，《文艺报》1960 年第 13—14 期。

之后的毛泽东时代，《讲话》固然依然是“经”，是文艺界所有人士进行文艺创作与文艺批评所依据的原典和法宝，但它并非一个封闭的结构，也不是处于“过去完成时”中被人一劳永逸供奉之物，而是不断被新的“讲话”（包括按语、批示、社论等等）所充实和激活的过程。尤其是在囿于种种原因没有被《讲话》明确论述到的方面，新的“讲话”就成了新“经”，也成了文艺工作者必须遵循的行动指南。由于毛泽东关于文艺问题的新“讲话”是与他对社会主义经济基础和上层建筑的总体构想分不开的，所以，这些新“讲话”也就成为他对政治意识形态进行美学赋形，亦即政治审美化的热切呼唤。而当周扬在“两结合”的框架之下以“大跃进”民歌为论述对象，以此论证工农群众敢于“和火箭比速度，与日月争高低”，敢于“作自然界的主人，向自然发号施令”时，[①]他其实已对“人有多大胆，地有多大产”的“大跃进”政治进行了一种美学阐释。从《三千里江山》等作品开始，途经《红旗谱》与朱老忠、《苦菜花》与革命母亲、《万水千山》与李有国、《红日》与沈振新、《林海雪原》与杨子荣、《创业史》与梁生宝、《百炼成钢》与秦德贵、《山乡巨变》与邓秀梅等——这些都是周扬在第三次全国文代会报告中点名表扬的优秀作品和英雄人物，最终走向八个样板戏和一部《金光大道》并非偶然，因为那是政治审美化的极致。

把赵树理与《讲话》的关系代入这样一个历史语境之中，我们又会发现怎样的问题呢？可以说对于《讲话》中的核心思想，赵树理一直是毕恭毕敬并且也一直处在认真落实的过程之中的，但是对于毛泽东的其他种种“讲话”，赵树理却显得比较木讷、迟钝。究其因，这一方面是赵树理越是真正地深入生活，就越是了解农民疾苦，如此也就越是对由“讲话”生发的路线方针政策感到困惑和疑虑；另一方面，赵树理所奉行的现实主义创作原则又与“两结合”的艺术方法构成了某种抵牾甚至冲突。关于前者，我们可以从他给

① 周扬：《新民歌开拓了诗歌的新道路》，洪子诚主编：《中国当代文学史・史料选：1945—1999》上，第464、461页。

长治地委书记的信（1956）、《进入高级社 日子怎么过》[①]的文章（1956）、给陈伯达的信与《公社应该如何领导农业生产之我见》（1959）中看出其心曲；关于后者，无论是他所谓“有多少写多少”[②]，还是“我自己未经历过的事情是从不下笔的”[③]，都意味着赵树理严格奉行着“其文直，其事核，不虚美，不隐恶”（《汉书·司马迁传》）的“实录”精神，而“实录”精神也是真正意义上的现实主义精神。

因此，说真话而不说假话大话空话，这是赵树理写作的一个底线，也是他自20世纪50年代以来越写越少的根本原因。因为他曾对其女儿赵广建说过：“近年来，我几乎没有写什么。因为真话不能说，假话我不说，只好不说。”[④]同时，他也在其检讨书里写道：“晋城给我写出了许多大字报后……每天除听一听学毛选的青年们的报告，便读了一本《欧阳海之歌》，这些新人新书给我的启发是我已经了解不了新人，再没有从事写作的资格了。”[⑤]《欧阳海之歌》（发表于《收获》1965年第4期，出版于1965年12月）被认为是“在塑造社会主义时代英雄人物方面，在运用革命现实主义和革命浪漫主义相结合的创作方法方面，都为我们提供了新的经验”[⑥]的作品。为此，李希凡、冯牧等人曾对它做过隆重解读[⑦]，小说作者金敬迈也曾受到陈毅、陶铸的亲切接见[⑧]。而在该小说的创作谈中，金敬迈也特别指出：

---

① 此文此前一直处于散佚状态，直到最新一版的《赵树理全集》才收录了该文。董大中主编：《赵树理全集》第五卷，北岳文艺出版社2018年版，第296—298页。

② 赵树理：《〈三里湾〉写作前后》，《赵树理全集》第四卷，大众文艺出版社2006年版，第383页。

③ 赵树理：《不要急于写，不要写自己不熟悉的》，《赵树理全集》第六卷，大众文艺出版社2006年版，第144页。

④ 赵广建：《旧居门前》，转引自李士德：《赵树理忆念录》，长春出版社1990年版，第310页。

⑤ 赵树理：《回忆历史 认识自己》，《赵树理全集》第六卷，大众文艺出版社2006年版，第482—483页。

⑥《推荐长篇小说〈欧阳海之歌〉·编者按》，《文艺报》1966年第1期。

⑦ 参见李希凡：《社会主义时代精神的最强音》，《文艺报》1966年第1期；冯牧：《文学创作突出政治的优秀范例——从〈欧阳海之歌〉的成就谈“三过硬”问题》，《文艺报》1966年第2期。

⑧ 参见《陈毅、陶铸同志谈社会主义文学创作上的一些重要问题》，《文艺报》1966年第3期。

> 小说写到第五章，欧阳海入了党，明白了什么是真正的英雄，确立了为人民服务的世界观，应该说作为一个人民战士，他已经成熟了，接下去写第十章抢救列车，似乎也可以。但是今天的时代，是社会主义时代，今天的英雄是毛泽东思想武装起来的英雄，仅仅写出他个人的成长，还远远不够，必须写出毛泽东思想在他身上所产生的巨大威力。为此，重写了《骨硬心红》，通过欧阳海来描写自力更生和反修的斗争；安排了《火车头》写他如何活学活用毛主席著作，带动后进战士；《家乡行》写他参与国内两条道路的斗争；以及八、九两章，他正确处理了一场部队内部新旧思想的斗争。试图通过把英雄放在国际国内的重大斗争中，新旧思想的斗争中来考验他，来充分展示一个共产主义战士的思想高度。[①]

这实际上就是塑造"高大全"式的英雄人物所需要的技法。这种技法特别讲究在真人真事基础上所进行的艺术加工，特别强调革命浪漫主义所催生的艺术想象，它既是"两结合"的成果，又是"'三结合'（即领导出思想，群众出生活，作家出技巧）产物"[②]。而面对这种越来越油光水滑的假大空式创作，赵树理那种老实巴交的现实主义只能甘拜下风，他本人也只能金盆洗手。这便是他读过《欧阳海之歌》后觉得自己"再没有从事写作的资格"的原因所在。

于是，在赵树理与《讲话》的关系史上，我们固然可以说他故步自封、没有与时俱进，但更合乎事实的说法是，他是在毛泽东的《讲话》和其他种种"讲话"之间进退失据、左支右绌。他当然是信奉《讲话》的，但是当《讲话》被种种"讲话"填充之后，它已经逐渐膨胀，变成了齐泽克所谓"意识形态的崇高客体"。赵树理能够理解原汁原味的《讲话》，却对变成"崇高

---

① 金敬迈：《〈欧阳海之歌〉的酝酿与创作》，《文艺报》1966年第3期。

② 金敬迈：《〈欧阳海之歌〉的酝酿与创作》，《文艺报》1966年第3期。

客体”的《讲话》读解乏力、落实无方，这样，他最终成为社会主义文学或无产阶级文学的落伍者，也就在所难免了。

| 第九章 |

知识分子的底线意识或聂致远的书生气

——重读《活着之上》

阎真的《活着之上》我读了两遍。第一遍是在 2014 年 11 月下旬。那时候，承载这部长篇小说的是《收获》杂志，而它刚一面世就被路遥文学奖的一审评委注意到了，遂被推荐上来。因《收获》发表时有删节，萧夏林先生便向作者要来足本电子版，发送给二审评委进一步审读。记得当时我是先读了二十页左右的电子版，便决定把它打印出来，以便读得更加仔细真切。我把字号调成五号字，用 A4 纸，整整打印了一百五十页。

有两天左右的时间，我整个沉浸在阎真所描述的世界里。聂致远的苦苦挣扎、赵平平的斤斤计较、蒙天舒的如鱼得水、大学校园中的蝇营狗苟，这一切对我来说是如此熟悉。在作者严谨、逼真的现实主义笔法面前，我的记忆被不断激活。我想起了发生在我身边的许多故事，我甚至有了一种跃跃欲试的冲动：我是不是哪天也去写一部反映校园生活的长篇之作？我在高校已厮混三十年之久，掌握的素材可是一点都不比阎真先生少啊。

当然，最重要的是我得马上确认它的价值和位置。此前我曾读过阎真的《沧浪之水》（人民文学出版社 2001 年版）和《因为女人》（人民文学出版社 2007 年版），也曾读过张者的《桃李》（人民文学出版社 2002 年版）和邱华栋的《教授》（长江文艺出版社 2008 年版），这是比较的维度之一。与此同时，我还要与当年读过的路遥文学奖一审评委推荐上来的其他五部长篇——分别是叶兆言的《很久以来》（《收获》2014 年第 1 期）、程小莹的《女红》（《小说界》2014 年第 1 期）、刘庆邦的《黄泥地》（《十月・长篇小说》2014 年第 2 期）、叶弥的《风流图卷》（《收获》2014 年第 3 期）、贾平凹的《老生》（《当代》2014 年第 5 期）——进行比对。在这些纵横交错的坐标中，我意识到《活着之上》是延续了批判现实主义精神的一部重要作品，也是目前把高校生活写得很真实、很到位的一部优秀之作。尽管它还谈不上完美，但在今天，能够写出这样的诚实之作已是难能可贵了。于是，在路遥文学奖第四次评审会暨终评会上，我把这一票投给了《活着之上》。

2015 年 3 月底，首届路遥文学奖颁奖会在青岛举行，而其中的一个会中会是"《活着之上》与阎真现象研讨会"。我仔细聆听了诸多专家学者的发言，以此与我当初的阅读感受印证、对比。听过之后，我决定重读一遍这部小说，以便把那些飘浮的思绪固定下来，也想看看这一遍还能读出什么东西。

这一次，我读的是阎真先生的赠书——《活着之上》。

第一节 令人纠结的底线

学院中人读《活着之上》，是很容易把自己代入其中的。比如，当我在开篇不久便一前一后读到"那是 1982 年，我十岁"和"再一次看到《石头记》是十七年后。那一年我考上京华大学历史学博士，乘火车去北京上学"①时，我立刻便推算了一下主人公聂致远读博的时间。那是 1999 年，而那一年也正是我来北京读博的日子。所不同者在于，我比聂致远大约十岁，也比聂致远幸运一些。他拿到博士学位后回到了麓城师大工作，而我则留在了京城教书。

这个时间点的设计应该有一些意味。因为再去推算，聂致远读大学的时

① 阎真：《活着之上》，湖南文艺出版社 2014 年版，第 4 页。

间是在 20 世纪 90 年代初，大学毕业后他又接着攻读硕士学位。也就是说，当聂致远在麓城师大求学之际，他便遭遇了市场经济全面启动的强劲旋风。而到他读博士的时候，中国的大学又开始全面扩招，市场化之风已穿透了高校的四面围墙。新世纪之初成为一名大学教师，于他算是有了一个正式的饭碗，却又预示着他必然会经历个人生活最为困顿的一个时期。因为对于一个刚刚成家立业的年轻人来说，票子、房子、孩子等等显然至关重要，而这一切的获得又得靠他在大学里的表现和晋升。但问题是，经过市场化的洗礼之后，学院已非风平浪静的港湾，学术和学问也不再是钱锺书所谓“荒江野老屋中二三素心人商量培养之事”。加上学术行政化、学院产业化已开始显山露水，聂致远的安身立命之本便也风雨飘摇了。想一想十多年前，网上既有北京大学教授李零《学校不是养鸡场》的妙文细数高校弊端，也有南京大学董健教授在大声疾呼——《“跑点”跑掉了大学之魂》，我们就可以知道聂致远面对的是一个怎样的人文环境了。而这也正是所有的大学师生不得不面对的时代氛围。

这就不难理解，为什么我们在《活着之上》中看到的满目都是钱、钱、钱了（纯粹是出于好奇，我在电子版中通过“查找”统计，这部小说直接写到“钱”字的地方达五百九十五次之多）。买房子搞装修需要钱，生养孩子需要钱；弄到小学编制得托关系找门路，需用钱铺路；出书发论文，也得使钱打点。在小说中，一方面是赚钱、省钱、攒钱，这是聂致远个人生活和家庭生活的主要内容，而囊中羞涩又成为他一再窘迫的原因——赵平平为聂致远买了张卧铺票，但“在火车上我一直躺着，上厕所也匆匆忙忙，赶快回来躺着，不躺就对不起那张卧铺票”①。赵平平经常性的说法是：“钱到了我的手里，你知道的，就缝到肉里面去了，拿出来肯定是要动手术。”②这些细节把聂致远夫妇对钱的爱惜写到了极致。而另一方面，则是校领导按“潜规则”送

---

① 阎真：《活着之上》，湖南文艺出版社 2014 年版，第 39 页。

② 阎真：《活着之上》，湖南文艺出版社 2014 年版，第 237 页。

钱办事、大把花钱、权钱交易，这又成为20世纪90年代以来的时代风尚——当聂致远感到自卑时，他曾这样想："现实就是现实，不论我怎么想，钱都不会理我，权也不会理我，你不去找它，它会主动找你？钱和权，这是时代的巨型话语，它们不动声色，但都坚定地展示着自身那巨轮般的力量。我能螳臂当车吗？"[①]如此看来，时代话语或时代风尚已构成一股强大的力量，它催人世俗，诱人庸常，劝人好好活着，逼人向着形而下运行。如果不在这股力量面前俯首称臣，那便是自讨没趣、自讨苦吃，甚至是哑巴吃黄连，有苦说不出。所有这些，都构成了聂致远必须面对的"典型环境"。

当时代风尚拖人下行时，聂致远是痛苦的，因为他既有自己向往的精神高标，又有他必须坚守的价值底线。小说一前一后都写到曹雪芹和《红楼梦》，写到了聂致远对曹雪芹遗迹的寻觅，显然富有深意。在一个价值混乱的时代，学历史的聂致远无法在现实世界找到价值依托，便只好退回古代，去"伟大的传统"中汲取向上的元气。"一个知识分子，他怎能这样去想钱呢？说到底自己心中还有着一种景仰，那些让自己景仰的人，孔子、屈原、司马迁、陶渊明、杜甫、王阳明、曹雪芹，中国文化史上的任何正面人物，每一个人都是反功利的，并在这一点上确立了自身的形象。如果钱大于一切，中国文化就是个零，自己从事的专业也是个零。惭愧，惭愧。"[②]这是聂致远的心理活动，也是一种自我心理暗示，它不断提醒着主人公不能与这个充满铜臭味的时代握手言和。于是，他读博期间虽然为一个企业家写传记挣了四万块钱，但在更大的诱惑面前（孟老板愿出十万块钱请他写一部传记）他却踩住了刹车。因为老板的爷爷当年开过"满洲制铁"公司，曾与日本人合作十多年。他不愿意把黑的写成白的，昧着良心篡改历史，肆意吹捧，最终还是拒绝了孟老板的请求。这便是聂致远的底线，而这条底线也若隐若现，成为他后来为人处世的基本准则。如果说赵平平是把钱缝到了自己的肉里，那么聂

---

① 阎真：《活着之上》，湖南文艺出版社2014年版，第223—224页。

② 阎真：《活着之上》，湖南文艺出版社2014年版，第32—33页。

致远则是把这条底线埋在了自己的心中。它不时会浮现出来，敲打着聂致远的生活，提醒着聂致远的行为，追问着聂致远活着的意义。

然而，也恰恰是这条底线，成了聂致远反复痛苦、时常纠结的根源。因为这个时代逼人下行的力量太大，而引人上行的力量又如此缥缈。在强大现实的挤压面前，这种上行之力常常被消解、化解。它本来就细若游丝，最终又常常归于虚无。于是，聂致远每往前走一步，都意味着有可能跨过那条底线，而当他心中警钟长鸣时，他又收回了跨出去的那只脚。他并非那条底线的坚定守护者，便只能在底线附近“五里一徘徊”了。比如，当官员的女儿范晓敏不去上课不参加小考却通过院里的金书记打招呼想拿到高分时，聂致远是非常气愤的。然而在压力面前，他退缩了。“我开始写了个八十分，涂掉，改成九十，又涂掉，最后给了八十六分，在改动的分数旁签上自己的名字。这个分数没有给其他同学很大的伤害，也不至于让他们来戳我的背脊。金书记他们不会满意，可实在也没有别的办法。”可是，当他把信息发给金书记却没有得到回信时，他又开始感到不安了。“想想这件事真的做得窝囊，金书记不高兴，蒙天舒不高兴，范晓敏不高兴，连我自己也不高兴。还算对得起那些学生，可是他们谁也不知道。……可真的把范晓敏的成绩提到最前面去吧，我实在又做不出，那我以后就不要再说那些圣人之言了，说了也是个让学生在心中鄙夷的笑话。”①

这是一个很有代表性的细节。在这个细节中，聂致远显然意识到了底线的存在，但当他在给八十还是九十分之间犹豫时，这条底线其实早已松动了。而八十六分的成绩固然说明他还有所坚守，但他坚守的那条底线已不断后撤，早已不是原来那条底线了。而且，即便已经后撤，他也没有如释重负，而是觉得更加不安，因为他驳了领导和老同学的面子，甚至有可能得罪了领导。也就是说，在权力、人情等等强大的世俗力量面前，仅仅扭曲自己是不够的，他必须完全消灭自己心中的良知；仅仅松动底线也是不够的，他必须彻底摧

① 阎真：《活着之上》，湖南文艺出版社 2014 年版，第 195 页。

毁让他为难的底线意识。而正是通过诸如此类的细节，作者让主人公告诉了我们一个残酷的事实："现实如此骨感，我不能在一个骨感的世界上去寻求一份丰腴的浪漫。"[①]

当聂致远活得如此纠结时，他的同学蒙天舒却混得风生水起。为了在学校里有靠山，他可以找聂致远提出互换硕士导师，因为他已提前打听到童教授将担任院长；为了自己的博士学位论文，他可以向聂致远提出要求，借用其硕士学位论文中的一章"过渡"一下；为了与学界建立关系，他在别人主办的学术会议上当起了志愿者，特意去接送名教授名编辑，给人留下好印象；为了领导的出席，他可以在吃饭时把聂致远切掉，尽管身为权威刊物主编的"师兄"是聂致远请来的。正是因为蒙天舒有靠山、善公关、会拉关系、能跑项目，他的论文评上了"优博"，他很快破格评上了教授职称，他顺利当上了副院长，前景一片光明。而他之所以能够样样如意，是因为他信奉"屁股中心论"（屁股决定脑袋），早已参透了学问的秘密："如今是做活学问的时代。死学问做着做着就把自己做死了，还不知是怎么死的。"[②]而所谓"活学问"，便是把学术活动的"活动"看作中心词，只有通过"活动"，才能让学术变成生产力，进而让它变成自己的"文化资本"。在这个问题上，蒙天舒早已观念更新，甩开了聂致远几十里地，因为尽管后者已不再把学问看得那么神圣，但毕竟依然将其视为自己的第二生命。"除了身体，最重要的就是学问了。"[③]这是聂致远反复念叨的一句台词。而在蒙天舒那里，我们却看不到他对学问的丝毫敬重或敬畏。对于他来说，学问只是其达到目的的一种手段。

显然，蒙天舒是没有底线意识的。而一旦拿掉了这条底线，他与时代的关系就发生了重大变化。如前所述，当时代风尚拖人下行时，正是聂致远心中的那条底线在与其较劲。它固然已构不成什么抵抗，但毕竟也制造了一些摩擦，形成了某种阻力。这样的人多一些，时代战车下行的速度或许才不至

① 阎真：《活着之上》，湖南文艺出版社 2014 年版，第 17 页。
② 阎真：《活着之上》，湖南文艺出版社 2014 年版，第 59 页。
③ 阎真：《活着之上》，湖南文艺出版社 2014 年版，第 43 页。

于风驰电掣。然而，底线不再存在，心中便无顾忌；“弄潮儿向涛头立，手把红旗旗不湿”。这时候，个人与时代便不再紧张对立，而是成了它的愉快合作伙伴。而时代对他们的回报也相当丰厚，他们靠山吃山，呼风唤雨，上下其手，要啥有啥。可以说，正是有了“蒙天舒”们的存在，当下的学院才争来了诸多“资源”，似乎也产生了巨大“活力”。然而，也正是在这种学术行政化、学院江湖化中，大学精神变得形销骨立，一步步走向了陷落。有人曾经说过：“在中国学术界，没有一点匪气是不能成为‘学科带头人’的。”①蒙天舒倒还谈不上什么匪气，但他却有一种江湖气和市侩气。在他身上，我们可以看到学界许多人的影子。在聂致远的价值评判体系中，这些人肯定是俗人，但他们无疑又是这个时代的红人。或者说，他们就是这个时代的同谋。正是因为他们的存在，知识分子整体的精神境界才被大大地拉低了。

因此，在作者“二元对立”似的描述中，聂致远显然代表着知识分子中的一种类型，而蒙天舒则是这一群体中的另一种类型。如今虽是“多元共生”，但只要蒙天舒这一“元”得势且长势喜人，那就势必会挤压聂致远那一“元”的生存空间，最终让其无地自容。结果，聂“元”被消灭，蒙“元”很繁荣，我们不得不重新进入“一元主义”时代。也许在小说不动声色的描绘背后，作者想要告诉我们的便是这样一个沉重的事实。

第二节　单向度的书生气

我似乎应该谈一谈我读这部小说时所意识到的问题了。

毫无疑问，聂致远是作为知识分子的形象而被作者精心打造出来的一个人物。在小说中，聂致远也常常以知识分子自许和反思（书中直接提到“知识分子”的地方有二十六次，大都与聂致远的自我反思有关），但他算得上一

① 黄应全：《悲剧乎？喜剧也——〈一朝忽觉京梦醒，半世浮沉雨打萍〉随感录》，2013 年 1 月 7 日，https://net.blogchina.com/blog/article/1403352。

个真正的知识分子吗?

从一般的意义上看，回答自然是肯定的。他苦读多年，获得了博士学位；他不仅有知识，而且还有信仰、追求和人文关怀。同时我也注意到，可能是因为主人公研习的是中国历史，作者便没让他进入左拉、萨特等人的价值谱系，进而去接通西方现代知识分子传统的精神资源，而是让他立足中国本土，成了古代士人传统的守护者。小说中有这样一段心理描写，值得认真关注：

> 清高，这本来是一道心灵防御底线，就那样被轻易突破了，因为你不可能对身边的人“搞到”无动于衷。商人想搞到钱，不想搞到就不是商人了；从政者想搞到位子，不想搞到就不是从政者了。这是生活现实。知识分子想“搞到”学问和社会责任，不想搞到就不是知识分子……可这不是生活现实。学问更多地成为路径，而不是目标本身。也许，应该理解他们，就像理解我自己。可是，理解之后，人们看到的是那种悄然无声的心灵衰微景象。这让我想起刚进大学那年，在一个晴朗而凉爽深秋的下午，我拿着那本《宋明理学史》到麓山去读，不知不觉爬到了山顶。我随意地翻开书，正好瞟见了张载的千古名言：“为天地立心，为生民立命，为往圣继绝学，为万世开太平。”那一瞬间我激动不已，比中学时读到范仲淹心忧天下的名句还要激动。这是我的使命，我的道路，我的信仰，我的毕生追求。那时太阳正在落山，麓江上泛着金色的波光，在麓江对岸，麓城的高楼一望无垠，色彩缤纷，笼罩在落日的余晖之中。看着夕阳徐徐降落，我感到有一轮红日在心中缓缓升起。①

把张载的名言作为知识分子所追求的至高境界是没有太大问题的，因为历史学家许倬云也曾把这四句话加以分析，进而区分了知识分子的四种类

① 阎真：《活着之上》，湖南文艺出版社 2014 年版，第 70 页。

型。[1]不过，若是仔细分析，我们便会发现其中隐含的问题：中国古代的士人传统尽管有着生成知识分子的重要元素，但它显然还存在着一些缺陷，并不能与现代意义上的知识分子价值定位成功对接。比如，清高关联着自我修身养性之后所达到的道德境界，它是心理人格层面的内容，还缺乏必要的社会担当意识；又比如，士大夫中固然不乏说真话者，但真话往往又被纳入君臣关系的结构框架，它们体现在“进言于君”之中，出现在庙堂之上，却不能有效地延伸于社会，萨义德所谓“向权力说真话”的力量还无法完美体现。阎真让聂致远活在士人的价值体系中，于人物的身份和专业而言固然水到渠成，但他或许没有想到这个古代知识分子传统本身已存在着一些问题，而离开了现代知识分子传统（在西方是左拉以来的传统，在中国是鲁迅以来的传统）的支撑，知识分子的价值结构就不可能刚健硬朗。五四新文化运动以来，我们之所以有了一个知识分子的新传统，就是因为它汲取了士人传统与西方现代知识分子传统之精华。这至少是一个双维结构。然而，在聂致远那里，我们却只是看到了一种“单向度”的选择与依傍。这样，他的价值底线就既缺少现代意识的浇灌，也不大可能应对更为复杂的现实处境了。

聂致远痛苦纠结的原因概源于此。表面上看，他似乎守着一种精神资源和价值体系，但是面对当今这种现实格局，仅仅在“致良知”“知行合一”“义利之辨”等层面反躬自省，往往不能解决实际问题。或者也可以说，他所坚守的古代知识分子传统只能使他退回内心，在道德的自我完善层面寻寻觅觅，却又因其先天缺陷，无法给他提供一种与现实对垒乃至交锋的强大武器。说得更明确一些，这种传统使人温柔敦厚的时候多，让人金刚怒目的时候少；它鼓励人收心内视，却不大赞成拍案而起。于是，每当聂致远面对现实问题，他便不得不回到“义利之辨”话语圈套之中，结果只能是自我纠结一番了事。其中固然有性格原因，但又何尝不是传统力量的引导所致？他需要跳出这种圈套，在更大的视野之中和更高的境界之上反观知识分子与时

① 参见许倬云：《知识分子：历史与未来》，广西师范大学出版社 2011 年版，第 4—6 页。

代的关系，进而调整自己思考的路径，激发自己抗争的勇气，但他并没有这样做。与其说他缺乏这种能力，不如说是作者封堵了他这样做的通道。这样，他也就不得不成为一个“小”知识分子，他甚至走进了阿多诺的描述之中：“错误的生活无法过得正确。”①

因此，我只能说聂致远身上有一种书生气或书呆子气，却并不觉得他具有多少现代知识分子的精神气质。小说中反复写到了聂致远的“认真”，而“你就是太认真了”“没必要那么认真”又成为别人规劝他的最好用词。这便是书生气或书呆子气。书生气当然是值得保护的，研究了一辈子《红楼梦》的周汝昌就曾揭示过它的正面价值：“书呆子的真定义不是‘只会抱书本’‘纸上谈兵’，不是这个意思，是他事事‘看不开’‘想不通’，人家早已明白奥妙、一笑置之的事情，他却十分认真地争执、计较——还带着不平和‘义愤’！旁人窃笑，他还自以为是立德立功立言。”②不过，在我看来，凡事认真且看不开、想不通虽然也是知识分子气质的基本表征，但如果这种认真只是限于与自己较劲，不能向外拓展乃至出击，那就既限定了它的格局、气象和境界，又让主人公戴上了某种作茧自缚的精神枷锁。最终，他已无法走出他所自设的那座心狱之城了。我特别注意到，从小说开始，聂致远便处在一种心灵“受伤”的状态。而每一次的创伤体验，只是让他在形而上的信仰和形而下的利益之间徘徊一番；或者说得刻薄点，是在当婊子和立牌坊之间揣度一番，但此后他却依然故我，老调重弹，循环往复，以至无穷。这应该是一个很值得玩味的叙事症候。

不妨来看看聂致远的“伤情”。当他拒绝给老板写传记时，“小许的口吻让我的自尊心受到了一种挫伤”③；当他知道徐晓敏要竞争班长的职位，自己作

---

① Theodor Adorno, *Minima Moralia: Reflections from Damaged Life*, trans. E. F. N. Jephcott, London and New York: Verso, p. 39.

② 周汝昌：《红楼无限情：周汝昌自传》，北京十月文艺出版社 2005 年版，第 3 页。

③ 阎真：《活着之上》，湖南文艺出版社 2014 年版，第 47 页。

为班主任却又拦不住时，“我意识到了自己的渺小，这渺小让我感到屈辱”①；当他怕学生给他差评而准备给不来上课的学生放水时，“这样想着我感到了屈辱”②；当赵平平以打胎“威胁”他时，“我心里都非常憋屈。可这憋屈不能说，得憋着”③；当范晓敏的预期不在于考试仅仅及格时，“这让我非常气愤，不来听课，不参加小考，还想拿高分！太气愤了！”④；当蒙天舒让他向当主编的“师兄”推荐他自己的一篇稿子时，他接受了任务，但随即感到“心里有点窝囊”⑤；当请“师兄”吃饭那天蒙天舒把他切掉时，“我心里发堵”⑥：如此看来，从聂致远出场到他“捡漏”拿到教授职称为止，他的“认真”只是让他有了生闷气的理由，他敬奉的圣人之言，其功能之一只是“榨出皮袍下面藏着的‘小’来”。他从头到尾都在自我反省受折磨，顺着同一个频率起伏波动，却始终没有长进，更看不到多少抗争的迹象，让人感到压抑。也许聂致远身上体现出了当今学院知识分子的某种共性特征，但是他的个性却因此消融在普遍性之中。也许聂致远这个人物是可信的，但是在我看来却并不可爱，因为在他的精神结构中，士人传统虽时常把他托向天空，但现代犬儒主义又往往把他拉到地面，甚至常常是后者战胜了前者。因此，如果说在物化时代蒙天舒已是功利主义的代表，那么聂致远则应该是犬儒主义的典范。作为知识分子，实际上他们都已异化，所不同者只在于，蒙天舒已然堕落而浑然不觉，以为这就是新常态，而聂致远则是在清醒之中慢慢陷落，他虽然痛楚满满、伤痕累累，但是我们能否从这种痛楚和伤痕中看到现代知识分子的精神价值，却是大可存疑的。

走笔至此，我想到了路遥文学奖终评会上一些评委对《活着之上》的议论。有人说，这部小说缺少理想主义之光；还有人说，这部小说的人物是功

---

① 阎真：《活着之上》，湖南文艺出版社 2014 年版，第 93 页。
② 阎真：《活着之上》，湖南文艺出版社 2014 年版，第 149 页。
③ 阎真：《活着之上》，湖南文艺出版社 2014 年版，第 167 页。
④ 阎真：《活着之上》，湖南文艺出版社 2014 年版，第 190 页。
⑤ 阎真：《活着之上》，湖南文艺出版社 2014 年版，第 252 页。
⑥ 阎真：《活着之上》，湖南文艺出版社 2014 年版，第 256 页。

能性人物。路遥文学奖颁奖前夕，我的一位师妹（她与聂致远年龄相仿、高校教龄也大体相当）读完这部小说之后也给我写来邮件。她在肯定这部小说的同时也感到很不满足："我只是觉得主人公其实还不足以成为当下知识分子的典型代表，就我接触的学者而言，真还有不少人恪守着知识分子的良知与责任感，坚守一份清洁的精神默默前行，这是我心中的光亮。"所有这些说法都让我深思。我在想，虽然全国一盘棋，但北京的高校与地方院校是不是依然有所区别，以至我所看到的高校景象与阎真小说中所描述的并不完全一样？是不是因为阎真把聂致远、蒙天舒都写成了"单向度的人"，人物性格的丰富性才无法完整揭示，学院生活的复杂性也才无法全面呈现？是不是因为阎真的现实主义文学观让他更关注庸常的现实，理想主义的火花才不容易闪现？因为他在一次对谈中曾有如下表白："我的写作原则是现实主义，这对我来说意味着零距离地贴近生活。"[①]"零距离地贴近"是毫无问题的，但除此之外，是不是也需要出乎其外，拉开距离审视，从而让作品的向上之姿坚定一些，进而具有一种超越性的品格？

当然，话说回来，尽管我指出了这部小说所存在的问题，但我并不否认它在当下出现的现实意义。恩格斯曾经对拉萨尔说过："您看，我是从美学观点和史学观点，以非常高的，即最高的标准来衡量您的作品的，而且我必须这样做才能提出一些反对意见，这对您来说正是我推崇这篇作品的最好证明。"[②]我的批评意见亦可作如是观。

---

① 吴投文、阎真：《对话阎真｜坚守知识分子应该有的价值底线》，https://www.hunantoday.cn/news/xhn/201605/14532905.html。

②《马克思恩格斯选集》第四卷，人民出版社1995年版，第561页。

| 第十章 |

批评进城与学术还乡

——张柠的学术之路与批评之旅

准备为张柠教授写点什么的时候，忽然觉得举步维艰、困难重重。20 世纪 90 年代，我读其文想见其为人，但他远在天边，可远观而不可亵玩焉。2005 年的某一天，他忽然华丽转身，入职北京师范大学文学院，成为我的同事。此后的十余年，他就像我身旁的一株木棉，我看着他挺拔、绚烂、郁郁苍苍，甚至绚烂之极，又归于平淡。与此同时，我与他也越处越熟，越走越近，于是喝酒、聊天、八卦、扯淡、互赠新书、交换流言，他拽我写东西，我拉他做课题，基本上已到“狼狈为奸”的境界。但我因此就能够对他知人论世了吗？

似乎还差点火候。这点火候在于：他是一位先锋批评家，我不是；他还是一位学识广博的思想者，我也不是。这就意味着，经过六十年的经营打造，他已完成了“双一流”的建设，而我却后知后觉，刚刚才有了“赶英超美”的念头。所以，于我而言，张柠只能是我学习的榜样、追赶的目标，他怎么可以成为我评说的对象呢？七斤嫂哪里有评说九斤老太的资格？

而且，即便要评说，以我现在这本事，hold 不住怎么办？擦枪走火怎么办？把他大卸八块之后合不上抡不圆又该怎么办？这些顾虑加起来，就变成了言说张柠的种种困难。

但是，我又接受了对他说三道四的光荣任务，所以只好一边咬牙跺脚，一边背诵毛主席语录了：“下定决心，不怕牺牲，排除万难，去争取胜利。”

闲话道过，言归正传。

第一节 潜伏与出击：在媒体派、作协派与学院派之间

我要从张柠《白垩纪文学备忘录》一书中《80 年代“萨特热”回望》一文说起。此文一开篇便如此写道：

> 1985 年 5 月的某一天，我正在上海旅游。逛到南京东路新华书店的时候，发现很多人正在排队，我也加入了队列，当然不是买减价咸鸭蛋，而是买一本畅销书，叫作《萨特研究》，柳鸣九编选，两块多一本。那时候我并不知道这本书 1981 年就出版过，也不知道在北京有人曾经将它列为“精神污染”的范畴，几经周折直到 1985 年再版。此前，萨特的名字是知道的，但没有读过他的作品。好不容易抢到了一本，打开书一看却傻眼了，大部分都看不懂。所以非常遗憾，我没有被“污染”上，最多也只能算一个“轻度污染”，因为吸引我的主要是书中那些充满狠劲儿的词汇：“恶心”“苍蝇”“死无葬身之地”“毕恭毕敬的妓女”等等。倒是书前面几张萨特的照片对我的“污染”比较大：穿条纹西装抽着烟斗一副资产阶级老爷派头，抽着雪茄和情人波伏瓦的合影，在巴黎街头一边卖报一边鼓动学生造反的场面，1955 年与波伏瓦在天安门的合影。后来我还模仿他的姿势拍过一张抽烟的照片。这种轻度“污染”让我焦虑，想深度“污染”又力不从心，于是发奋读书，要迎头赶上，大补西方文学和哲学课，目的只有一个，让自己“污染”上，但效果

一直不明显，至少就萨特而言。①

这是我在研究生课堂上念过的一段文字。2012年秋，我正在“知识分子专题”下讲萨特，适逢张柠惠赠新著，恰好送来了他自己的一个例子，我便让他现身说法，以此说明萨特在20世纪80年代的热度。这种热度我经历过（我买的也是再版的《萨特研究》，只不过比张柠晚了整整一年），这种“污染”我也承受过，它们是那个年代的学人的必修课。

我从这里谈起，是想说明有关张柠教授的两个事实（其实也是我的两个认识）：

第一，对于张柠来说，整个20世纪80年代其实都是他的学术潜伏期。当理论界、批评界围着各种“讨论”（如人道主义与异化问题的讨论）和“热”（如美学热、方法论热）团团转时，张柠并不在场。他在哪里呢？在一个野外地质队里，且一待就是十年：“那时候，我经常像梦游一样跟着同事在野外游来游去。但我的心思却不在那上面。我随身携带了很多书。他们晚上喝酒、打麻将的时候，我就看书，文学、哲学、历史，什么都读，就像一个饥不择食的饕餮之徒。白天魂不守舍的我，只有夜晚才感到安宁。”“我最初的梦想并不是搞文学，而是想当歌手。我的嗓音条件和乐感都很好，竹笛和长笛都吹得接近专业水准，因长得太丑，于是我想学作曲。我大姐在音乐系读书的时候，急了就拿我写的曲子去当作业。但音乐不同于文学，自学是成不了什么气候的。我最终不得不放弃，于是整天在读文学书，写小说。1987年左右啃黑格尔、康德、尼采的时候，我才开始尝到了理论的乐趣。”②

说实在话，读到张柠的这番自况之词时，我是略感吃惊的，因为此前我并不知道他上过地质学校，更不知道他曾长期在野外翻山越岭。童庆炳先生

① 张柠：《白垩纪文学备忘录》，中国人民大学出版社2012年版，第151页。

② 孤云：《文学生涯——访文学评论家张柠》，张柠：《没有乌托邦的言辞》，花城出版社2005年版，第339、338页。

晚年反复讲过一个看法：学人治学十年为一个单元。①这就意味着张柠有一个单元的时间不在学术圈里。当然，这个单元里他也没闲着，而是变成了一个“杂食动物”：疯狂阅读文史哲，不断与其弟弟张闳交换读书心得。也就是说，那时的张柠虽然不在学院之中，但是他却充分享受着20世纪80年代思想解放和“西风东渐”的文化成果。我甚至觉得，那种在荒天野地中的阅读与思考很可能比书斋中的“雪夜闭门读禁书”更敞亮，更舒展，更接地气，更能活学活用，也更具有一种“十二月党人”般的奇异之美。这是批评家张柠的早期训练，也是他与中国当代诸多批评家的不同之处。

当然，如果借助张柠的自谦之词就坡下驴，他与萨特也颇为神似。“人丑就该多读书”嘛，长得丑的萨特就是这么读过来的。张柠在这个环节是不是被他“污染”过？

第二，张柠说：“萨特写得最好的是文艺批评文章，比如《波德莱尔》《威尼斯的流浪汉》等。这是因为他同时具备了很好的艺术感觉和思辨能力，这正是文艺批评家必须具备的素质。”②我与他的观点略有不同。萨特的文艺批评文章当然写得漂亮，但同样写得漂亮，甚至写出一种荡气回肠效果的还有那篇理论长文《什么是文学？》。而在这篇文章中，萨特曾向同时代的作家批评家发出如下呼吁：

> 书有惰性，它对打开它的人起作用，但是它不能强迫人打开它。所以谈不上“通俗化”：若要这么做，我们就成了文学糊涂虫，为了使文学躲开宣传的礁石反而让它对准礁石撞上去。因此需要借助别的手段：这些手段已经存在，美国人称之为“大众传播媒介”；报纸、广播、电影：这便是我们用于征服潜在的读者群的确实办法。……我们在这块地盘上插上一脚：必须学会用形象来说话，学

① 参见拙作：《童庆炳：学者的初心》，《光明日报》2017年12月18日。
② 张柠：《白垩纪文学备忘录》，中国人民大学出版社2012年版，第152页。

会用这些新的语言表达我们书中的思想。[①]

作为《什么是文学？》的深度“污染”者，我觉得无论张柠是否受到过萨特的这一“污染”，他都成了萨特如上呼吁最忠诚、最完美的践行者。他的《80年代“萨特热”回望》一文就是发表在《南方都市报》上的。而据我所知，他也是最早与南方报业集团（如《南方周末》《南方都市报》等）打交道、开专栏的作家之一。也就是说，当他后来以批评家的面貌出现时，他就像当年萨特所要求的那样，征服或占领大众媒体，面向公众说话，让自己的声音进入公共领域之中。与此同时，他的思维方式和表达方式也焕然一新，简直就是在为萨特的思想做注脚。当然，当张柠投入搏杀、战斗和批判中时，我又时常会想起鲁迅的说法：“生存的小品文，必须是匕首，是投枪，能和读者一同杀出一条生存的血路的东西。”[②]这很可能意味着，张柠批评文字中的思想与表达已汲取了多种资源。他当然不可能是鲁迅或萨特，但是在精神气质上，他与他们又何其相似乃尔！他是不是鲁迅批判精神和萨特介入意识的追随者？

这就是我对张柠的最初认识。也就是说，许多年里，我都把他视为“媒体派批评”的一员主将。然而，如此打量他又是很不全面的，所以我们需要继续回到他的“潜伏”状态。

1991年，张柠考入华东师范大学中文系世界文学与比较文学专业，成为俄罗斯文学研究专家倪蕊琴教授的关门弟子，这又是许多批评家所不具有的一个经历。在我的印象中，可以称为当代批评家的那些人，大都是中国现当代文学专业科班出身。他们的长处是受过严格的专业训练，对自己的一亩三分地一清二楚，所以但凡说到专业领域之内的大神小鬼，他们便能子丑寅卯地如数家珍。但这些人也有其软肋：缺少外国文学的强大支撑，缺少“平行

---

① 萨特：《什么是文学？》，施康强译，《萨特文集》第7卷，人民文学出版社2005年版，第289页。

② 鲁迅：《小品文的危机》，《鲁迅全集》第四卷，人民文学出版社2005年版，第592—593页。

研究”的宏阔视野，喜欢小胡同赶猪，无法花开两朵各表一枝。但张柠比较另类，因为在其学术修炼之初，他所阅读和思考的大都是俄罗斯文学和西方文论，这样，俄罗斯文学也就成了他的看家立命之本。因此，对他后来能把外国文学（尤其是俄罗斯文学）谈得头头是道（《白垩纪文学备忘录》一书就汇聚了他这方面的部分成果），我们是不应该吃惊的，因为那是回到了他的老本行。但是，这一时期的他并没有四面出击，而是基本上按兵不动。何以如此？他的说法是“我在忙于整理自己的思路，以前读的书太多太杂，需要串一串，除了每半个月到导师家里讨论专业课之外，主要精力用于研习 20 世纪西方文论，其实是在对脑子里的古典文学世界进行质疑和修正，这是从事当代文学批评的必由之路”。而对于他来说，这种“整理”又是非常重要的一环：“那三年期间，我就像一头牛一样，将以前十年所学的零星知识反刍了一遍，使之变成了我肠胃里真正的营养。如果没有这三年的反刍过程，以前的东西可能会原样拉出来。华东师大为我的肠胃‘消化’提供了一个适合的温度、环境。”①

读研究生我比张柠要早几年，但那个时候的我仿佛是养伤来到沙家浜——一日三餐九碗饭，一觉睡到日西斜。为什么张柠像头牛我却基本上成了一只胡吃海喝的猪？我觉得主要有两个原因，其一是年龄，其二是环境。屈指算算，张柠进入华东师大时已是三十三岁的资深文青了。年龄大的好处之一是，他不但已饱读诗书、世事洞明，而且也渐通老谋深算之道。这样，把读过的书清一清、捋一捋，然后去粗取精、去伪存真，接着归堆分类、排兵布阵，以便在以后的出击派上用场，就成为他“反刍”的主要意图。我读研究生时才二十四岁，四壁生寒，瓶无储粟，吸纳都忙不过来，哪有时间反刍？另一方面，20 世纪八九十年代，华东师大人杰地灵，也确实是研究生磨砺思想的好去处。张柠回忆道：“1993 年前后，我经常接受王晓明的邀请，参

① 孤云：《文学生涯——访文学评论家张柠》，张柠：《没有乌托邦的言辞》，花城出版社 2005 年版，第 340、343 页。

加由他主持的每月文学沙龙，经常出席沙龙的有夏中义、李劼、胡河清、格非、徐麟、陈福民、张闳等人。复旦那边的陈思和、郜元宝，还有《上海文学》的蔡翔偶尔也来。”而在他看来，华东师大之所以有一种特殊的人文气质，主要是因为那里的元老们性格中充满诗性，经院气息似无藏身之所。后来者又把它当成一个话语的自由试验场：“每一个人都在通过说话来显示自己的独特个性，每一个人都试图语出惊人。这大概是它的文学批评和创作发达的重要原因。”①我自己的一个经历也可为张柠的说法提供一点旁证。1988年5月，我随导师去芜湖参加中国文艺理论学会第五届年会。在一场分组讨论中，华东师大的几位研究生与其他院校的老师学生捉对厮杀，其言辞之犀利、场面之火爆，让我这个在沙家浜吃胖了的乡巴佬大开眼界。那是20世纪80年代的话语盛宴，或许就是被那种“奢华的能指”所吸引，华东师大成为我最初考博的首选目标。假如不是阴差阳错，我就成为张氏兄弟的同学了。

三年的研究生生活究竟给张柠的思想带来了怎样的巨变，我是无法想象的，但有一点我大体能够肯定，那就是他后来的批评话语中确有海派风格的流风遗韵：敏锐、犀利、尖刻，才气逼人，一针见血或一招致命，善于营造话语的修辞效果，甚至语不惊人死不休……20世纪八九十年代的吴亮便是如此；吴亮淡出江湖后，继任者朱大可闪亮登场；朱大可风头正健还没几天，张柠又冲杀出来，横扫千军如卷席。虽然那个时候的张柠已南下广州，但依我之见，他显然不属于后来命名的粤派批评，而是在很大程度上传承着海派批评的精神谱系。

但是，正如媒体派批评不能框定张柠一样，海派批评也只是触及了他的一个面向。因为从张柠的学术起点看，他其实走的是学院派批评的正统路子。这就不得不提及他的处女作《对话理论与复调小说》了。

此文是张柠读研究生时的研究成果，发表于《外国文学评论》1992年第

---

① 孤云：《文学生涯——访文学评论家张柠》，张柠：《没有乌托邦的言辞》，花城出版社2005年版，第341页。

3 期。按照今天的衡量尺度，这个刊物在任何一个高校的科研评价体系中都是 C 刊中的核心刊物、公鸡中的战斗机，其地位与《文学评论》不相上下。张柠首次出场，便能跻身于如此高大上的刊物，可见其起点之高。而今天细读此文，我依然能感受到它的鲜明特点：第一，选题好，得风气之先。以我为例，巴赫金的《陀思妥耶夫斯基诗学问题》我是 1993 年就买到的，但真正对它细读却到了 2000 年。张柠却是在巴赫金研究初露端倪时便与巴赫金较上了劲，果然是“弄潮儿向涛头立”。第二，此文不是就理论谈理论，而是让巴氏理论与陀氏小说互动起来，彼此观照，相看两不厌，复调更彰显。这里分明已有对陀氏小说的细读功夫，这其实是很值得专门做理论的人学习的。第三，这是一篇写作规范且经院气息浓郁的学术论文，严谨得连作者本人后来都不好意思了。因为他说过，此文发表后，“我被这意外的收获弄蒙了。于是，我便接连写了《陀思妥耶夫斯基小说的寓言风格》《陀思妥耶夫斯基审美理想的演变》《鲁迅与阿尔志跋绥夫的复仇主题比较研究》等枯燥的论文。翻开后面这篇文章看一看，有 36 条注释，我的导师点了点头，笑了。我猜想，她当时一定是想把我培养成俄罗斯文学研究的专业人才”①。

如此看来，张柠本来是学院派的好苗子，但他终于还是见异思迁，抛弃了俄罗斯的那些“斯基”，跑到中国当代文学的地盘上“练摊儿”了。加上他研究生毕业之后的去处是广东省作家协会创作研究部，这样，他也就理所当然地成了作协派批评的一员。

所谓文学批评派系（学院派、作协派、媒体派）三分法，是十多年前有人提出来的。② 这种分法谈不上有多严谨，却也不能说全无道理。我之所以把这种分法拿来一用，实际上是想说明张柠文学批评活动的丰富性和他角色扮演的多样性。如前所言，把张柠的文学批评搁到媒体派中肯定没什么问题，但他的起点又是学院派。学院派刚刚有了点气象，他就转辙改道，混入作协

---

① 张柠：《〈叙事的智慧〉著者自述》，《书屋》1997 年第 2 期。

② 参见段崇轩：《我看作协派批评》，《文学自由谈》2006 年第 4 期。

派的队伍之中。作协派批评的代表人物我以为非雷达莫属，那是一种立足于当下文学现场，讲究悟性和灵性，轻车简从，立竿见影的文学批评，但张柠是这种路数吗？我觉得既是又不是。那个时期，他写出《裸舞的精灵——论杨克诗歌的几个基本意象》（《文学评论》1996 年第 1 期）、《格非与当代长篇小说》（《当代作家评论》1996 年第 2 期）、《史铁生的文字般若——论〈务虚笔记〉》（《当代作家评论》1997 年第 3 期）、《长篇小说叙事中的声音问题——兼谈〈许三观卖血记〉的叙事风格》（《当代作家评论》1997 年第 2 期）、《睡眼惺忪的张梅和一座忧郁的城市》（《南方文坛》1998 年第 1 期）、《飞翔的蝙蝠——翟永明论》（《诗探索》1999 年第 1 期）等评论文章，那无疑是他在文学现场的即席发言，其感觉之敏锐、体验之鲜活令人耳目一新，此为作协派的长项；但与此同时，这些文章又显得厚重、扎实、严谨、缜密，一看就有学院派的底蕴。所以要我说，在广东期间，他虽然端着作协的饭碗，写出来的却是介于作协派与学院派之间的批评文字。这种局面，直到他进入北师大才告一段落。

从广州到北京，从省作协的一级作家到北师大的文学教授，这一定是张柠生活中的一个重大事件，其中的意义远不是我能够说清楚的。但对于批评家张柠来说，我倒觉得有叶落归根之感：置身于学院之中，他不得不备课、教书、写文章，他也不得不用学院派的标准要求自己。比如，为了讲好“中国当代文学史”，他“开始了为期一年的原始史料的收集、阅读、整理，到国家图书馆去阅读 1949 年以来的《人民日报》《文艺报》等各种原始文献，读《人民文学》《说说唱唱》等各种发黄的老杂志，读作家日记、回忆录、自传、访谈文献”[①]。又比如，为了把几个民国作家琢磨透，他慢下来了。“慢的主要原因是阅读量太大，写每一个‘作家论’，都要读完他们的‘全集’和评价史

① 张柠：《枯萎的语言之花——1949 至 1965 年中国大陆的文学》下，花木兰文化出版社 2016 年版，第 361—362 页。

的材料。”[①]在我看来，泡图书馆，读原始文献，慢工出细活，这正是一个学院派学者所需要下的笨功夫。而看看他这一时期写的著作文章，在一条战线上是媒体派批评不断面世，但在另一条战线上，他的写作又可以说是“迟缓了，拘束了，严密了，慎重了。因此，就多少失去了当年青春泼辣的力量”[②]——这是孙犁对进了北京城的赵树理所做出的评论，把它拿过来套到张柠头上，我觉得也大体不差。但也唯其如此，我们才看到了一个充分学院化了的张柠，这个张柠简直就是“庾信文章老更成，凌云健笔意纵横”。像《枯萎的语言之花》和《民国作家的观念和艺术》等书，重正面强攻，重论从史出，就是他学院派批评的代表作。

转了一圈，张柠最终还是回家了，回到了学院派这个尽管不尽如人意却也还可以安身立命的大家庭中。上海—广州—北京，媒体派—作协派—学院派，张柠就这样在它们之间画出了一条悠长的批评弧线。

第二节　赋魅与祛魅：在文学批评与文化批评之间

必须完成对张柠学术（或批评）轨迹的总体扫描之后我才能对他更具体的批评工作进行分析，否则，我就心里没底，不踏实，怕出错。现在，我该面对他的文学批评和文化批评了。

无论张柠如何在媒体派、作协派和学院派批评之间穿梭往来，乃至你中有我，我中有你，这其实都是他批评活动的外在形式，或者是其表象，他实际上聚焦的只有两样东西——文学与文化，他纵横驰骋的地方也只有两处——文学批评与文化批评。

为了明确张柠文学批评的特点，似乎有必要从20世纪80年代谈起。对于那个年代的批评，张柠应该是不甚满意的。他曾经说过：“20世纪80年代

---

① 张柠：《民国作家的观念和艺术——废名、张爱玲、施蛰存研究》，山东文艺出版社2015年版，第131页。

② 孙犁：《谈赵树理》，《赵树理研究文集》上卷，中国文联出版公司1998年版，第27页。

的中国文学批评，一副呼风唤雨的架势。文学批评紧跟社会思潮和政治风向，批评家仿佛不是在写文学批评，而是在写战况简报和政治评论。”① 这里所涉及的主要应该是具有政治 / 社会趋向的文学批评。除此之外，80 年代中后期还有“第五代批评家”的崛起，他们强调批评的主体意识，强化批评的“印象主义”色彩，于是，“批评就是灵魂在杰作中的冒险”“我所评论的就是我”等等观念开始风行，“批评就是自我体验、自我创造和自我价值的肯定”的观点也开始走俏。“全国青年评论家文学评论研讨会”（1986）在海南岛结束后，《我的批评观》（漓江出版社 1987 年版）一书也随即面世，于是，“第五代批评家”的批评观便有了集体亮相和集中展示的机会。

尽管这种批评样式打上了 20 世纪 80 年代的时代标记（比如喜欢宏大叙事，夸夸其谈），甚至有虚浮不实之嫌，但一般而言，批评界对它还是持宽容与肯定态度的。然而在张柠看来，这种文学批评同样也存在着问题。请看他的如下说法：

> 遗憾的是，尽管 80 年代批评完成了创造性写作的任务，却没有完成分析或“解构”的任务。它早早地鸣锣收兵了，留下一堆用犀利言辞包裹着的软绵逻辑。批评的道路阻塞在“言辞解放”到“话语解放”的中途。20 世纪 90 年代，中国当代文学批评进入了“流浪期”，它在喧哗的商品街道上东游西逛，为了壮胆而大声说话，为了掩饰而吹着口哨，并最终被迫为刻板的“学术批评”所收留，被油滑的“散文”所领养。它的脖子上，套着一条长长的逻辑之绳，吐出来的只是一些思维的碎片。它的腰间挂着一个巨大的注释的腰包，拿出来的只是一些词语的渣滓。②

① 张柠：《想象的衰变——欠发达国家精神现象解析》，福建教育出版社 2008 年版，第 318 页。
② 张柠：《感伤时代的文学》，新星出版社 2013 年版，第 318 页。

这是张柠指点批评江山檄文中的片段。在这里，他不但把 20 世纪 80 年代的文学批评数落一通，而且还搂草打兔子，捎带上了 90 年代的批评。如此嚣张放肆不客气，他的底气究竟来自哪里？我觉得与他在文学批评与文化批评之间的自由穿行有关，也与他因此积累了丰富的批评经验有关。今天回看他的文学批评，他的路数并没有与 80 年代一刀两断，甚至有些方面（如创造性写作）实际上就是对 80 年代批评遗产的继承。但是，其中又有一些崭新的东西，它们构成了张柠文学批评的特点，甚至我觉得那也应该是 90 年代以来文学批评的风格之一。这种特点或风格大体可归纳如下。

第一，贴着人物写或客体优先性。“贴着人物写”是沈从文当年在西南联大讲课时经常念叨的一个小说技法，汪曾祺对此解释道：“小说里，人物是主要的，主导的；其余部分都是派生的，次要的。环境描写、作者的主观抒情、议论，都只能附着于人物，不能和人物游离，作者要和人物同呼吸、共哀乐。作者的心要随时紧贴着人物。什么时候作者的心‘贴’不住人物，笔下就会浮、泛、飘、滑，花里胡哨，故弄玄虚，失去了诚意。”[①]“客体优先性（the primacy of the object）”是阿多诺倡导的一种理论主张，它的大概意思是，无论从哪方面看，客体都具有相对于主体的优先地位，因此主体不能凌驾于客体之上。但与此同时，客体又是主体反思的对象，正是因为这种主体性反思，客体才成为具体而现实的存在物。也是在这一意义上，阿多诺才指出：“探讨客体的认识活动就是主体撕开编织在客体周围的屏障。这种认识活动只有当主体不怕被动，完全信赖自身的经验才能办到。”[②]

我把沈从文与阿多诺的命题双双拿来，是想说明我对张柠文学批评的一个总体印象。张柠 20 世纪 90 年代的文学批评大体上都是作家作品论，于是，格非、莫言、翟永明等人，《务虚笔记》《马桥词典》《欲望的旗帜》等作，就都成为他评析的对象。如果按照 80 年代的批评风尚，批评家是否“贴”住了

---

①《汪曾祺全集》三，北京师范大学出版社 1998 年版，第 465 页。

② 阿多诺：《主体与客体》，张明译，上海社会科学院哲学研究所外国哲学研究室编：《法兰克福学派论著选辑》上卷，商务印书馆 1998 年版，第 218 页。

这些人物或作品都不太重要，因为在“我所评论的就是我”的语境中，作家作品主要是用来借鸡下蛋的，批评家主体才具有绝对的优先性。但张柠不是这样，例如，在《务虚笔记》中，他不但读出了史铁生叙事姿态的谦卑与佛教世界中的众生平等，而且看到了“务虚”之中的幻化功能，正是这种功能“使得他的创作没有‘截断六根、直奔空境’，落入概念化或假激情的俗套，而是让自由想象和人性的复杂发挥得淋漓尽致，也没有在现实色相或肉体迷宫中不可自拔”①。像这种思考，就既“贴”住了作家作品，显示了对客体的尊重，又撕开了编织在客体周围的屏障，体现了一种主体性反思。

第二，文本细读与文本分析。我是读到张柠的《文学与民间性——莫言小说里的中国经验》(《南方文坛》2001 年第 6 期）时感受到他扎实的文本细读功夫和强大的分析能力的。在此文中，他筛选出莫言小说中的六种民间话语方式，分别予以呈现和解读。例如，在“滑稽，狂欢或心血来潮”这种话语方式之下，他特别指出：“在莫言笔下的高密东北乡，这种‘心血来潮’式的放纵，及其带来的滑稽、荒谬和欢乐，随时随地都可以发生。”而“心血来潮，正是莫言小说叙述的一个典型特征”，“它处于肉体经验和意志力、叙事和抒情的边缘地带。这是莫言流连忘返的、最心爱的地方”。② 我也算是莫言小说的熟读者，但与张柠相比，我就不如他读得那么细，所谓“心血来潮”式的话语也根本没有发现。而张柠却有能耐把莫言的民间话语一点一点地抠出来，并把它们放到巴赫金狂欢化理论的探照灯下加以打量，如此这般之后，莫言小说的民间话语就不仅水落石出，而且全部被赋形了。

文本细读与文本分析是从事文学批评的基本功，但并非所有人都能把它们用得得心应手。张柠擅长于此，既得益于他研究生阶段的学术训练，也应该与他对俄国形式主义批评和欧美新批评的关注密不可分。谈及导师倪蕊琴教授时张柠说过：“今天，我能自信地对当代长篇小说形式进行分析，是与她

① 张柠：《叙事的智慧》，山东友谊出版社 1997 年版，第 16 页。

② 张柠：《感伤时代的文学》，新星出版社 2013 年版，第 87 页。

的训练分不开的。是她引导我感受和解读了许多伟大的作品，《战争与和平》《卡拉马佐夫兄弟》《静静的顿河》《日瓦戈医生》……一本本地细读，仔细分析作品的各种形式要素，以及这些要素在文学史中的意义。”①这就意味着张柠最初的细读和分析功课是拿那些伟大的作品练手的。五岳归来再看山，其重峦叠嶂处，其林壑尤美，望之蔚然而深秀处，便一目了然了。与此同时，张柠对新批评的各路神仙也重点关照过，并认为布鲁克斯的《小说鉴赏》是对小说进行“内部研究”的文本分析范例。不仅如此，他还活学活用，从新批评那里细读出一种“农耕思维”，②这种分析也让我大开眼界。

张柠文学批评的特点还可以继续归纳下去，但我姑且就此打住，以便为我将要谈论的文化批评留出篇幅。不过，我需要指出我意识到的一个事实，当张柠在文学批评的语境中谈论作家诗人时，他虽然角度独特，立意不俗，却基本上还在“鉴赏式分析”的问题框架中。也就是说，他要通过他的理论武装和分析手段告诉人们，这个作家好在何处，那个作品美在哪里。这是在为作家作品“赋魅”（enchantment），而且，他分析的力度越大，动用的手段越多，作家作品被赋魅的程度也就越高。真正让他的问题意识、思维方式乃至表达、文风发生重大变化的是文化批评。

但是，为什么张柠放着好好的文学批评不做却要转向文化批评呢？我以为与广州这座城市和他因此形成的个体经验有关。张柠是如此描述他初到广州的情景的：

> 现在，我突然来到了一个“现代化”的城市，却感到无所适从。曾经在我们想象中出现的现代生活，在这里仿佛已经变成了现实，再加上中国特色的农民式的闹腾，那简直是相当的“后现代”。我说的是1995年前后的事情。在我居住的街区，到处都是商业“秀

① 张柠：《〈叙事的智慧〉著者自述》，《书屋》1997年第2期。

② 张柠：《想象的衰变——欠发达国家精神现象解析》，福建教育出版社2008年版，第318—323页。

场”、减价商品、书画赝品、吃喝的盛宴、假证件和假古董贩子、流浪艺人、满街乱窜的保险药品信贷推销员、由无业游民搞的就业招聘会、联了网的乞讨团伙，还有游说你参与集资的，传播各种赚钱假信息的，为老板写传记的，搞传销的……我的第一反应就是迷惑，他们能赚钱吗？假如不能，为什么跑得那么欢呢？我甚至想穿一件隐身衣，跟随某位在街上四处狂奔的“劳仔”探个究竟。我的第二反应就是头晕、厌恶，不能适应。①

广州是改革开放的前沿阵地，当新一轮的市场经济开始启动不久，张柠正好南下，赶上了那个欣欣向荣、热气腾腾的年代。“资本来到世间，从头到脚，每个毛孔都滴着血和肮脏的东西。”②这是张柠首先遭遇到的震惊体验。而在资本与经济的刺激下，这座城市又开始疯长出一种叫作大众文化的东西。那是资本运作的附属物，也是包装资本的化妆品。而所有这些，又弥漫成一种现代性或后现代性的气味，无孔不入，川流不息，让张柠在震惊之后感到眩晕。面对这种局面，韩少功笔下的马桥人大概只能“晕街”，舍此别无他法，而张柠在短暂的不适之后却奋起还击了。他说过：“我最初的文化批评，不是从书本上开始的，而是从街道上开始的。我写了一批很有意思的文化批评文章，比如《盗版时尚 20 年》《对浪漫的恶性模仿》《白色潜意识》《雌雄同体时尚》《贵族美学灯塔的熄灭》《暴露心理学》等等。”③如同波德莱尔是在巴黎的大街上发现了现代主义一样，张柠显然是在广州的大街小巷中发现了大众文化。而大众文化，正是文化批评直面的对象。

这就显出张柠文化批评的与众不同。众所周知，文化研究在世纪之交以来逐渐成为中国学界的显学，许多原本从事文学理论与批评的专业人士被它吸引过去，然后在那里跑马圈地、开山造林，于是我们有了所谓大众文化研

① 张柠：《眼睛家族笔记》，重庆大学出版社 2012 年版，第 214 页。
② 马克思：《资本论》第一卷，人民出版社 1975 年版，第 829 页。
③ 张柠：《眼睛家族笔记》，重庆大学出版社 2012 年版，第 222 页。

究。不能说这些研究者就没有个人体验，但过多依靠西方的文化研究理论来“演绎”中国的事情，乃至按图索骥、为药找病，也常常成为一些研究者的固定思路。在这种思路下，中国的大众文化或许已是西方理论的练兵场，结果练来练去，大众文化被练跑了，只剩下一堆理论的碎片。

与此相反，张柠走的却是另一条路径。如同本雅明笔下的“游手好闲者”，他先是在大街上游荡，继而是“晕街”之后的不适。被大众文化击中之后他并没有逃之夭夭，而是变成了一个“拾垃圾者”：就地取材，寻找标本，然后把它们变成分析的对象、批判的目标。他后来说过：“如果我面对的是垃圾，我就要对它进行分类，将可回收的和不可回收的分开。”[①]唯其如此，大概才会“山寨的归山寨，城堡的归城堡”[②]吧。于是我们看到，张柠完全是从大量的文化事象出发来开始他的文化批评工作的，这就意味着：当别人演绎时，他在归纳；当别人从文化研究“下嫁”为文化批评时，他是把文化批评提升为文化研究。而由此形成的相关认识自然也就非同寻常了，借用朱学勤的一个句式加以表达：“这样的认识不仅是在学院图书馆里读出来的，也是从血肉之躯的切肤之痛中熬出来的。”[③]众所周知，熬出来的东西自然要比读出来的东西更及物、更可靠，也更具有中国经验的本土性和现实性。

张柠这方面的代表作应该是《文化的病症：中国当代经验研究》《没有言辞的乌托邦》和《眼睛家族笔记》等书。书中所写，包罗万象，几乎触及了中国当代大众文化的所有现象。以第一本书为例，进入他分析视野的有文学商品化的起源，都市经验的秘密，文化生产与消费心理，肉体符号问题，现代性与文学时尚，图像、欲望与资本的关系，时尚中的意识形态，城市地理与市民精神，文学与公共领域，等等。而在每一个大问题之下，又是一连串糖葫芦般的小问题。比如，关于都市经验，他就衍生出虚构的农民经验、摇

① 孤云：《文学生涯——访文学评论家张柠》，张柠：《没有乌托邦的言辞》，花城出版社 2005 年版，第 352 页。
② 张柠：《眼睛家族笔记》，重庆大学出版社 2012 年版，第 108 页。
③ 朱学勤：《书斋里的革命》，长春出版社 1999 年版，第 395 页。

滚与郊区经验、文学与街道经验、小说与居室经验、私人经验的公众化、北京浮生记和虚拟经验、信息与手指经验。这些问题浩浩汤汤，横无际涯，既是对当下大众文化问题的摹写与提炼，又是引导人们认识与反思大众文化现象的一个个入口。

当张柠如此操练着文化批评的时候，我看到了原来他在文学批评中使用过的手法（如文本分析）的熟练位移，但除此之外，我还看到了别的东西，比如，对理论的妙用就是书中的风景之一：马克思的生产—消费理论、弗洛伊德的精神分析学理论、本雅明的经验/震惊理论、巴赫金的狂欢化理论、桑巴特的奢侈消费理论、波德理亚的物体系理论、马克斯·韦伯的新教伦理理论、巴塔耶的色情/耗费理论、凡勃伦的有闲阶级论、麦克卢汉的媒介理论……它们成群结队，拖儿带女，向我们迎面走来。作为理论界的混饭者，我对张柠使用理论的速度与激情也深感佩服。因为许多理论我还没读懂时，他已经用得活色生香了。这种做法，甚至让我想到了英国文化研究之父斯图亚特·霍尔的说法："至于理论嘛，其实并不怎么重要，重要的是自己的问题。对于理论，你要让它对你发生作用（make it work for you）。我的朋友霍米·巴巴说他的工作就是生产理论，而我呢，则是运用理论。我不生产什么理论，就是运用。我把自己称作'喜鹊'，东抓一把，西抓一把，把什么东西都抓到自己的窝里。"[①]验之于霍尔的文化研究，他也确实是一位运用理论的大师。张柠与霍尔的相似之处在于，他也是从自己的问题（其实是中国当下大众文化问题）出发去寻找理论支援的。而当他把理论运用起来的时候，当然他也就成了一只东抓西拿的喜鹊。

这当然是进行文化批评的必备条件，因为新的文本和新的话语形式逼使研究者必须启用新的理论武器，否则，你的批评就会错位或扑空。这种情况或许还不值得大惊小怪，让我惊奇的是张柠对理论的活学活用和创造性使用。

① 金惠敏：《积极受众论：从霍尔到莫利的伯明翰范式》，中国社会出版社 2010 年版，第 86—87 页。

例如，他在分析了“有用—无用”是极权主义社会的典型特点之后马上指出：

> “无用—有用”是商品社会，特别是后工业时代的典型特征。具体肉体器官的实用功能已经完全丧失，或者被高科技、被专业化的器官产业所取代（“无用”）。在现代社会的价值来自社会分工，也就是身体的某一个器官出奇发达。这是一种全新的阉割方式，通过阉割达到新的“有用”（交换价值）。只有那些专业化的器官才能转换成“商品的一般等价物”——货币。能将整个身体变成商品和货币的，只有一种例外，那就是妓女。一般情况下，金钱青睐的不是完整的人，而是由人分解出来的肢体各个部分：四肢（体育明星）、嗓子（歌星）、脑袋（知识分子）。这就是社会分工，有人专门长眼睛，有人专门长脑袋，还有人专门长嗓子或者腿。在商品社会中，通过对符号化器官的消费，器官的“有用性”产生了一种替代效应。有人替代我们唱歌，有人替代我们笑和哭，有人替代我们骂。那些“无用”的器官，即使没有被阉割，也会渐渐退化。实用功能退化的结果，是肉体的符号化，也就是身体符号的展示价值得到了极度夸张。①

在这段文字中，马克思商品理论（使用价值与交换价值）、弗洛伊德精神分析学（阉割）、波德里亚消费社会理论（符号化器官消费）和本雅明技术复制理论（展示价值）都经过了张柠的巧妙组合和创造性转化，且用得不隔，转得自然，化得机智。这时候，理论这把解剖刀便显示出一种真正的威力。

当张柠如此进行着文化批评时，他的批评风格和性质也就发生了重大转向。如前所述，他的文学批评主要是“鉴赏式分析”或“美学分析”，其功能是“赋魅”。而在文化批评中，他则转向了“表征式分析”和“意识形态批

① 张柠：《文化的病症：中国当代经验研究》，上海文艺出版社2004年版，第90—91页。

判”，其目的是要为大众文化“祛魅”（disenchantment）。2001年，他在回答朱竞女士的提问时指出：“大家都在制造一些美丽的谎言，其美名曰：修辞。批评的一个重要功能，就是戳穿这个谎言。”[①]“戳穿谎言”便是“祛魅”的中国式表达。实际上，也正是在这个时间点，张柠开始了从文学批评向文化批评的位移，直至洗心革面、脱胎换骨。为了说清楚这个问题，不妨以他对余华的评论稍做说明。

当张柠写作《长篇小说叙事中的声音问题——兼论〈许三观卖血记〉的叙事风格》（1996）时，他还是温情脉脉的古典主义者，他想把余华及其《许三观卖血记》代入哈谢克、卢卡奇和巴赫金等人所写或所论的长篇小说的“声音”之中，进而确认“质朴自然的声音”的文学意义和美学价值。[②]这是“鉴赏式分析”的文学批评所形成的典型特征。然而，当他拥有了文化批评的视野和分析框架之后，他的问题意识变了。同样还是这部小说，张柠却从小说文本中的“卖血”看到了商品逻辑的魅影，而商品逻辑与叙事逻辑以及由此形成的市场逻辑和消费逻辑又形成了隐秘的关联。当“卖”这个“生产”环节最终主宰了小说的故事走向之后，它也把商品逻辑植入其中，由此带来的是“多米诺骨牌效应”：“于是，叙事的精神障碍消失了，叙事变得流畅了。这正是风行一时的畅销小说的实质！”“在交换的商谈中，‘叙事’开始跟市场叫卖一起，气喘吁吁地‘哮喘’起来。”[③]能够看到叙事逻辑与商品逻辑的同构关系，这种眼光何其毒也！文化批评需要的就是这样的视角和穿透力。

更厉害的是他对余华《兄弟》的批评。当《兄弟》上下两卷在2005—2006年引发巨大争议时，作为文化批评家的张柠出场了。他说：尽管普通读者欢呼雀跃，“但是，专业常识和市场动态却告诉我们，《兄弟》是一部很差的小说，余华仿佛草草地将《故事会》装订成册投放市场，赢得了更多的消费者。余华明明已经迷失在一个通往阅读市场的‘宽门’里，却假装走在一

① 张柠：《飞翔的蝙蝠》，学林出版社2002年版，第62页。

② 参见张柠：《叙事的智慧》，山东友谊出版社1997年版，第39—54页。

③ 张柠：《文化的病症：中国当代经验研究》，上海文艺出版社2004年版，第11—12页。

个神秘而又庄严的‘窄门’里”。而之所以如此，是因为余华纠结于先锋与媚俗之间，并为此大伤脑筋：“特别是定居北京之后，他被几个‘精英批评家’团团围住，变成那些人的精英观念试验田，肥料是外国思想和交响乐。《许三观卖血记》是这块试验田结出的第一个果子。这部小说是早期创作和《活着》的折中，是余华骨子里的原创性、爆发力与所谓精英观念较量的结果，是纯文学形式与通俗细节交媾的产物。”①很显然，这又是一种稳、准、狠的批评文字，其“祛魅”或“戳穿谎言”的功夫力透纸背。而这种力量之所以能够形成，很大程度上得益于他不再把《兄弟》看作一部纯文学作品，而是意识到其中隐藏着大众文化生产与消费的诡计。然而，或许是因为力大势沉，据我所知他把余华和他的批评界同行都得罪了，于是在《第七天》的讨论会上，他不得不脱下文化批评的战袍，穿上文学批评的唐装，温良恭俭让地开始了所谓的“鉴赏式分析”。他的“赋魅”之举果然令主办方和与会者皆大欢喜。我当然也理解这是朋友之情、体制之力逼使张柠的一次就范，其中有许多不足为外人道也的难言之隐。但是，当他把文学批评转换成“修复关系”的表扬稿时，却也让我对他另眼相看了：嗯？这是现代性的哪副面孔？张柠同志不简单嘛！哈哈。

第三节　自传民族志：在乡村经验与城市经历之间

当张柠在文学批评与文化批评之间闪展腾挪时，为什么他如此身手矫健？为什么他能笔下生风？古人有所谓“气充文见”“气盛言宜”之说，张柠的这股“气”究竟来自何处？反复琢磨之后，我觉得与张柠在其著作文章中不断提及的“经验”有关；或者准确地说，应该是“经验”与“经历”；或者更准确地说，应该是“乡村经验”和“城市经历”。这就不得不谈到他的那部重要著作《土地的黄昏：中国乡村经验的微观权力分析》了。

---

① 张柠：《想象的衰变——欠发达国家精神现象解析》，福建教育出版社 2008 年版，第 162、164 页。

得知张柠写出这样一本书时，我是稍稍有些吃惊的，因为前有费孝通的《乡土中国》《生育制度》和《江村经济》木秀于林，外有勒华拉杜里的《蒙塔尤》和威廉斯的《乡村与城市》等书堆出于岸，他还有写《土地的黄昏：中国乡村经验的微观权力分析》的必要吗？但读过这本书后，我明白了他的良苦用心。他在“初版后记”中说过，尽管乡村经验与对乡村多年的“阅读”印象也曾让他痴迷，但他的兴趣却聚焦在“都市经验研究”那里。然而，“当我读到法国年鉴学派勒华拉杜里的《蒙塔尤：1294—1324年奥克西坦尼的一个小山村》（商务印书馆）这本书的时候，我被他对乡村的叙述方法惊呆了，他是一位了不起的历史学家和作家。我一边读，一边调动我记忆中的乡村形象。正是这本书刺激了我对乡村的重新思考，唤起了我对乡村的写作热情。”[①]如此说来，《蒙塔尤》应该是张柠写作《土地的黄昏：中国乡村经验的微观权力分析》的引线，但再往深处想想，或许更应该把这本书看作是他的自我解惑之作。

学术研究做到现在，我已大体上明白了一个道理：许多时候，我们研究的兴趣、指向和出发点，差不多都带有一种“自传民族志”（autoethnography）色彩，甚至很大程度上就是对我们自我经验的学术书写。希利斯·米勒曾经说过：“那些进行文化研究的年轻学者是在电视、电影、流行音乐和当前的互联网中泡大的第一批人。……用不着奇怪，这样的一种人应该期望研究那些与他们直接相关的、那些影响了他们世界观的东西，那就是电视、电影等等。”[②]这是当下年轻人已经开始或即将进行的“自传民族志”研究，而对于张柠这代学者来说，他们最刻骨铭心的体验无疑是来自20世纪六七十年代的乡村世界。那个年代的穷乡僻壤没有互联网却有田间地头的信息发布区，没有流行音乐却有“常青指路”和“打虎上山”的革命样板戏，它们构成了一

① 张柠：《土地的黄昏：中国乡村经验的微观权力分析》，中国人民大学出版社2013年修订版，第313页。

② J. 希利斯·米勒：《土著与数码冲浪者：米勒中国演讲集》，易晓明编，吉林人民出版社2004年版，第183页。

个封闭、自足、静谧、恒定的前现代空间和农耕文明环境。许多人就是从这个世界中走出来的，但是他们进了城之后往往还要还乡。当他们在文学层面还乡时，他们是作家；当他们在学术层面还乡时，他们则会成为不同寻常的学者。

张柠就是这样一位学者。威廉斯说自己“出生在一个偏远的村子里”，后来从乡村搬到城市，但是这两种生活却“在我的头脑里留下了各种各样的问题和错综复杂的谜团，我必须在我的头脑中，在我的记录中慢慢地回顾这段经历，对令人着迷、具有塑造性的过去获得不同的理解，以这种方式获取现在和未来”。[①] 于是，《乡村与城市》成为威廉斯的自我解惑之作。张柠同样也是如此：“我曾经在赣北乡村生活了整整 19 年”，“当我离开现场若干年之后，我又成了‘安乐椅上的玄想者’，或者说我自己的经验成了我的‘研究’和‘玄想’的对象”。[②] 像威廉斯一样，这种玄想也是“自传民族志”的起点。而虽然张柠在这里没有说透，但依我之见，他是遇到了研究麻烦才想起学术还乡的。因为在 2000—2003 年，他的主要精力集中在对中国当代都市经验的解读和分析上，但在研究的过程中，他又“注意到了这种经验的本土特征，特别是与传统中国农民经验的连续性与矛盾性”[③]。也就是说，虽然他当时的兴奋点是在陌生的城市经验那里，但思考得越深，就越是发现这种经验无法与乡村经验一刀两断。他必须去清理一番自己的乡村经验才能让都市经验的矛盾性和复杂性变得显豁；或者说，他越是进入都市经验，就越是意识到无法在乡村经验面前绕道而行，因为中国的城市与乡村打断骨头连着筋，其亲密程度是怎么想象都不为过的。唯其如此，我们才能理解为什么他会把《文化的病症》看作《土地的黄昏：中国乡村经验的微观权力分析》（此书未成型时的书名是《中国当代农民心态》）的姊妹篇，因为从写作动因和深层结构上

① 雷蒙 · 威廉斯：《乡村与城市》，韩子满等译，商务印书馆 2013 年版，第 2、412 页。

② 张柠：《土地的黄昏：中国乡村经验的微观权力分析》，中国人民大学出版社 2013 年修订版，第 8、314 页。

③ 张柠：《文化的病症：中国当代经验研究》，上海文艺出版社 2004 年版，第 381 页。

看，两本书确实存在着一种互补关系。

正是基于这种解惑之需，张柠开始了对乡土世界和农耕文明从里向外（从身体到自然）、由实到虚（从物质向精神）的记忆还原、经验重组和问题编码。在这本书里，乡村的时间和空间问题是逻辑起点，乡村器物现象问题、乡村宏观权力中的社会等级问题、农耕生产之外的其他身份和职业问题、微观社会学视野中的农民生活等问题、文学与农耕经验与乡土主题之间的关系问题则是逻辑框架，而在每一组问题之下，又是若干个子问题的具体呈现。经过一番铺陈、描摹、分析和解读之后，这本书就确实成了其封底内容提要所说的“乡土文化‘小百科’”。

过人的记忆还原功夫和细节捕捉能力，以及建立在这一基础之上的逻辑推衍和奇思妙想，是这本书的一个特点，也是常常让我感叹、赞叹的所在。例如，张柠指出，农民的饮食习惯与肠胃习惯取决于他们的劳动方式。因为农民从事的是繁重的体力劳动，所以他们必须用主食（以淀粉、纤维、碳水化合物为主，辅之以脂肪与蛋白）把急速蠕动的胃部塞满，否则就心慌气短、浑身乏力。营养学家提倡吃高蛋白，但到了农民那里却行不通。假如把农民每顿需要 1 斤精米的能量换成相等的 2 两 5 钱的猪肉，能量倒是够了，但高强度劳动时的胃部蠕动却不答应：“2 两 5 钱猪肉只能占据胃部的一个角落，根本挡不住，会将胃部磨出毛病的。”[①]像这种分析，我就觉得既科学又文学，是张柠基于自身经验同时又充满想象力的重要发现。它甚至引发了我的反思：为什么我“进城”多年且每天都在脑力劳动，却依然习惯用主食把自己填得沟满壕平？以前我儿子嘲笑我吃了一肚子碳水化合物时我常常无言以对，如今我可以理直气壮地回答他了：天生一个农民胃，小资吃法我不会。

还有出汗。营养学家认为，盐不能吃得太多，否则会得心血管病。但依张柠的经验，“农民不这样看，他们也很少有心血管病。因为他们劳动的时

① 张柠：《土地的黄昏：中国乡村经验的微观权力分析》，中国人民大学出版社 2013 年修订版，第 96 页。

候，会大量出汗，体内的盐分，会随着汗水流出来。我经常看到他们被汗浸湿的衣服，风干之后上面出现大量的盐结晶，黑衬衫变成了灰白色的衬衫，可见他们对食盐的需求和排放都是惊人的”[①]。这也是一个重要发现。这处细节不但激活了我的记忆，也让我对自己的重口味放下心来。因为当我脑子不转时，便要去打球出汗，其劳动强度相当于农民锄了一下午地。既如此，凭什么不让我咸吃萝卜？淡操心还有那个必要吗？

更重要的发现，我以为是在中国古典诗歌中的农耕精神那里。在张柠看来，宇宙万物的运行产生自然节奏（如明/暗、动/静等），生命的律动形成生理节奏（如心脏跳动等），分行排列的诗歌则会生发出一种节拍节奏（最终转化为情绪节奏）。中国的古典诗歌，四言诗是“二二”结构，其节拍节奏相当于音乐中的“一板一眼”（2/4 拍），如“关关　雎鸠，在河　之洲”。五言诗是“前二后三”结构，其节拍节奏相当于音乐中的“一板三眼”（4/4 拍），如“国破　山河　在 0　00，城春　草木　深 0　00”（休止符不可省略，因为要增加呼吸节奏）。七言诗是“前四后三”结构，其节拍节奏是三拍半，其实也是“一板三眼”（4/4 拍）。如“朝辞　白帝　彩云　间 0，千里　江陵　一日　还 0”。通过这番分析，张柠发现中国古代音乐很少有“一板两眼”（3/4 拍），却对“偶数拍”情有独钟，这是古典诗歌节奏感形成的重要原因。而由于“‘偶数拍’的节奏更圆满”，它也就指向了重复（神话、抒情、歌曲）和静止的世界，这是一种“典型的农耕文明节奏”。由此开始，他便分析了古典诗歌“原初诗意”和“次生诗意”的生发问题、现代诗歌中的“农耕情结”问题，并特别指出：“古典世界的‘整体性’和想象的‘乌托邦’，一直处在破碎和衰变之中。文学形式的演变史也足以说明这一点：四言诗—五言诗—七言诗—长短句—戏曲—叙事文学—自由诗—流行歌。文字的形式和结构越来越杂乱无章，看着眼花，没有那种几个字一行的整齐文字顺

① 张柠：《土地的黄昏：中国乡村经验的微观权力分析》，中国人民大学出版社 2013 年修订版，第 96—97 页。

眼。声音的节奏也越来越混乱，听着头晕，没有听那种与心脏和脉搏跳动的生死节奏相吻合的节奏‘咚咚 呛 0，咚咚 呛 0’，那么踏实。”[①]

我对这一块没有任何研究，也有点跟不上张柠的节奏，但凭直觉，我却觉得他这番奇思妙想很可能关联着一种天才般的发现。我能够给他提供一些补充的是，古典诗歌与音乐那种节奏感与自然节奏和生理节奏的关系，或许可以用格式塔心理学的“异质同构”加以解释。我甚至还想到，古典艺术讲究的是“美在和谐”，但勋伯格却偏要解放“不谐和音”，并让它进入现代音乐的结构之中，这其实是对古典音乐之和谐的一次强力破坏。因为只有破坏一个旧世界，他才能建成自己的新世界——“无调音乐”；又因为阿多诺对勋伯格的这种做法极力辩护，强劲阐释，前者又建构了自己的“无调哲学”。“无调音乐”敲响了“调性音乐”丧钟，“无调哲学”宣判了“同一性哲学”的死刑，这就如同波德莱尔带着他的《恶之花》一亮相，古典诗便走到了尽头一样。在此意义上，是否可把张柠的这次研究称为“无调学术”？

《土地的黄昏：中国乡村经验的微观权力分析》究竟取得了哪些成就并非我要谈论的重点，我感兴趣的更在于，这本书在多大程度上夯实了张柠的学术根基，打造出了他的学术天地。如前所述，张柠是在中国三个最著名的城市展开他的批评之旅的，而“北上广”实际上又是中国所有城市的排头兵，它们代表着三种迥然不同的城市性格和文化精神。这种精神与性格最终又作用于张柠，变成了他从事批评（尤其是文化批评）活动的前提和动力。然而，尽管因为直面都市让他产生了种种写作冲动，尽管在许多时候他都把这种狭路相逢命名为“都市经验”，尽管他也像模像样地写过一篇名为《经验的破碎和意义的困境》的理论文章并在其中谈到了本雅明，[②]但我依然想在本雅明使用的语境中为他所谓经验做点补充：许多时候，他谈及的那种经验其实不是经验，而只能算作经历。因为根据本雅明的表达习惯，真正的经验

① 张柠：《土地的黄昏：中国乡村经验的微观权力分析》，中国人民大学出版社 2013 年修订版，第 264—273 页。

② 张柠：《感伤时代的文学》，新星出版社 2013 年版，第 238—259 页。

往往是指 Erfahrung，它与另一种被称作 Erlebnis 的经验判然有别。关于这两者的区分，杰姆逊曾经解释道："Erlebnis 指的是人们对于某些特定的重大的事件产生的即时的体验；而 Erfahrung 则指的是通过长期的'体验'所获得的智慧。在把乡村生活的外界刺激转化为口传故事的方式中起作用的是第二种经验，即'Erfahrung'；而在现代生活中人们普遍感受的是第一种经验，即'Erlebnis'。"①职是之故，在转换成汉语时，Erfahrung 被译作"经验"，而 Erlebnis 则常常被译作"经历"。结合本雅明的思考，我们似可形成如下认识：机械复制的时代，光怪陆离的都市生活，往往会给人带来一种震惊体验，它们来去匆匆、转瞬即逝，无法与人们的身心世界同呼吸共命运，因此现代人遇到的最大问题便是"经历"很丰富，"经验"太贫乏，或者是他们暂时拥有了浮皮潦草的"经历"，却流失了刻骨铭心的"经验"。这就是为什么本雅明虽然也对"发达资本主义时代的抒情诗人"（比如波德莱尔）五迷三道，却依然会对"讲故事的人"（比如列斯科夫）情有独钟，因为前者是在"经历"中漫游，后者则在"经验"里沉潜。

之所以做出这种更精微的区分，我是想说明张柠的城市经历和乡村经验在其学术（批评）话语建构中所扮演的不同角色，所具有的不同功能。《土地的黄昏：中国乡村经验的微观权力分析》"绪论"中张柠有一番表述，很值得我们重视。他说：

> 我尽管不是土生土长的城里人，但在城市里生活的时间超过了在乡村生活的时间。我对城市经验的敏感性，甚至超过那些正宗的城里人，就像我对乡村经验的敏感性，甚至超过了乡下人一样。城市经验和乡村经验构成了我观察世界的坐标，我的思考和判断，是这两条轴线冲突、协调的结果，使我经常能够发现城里人和乡下人都容易忽略的东西，特别是那些变异之后的"边缘经验"。我对城

① 詹明信：《晚期资本主义的文化逻辑》，生活·读书·新知三联书店 1997 年版，第 317 页。

市经验的描述和判断，带有乡土经验的印记。[①]

以我对张柠的了解，生活中的张柠确实敏感。他曾绘声绘色地描述过他初来北京时被出租车司机“审问”的情景。事过多年，他依然能模仿出那位“老司机”的音容笑貌。那种京腔京韵，那种冷幽默中暗含的嘲讽和不经意间要出的北京大爷的派头，估计让熟悉了“鸟语花香”的张柠吃惊不小。这应该就是组成张柠城市经历的诸多细节之一。[②]当这种遭遇变得越来越多时，它们就成了张柠观察和“阅读”一座城市的一个个窗口，也成了他思考“街道上的问题”的逻辑起点。但在我看来，即便他一惊一乍过，即便他能像爱伦·坡笔下的主人公一样成为“人群中的人”，这种遭遇也依然是支离破碎的“震惊体验”，这种孤独也依然是现代性的副产品，它们带来的后果往往是焦躁不安。“经验的飘忽不定，是我们时常处于焦虑之中的根源。”[③]这是张柠置身于广州这座城市的切身感受。为了获得学术的元气与批评的支点，他必须打捞那种更为可靠的经验，于是他回到了乡村世界。因此，虽然城市经历和乡村经验构成了他观察世界的坐标，但前者是“石头的、理性的、计算的、消费的、陌生的、分解的、契约的、交换价值的”，这就意味着它冰冷生硬且不怎么稳定，他必须用后者，即“泥土的、情感的、含混的、生产的、熟悉的、整体的、血缘的、使用价值的”[④]经验去充实它，观照它，辨认它，反思它。这很可能意味着，在张柠的经验系统中，城市经历负责现代性声部，乡村经验则负责古典性（前现代性）声部，它们既各司其职又互通有无，最终

---

① 张柠：《土地的黄昏：中国乡村经验的微观权力分析》，中国人民大学出版社 2013 年修订版，第 7 页。

② 更多更精彩的北京经历与他总结出来的“文化哮喘”“呕吐经验”“文化怀胎”等等，出现在他那篇《诗歌、生活与城市：一段回忆》（又名《诗歌的南方与北方》）一文中。参见张柠：《眼睛家族笔记》，重庆大学出版社 2012 年版，第 203—212 页；张柠：《想象的衰变——欠发达国家精神现象解析》，福建教育出版社 2008 年版，第 455—461 页。

③ 张柠：《眼睛家族笔记》，重庆大学出版社 2012 年版，第 206 页。

④ 张柠：《土地的黄昏：中国乡村经验的微观权力分析》，中国人民大学出版社 2013 年修订版，第 7 页。

形成了经历与经验互渗，现代性审视与古典性反思互补的二重唱效果。

因此，当张柠在中国当代作家的城市题材作品中嗅出了“农耕文明”的强烈气息时，当他在张艺谋的电影中看到张导“竟然能将农民生活变成一种先锋艺术”时[①]，当他把贾平凹命名为“农贸市场的中介人”、把《废都》中的删除符号看作“农业文明美学符号体系中典型的欲望表达形式”时[②]，当他习惯于用《致一位交臂而过的妇女》（波德莱尔）与《雨巷》（戴望舒）对比，以此说明前者如何很城市、后者怎样很乡土时[③]，我们是不应该大惊小怪的，因为这是他的乡村经验，亦即他所养成的“浩然之气”发作了。

第四节　学院逻辑与媒体表达：在学术性与文学性之间

“气盛”与“言宜”是联系在一起的，接下来我要面对张柠的另一个层面了。但为了把这个问题说透，我需要把他的学术性与文学性捆到一起。

从 1998 年起，《南方文坛》常年开设一个“今日批评家”的栏目，其中有展示“我的批评观”的位置。就是在这个位置上，张柠发表过《我的批评格言》（2000 年第 1 期），共二十九条，其中的第一条和第六条是这样说的：“努力写出令搞文摘的人无法下手的文章，让他们像一条干着急的小狗碰上了悠闲的刺猬一样。”“逻辑是学院的，语言是传媒的。如果批评不能找到自己的语言和逻辑，它就不存在。”[④]

这应该是张柠的批评宣言，其中隐含着他此前此后从事批评活动的诸多秘密。那么，为什么要写出“令搞文摘的人无法下手的文章”呢？又该怎样理解他所谓学院逻辑和传媒语言？

---

① 参见张柠：《飞翔的蝙蝠》，学林出版社 2002 年版，第 89 页。

② 参见张柠：《文化的病症：中国当代经验研究》，上海文艺出版社 2004 年版，第 14、20 页。

③ 张柠：《眼睛家族笔记》，重庆大学出版社 2012 年版，第 62 页。

④ 张柠：《我的批评格言》，张燕玲、张萍主编：《今日批评百家：我的批评观》，广西师范大学出版社 2016 年版，第 56 页。

尽管那个时候的张柠对学院批评很不满意（他的第四条批评格言是：“学院式的八股批评就像一张力不从心的破网，除了三段论这条死鱼，什么也网不住”），但这并不意味着他不要学院逻辑。而按我的理解，所谓学院逻辑就是追求文章的学术性。但这种学术性并非要把文章做成繁征琐引、三纸无驴的八股论文，而是要让学理入乎其内，融化在血液中，浸透在肌体里。于是，学院逻辑固然不必处处作注，乃至三步一岗、五步一哨，但也绝不能游谈无根、信口开河。这就意味着学院逻辑所看重的并非外部的学术形式，而是内在的学术机理。它不是让你在强大的逻辑推衍和理性思辨力量面前俯首称臣，而是让你意识到山不在高，有仙则名，水不在深，有龙则灵。而所谓“仙”与“龙”，便是文章中藏得很深的学术机理。

很可能，这就是张柠所谓学院逻辑的含义。本来，隐含在他文章中的学院逻辑是可以好好总结一下的，但限于篇幅，我这里只能谈一个我最感兴趣的方面——分类。关于分类，我们先来看看福柯的说法：

> 使整个古典认识型成为可能的，首先是与秩序认识的关系。当人们论及给简单自然物以秩序时，人们求助于智力训练，其普遍方法只是代数学。当人们论及给复杂自然物以秩序（一般的表象，如同它们在经验中所给予的）时，人们必须构造一个分类学，而要做到这一点，又必然确立一个符号体系。这些符号之于复合自然物的秩序，如同代数学之于简单自然物的秩序。①

我敢断言，这段文字及其相关论述肯定给张柠带来了极大启发，因为在我们主办的一次“文化批评工作坊”（2016年6月26日）中，他在其演讲“文化研究本土化方法漫谈——以《土地的黄昏：中国乡村经验的微观权力分析》等文本为例”中既提到了福柯的这本《词与物》，谈论得最多的问题之一也恰

① 米歇尔·福柯：《词与物：人文科学考古学》，莫伟民译，上海三联书店2001年版，第96页。

恰是分类学。而在分析张爱玲的长文中他也说过："人对外部世界的了解和掌握，首先就是从'分类学'开始的（比如中国的《本草纲目》，西方的《昆虫记》和《塞尔彭自然史》等）。如果杂乱无章的事物，不能形成可理解的秩序（可理解的词语秩序），那么'人'与'物'都处于混沌状态。"[①]正是因为张柠的"分类学"意识非常明确，我们才在他的著作文章中看到那么多的分门别类。例如，在《土地的黄昏：中国乡村经验的微观权力分析》中，他把农民的器物首先分为三大类：圣器、俗物和附加的边缘物。俗物中又按能量的储藏、加工和耗费分为三类：储藏一级能量（农副产品）的容器（如坛、缸、柜、仓等），加工一级能量（农副产品）的炊具（如锅、盆、瓢、镬等），耗费或消化一级能量（农副产品），保存或节约二级能量（农民的身体或肌肉）的家具（如桌、椅、凳、床等）。而根据家具与人体的不同接触方式，又将它们分为"坐"与"躺"两个系列四种类型：端坐的、斜坐的、斜躺的、平躺的。[②]通过这种详细划分，器物有了秩序，随之而来的阐释也有了说头。

再举一例。张柠分析赵树理的《三里湾》时，我注意到他先是把其中的人物关系列表，紧接着指出："《三里湾》的人物可以按照'家族体系'和'行政体系'两种标准分类（按年龄有中老年和青年，按现代道德标准还可以分为先进的和落后的等等，但前者家族色彩更浓，后者行政色彩更浓）。这部小说的所有矛盾都是在这两个体系之间展开的，一个要保护这一体系拒绝另一体系，另一个则相反。三里湾'家族体系'中的主要人物和'行政体系'中的主要人物有复杂的交叉关系，如王金生、范登高。通过'扩社'和'开渠'这两件当年三里湾的重大事件之后，许多都由原来的'家族体系'转化为'行政体系'的人了，通过担任'官职'这种'荣誉性'的新准则，冲击

---

① 张柠：《民国作家的观念和艺术——废名、张爱玲、施蛰存研究》，山东文艺出版社 2015 年版，第 105 页。

② 参见张柠：《土地的黄昏：中国乡村经验的微观权力分析》，中国人民大学出版社 2013 年修订版，第 60 页。

了传统家族生产体系中的准则和亲情关系，从而瓦解家族结构。”[①]说实在话，这处的分类以及相关分析着实让我脑洞大开。赵树理的研究资料我也读过不少，却还从未见到过有谁像张柠一样如此分析《三里湾》的。他能化繁为简、长驱直入，完全是因为“分类学”的功劳。

这样的例子大到《文学与快乐》一书中的章节结构（他分出了“小人之乐”“贵人之乐”“恶人之乐”“俗人之乐”“逍遥之乐”），小到许多地方的细节分析，密密麻麻，不胜枚举。很显然，通过给事物分类，事物被秩序化，我们的认识也随之清晰化了，这是福柯论述到的张柠也意识到的方面。我想进一步指出的是，不仅分类会走出学理的纹路，拓展阐释的空间，而且不同的分类标准也会带来观察世界的不同方式和进入问题的不同角度，从而把熟悉的事物陌生化，把简单的问题复杂化。例如，当张柠通过能量的节约与耗费原则对家具进行分类后，他就看到了农民的身体姿态在“俗物繁荣的时代”所发生的变化：“他们已经无法按照传统家具的规定而摆出自己的姿态（坐、躺、卧）。青年农民可能会跟着 CD 光碟、手机音乐扭动身体。在传统农民的眼里，这简直是发疯。因此，疯狂繁衍的现代家具，与传统家具的能量保存、节约、消耗原则不同，它以一种癫狂的形式耗费（‘解放’）了身体。”[②]这就是因分类而产生了新角度之后形成的新发现。

如果说分类是支撑张柠批评的学院逻辑之一，那么，反讽、夸张、拼贴、挪用等修辞手法，命名、描述、作者闯入等文学笔法则是支撑其媒体表达并使其文章具有文学性的主要技术。限于篇幅，我重点谈论后一种情况。

按照雅各布森与俄国形式主义其他理论家的看法，文学性主要存在于文学作品的语言层面。[③]那么，非文学类的作品可不可以具有一种文学性呢？当

① 张柠：《枯萎的语言之花——1949 至 1965 年中国大陆的文学》下，花木兰文化出版社 2016 年版，第 295 页。

② 张柠：《土地的黄昏：中国乡村经验的微观权力分析》，中国人民大学出版社 2013 年修订版，第 66 页。

③ 参见周小仪：《文学性》，赵一凡等主编：《西方文论关键词》，外语教学与研究出版社 2006 年版，第 592 页。

然可以。尤其是在后现代的语境中，文学性早已溢出文学范围，向着思想学术、消费社会、媒体信息和公共表演领域四处蔓延，这正是当年余虹教授意识到的一个重要问题。[①]而近些年来，随着“论文体”的盛行，有批评家已在呼吁如何让文章“具有起码的文学性”“表现出一种‘理趣’”。[②]我也曾加入这种呼吁之中，琢磨过如何让“随笔体”甚至“论笔体”冲破“论文体”的牢笼，进而形成一种生动活泼、重思想呈现也重语言表达的文风（参见本书第一章）。所有这些，都离不开文学性的大力支援。

于是，当我在张柠的著作文章中看到文学性四溢的盛大景象时，我是备感亲切的。那么，这种文学性又是如何表现出来的呢？我觉得如下三方面的因素更值得关注。

首先，命名。学术思考中面临着命名问题，但一般而言，这种命名常常是“把矛盾提升为原理”的抽象过程。因此，命名既意味着概念的诞生，又浓缩着深刻的学理内涵。比如，当威廉斯有了“情感结构”之说，巴塔耶有了“内在经验”之论，这就是一种学术命名。同理，文学写作也存在着一种命名现象，只不过它所追求的并非学理性而是形象性，即让被命名的对象变得生动有趣，并让阅读者过目难忘。赵树理喜欢给人物起外号，当他笔下的人物不仅有本名，而且还有糊涂涂、常有理、铁算盘、惹不起等绰号时，这便是一次文学命名行为。

喜欢给各种各样的文学现象和文化现象命名是张柠写作的一个重要特点。仅以《文化的病症》一书为例，我们就看到他把现代叙事的节奏越来越急促命名为“叙事哮喘”，把中国当代都市化进程中出现的三类精神符号命名为“迷路的农夫”（诗人海子）、“都市边缘的修鞋匠”（诗人胡宽）、“农贸市场的中介人”（小说家贾平凹），把金庸的新武侠小说命名为“文化摇头丸”。此外，还有“隐私化写作”“肉体休克”“肉体保守主义”“肉体再生产”“污

---

① 参见余虹：《文学的终结与文学性蔓延——兼谈后现代文学研究的任务》，《文艺研究》2002 年第 6 期。

② 王彬彬：《应知天命集》，人民文学出版社 2014 年版，第 102 页。

秽叙事”“白色潜意识”“暴露心理学”“话语公共卫生事业”“历史结巴”与“想象梗阻”等等。这种命名往往以反常化的语词组合形成一种话语张力，俏皮、幽默并带有某种反讽色彩，但又不乏学理的支撑，可谓文学性与学术性的融合。当然，也并非所有的命名都很成功，例如，他说李傻傻作品的叙事结构是一种“牛皮癣结构”①，这种命名乍一看很是新颖，但仔细琢磨又比较让人费解，需要随着作者的一番解释拐弯抹角之后才能明白它的“所指”。像这种命名，我觉得可能就有些草率。

其次，描述。一般的论文只有论述而不会出现描述，因为一方面，无论是鲁迅、废名、赵树理还是意境、消费、现代性，他（它）们都是论说的对象，描述往往派不上用场，另一方面，即便有可描述之处，让这种文学化手法出场似乎也有伤大雅，因为它会减弱论述的力度，甚至会影响到论述的公信力。然而，在文化研究的语境中，原来的问题将不成其为问题。一个著名的例子是霍加特在其《识字的用途》中对工人阶级在海边一天的描述，其绘声绘色的程度丝毫不亚于小说。②张柠的文化批评总体上还是以论述为主的，但又不时会插入一番描述。例如：

> 一阵叫床式的女高音之后，时装秀正式上演了。一束强光射向了T台的后方的小门，一群露点的姑娘迈着母鸡似的步伐远远走来。所有人都脸色平静，双目炯炯有神，压抑着饱嗝，带着“准中产阶级”晚餐后的教养。女人们抿着口红，男人们嚼着香口胶，这是第一分钟。第一个模特出现了，长裙曳地，仪态万方，走动时偶尔露出裙子底下一截芦柴棒般的小腿，这是第二分钟。还没等她走到前场摆莆士，人们的目光已转到后台，一道白光或黑光掠过眼前，迷

---

① 张柠：《土地的黄昏：中国乡村经验的微观权力分析》，中国人民大学出版社2013年修订版，第304页。

② See Richard Hoggart, *The Uses of Literacy*, Harmondsworth: Penguin, 1990, pp.147-148. 参见约翰•斯道雷：《文化理论与大众文化导论》，常江译，北京大学出版社2010年版，第48页。

> 你裙下的两条大腿，在面前一米处站住了，定格，这是第三分钟。透明外衣里露出两点扁平的胸部，这是第四分钟。最新式黑色双层T字内裤的臀部，第五分钟……台下的女人们神情复杂，掺杂着看与被看的双重欲望。男人们依然在嚼着香口胶，一副见过世面的模样，神态镇定自若，一只眼睛在“审美”，一只眼睛在窥视。[①]

这是张柠在谈论“肉体再生产和消费方式”时对广州的一场时装秀的描述。前有当代社会“肉体”性质发生变化的相关思考，后有波德里亚论述“美丽的逻辑”的相关引文，而中间插入的这段描述既是举证，也是让文字变得灵动起来的一种手段。加上张柠在描述时既有画面感，又在嘲讽中隐含着价值判断，暗藏着理论机关（如准中产阶级、看与被看、窥视等），其趣味性与学术性就形成了一种对话关系。它的文学性甚至让我想到了穆时英的《上海的狐步舞》。

最后，作者闯入（author’s intrusion）。这是一种备受后现代小说家青睐的小说写作技法，意谓“叙述者以评价的形式对所表述的情境与事件、表述本身及其语境的介入”[②]。作者闯入的典型例子是昆德拉，他在小说中经常中断正在叙述的故事，现身说法，甚至把“媚俗”（《不能承受的生命之轻》）和“意象形态”（《不朽》）写成了随笔式的小论文。我在这里借用“作者闯入”的字面意思，是想以此说明作者如何中断了正常的论说，讲述了自己的切身经历。如果说小说中的这种技巧是“故事”中闯入了“论述”（其中的功能之一是把构造小说的机关暗道解析一番），那么批评中的这种技巧却是反其道而行之：“论述”中闯入了“故事”。

张柠这位“作者”就很擅长“闯入”，我在他的多本著作中都发现了“闯入者”的身影，其中又尤以《土地的黄昏：中国乡村经验的微观权力分析》

---

① 张柠：《文化的病症：中国当代经验研究》，上海文艺出版社 2004 年版，第 105—106 页。

② 杰拉德·普林斯：《叙述学词典》，乔国强、李孝弟译，上海译文出版社 2011 年修订版，第 19 页。

为甚。但我这里只拿过来《文化的病症》中的一个例子：

> 那时候我正在上海读书，过着一种“精神小资”的空洞生活：读陀思妥耶夫斯基，谈论卡尔维诺和博尔赫斯，看伯格曼和弗里尼的电影，为中国先锋小说的前途担忧，在抽象的灵肉分离的困惑中昏昏欲睡。一觉醒来，突然发现同学们人手一册《废都》。走到学校的后街一看，除了兰州拉面、云南过桥米线和新疆羊肉串之外，全是陕西作家的小说。接着是报纸、电视铺天盖地的报道，杂志和报纸副刊上一片喧嚣。边缘省份的许多报刊、出版社的编辑都组稿来了。媒体记者激动得浑身哆嗦。我仿佛看到农民赤卫队冲进了上海，冲进了校园。“陕军东征”现象刺激了我，使我从文学象牙塔转过脸来，关注当代社会生活和精神生活的惊人变化。①

这是张柠在谈论“陕军东征”现象时的“作者闯入”，它的作用大体有三：首先是现场感。返回历史现场并非只是回到枯燥的资料中，还可以回到自己活生生的经验里。其次是细节感。一般的报道往往粗枝大叶，宏大叙事，融入自己的经历则有了历史的细节，而细节的呈现程度又决定着所叙之事的真实程度。最后是可读性。读者往往有八卦心理，能在一般性论述中忽然读到作者的故事，他们往往会心中窃喜。又因为作者是在讲述自己的亲身经历，这种文字就稀释了论述的冰冷和坚硬，读者从中可以读到一种情感的温度。除此之外，我还想指出，这种写法也是“自传民族志”本身的题中应有之义。也就是说，只要是“自传民族志”式的写作，或是带有这种写作色彩，那么就不可能不采用这种写法。

就这样，通过命名、描述和作者闯入等技法，张柠让他的批评文字具有了文学性，同时又让文学性和学术性相互支援，共同支撑起话语表述的空间。

---

① 张柠：《文化的病症：中国当代经验研究》，上海文艺出版社 2004 年版，第 15—16 页。

为什么他的著作文章中文学性常常爆棚？据张柠自己讲，这与媒体的要求有关："因为你不是写给国家课题的，而是直接写给《南方周末》《南方都市报》，今天写出来晚上投出去，所以必须要有可读性，另外还要有效。你写得很洋，《南方周末》《南方都市报》是不会用的。"①十多年前，我也曾在《南方都市报》开过专栏。以我对报纸这种媒体的了解，若想赢得读者，就必须放下身段，变原来的高头讲章为灵巧之文，这也正是萨特所谓"必须学会用形象来说话，学会用这些新的语言表达我们书中的思想"的含义。但是，对于张柠而言，形成这种写作风格的动因或许更为复杂一些。如前所引，20世纪80年代他就写过小说，而在2003年他又琢磨过："有没有一种将学术性与创造性表达结合在一起的可能性呢？这不是哪一个学术圈子的问题，而是整个当代中国文学批评的难题。"②至2007年，他还在念叨："我一直奢望自己能够保持良好的想象方式和写作状态，而不是算术和推理状态，以减弱想象力衰变的速度，缓释一位文学研究和批评者语言日渐枯萎的焦虑。"③如此看来，他这样写而不那样写，固然与媒体的召唤有关，但显然也是他心心念念、主动为之的结果。也就是说，这么多年来，他所进行的工作应该是对文学性思维和表达的平移——移到批评文章和学术研究之中，他所追求的目标也应该是一种文体创新——学术性的思考、文学化的表达，让思想具有穿透力，让语言具有爆发力，同时又不失其柔韧性和表现力。像《飞翔的蝙蝠——翟永明论》《诗歌的南方与北方》《十年读书记》等文章，就是这方面的代表作。这种文章是有一种本雅明或罗兰·巴特的意味的，而他们既是理论家，同时又是非常优秀的文体作家。

然而，就在我期盼着张柠成为这样一种人物时，他却忽然改弦更张，开

① 张柠：《文化研究本土化方法漫谈——以〈土地的黄昏：中国乡村经验的微观权力分析〉等文本为例》（录音记录稿，未发表），2016年6月26日。

② 孤云：《文学生涯——访文学评论家张柠》，张柠：《没有乌托邦的言辞》，花城出版社2005年版，第342页。

③ 张柠：《想象的衰变——欠发达国家精神现象解析》，福建教育出版社2008年版，第462页。

始了生活和事业的全面转向：烟戒了，酒限了，饮食清淡了，傍晚散步了，平时练书法了，不写批评文章写起小说了，总之是与“佛系”全面接轨了。当学界正在折腾着“图像转向”或“文化转向”的时候，他却逆历史潮流而动，开始了“艺术转向”（练书法）和“文学转向”（写小说）。这种做法起初我有点不以为然，但随后又释然了。他不是对马克思的《1844年经济学哲学手稿》情有独钟吗？[①]马克思不是对“异化劳动”深恶痛绝吗？马克思主义的愿景不是“上午打猎，下午捕鱼，傍晚从事畜牧，晚饭后从事批判，这样就不会使我老是一个猎人、渔夫、牧人或批判者”[②]吗？以前张柠从早到晚都在“从事批判”，这当然也是异化。如今他要像马克思所说的那样“以一种全面的方式”（亦即作为一个完整的人）“占有自己的全面本质”，[③]这不是一种更高的境界吗？既如此，依然异化如我者只能是羡慕嫉妒恨，哪里还能横挑鼻子竖挑眼？

更何况，张柠一“全面”起来，就气象峥嵘、色彩绚烂，着实让我吃惊不小。比如，他的书法练着练着就练成了《十月》杂志的“篇名题字”，2017年第3期上《你触碰了我》（严歌苓《芳华》的另一名称）等篇名就是他写的。您还别说，写得还真是“有板有眼”（相当于2/4拍）。又比如，他曾给我讲过他已完成的那部长篇小说的故事梗概，并且剧透过他的“长篇三部曲”的结构特点（我不能剧透）。从他的讲述中我也看到了他的勃勃野心，他是在学谁？狄更斯、司汤达还是他所钟爱的陀思妥耶夫斯基？他是不是在通往作家的道路上一路狂奔？

按照这种节奏，如果有一天他出现在《中国好声音》的舞台上，以一曲《我很丑可是我很温柔》迅速蹿红，我也不会感到多么意外。他早年不是

① 张柠说过：“对我影响最深刻的学术书在上个世纪80年代就定了：1. 马克思的《1844年经济学哲学手稿》（社会视野）；2. 尼采的《查拉图斯特拉如是说》（个人意志）；3. 弗洛伊德的《精神分析引论》（分析方法）。它们构成了我的文学批评的基本理论背景。”孤云：《文学生涯——访文学评论家张柠》，张柠：《没有乌托邦的言辞》，花城出版社2005年版，第345页。

②《马克思恩格斯选集》第一卷，人民出版社1995年版，第85页。

③ 马克思：《1844年经济学哲学手稿》，人民出版社1985年版，第80页。

有当歌手的梦想吗？马克思不是说过“应当对这些僵化了的关系唱一唱它们自己的曲调，迫使它们跳起舞来”[1]吗？既如此，凭什么张柠不能全面发展到那里？

到那时，我就再写文章，题目暂拟为知音体——《亲爱的小清新啊，差点被我国的批评事业毁掉的一代歌星你们知道是怎样炼成的吗》。

①《马克思恩格斯选集》第一卷，人民出版社 1995 年版，第 5 页。

附录 | 访谈篇

对话与融合：德国批判理论之思与中国当代文化批评之探

李　莎：赵老师，十多年前我在天涯网上走进了名为“赵勇专栏”的博客。那一篇篇关于法兰克福学派批判理论和中国当代文化批评的文章涉及面之广之深，令人惊叹。这个专栏当时在互联网上反响热烈。十多年后，当我纵观您十多年来出版的诸多著作，那种深刻剖析中国当代世相的印象又浮现眼前，同时交织着域外的批判理论、媒介理论、意识形态理论等异彩。我们的访谈可从一些研究的关键词入手，从您的思想中尝试勾勒研究的脉络，呈现一个中国学者的文化批评之路。

一、在文学和社会之间

李　莎：从您早年的研究来看，当代文学和西方现代性理论悉入囊中。您曾经说，当代中国文学都是按全集一网打尽，赵树理、汪曾祺、路遥更是笔下常客，而像卡尔维诺、艾柯、昆德拉、萨特、加缪、策兰等人也常出现在您对时代症候的研究参照之中。首先，请您谈谈这些文学经验对您日后文学批评的视角有哪些影响？

赵　勇：与做文学理论研究的许多同行相比，我可能对文学作品本身的关注要多一些，以前是一种喜好，后来则成了一种比较自觉的行为。因为我觉得做理论的人如果对文学本身不敏感，或者没有拥有自己的文学经验，就很容易使自己的理论研究变成一种“不及物”的东西。

读的各种“主义”的作品多了，自然也就获得了一种眼光、视野和能力，也有助于形成一种文学价值观。刘勰所谓“操千曲而后晓声，观千剑而后识器”，说的就是这个道理。有了这种基础，无论是做文学批评还是做理论研究，都会觉得自己心里有底，而不至于人云亦云，甚至被人忽悠。我最近刚刚编出一本名为《文学与时代的精神状况》的文学批评集，交给了台湾的花木兰文化出版社。在这个集子的自序中，我回顾自己做文学批评的体会，用“越界者”“旁观者”和“业余者”加以概括。这既是一种批评姿态，可能也隐含着一种批评的视角。所谓“越界”，是我没有老实本分地与理论为伍，而是常常跑到当代文学领域中去写文章，发议论；所谓“旁观”，是我不在当今那个热热闹闹的文学场中，这样或许有利于“深情冷眼”；所谓“业余”，既是指自己做当代文学批评不专业，同时也关联着萨义德的一个观点：“今天的知识分子应该是个业余者（amateur）。”①

李　莎：非常期待这本书的面世。文学和时代的关系这是范围很大的话题。至少可以说您在沟通文学和社会之间做着某些尝试，这恰好也契合法兰克福学派特别是阿多诺思想的特点。回头来看，这些文学经验是否为您的法兰克福学派研究做了一些有关自身经验的准备？早在2006年左右，我在课堂上听到您从鲁迅的《文艺与政治的歧途》来解读阿多诺的否定式批判，一下就感觉特别亲切。有意思的是，这堂课不光是透过鲁迅来亲近阿多诺，还有透过阿多诺回看鲁迅的接受效果。

赵　勇：确实存在着这种中西互动。我们这批学者是从20世纪80年代逐渐走上文学研究道路的，那是一个研究的准备期。所谓准备，一是大

① 爱德华·W. 萨义德：《知识分子论》，单德兴译，生活·读书·新知三联书店2002年版，第71页。

量阅读文学作品，二是大量接受西方的思想。这样到世纪之交，我开始研究法兰克福学派的大众文化理论看似偶然，实际上那些有意无意的“准备”可能已参与其中了。这种参与也包括你所说的文学经验的参与。比如，如果你没读过卡夫卡、波德莱尔、贝克特等人的文学作品，就很难理解阿多诺、本雅明在说什么。不过从我个人的情况看，除了西方文学阅读经验的参与之外，还有中国经验。这样，我研究的是阿多诺、本雅明、马尔库塞等人的理论，联想到的可能是中国的鲁迅、赵树理，毛泽东的延安《讲话》，等等。

李　莎：刚才您提到“20 世纪 80 年代”，我也注意到您在谈到文学公共性问题时经常提到“80 年代”。我看到从个人经验来说，有些人推重“80 年代”，有些人不以为然。您为什么认为“80 年代”如此重要？您能谈谈“80 年代”对您的影响吗？

赵　勇：20 世纪 80 年代是一个思想解放的年代。在这种氛围中，我们这代人的思想从一开始就没有被关进牢笼之中，而是伴随着解放而解放，现在看来这是一件非常值得庆幸的事情。很难想象，如果没有 80 年代知识界的启蒙运动，我们这代人会是什么样子，后来的文学、文学研究会是什么样子。因此，在思考中国当代的文学公共性问题时，我会认为 80 年代形成了一个文学公共领域，但 90 年代以来这一领域却逐渐消失，或者也可以说这一公共领域即便存在，也不在文学方面，而是转移到其他地方了。这样，至少对我个人来说，80 年代的重要性在于它培养了我的一种批判意识、反思意识，甚至还可以说让我有了一种知识分子的情结。后来我无论是做文学研究还是文化研究，大概都与 80 年代所形成的那种意识有关，与一种历史的创伤记忆有关。套用陈平原先生的话说，或许那就是“压在纸背的心情”吧。

二、当代中国视野下的文化研究

李　莎：在探究法兰克福学派的批判理论时，您特别强调当代中国自身的复杂经验，比如大众文化理论。相比于资本主义的商业大众文化，您还提出了政治大众文化，这自然“接合”了本雅明所谓政治审美化。并且，您还挑出了中国语境中的“群众”，把它和批判理论所谓“大众”做了深入的比较区分，揭开其意识形态面纱，见解可谓独到精深。红色革命经典联系灰色批判理论是您近年研究的一个重头戏。样板戏的生产和改编分析是一个颇具代表性的案例，其中交织着大众文化理论、媒介理论、意识形态理论，而祛意识形态之魅似乎是您动用这些理论特别是媒介理论的根源?

赵　勇：红色经典问题我确实比较关注，这大概与我的个人记忆有关。我是听着样板戏、看着革命历史题材改编的小人书和电影长大成人的，所以脑海中就有了关于红色经典的顽固记忆。而经过思想解放的年代之后，尤其是通过大量阅读中外文学作品之后，自然就会对那些所谓“经典之作”有一个再认识。形成这种基本认识相对容易，但是要在种种禁忌中把它做成文章还是有一定难度的。于是我不得不借助于一些理论资源，尤其是借助于法兰克福学派的大众文化批判理论，形成思考红色经典问题的角度。在我看来，红色经典因其产生的特殊处境，往往“赋魅”太多，而我后来做的事情之一就是如你所讲——“祛魅”，不仅是祛当初的高大全、红光亮之魅，而且还要祛后来把它们再度神圣化的“返魅”之魅。而意识形态层面的祛魅之举本身就是文化批判的组成部分，也是文化研究的一个操作方法。

李　莎：有趣的是，您对当代中国的音乐也有切身体验。曾分析过从摇滚到民谣的音乐变迁轨迹，也是这个批判现实的路径。当然，思考文艺和政治只是一个面向，您的研究也随着中国社会的发展投向了文艺和商业消费，深入从小说到电影的改编，网络畅销书从生产到消费的元素，等等。不过，您在分析当代中国文化工业的时候，似乎对“去政治化”的定位并不赞同，而是更多关注政治和商业诸多力量的纠缠？

赵 勇：中国的大众文化生产是不可能“去政治化”的，种种迹象表明，政治的因素只会在其中输入得越来越多。这样，文化工业的产品中便既有商业元素，又有政治因素，二者形成了奇怪的统一体，这是中国特色，也是中国大众文化的复杂性所在。如果我们只看到商业的一面，这既不准确，也容易忽略更重要的东西。当然，这里的情况也比较复杂，其中可能既有迎合，也有迁就，因为对于大众文化生产者来说，生存与盈利是第一位的。所以，我不太同意直接套用西方更时兴的大众文化理论，把中国的大众文化看作一个博弈的空间、斗争的场所。有没有博弈和抗争呢？肯定有，但现在看来，这种空间已急遽萎缩。如今，越来越多的学者其实是在“文化产业”的名义之下，怀着一颗唱盛之心来思考这一问题的，这意味着经过“文化工业”到“文化产业”的概念转换之后，原来的那种问题意识已被删除；甚至，它们很可能会因不合时宜而成为某种禁忌。

李 莎：您在博士学位论文《整合与颠覆：大众文化的辩证法》“后记”中坦白，精神的天平更多地倾向了阿多诺那永远批判的姿态，而在《法兰克福学派内外》中您则深入地探究了阿多诺矛盾的美学论断——“奥斯威辛之后写诗是野蛮的”。这些年回头再去看阿多诺的思想遗产，您对他的评价有无变化，您认为阿多诺对中国思想界的启迪在何处，还有哪些方面是您未来研究的兴趣？

赵 勇：阿多诺是 20 世纪的思想大家，也是我感兴趣的一个人物。尽管他往往以“论笔”行世，其“无调性”的文风常常让人深受其苦，但在批判的激情、力度和经久不衰的持续性上，却常常让我联想到中国的鲁迅先生。作为纳粹时代被迫流亡的知识分子，阿多诺的思想中自然涂抹了创伤记忆的底色，这是他对极权主义的批判贯穿始终、永不妥协的原因之一。而他在哲学、美学、文学理论、音乐社会学方面的思考，实际上都可看作这一批判的延展和深化。我以为这应该是阿多诺最重要的思想遗产，也是能给中国思想界带来重要启迪的一个方面。当然，我对阿多诺也有不满意的地方，他太相信他那套哲学话语的功能了，但实际上，一味地“高举高打”反而会让理论走向现实时遇到障碍，从而影响到对现实的穿透力。最近因为读朱国华教授的《权力的文化逻辑：布迪厄的社会学诗学》一书，我意识到阿多诺理论本身所存在的一些问题。布尔迪厄批评他是出于“理论家的傲慢”，唯恐“在经验主义研究这个肮脏的厨房里弄脏自己的手”，[①] 我觉得并非没有道理。换成我们的话说，就是阿多诺的理论接地气的程度还不太够。如果说我对他的评价有什么变化的话，这可能是变化之一。当然，许多时候，我对阿多诺也带有一种“同情的理解”，觉得他这样做在德国乃至欧洲的文化语境中自有道理。但遗憾的是，他那种高高在上的理论姿态、高深莫测的文风与表达，又在很大程度上影响了他在中国的接受。关于阿多诺，我还有不少兴趣点，比如阿多诺与卢卡奇关于现实主义问题的争论，阿多诺对萨特的隔空批判以及他们对“介入”的不同理解，阿多诺文学思想中的现代主义观念，等等，但是又一直拿不出时间展开研究，所以总是处于一种纸上谈兵的状态。

三、作为知识分子的自我反思

李　莎：有意思的是，在审视大众文化的同时，您也冷峻地打量着知识界。

① 参见《文化资本与社会炼金术——布尔迪厄访谈录》，包亚明译，上海人民出版社 1997 年版，第 23 页；皮埃尔·布尔迪厄：《区分：判断力的社会批判》，刘晖译，商务印书馆 2015 年版，第 809 页。

早在2004年，您从当时学界热议的“日常生活审美化”中批判中国学界的中产阶级化问题，后来又梳理了批判精神的沉沦、思考学者上电视的问题。在《透视大众文化》《大众媒介和文化变迁》《法兰克福学派内外》等著作中，逐渐形成知识分子和大众文化双管齐下的研究态势，这似乎并不多见，您为何形成这样的思路？在批判知识界的同时，您又站在什么角度？

赵　勇：这种思路的形成，大概与我研究过程中的一个觉悟有关。在做文学研究或文化研究的时候，我们面对的往往是文学作品、大众文化产品或文学现象、文化现象，而仅仅在这一层面发言，时间长了会处在一种“见物不见人”的状态，影响到思考的力度。正是出于这种原因，我后来在思考相关问题时，往往会把知识分子带入其中，既针对客体发力，也面向主体反思，这样才有可能把问题复杂化，甚至有可能在主客体的交往互动中看清楚一些云遮雾罩的问题。在批评知识界的时候，我自然是取知识分子的角度，或者说是站在知识分子的价值立场，但许多时候，我并没有把自己排除在外。也就是说，我虽然反思的是知识分子的所作所为，但许多时候也包括了自我。

李　莎：面对知识分子的身份、职责、立场问题，除了德国思想的支援，您又取道法国，像萨特、阿隆、加缪这些当代思想中的左、右代表都是您观察的对象。在这些视野下，您怎样评论中国当今的新左和自由主义的“介入”？

赵　勇：无论是德国还是法国的思想资源，实际上都是观察当下中国的一种视角，而并不能与我们的现实语境完全对接。例如，同为左派，萨特是走上街头，积极参与文化革命；而阿多诺则是固守书斋，在思想层面中抚今追昔。可以说他们都“介入”了，但“介入”的方式并不相同：一个直截了当，一个委婉曲折。至于当今中国的新左派和自由主义（也就是所谓右派），说起来可能会比较复杂。简单一点讲，我觉得前者更注重从民间立场出发，后者更侧重意识形态层面的极权主义批判。但实际上，在严峻的现实处境面前，他们或许都已丧失或正在丧失“介入”的可能性。这种局面，总会让我想起法国哲学家列维在《萨特的世纪》一书中的相关论述：“当国家势力最强大时，知识分子的势力最弱，……相反，当政治权力变得软弱无力时，知识分子便可以抬起头来，取而代之。”①

李　莎：2006 年之后，您在天涯网的“赵勇专栏”点击量颇高，那些文章或长或短，时有对当下社会问题的批判，刀光剑影，不乏令人捧腹的乐趣。当其时，您也开辟了报上专栏，这些时评似乎都集结在了《抵抗遗忘》这本评论集里。这是否是作为知识分子介入现实的一种实践？您如何看待知识分子和新媒介之间的关系？

赵　勇：可以看作是介入现实的一种尝试吧，但那已是十年前的往事了，现在似有“白头宫女在，闲坐说玄宗”的味道。记得 2006 年前后，有一年左右的时间我都在读萨特的东西，他那篇《什么是文学？》我更是反复阅读，其中的一些论述——比如他对征服和占领大众传媒的强调，他向学者发出的换一套语言来“表达我们书中的思想”的呼吁，②等等，甚至已刻印在脑子里，挥之不去。与此同时，一方面是博客初兴，另一方面是《南方都市报》邀我开设专栏。正是在这股合力之下，我开始了时评写作。因为我意识到，与那些高头讲章相比，短小精悍的时评更具有直指人心的效果，也更能够近距离地面向大众发言。我虽然明知道那是速朽之作，但依然乐此不疲，达三四年之久。也正是在那种写作中，我意识到无论是新媒介还是旧媒体，它们都是一块阵地。毛泽东曾经说过：“对于农村的阵地，社

---

① 贝尔纳·亨利·列维：《萨特的世纪——哲学研究》，闫素伟译，商务印书馆 2005 年版，第 37 页。
② 萨特：《什么是文学？》，施康强译，《萨特文集》第 7 卷，人民文学出版社 2005 年版，第 289 页。

会主义如果不去占领，资本主义就必然会去占领。”① 我们似乎也可以说，对于新媒介这块阵地，知识分子如果不去占领，其他人就必然会去占领。当然，后来由于种种原因，我也不得不淡出这块阵地，寻找其他的言说方式，但现在想起那段往事，依然有心潮澎湃之感。或许那也可以算我言说方面的一段华彩乐章吧。

李　莎：最后请您谈谈治学经验。您的新著《法兰克福学派内外：知识分子与大众文化》（北京大学出版社 2016 年版）一书一边攀行于法兰克福学派艰深的理论机理，一边照鉴斑驳的中国世相，后文附录的几篇致弟子们的长信则跳出二者，在悠游讲故事中捕捉这些认识的知性运作。打量内外二字，这一切思考有内外乎？是否可以说这本书呈现了您对西洋理论和自身经验关系的一种领悟？

赵　勇：到目前为止，我个人的研究一直游弋于中西之间。西，主要是法兰克福学派，也涉及伯明翰学派和一些法国理论；中，主要是中国当代文学与文化。虽然这两方面都还没做出什么模样，但来来回回的穿行似乎也让我明白了一些道理。实际上，我们中国人做学问，即便思考的是西方的问题，落脚点可能依然在中国，至少我自己的经验是如此。也就是说，今天的学人可能很大程度上依然重复着五四先贤的动作：取别人之火，煮自己之肉。因此，我现在时常有这样一种感受：西方的理论即便如何好，也是人家的，我们弄清楚了某个问题，可能只是在知识层面获得了一种满足。只有把一些中国问题琢磨明白了，才会觉得自己的思想有了一种归宿，所获得的愉悦也远远超出知性层面。或许这就是内外有别？但无论如何，我觉得这种穿行还是必要的。有穿行，才会有碰撞；有碰撞，才会有对话；有对话，才会有思想。巴赫金说过：“思想不是生活在孤立的个人意

① 毛泽东：《关于农业互助合作的两次谈话》，《毛泽东选集》第五卷，人民出版社 1991 年版，第 117 页。

识之中，它如果仅仅留在这里，就会退化以至死亡。思想只有同他人别的思想发生重要的对话关系之后，才能开始自己的生活，亦即才能形成、发展、寻找和更新自己的语言表现形式、衍生新的思想。人的想法要成为真正的思想，即成为思想观点，必须是在同他人另一个思想的积极交往之中。”①许多年前我读《陀思妥耶夫斯基诗学问题》，这段论述给我留下了极深的印象。现在我把它拿出来，也算是对你问题的一种回答吧。

李 莎：在《法兰克福学派内外：知识分子与大众文化》一书中，您特别回顾了一篇《被人遗忘的序言》，那是美国学者马丁·杰伊 1991 年为《辩证的想象》中文译文所作。马丁先生认为批判理论进入中国的旅行是不可预见的，因为理论旅行时思想和现实总要交汇、变易，而这才是重要的。马丁先生所谓交汇恰好也合于德意志人关于“道”的思想，像阿多诺等人的前辈荷尔德林所言——“最激烈的对立产生之处，会实现最深的融合”②。您的理论研究不仅倾心于入乎其内的幽微之妙，同时，也磨砺于中国当代文化纠葛的试金石。那些“内外”之思恰是德国批判理论和中国当代世相碰撞交汇的结果。作为读者，我的感受是两者彼此映衬从而都鲜活了起来。

赵 勇：谢谢你的概括。

2017 年 2 月 25 日

原载《创作与评论》2017 年第 8 期

采访者李莎系北京师范大学文学院博士研究生

---

① 巴赫金：《陀思妥耶夫斯基诗学问题》，白春仁、顾亚铃译，生活·读书·新知三联书店 1988 年版，第 132 页。

② Friedrich Hölderlin, *Sämtliche Werke,* Vierter Band, Herausgegeben von F. Beissner. W. Kohlhammer Verlag. Stuttgart. 1961. pp.153-154.

法兰克福学派的解读与视角

一、"奥斯威辛之后"命题与小题大做

贺滟波：赵老师，您好！非常感谢您能接受我的访谈，给了我一个向您请教交流的机会。在 2012 年 3 月份参加博士生考试之前，我几乎拜读了您所有的论文和理论著作，毫不夸张，甚至您博客里的只言片语，我也没有放过，全部被我一网打尽。其中，《整合与颠覆：大众文化的辩证法——法兰克福学派的大众文化理论》（北京大学出版社 2005 年版）、《透视大众文化》（中国文史出版社 2005 年版）、《大众媒介与文化变迁：中国当代媒介文化的散点透视》（北京大学出版社 2010 年版）这几本著作给我的启发最大。现在回想起来，对于那时刚刚踏入学术殿堂的我来说，这些书籍为我系统而整体地了解法兰克福学派和中国当代大众文化现象提供了一扇窗户。读您的研究成果，我才慢慢感受到研究理论并不是佶屈聱牙地"生搬硬套"译介文本，而是可以很"有趣"地探索"浮出地表"之下的未见之物。直到《法兰克福学派内外：知识分子与大众文化》（北京大学出版社 2016 年版）出版后，看到刘剑师姐的书评《在左右之间：一种及物的文化批评——读〈法兰克福学派内外：知识分子与大众文化〉》（《中国图书评论》2017 年第 5 期），我又恍然想起了硕士期间那种难以言表的阅读感受。不知您如何看待"及物的文化批评"这一评价？

赵　勇：谢谢你的提问。我记得十多年前，张清华教授就用"及物"对我的

批评文字进行过评论，他当时写了一篇文章，名为《批评的“有机性”和“及物性”——关于赵勇和他的文学批评》(《南方文坛》2006年第3期)，借此机会，我要向他表示迟到的感谢。刘剑在这篇书评里又一次提到“及物”，这不得不引起我的思考。俗语道“当局者迷，旁观者清”，或许他们说的有一定道理吧。及物自然是相对于不及物而言的。按照我的理解，所谓不及物，就是高举高打，从概念到概念，发一些空泛的议论。我本人不喜欢这种文章做法，所以就要求自己，无论批评的对象是一个理论问题还是具体的文化现象、作家作品，都要真正进入文本，做细致的文本分析。只有把这个“物”嚼碎之后，才容易下咽，才有助于自己的吸收和反刍。我想，虽然及物可能有多种解释，但我的理解就是如何跟住它，亲近它，同化它的问题。这个工作做好了，就可以消除我与物之间的距离。如果物过于强大或过于陌生，你无法与它形成一种同构关系，那么无论是文化批评还是文学批评，可能都做不地道。

不过后来我也反思过，仅仅及物恐怕还不够，还要让物背后的人呈现出来。所以我近年也在思考，我们是不是可以只做那种“见物不见人”的文化批评？这个时候我就想到了古人所谓“知人论世”。实际上，要想把批评工作做得更细致、更彻底，是必须知人论世的。我记得当年写完《艺术的二律背反，或阿多诺的“摇摆”》的长文之后，乘兴给你们写过一个长长的邮件，名为《贴着人物写，或如何“对付”阿多诺》，此信也收到《法兰克福学派内外：知识分子与大众文化》这本书里了。我之所以要借用沈从文的说法，希望你们写文章时也贴住人物，大概就是想解决“见物不见人”的问题。这个问题我在那封信里已谈得比较充分，这里就不再谈了。

贺滟波： 在《文化批评的破与立——兼谈阿多诺“奥斯威辛之后”命题的由来》一文中，您有一句话，原文是“正是因为这一命题具有极大的挑战性和刺激性，才激起了诸多作家、诗人的不满”。对照阅读《艺术的二律背反，或阿多诺的“摇摆”》一文，我发现您做了改动，改为“但问题是，许多人并没有把这个句子看作提喻，而是看作一道文学或艺术的禁令”[①]。那么，您做这样的改动，是因为上下文行文“过渡”的需要，还是您同意阿多诺的学生蒂德曼（Rolf Tiedemann）的看法，将阿多诺的命题也视为“提喻”的修辞表达？

赵　勇：这种改动其实是为了文章的需要。因为我最初是写成了一篇大文章，所以起承转合就要在这篇大文章的结构中进行。但为了发表出来，又必须一分为三，而单独成篇后又有了它自己的结构，所以就不得不在一前一后有所改动和调整，以使单篇文章显得圆满。

当然，我也同意蒂德曼的观点，我觉得把阿多诺的这一命题看作“提喻”应该更合适些。

贺滟波：2016 年 10 月下旬，您对美国西北大学塞缪尔·韦伯教授进行访谈（《亲历法兰克福学派：从“非同一”到“独异”——塞缪尔·韦伯访谈录》，《文艺理论研究》2017 年第 4 期）时，也涉及了这一话题。那么，您是否认同塞缪尔·韦伯教授的回答？

赵　勇：我不太认同。韦伯教授虽然是阿多诺著作的第一个英译者，而且《文化批评与社会》也正好是他译成英文的，但我觉得他对这一命题并未进行过深入研究，所以他才会对阿多诺的这句话感到不舒服。他说：“这句话就是不应该在奥斯威辛之后写那些抒发自我的诗。但这样说是很愚蠢的，自我持续存在着，重要的是取决于怎么去写诗，所以就会谈到策兰。但策兰的诗是很成问题的，我并不是他的毫无异议的倾慕者。他的诗也有些自我沉溺，我不是特别喜欢。不得不说，这句话即使是否定的意味，但引起广泛的议论就很有意义。阿多诺此言确实带着一定的阶层偏见，基于某种艺术的观念，虽然他从不认为如此。”从这些说法中可以看出，他还只是就这个命题本身

---

① 赵勇：《法兰克福学派内外：知识分子与大众文化》，北京大学出版社 2016 年版，第 114 页。

发表了一番印象性的言论，并没有触及阿多诺对这一命题持续性的思考，更不可能在一个二律背反的问题框架中对它做出判断了。

当然，我也很能理解韦伯教授为什么会这样说，因为他曾经跟阿多诺访过学，近距离接触过他，对他有一种感性的认识。我在文章中写过，阿多诺的这一命题激怒了许多人，有作家，也有学者。我觉得韦伯教授也可归入这一阵营之中。

贺滟波：赵老师，我很好奇您对“奥斯威辛之后”这一问题的关注，始于什么时候？哪些原因促使您深入展开对这一问题的研究？您在研究写作的过程中，是一气呵成的，还是也会遇到阻碍性的因素？

赵　勇：实际上，我在给你们的那个邮件中说过一些，这里我再稍稍谈谈。“奥斯威辛之后写诗是野蛮的”我应该是在20世纪90年代就知道了，而在世纪之交做博士学位论文时，这句名言更是反复进入了我的视野，但我当时并没有深究。促使我下决心解读它的直接动因是2008年的汶川大地震，因为这一自然灾害，诗歌开始出场，于是我看到了朵渔的《今夜，写诗是轻浮的……》、邢昊的《默哀》等优秀诗作，当然也看到了王兆山“纵做鬼，也幸福”之类的很下作、很奇葩的诗歌。这样我就很自然地想到了阿多诺的这句名言，也想到了他在《否定的辩证法》中有关第一自然的灾难（如里斯本的大地震）和第二自然的灾难（如奥斯威辛集中营）的对比论述。于是我当时很认真地阅读了阿多诺的《文化批评与社会》《介入》等文章，看了一批有关奥斯威辛的资料，最终把对这句名言的解读带到了当年的研究生课堂上。

但讲过之后我就发现，我对这句名言的理解还是有问题，我觉得我还没有完全弄清楚隐含在其深处的东西。但我当时并没有时间接着思考，便只好把它暂时放下，直到六年之后的2014年才重新进入资料的阅读和相关思考之中，最终把它写成了文章。

这篇文章并非一气呵成，而是写得比较艰难。为了把它写好，我先是把《文化批评与社会》全文翻译出来，然后又开始看阿多诺的其他相关文章。写开之后也并非一帆风顺，而是写写停停，持续了两个多月。现在想来，其中最大的阻碍性因素一是资料，二是如何把阿多诺在不同著作文章的相关思考联结起来。资料我当时应该说已读了不少，但总觉得还缺少什么，直到我在阿多诺的《形而上学：概念与诸问题》（*Metaphysics: Concept and Problems*, 1965）中发现了那处最关键的材料。我记得我当时发现阿多诺的这一论述时非常兴奋，因为有他的说法做支撑，我在二律背反的问题框架中加以阐发就可以理直气壮了。另一方面，阿多诺对这句名言的再阐释出现在不同的历史语境之中，该如何对待他的阐释，又能否找到这一二律背反的逻辑线索和支撑性材料？等我把这些东西理顺了，文章也就写出来了。但我要承认，这篇文章确实写得很费劲、很煎熬。不过，因为解决了一个我自认为许多人没有解决的问题，我也因此感到很快乐。

贺滟波：由阿多诺的名言“To write poetry after Auschwitz is barbaric”起，您将由此论断引发的各种争议及其背后的立场、原因都做了一番梳理与廓清，并深入剖析了这一二律背反问题。如同阿多诺的论断，那些在我这里经常一带而过的话语或者小细节，您却作为切入点，写出了洋洋洒洒的长篇论文。这一点，您同法国历史学家费尔南·布罗代尔、乔治·杜比遥相呼应，他们也“认为那些毫无特殊之处且常常悄无声息重复发生的‘普通小事’，‘或许揭示着一种长期的真相，有时甚至完美地暗示着一种结构’”。[①] 对于这种“小题大做”的研究方式，您通常是如何展开的？是先有观念、主题或者是一个宏观的想法，再从一处具体的细节“倒叙”完成写作，还是阅读过程中由具体的细节、问题有感而发，自然而然地完成了思考与

① 乔治·杜比：《布汶的星期天》，梁爽、田梦译，北京大学出版社 2017 年版，“序”。

写作？

赵　勇：我不敢说与布罗代尔、乔治·杜比遥相呼应，但小题大做还是可以谈谈的。

小题大做的前提是首先要看这个“小题”能否“大做”，它是否蕴意丰富，有无打开的丰富性和可能性。有些“小题”确实就是“小题”，一眼就能看到底，这样的“小题”是没必要“大做”的。但有些“小题”表面上看上去小，但实际上却并非如此。阿多诺的许多命题都是如此，它可能就是一句话，如“错误的生活无法过得正确”，但你若去解读，就会盘根错节，涉及许多问题。这样的题目就又可以大做文章了。

在具体写作的时候，我喜欢归纳法，而不怎么喜欢演绎法。前者实际上就是你所说的第二种情况，即从具体的细节和问题出发，一步步地往下走，然后形成某种结论。归纳法让人心里踏实，因为你的所有推论、逻辑链条、因果关系是步步为营的，这样的论证就显得严密，不容易形成漏洞。当然，有的文章，比如你提出了一个问题或者命题，需要论证，以使其成立，这时候就无法归纳而只能演绎了。

二、用法兰克福学派的视角观照中国问题

贺滟波：《法兰克福学派内外：知识分子与大众文化》第3辑名为“在法兰克福学派的视角下”，新书推荐广告词是“对与法兰克福学派有关联的本雅明、萨特或无关联的毛泽东、伯明翰学派等方面的平行研究”，对此，朱国华教授评价为“展现了作者挪用法兰克福学派理论的再生产能力”[①]。以前在读您这些单篇论文的时候，更多的是在吸取

① 朱国华：《峭壁上的宾馆：阿多诺、赵勇与文化批评的可能性》，《中国图书评论》2017年第5期。

养分，但是，最近重新读这些文章的时候，我竟然会很紧张。紧张的原因有两个：一个是在写作过程中，稍不留神的话，这种平行研究很容易落入套用西方理论生硬阐释中国本土问题的窠臼中。对此，您是如何处理或规避此类问题的？对于初学西方理论就尝试探索中国当代文化现象的研究者而言，应该注意一些什么？您是否有好的建议？

赵 勇： 简单套用西方理论，生硬阐释中国本土问题，确实是一些年轻的研究者容易犯的毛病。我个人的感觉是，要想避免这种情况，首先要涉及对理论的消化问题，其次要涉及阐释的可能性和有效性问题。理论是需要消化的，而这个消化过程有时会很长，不可能一蹴而就。因此，理论用不好的原因虽然很多，但其中之一可能是它还疙里疙瘩，你还没有把它抚平，没有让它成为你自己思想中的有机组成部分。这个问题其实不太容易解决，因为一是需要时间，二是看你自身的经验能否参与其中，与理论发生碰撞和交融。我个人的体会是，消化理论更多借助于自己的体验，如果体验能够到位，那么消化就变得容易了些。打一个比方，理论就好像石灰块，你自身的经验仿佛就是水，水越多，就越容易把它溶解。否则它就依然生硬，无法变成石灰汤。

阐释的可能性与有效性首先涉及能否成功对接，如果对接得不好，阐释就会出问题，或者生硬切割，或者剑走偏锋。法兰克福学派的大众文化理论到来之后，我记得陶东风教授讲过一个“再语境化”的问题。他认为在20世纪三四十年代的德国、美国生长出来的大众文化理论可以解释“文革”的群众文化现象，却无法有效解读80年代以来中国的大众文化现象。我对他的观点既有欣赏之处，也有不同看法。我觉得用法兰克福学派的大众文化理论解读中国80年代的大众文化可能会产生错位，但90年代以来的大众文化却又走进了法兰克福学派理论的埋伏之中。所以，如果要对接，就要考虑各种因素：语境、时间段、政治经济因素等等。只有对接得比较成功，才能形成比较好的阐释。

贺滟波：让我紧张的第二个原因是，您选取研究对象的复杂性，尤其是《本雅明的“讲演”与毛泽东的〈讲话〉——“艺术政治化”的异中之同与同中之异》一文，我仿佛看到您在“戴着脚链跳舞”。不知您在写作过程中，是否遭遇到了写作的困扰，最后又是如何调和自由与限制的冲突的？

赵 勇：这篇文章的题目在脑子中搁了十多年之久，但真正落笔时却发现很麻烦，麻烦的原因之一确实如你所言，是“戴着脚链跳舞”。本雅明的那篇“讲演”我得把它吃透弄懂，这种麻烦还是小事，更大的麻烦在于毛泽东的《讲话》如何谈论，谈论的尺度如何把握。所以，我当时也算是使出了浑身解数，既要客观、公正地评析二者的同中之异与异中之同，又要最大限度地表达自己想要表达的东西。自由与限制的矛盾解决起来有一定的难度，但我自认为还是比较好地解决了。能够解决的主观原因在于，做学术研究既要讲究“客体优先性”，也要遵从自己的本心，所谓“为学不作媚时语”。或者借用福柯的表达，是敢于说出心中所想，要有“说真话的勇气”。但与此同时，我还想补充一点：仅有勇气是不够的，还要讲究说真话的“技巧”或“策略”。客观原因我觉得也应该提及：这篇文章写于2013年，如果放到今天来做，自由与限制的矛盾就会加剧，我还能否写成那种样子，就很难说了。

这篇文章给我带来的最大收获是让我获得了“东张西望”和“左顾右盼”的能力，我把这种方法称作“互看”，即通过甲的视角思考乙，再通过乙的视角琢磨甲。这大概是做平行研究的最大好处。

同时我也想告诉你，做这篇文章也有一种“压在纸背的心情”，大的心情就不说了，小的心情，其秘密可能在《落花无言　人淡如菊——忆念陈传才老师》（《文艺争鸣》2019年第7期）那篇文章里。

贺滟波：可以说，在您的学术生涯中，除了法兰克福学派理论与大众文化批评之外，赵树理研究也是一个重要的学术重镇。在《讲故事的人或形式的政治——本雅明视角下的赵树理》(《文学评论》2017年第5期）一文中，您把赵树理的研究也置于“法兰克福学派的视角下”进行观照与探索。这篇文章的写作思路，您是早已有之，还是受到了《本雅明的“讲演”与毛泽东的〈讲话〉》一文的启发？您是如何想到这样一个题目的？可否请您谈一谈写作此文的初衷与缘起。

赵　勇：赵树理研究算是我的一个额外收获，断断续续用了二十多年时间。其相关文章已结集成书，名为《赵树理的幽灵：在公共性、文学性与在地性之间》(中国人民大学出版社2018年版)。此书前面有一个长长的自序，叫作《十年一读赵树理》，里面对我为什么研究赵树理，那些文章是怎样写出来的，等等，都有所交代。《讲故事的人或形式的政治——本雅明视角下的赵树理》是我最新思考赵树理系列文章的第三篇。而之所以会去写这篇，主要是因为我对赵树理的定位一直不太满意。一般情况下，我们都把赵树理看作一个“农民作家”或“问题小说作家”，他开创了一种“现代评书体”的小说作法。但如此谈论赵树理还没有把他的丰富性呈现出来，我觉得有必要对他重新打量，这样一来，本雅明的视角就派上了用场。

我在20世纪90年代写赵树理时，就习惯于把他看作一个“说书人”，而我在做法兰克福学派的博士学位论文谈及本雅明时，也把他那篇《讲故事的人》(“The Storyteller”）的题目翻译成了《说书人》，那个时候，赵树理与本雅明可能就有了一种隐秘的关联，但真正思考这个问题是在2016—2017年。我在《十年一读赵树理》中说：“能写出这篇文章，或许与童庆炳老师的提醒有关。2014年7月上旬，我们中心的成员在大觉寺开务虚会，主要议题是讨论学科发展。童老师发言时，先是为一些年轻老师提建议，帮他们规划发展方向，后来又点了我的名。他说，你这个人呢，毛病是兴奋点太多。你这种情况，不妨学学王元骧，走他的路子。王老师也不申报课题，但他会不断写文章，一段时间对付一个问题，每年出一本论文集。你不是研究过‘西马’吗？你可以把‘西马’这面照妖镜用起来，东照照，西照照，说不定就能照出一些东西来。比如，你们老家的赵树理就很现成嘛。我说，照赵树理咱名正言顺啊，一不留神，我已混成中国赵树理研究会的副会长了。我刚说完，童老师便哈哈大笑。一年之后，童老师去世了。又一年多之后，当我重新阅读赵树理时，他口口声声提到的评书、故事再一次吸引了我的注意。我想到了本雅明那篇《讲故事的人》，我开始读列斯科夫的小说，我在知网上读了我的大学同学宋若云博士的一篇论文，仍觉得不过瘾，又干脆找她要来早已成书的博士学位论文：《逡巡于雅俗之间：明末清初拟话本研究》（中国社会科学出版社 2006 年版）。当我终于写出这篇文章后，才突然想起童老师的那番点拨，忽然觉得冥冥之中他仍在指导我写论文。”[①]这里说的是一个很真实的情况，就是说当时用本雅明的视角琢磨赵树理时，并没有意识到童老师的提醒，写完之后忽然想到童老师那个说法，心中不免暗暗吃惊。

我之所以跟你讲这些，是因为在我看来，这种视角的形成可能不是心血来潮，而是一个长期扎在心里的过程，但许多时候它往往模糊、朦胧，需要等待一个时机或契机，才能使它清晰、明亮起来。

借这个机会我也想告诉大家，因受版面限制，发表在《文学评论》上的这篇文章一万六千字左右，是删掉一万字左右之后的版本，收在书里的这篇则全须全尾。也就是说，书中的这篇一方面有更从容的展开，另一方面也体现了一种“论笔体”或随笔体的写法。

贺滟波：“在法兰克福学派的视角下”这一系列，您是否构建起了一个庞大的

---

① 赵勇：《赵树理的幽灵：在公共性、文学性与在地性之间》，中国人民大学出版社 2018 年版，第 16 页。

写作计划?

赵 勇:在今年 9 月召开的“审美、社会与批判理论的旅行”国际学术研讨会上，我有一个发言，名为“走向一种批判诗学”，而之所以如此构想，显然与法兰克福学派的视角在其中起作用有关。于是我回头检点一下自己所写的东西，觉得一些文章已有意无意地使用了这一视角，或者是启用了更开阔的“西马”视角。而以后，我大概也会在这一视角下继续写一些东西，但不一定就是一个“庞大的写作计划”。我的写作往往计划性不足，只能是走一步说一步，写到哪儿算哪儿吧。

贺滟波:再一次感谢您接受我的访谈!

2019 年 11 月 17 日

原载《河北民族师范学院学报》2021 年第 1 期

采访者贺滟波系重庆师范大学新闻与传媒学院副教授

赵树理精神与说真话的勇气

一、“西马”视角与赵树理的价值

浦 歌： 赵老师好！您的著作《赵树理的幽灵：在公共性、文学性与在地性之间》（中国人民大学出版社 2018 年版）出版，先向您表示祝贺！理论界的朋友都知道您主要是做法兰克福学派与大众文化方面的研究，前两年还出版了《法兰克福学派内外：知识分子与大众文化》一书，为什么您现在又跑到赵树理这里了？这个跨度是不是有点大？

赵 勇： 我对中国当代文学一直兴趣颇浓，这大概是受了我的大学老师邢小群的影响。记得当年她教我们当代文学，把一些没什么意思的东西讲得很有意思，让我大开眼界。我现在想说的是，一个好老师所开设的课程，对其学生的影响可能是终生的。我发表的第一篇文章是对张承志其人其作的解读，我写的大学毕业论文是关于中国当代悲剧观的思考。后来读硕士时虽然选择了文艺理论，但对当代的作家作品一直兴趣不减。当代的一些作家，如果我喜欢他们的作品，我就会跟踪追击——长期处于跟读状态。比如莫言，从《透明的红萝卜》到《蛙》，他发表一篇我读一篇，他出版一部我读一部。现在追根溯源，我的这种做派邢老师要负主要责任。她干吗要把当代文学讲得那么好呢？

但话说回来，我终究不在当代文学混饭吃，所以许多时候，我并没有去认真研究当代的作家作品。前两年我在台湾出版《文学与时代的精神状况》，前面有个自序，我用越界、旁观和业余概括我与当代文学的关系。我想，旁观者和业余者将永远是我面对当代文学的基本姿态。我不想做专家，就想做业余者，就是萨义德所谓 amateur。

这样看来，我关注赵树理就不那么让人感到突然了，因为他也在我的兴趣范围之内。当然，我之所以对他青眼相加，除了他是现当代文学中一位有特点、有个性的作家外，他还是我老家的一位作家。我琢磨他，肯定有乡党的因素在其中。这个问题我在这本书的自序《十年一读赵树理》中其实已有回答，这里便不再重复。我没说到的一个方面是，其实可以把赵树理看作当代作家的一面镜子，通过它，可以照出好多东西。2017 年我回我的母校山西大学做讲座，题目是“从赵树理到莫言：文学内外的话语表达”，实际上就是想面对这一问题。当然，我关心的问题，当代文学研究者不一定感兴趣，但我却乐此不疲。

不过，我这种做法却让理论界的朋友感到困惑，甚至很不满意。比如，当我把这本书送给汪民安教授时，他就大皱其眉，说：你写这些东西干啥？除了赵树理你还写了一堆山西作家，写他们还要看那么多作品，简直浪费！浪费你的时间和精力。汪民安是做纯理论研究的，他读《千高原》这种大部头的让人头疼的理论著作，就像读小说一样，从中享受着罗兰·巴特所谓文本的欢愉，他当然看不上那些守着小说写评论的人了。所以，像我这种做法，他觉得就是不务正业。虽然他的当头一棒让我比较受伤，但我还是要感谢他的提醒。只有真朋友才可能这么跟你说话。所以我就想，我是不是在当代文学处确实已浸淫太久？我是不是需要重新回到法兰克福学派，回到阿多诺那里，继续我未竟的研究？

浦　歌：但我觉得这正是您的优势啊。您一方面研究法兰克福学派，另一方面又研究中国当代的文化与文学，这种两手都要抓的状态好像在国内的学界还不多见。当然，我不在学术圈内，也许我的感觉并不准确。不过作为作家，我还是不能完全同意汪教授的观点。作家作品是需要面对的、解读的，就像本雅明面对波德莱尔，阿多诺面对卡夫卡和贝克特。正是通过他们的解读，我们才看到了那些作家作品的妙处。说到这里，我想到董大中先生给您这本书写的序文：《“西马”视域下的赵树理研究》。您觉得这个评价准确吗？能否谈谈这本书里有着怎样的“西马”视角？

赵　勇：实际上到现在为止，我都搞不清楚我这种状态是优势还是劣势。我的导师童庆炳先生晚年有一个“单元论”的说法，他认为，学人做学问是以单元计算的，十年为一个单元。在一个单元中，只有抓住一个问题不放，投入充分时间，沉潜把玩，才能把它做深做透，把学问做到极致。但这么多年来我却总是见异思迁，脚踩两只船，一会儿琢磨一下本雅明，一会儿思考一下赵树理，学问做成了半吊子。所以童老师在世时不时会敲打我，有时是私下提醒，有时是当众批评。但我生性顽劣，不思悔改，以致在错误的道路上越走越远。阿多诺说：“错误的生活无法过得正确。”[①]我就想，我是不是那种过错了生活的人？我现在虽然已年过半百，改起来也更加困难了，但我还是想着看能否改一改，以便让自己有所长进。

回到你刚才的问题。董大中先生写出了长长的序言，对我这本书多有谬赞，其实是让我感到惭愧的。这个专题论集中收了我前两年写的一篇文章——《讲故事的人或形式的政治——本雅明视角下的赵树理》，董老师读了我这篇文章，又知道我在研究法兰克福学派，他就觉得有了一种“西马”视角。我觉得他的判断大体上是准确的，因为我曾经大面积地沉浸在法兰克福学派的著述之中，讲“马克思

① Theodor Adorno, *Minima Moralia: Reflections from Damaged Life*, trans. E. F. N. Jephcott, London and New York: Verso, 2005, p. 39.

与现代美学”这门课时，我也主要是在讲“西马”，加上童庆炳老师生前也提醒过我：“你不是研究过‘西马’吗？你可以把‘西马’这面照妖镜用起来，东照照，西照照，说不定就能照出一些东西来。比如，你们老家的赵树理就很现成嘛。”所以我后来琢磨赵树理时，或许有意无意就有了一些“西马”视角。比如，在《在文学场域内外——赵树理三重身份的认同、撕裂与缝合》这篇长文中，我虽然说的是赵树理，但阿多诺“非同一性”的声音却时常在耳边回响，我甚至把阿多诺的相关说法引入了这篇文章之中，这或许也算是一种潜在的“西马”视角。还有《民间进入庙堂的悲剧——以赵树理为例》中贯穿的那种批判意识，《口头文化与书面文化：从对立到融合——由赵树理、汪曾祺的语言观看现代文学语言的建构》中结尾段的那种表达，可能都有“西马”的因素在起作用。其实我在2006年赵树理百年诞辰时，曾经形成过一个比较大胆的想法，我觉得从某种程度上说，赵树理就是“政治美学化”的代表性作家。而“政治美学化”或“政治审美化”，实际上正是本雅明的说法，也是他提出的一个重要命题。我之所以没有沿着这个思路走下去，一是我觉得把赵树理放到这一框架中思考，对他来说未免有点残酷；二是我后来意识到，赵树理其实更复杂，或许用“艺术政治化”和“政治美学化”的双重维度才能把他的所作所为分析得更加通透。但我的这种想法只是在《讲故事的人或形式的政治——本雅明视角下的赵树理》一文中稍有触及，并没有完全展开。

从这个意义上说，我是非常感激我的导师童老师的，是他当年逼着我做法兰克福学派，才让我受益无穷。实际上这也是做理论的好处。我记得道格拉斯·凯尔纳说过：“‘理论’（theory）一词是从希腊词根theoria派生出来的，theoria注重的就是看。因此，‘理论’是一种看待事物的方式。它的一个功能是帮助人去看和阐明现象和事件。”[1]所以琢磨法兰克福学派，最终给我提供的是一种看待赵树理、看待中国当代作家的视角、方式或方法。因为我好赖还读过一点阿多诺、本雅明，所以我在琢磨中国问题时就多少有了些底气。

浦　歌：我在《十年一读赵树理》中感觉到，您研究赵树理既有“赵树理情结”的作用，也有现实的契机，就目前来说，您认为从赵树理那里还有哪些可以汲取的价值和意义？

赵　勇：实际上，在“从赵树理到莫言：文学内外的话语表达”的那次演讲中，我就试图回答这个问题。我觉得赵树理的价值不仅存在于文本之内，更重要的是存在于文本之外。所以我们谈论赵树理的价值和意义，不仅要涉及他写了怎样的小说，更要思考他在小说之外的所作所为。汪曾祺曾记录过赵树理的一件往事：北京市文联有一个专搞男女关系的淫棍，有一次他与一个女的胡搞，把赵树理的貂皮领子礼服呢面的狐皮大衣垫在下面，给弄脏了。赵树理非常气愤，拎着大衣就找文联副主席李伯钊，说：“这是怎么回事！”后来老赵调回山西，大家送他出门，老赵与大家一一握手。该淫棍也来了，老赵趴在地上给他磕一个头，说：“×××我可不跟你在一起了！”[2]这就是赵树理的性格——不但疾恶如仇，而且还不能憋在肚子里，一定要找机会把它表达出来。由此我们再来琢磨他为什么会给长治地委书记赵军秉笔直书，为什么会向中央候补委员陈伯达仗义执言，为什么会在“大连会议”上大声疾呼，答案也就大体清楚了。所以以我看，赵树理在文本之外，体现出来的是“从道不从君”的书生意气，是一个知识分子的宝贵气质。而这种气质，就是萨义德所谓“向权势说真话”。为了说真话，他宁愿写不成小说，宁愿当不成作家。即使后来遭遇灭顶之灾，他也无怨无悔。而与赵树理相比，现

---

① 道格拉斯·凯尔纳：《媒体文化——介于现代与后现代之间的文化研究、认同性与政治》，丁宁译，商务印书馆2004年版，第42页。

② 汪曾祺：《才子赵树理》，《汪曾祺全集》六，北京师范大学出版社1998年版，第324—325页。

在的好多作家都太世故、太圆滑、太明哲保身了，他们只是通过作品完成了一次表达，这种表达因为有文学作为掩护，相对来说比较容易；但是他们不敢也不愿通过更直率的方式，像左拉或萨特那样在文学之外发言。当然，对于当今作家的这种做法，我也很能理解，但缺少了知识分子的维度，我又总觉得他们以及他们的作品往往形销骨立、真气涣散。或者也可以说，他们固然已是优秀或接近于优秀的作家，但他们还谈不上伟大，因为他们的人与文还形不成一个有机的统一体。说得再直白一些，当代一些大牌作家的文格固然可圈可点，但请不要跟我谈他们的人格。所以有时候，我常常会想起恩格斯对歌德的评价："在他心中经常进行着天才诗人和法兰克福市议员的谨慎的儿子、可敬的魏玛的枢密顾问之间的斗争；前者厌恶周围环境的鄙俗气，而后者却不得不对这种鄙俗气妥协，迁就。因此，歌德有时非常伟大，有时极为渺小；有时是叛逆的、爱嘲笑的、鄙视世界的天才，有时则是谨小慎微、事事知足、胸襟狭隘的庸人。"①

因此，在这一层面，他们与赵树理根本无法同日而语。如果有所谓"赵树理精神"，那么他的秉笔直书、疾恶如仇、不屈不挠、为民请命等等，应该成为其精神结构中的重要内容。

如果从文学文本看，由于时过境迁，赵树理作品中所谓"政治上起作用"的功能早已烟消云散，现在更值得我们认真对待的应该是"老百姓喜欢看"的层面。这就涉及他对"现代评书体"的青睐，对小说技巧的打造，对小说美学理想的追求，等等。在今年举行的"文化地理与传统中国"京师人文对话会上，我表达过这样一个意思：沈从文是一位擅长写风景的作家，这意味着假如我们从文学

---

① 恩格斯：《诗歌和散文中的德国现实主义》，北京大学中文系文艺理论教研室编：《马克思、恩格斯、列宁、斯大林论文艺》，人民文学出版社 1986 年版，第 47 页。

地理学的角度重新进入沈从文的世界，很可能会发现更加美妙的风景。但赵树理却只写故事，不写风景，难道他在今天就没有意义了吗？我觉得完全不是这么回事。如果说赵树理在文学地理学的层面乏善可陈，那么我们可以把他的作品放置到眼下正在兴起的“听觉文化”研究大潮中，激活其潜能，释放其魅力。而实际上，我之所以去写那篇《讲故事的人或形式的政治——本雅明视角下的赵树理》的长文，就既是想对赵树理重新定位，也想解决我的一个困惑：我们能否从听觉文化、声音政治这一角度重新面对赵树理，发掘出这位“前现代”作家的当代价值。

二、可说性文本与症候阅读

浦　歌：听觉文化和声音政治很有意思，实际上这涉及说与听的关系，而从可说性文本的成败来研究赵树理，确实也是一个很好的切口。从这一点来看，《荷马史诗》《檀香刑》等文本也许都可以算是一个可说性文本。在《讲故事的人或形式的政治——本雅明视角下的赵树理》一文中，您也提及《檀香刑》，相比之下，赵树理的文本与《檀香刑》的可说性有哪些不一样的特点？可说性文本是否还蕴含新的价值？

赵　勇：我先披露一下我初读《檀香刑》的准确时间和第一感受，再来回答你的问题。《檀香刑》首版于 2001 年，根据我的记录，我是在 2002 年 3 月买到这部小说，6 月 28 日才把它读完的。现在想想，莫言这部长篇我之所以没像萨特所说的那样“就地消费”，而是一年之后才买才读，主要原因是我当时正在与我那篇博士学位论文较劲，顾不上。而读这部小说的时间也正好是我完成博士学位论文答辩之后的日子。坦率地说，当年阅读《檀香刑》，我的感受是比较矛盾的：一方面它让我很是享受，另一方面又让我觉得不太舒服。小说主要突出了猫腔的声音，而我在阅读时也确实感受到里面有一种旋律和节奏从头至尾，川流不息。所以合上这本书，我不禁感叹：莫言这家伙真是会写！因为以我的阅读经验，我知道要把小说写出一种音乐效果，这是一个很难的境界。从这个意义上说，我觉得相对于莫言前面的作品来说《檀香刑》是一次突破。

但是，我对这个作品也有看法。莫言写刽子手赵甲行刑，一口气写了五百刀（当然有详有略），他写得太投入太逼真了，以至于出了问题。这个问题有炫技的因素，就像我在《2017：刘项原来不读书》中说的那样："巴塔耶从凌迟图片中读出了痛喜交加，莫言是不是也在书写凌迟中享受着一种 ecstatic 般的写作快感？因为详写那十多刀，里面确实有炫技的成分。赵甲炫的是刀法，莫言炫的是笔法。"①于是我便想到，莫言在给童老师《维纳斯的腰带——创作美学》一书写的序文中说："童老师这堂课里，实际上包含了一个小说秘诀，那就是轻轻地说。"②但是，至少写行刑的莫言没有"轻轻地说"，而是浓墨重彩，大开杀戒。除此之外，我觉得莫言在写这个长篇时，其情感态度比较暧昧，其价值观也不大稳定，而一旦把这种情感态度和价值观带入写作，就在不经意间露出了狐狸尾巴。有人说，莫言的这个小说继承了鲁迅传统，鲁迅写的是"看客"，莫言写的是"杀人"。但我觉得这个说法比较扯，在小说的立意和写作的境界上，莫言跟鲁迅还是有较大距离的。我觉得承认这一点，既是一个铁打的事实，也是后来作家自己应该意识到的一种限度。鲁迅是中国现代文学的一个高标，估计没有作家不想继承鲁迅传统的，但如果剑走偏锋，那就不是继承，而是走火入魔了。

很抱歉，当我像赵树理那样说出这些大实话时，我意识到我已经得

---

① 赵勇：《2017：刘项原来不读书》上，《中国图书评论》2018 年第 4 期。

② 莫言：《轻轻地说》，童庆炳：《维纳斯的腰带——创作美学》，上海文艺出版社 2001 年版，"序"第 9 页。

罪人了，所以赵树理是不能学的，一学就出问题，就会破坏我们这个安定团结、其乐融融的文学生态。好吧，那就就此打住，现在赶快回答你的问题。

赵树理的文本是“可说性文本”，这是我在1996年第一次琢磨赵树理时对其作品的一个定位。《檀香刑》也确实具有“可说性”，这其实是莫言自觉的追求。你看他在这部小说的后记中便说道：“就像猫腔只能在广场上为劳苦大众演出一样，我的这部小说也能被对民间文化持有亲和态度的读者阅读。也许，这部小说更合适在广场上由一个嗓音嘶哑的人来高声朗诵，在他的周围围绕着听众，这是一种用耳朵的阅读，是一种全身心的参与。为了适合广场化的、用耳朵的阅读，我有意地大量使用了韵文、有意地使用了戏剧化的叙事手段，制造出了流畅、浅显、夸张、华丽的叙事效果。民间说唱艺术，曾经是小说的基础。……《檀香刑》是我的创作过程中的一次有意识地大踏步撤退，可惜我撤退得还不够到位。”①这就意味着，莫言在写这部小说时，考虑到了它的“说—听”效果和传播模式。

但与赵树理相比，我觉得还是区别较大的。首先，赵树理当时面对的情况是，农村中的读者绝大多数目不识丁，所以他被迫采用话本的形式，希望农村识字的人能把它念出来，让不识字的人听得懂。于是他才把小说写成了说书的底本。这就是说，他的“可说性文本”面对的是真实的读者和听众。而据我掌握的资料，20世纪四五十年代的农村，也真有赵树理所设想的那类读者和听众。但莫言虽然有如此构想，他所谓读者与听众却是虚拟的。也就是说，虽然莫言希望能有人高声朗诵，朗诵者被听众包围，但这只能是他一种不无奢侈的想象。实际上世纪之交那个年代，已不可能出现这种盛况了。道理很简单，因为赵树理那个时代的农村地区，还是以口头传播为

① 莫言：《檀香刑》，作家出版社2001年版，第517—518页。

主，所以他的“说—听”模式有真实存在的土壤。而莫言却处在印刷媒介鼎盛、电子媒介勃兴之时，他所面对的主要是印刷媒介的读者和电子媒介的观众。这样，他的构想便很难落实下去。

其次，赵树理所预想的读者群是农民，他在很大程度上也是在为农民写作。为了适应农民的听赏习惯，他在小说中无所不用其极：立主脑，减头绪，用白描，去风景，讲故事，设悬念。正是因为如此经营，他的作品才顺利地走向了民间。但我估计，莫言所预想的读者群却不一定是农民，真正读《檀香刑》的农民读者究竟有多少，显然需要调查取证，但我想不会很多。所以我觉得，莫言的真正读者还是读书人，甚至主要是专业读者。这样来看的话，莫言的构想就只是保证了他民间立场的站位和写作手法的操练，却无法保证与之成龙配套的读者的到场。

最后，出版过《檀香刑》之后，莫言正好在苏州大学做过一次演讲，题目就叫作“作为老百姓写作”。他在演讲中说：“所谓的‘为老百姓的写作’其实不能算作‘民间写作’，还是一种准庙堂的写作。”“从某种意义上说，‘为老百姓写作’也就是知识分子的写作。这是有漫长的传统的。从鲁迅他们开始，虽然写的也是乡土，但使用的是知识分子的视角。鲁迅是启蒙者，之后扮演启蒙者的人越来越多。大家都争先恐后地谴责落后，揭示国民性中的病态，这是一种典型的居高临下。其实，那些启蒙者身上的黑暗面，一点不比别人少。所谓的民间写作，就要求你丢掉你的知识分子立场，你要用老百姓的思维来思维。否则你写出来的民间就是粉刷过的民间，就是伪民间。”[①]正是因为这个缘故，莫言才把自己定位成“作为老百姓的写作”。以上的这些引用，其实是很值得分析的，但我这里只是点到为止，不再展开。其一，我前面说莫言的价值观不稳定，显然

① 莫言：《作为老百姓写作》，《小说的气味》，春风文艺出版社 2003 年版，第 9、13 页。

与他有意丢掉知识分子立场有关。其二，这应该就是莫言说的“大踏步撤退”，这处撤退可能在文学层面有其可取之处，但我觉得无疑也映现了一个时代的作家精神状况。说得不客气一点，这就是犬儒主义阴魂不散，而且它还以“民间写作”的正当名义，获得了某种“政治正确”的合法性。其三，在莫言的分析框架中，赵树理无疑是“为老百姓写作”的典型代表。但颇有意思的是，赵树理的文学走向了民间，或者至少，民间是它的主要去处。与之相反，“作为老百姓写作”的莫言，虽然已把姿态降得很低，以至于让人觉得倘非如此，就算不上正宗的“民间写作”，但他作品的去处却主要是“庙堂”——我是在比喻的意义上使用“庙堂”这个概念的。比如，我们可以想想，他的作品主要是供大学里的师生讨论的，这是一种“庙堂”；他与他的作品最终获得了诺贝尔文学奖，这是另外一种“庙堂”。所以，假如我的以上说法可以成立，那么所谓“民间写作”和“作为老百姓的写作”的真正目的又是什么呢？而当莫言的“民间写作”和“民间接受”形成巨大的裂缝时，我就觉得这里面有了一种黑色幽默的意味。

至于可说性文本是否还蕴含新的价值，我一下子也不好说。我只能说赵树理的“可说性”是具象的，而莫言的“可说性”反而显得有些抽象了。按我的想法，可说性文本是口头媒介时代的产物，后来随着识字率的提高和传播技术的改进，它已失去了存在的理由。汪曾祺说：“写小说的语言，文学的语言，不是口头语言，而是书面语言。是视觉的语言，不是听觉的语言。”“小说是写给人看的，不是写给人听的。”[①] 他的这一说法对应的其实是印刷媒介时代文学生产和消费的特点。但现在我们进入数字媒介时代后，“说—听”传播似乎又开始回潮了，那么文学又该如何与这个时代形成一种同构关系

① 汪曾祺：《“揉面”——谈语言》，《汪曾祺全集》三，北京师范大学出版社 1998 年版，第 182 页。

呢？其实，这也是我感到困惑的问题。

浦 歌：《〈“锻炼锻炼”〉：从解读之争到阐释之变——赵树理短篇名作再思考》是一篇非常有分量的文章，其中说到赵树理文本里“无意中造成的缝隙”。像您说的，这种“缝隙”可能与他的没有“擦抹”干净的“问题”与“火气”有关。这让我想到《小二黑结婚》，有人想让他修改恶霸“金旺”和“兴旺”的村干部身份，赵树理坚持不改，认为这是生活的真实状况。①还有《李家庄的变迁》里，群众当场打死李如珍，撕下了胳膊。“有个愣小伙子故意把李如珍的那条胳膊拿过来伸到小毛脸上道：‘你看这是什么？’”这种种细节都可能因为“真实”而保留了下来。如果这些细节没有完全配合主题的生成，也许就会形成“裂缝”。从这一点来看，赵树理的文本里隐藏着一种出人意料的、在当时其他文本里完全没有被描述的“现实”。您如何理解赵树理文本中的类似“现实”，这样的“现实”在他的文本中起到了怎样的作用？

赵 勇：我先说一说“缝隙”问题。赵树理的小说中不但有“缝隙”，而且还有许多“空白点”和“沉默之处”，这就让“症候阅读”（Symptomatic Reading，一译“症状阅读”）有了用武之地。症候阅读关联着弗洛伊德、拉康和阿尔都塞的思想和理论，它的核心意思是，文本中没有说出的东西和看得见摸得着的东西同样重要。于是，如何把那些无言的思想从文本的深处拽出来、拖出来，就成了读者必须认真对待的一件事情。现在想想，我写《〈“锻炼锻炼”〉：从解读之争到阐释之变》，写《讲故事的人或形式的政治——本雅明视角下的赵树理》等文章时，可能已有意无意使用了这种症候阅读法，或许这也是一种“西马”的视角吧。而赵树理的文本恰恰很适合做这样的症候阅读。当然，不仅仅是赵树理，中国当代的许多作家都

---

① 石耘：《〈小二黑结婚〉背后的真实故事》，《文史精华》2012 年第 3 期。

存在着这样那样的症候，他们表面上是流鼻涕打喷嚏，但仅仅就是伤风感冒的症状吗？

具体到赵树理文本中的那些“现实”，我觉得也是一个特别有意思的话题。在我的阅读体会中，我以为赵树理的文本中至少有两种现实，一种是经过粉刷的现实，另一种是原汁原味的现实。以《小二黑结婚》为例，真实的情况是岳冬至（小二黑的原型）被村干部暴打致死，这是一个血淋淋的悲剧。然而，赵树理在处理这个素材时却转辙改道，让小二黑与小芹冲破了层层阻拦，结成了百年之好。这是一个大团圆喜剧式的故事框架。如果我们要去对应一下原来的现实，那么这个现实显然已被装修，被粉刷一新。但是另一方面，正如你提供的那则资料所言，太行新华书店负责人认为，这个故事将基层抗日民主政权写成了横行霸道、胡作非为的新恶霸，担心出版后会产生不良的社会影响，所以建议赵树理删除金旺、兴旺两个形象，但赵树理不为所动，而是觉得他们就是混进政权的坏分子，应该如实写来。如果这则材料真实可信的话，那么，我觉得这正是赵树理的矛盾之处，即他既要呈现经过装修的“大现实”，又不甘心就这么打了马虎眼，所以要顽强地把那个未经雕饰的“小现实”公之于众。我们现在已无法推断赵树理是怎么想的了，但以我的猜测，我觉得可能与他的“求真”心理有关。

三、长镜头、日常性与赵树理的幽灵

浦　歌：您的《民间进入庙堂的悲剧》一文，提到“原生态的民间”，让我想到赵树理早期的一部长篇小说，叫《盘龙峪》（目前只能见到第一章），大约写于 1934 年底前后。这个八千字的文本，应该是赵树理小说中最接近“原生态的民间”的一部，它的中心事件是十二个农村青年结拜兄弟，从小说气息可以感觉到他对民间的认同。正是在这一年（1934），沈从文发表了《边城》（还有《从文自传》），我感觉《盘龙峪》在采取的姿态上与《边城》有一点点类似，也不知他是否留意到沈从文的创作。您说："他（赵树理）从来没有想过如何去守护原生态的民间，进而把民间建构成一个对抗的空间。"我的问题是：对于赵树理的《盘龙峪》来说，是否具备这个"对抗的空间"，原生态的民间怎样才能确立它的光晕，哪些是它的可生长空间？

赵　勇：《盘龙峪》是否具备或形成了一个"对抗的空间"，其实是不大容易谈论的，因为我们现在只能看到保存下来的一个残章，看不到这部小说的全貌。但根据赵树理后面的小说对民间的书写，我觉得《盘龙峪》的这个民间可能还没被意识形态的因素污染，更接近民间的本真状态。但本真之后是否就有了某种对抗性，也还需要辨析。当我谈论民间的对抗性时，也许我想到的是巴赫金所著的《拉伯雷研究》。在巴赫金的分析和解读中，拉伯雷笔下的民间是生机勃勃的，而那种独特的民间话语、民间做派也形成了一种狂欢化的思维方式和表达方式，它们对那种严肃的、一本正经的官方话语构成了一种消解。我觉得这样才是对抗，或者说这样的民间才有利于形成一个对抗的空间。而相比之下，我们的民间可能先天就缺少某种东西。当然，即便如此，也存在着一个如何开掘的问题，这就牵涉到作家有着怎样的主体意识，他们是怎样对待民间这个富矿的。其实，赵树理最有条件成为民间资源的开掘者，但他后来开掘出来的东西，有相当一部分是用在"政治上起作用"的方面了，这实际上是很可惜的。

至于原生态的民间如何确立本雅明意义上的"光晕"，我觉得在今天谈论已变得更加困难了。一方面，我们的民间长期受到政治的关照，例如，我当年读韩少功的《马桥词典》，就强烈地意识到民间、民间话语已经被政治意识形态改造了；另一方面，改革开放以来，商业主义的东西也开始成为打造民间的重要元素。经过双重的挤压、侵占和挪用，原生态的民间基本上已不复存在。也就是说，我们现在已经不可能有《盘龙峪》或《边城》中的那种民间了。而当这种民间消失之后，光晕的确立也就变得不大可能。所以在这个问题上，我是很悲观的。

浦　歌：孙犁提到赵树理“过多罗列生活细节”，有时我甚至觉得这可能是赵树理文本价值的一个优点，比如在《三里湾》中，有许多地方有点长镜头的感觉，突出了他文本的日常性，您如何理解赵树理的这一特点？

赵　勇：不仅仅是孙犁，不写小说之后的沈从文对赵树理的写法也多有“腹诽”。例如，他在1956年给张兆和的信中谈到了他对《三里湾》的看法：“如照赵树理写农村，农村干部不要看，学生更不希望看。有三分之一是乡村合作诸名词，累人得很！”“我每晚除看《三里湾》也看看《湘行散记》，觉得《湘行散记》作者究竟还是一个会写文章的作者。这么一支好笔，听他隐姓埋名，真不是个办法，但是用什么办法就会让他再来舞动手中一支笔？简直是一种谜，不大好猜。可惜可惜。”[①]孙犁说赵树理“过多罗列生活细节，有时近于卖弄生活知识。遂使整个故事铺摊琐碎，有刻而不深的感觉”[②]，而沈从文则从另一个角度批评《三里湾》，可谓异曲同工。

孙犁与沈从文之所以会如此评价赵树理，我觉得主要是审美趣味的问题。他们两人都是希望把小说写出某种“意境”的作家，所以如何把小说写得云淡风轻，如何让景与情形成一种完美的交融，大概就成了他们的共同的追求。杨联芬教授曾经写过一篇文章，名叫《孙犁：革命文学中的“多余人”》，影响很大。按照我的理解，所

①《沈从文全集》第20卷，北岳文艺出版社2009年版，第111页。

② 孙犁：《谈赵树理》，《天津日报》1979年1月4日。

谓“多余”，不仅体现在题材的选取上，可能也体现在写法上。革命文学需要的是善恶分明、刺刀见红，需要激烈的矛盾冲突，这完全是另一种文学口味。我猜想，孙犁如此批评赵树理，既是一个文学内行指出的问题，同时他自己的审美趣味也应该扮演了重要角色。

赵树理与他们的创作路数恰恰相反。从大的方面看，赵树理显然是属于“革命文学”谱系中的作家，这就决定了他的“写什么”。另一方面，更重要的是，他在“怎么写”上是认真琢磨过的，这就是要继承那种形成于中国民间带有强烈“话本”意味的说书传统。赵树理在谈到他写《三里湾》的创作体会时，曾明确谈论过“叙述与描写的关系”，他的写法是要“把描写情景融化在叙述故事中”，这样写的目的是照顾农村人听书的习惯。[①]那么，“过多罗列生活细节”是不是与这种写法有关?

尽管我还无法解释清楚他这样写的原因，但我觉得你的发现（尤其是长镜头的感觉）非常重要。或者也可以说，这也正是我们往往容易忽略的赵树理小说的一个特点。今天看来，这很可能是他小说最有价值的方面之一。以前我们可能过多纠缠于赵树理小说与政治的关系，但随着时间的流逝，他小说中随风飘散的恰恰是那些政治性，而留存下来的则是那种带有强烈民间印记的日常生活性，甚至就连沈从文批评的“乡村合作诸名词”，可能也具有了某种史料价值。因此，是否可以说赵树理小说中的日常性就是一种“活化石”？因为它忠实地记录了那个年代的日常生活。按照列斐伏尔的观点，日常生活是一种剩余生活。也就是说，在生活高度政治化时期，日常生活是无意义的。然而时过境迁，恰恰是这种日常生活才显示出它的价值。从这个意义上说，无论赵树理有意还是无意，他通过其小说保留下来的这份日常性都显得弥足珍贵。

---

① 赵树理:《〈三里湾〉写作前后》,《赵树理全集》第四卷，大众文艺出版社 2006 年版，第 378 页。

说到这里，我可以提供一个另外的例子。前不久去世的我的大学老师梁归智教授研究了一辈子《红楼梦》，但当年指导他做硕士学位论文的姚奠中先生却对《红楼梦》并不欣赏，他说："我不喜欢《红楼梦》，尽管它是中国文学以至世界文学名著。原因是和巴金同志的《家》《春》《秋》一样，老是那些家庭琐屑……读下去总觉得有点气闷。"[①]所谓家庭琐屑，所谓读得气闷，我觉得也是因为它"过多罗列生活细节"。但今天看来，这恰恰是《红楼梦》最大的价值之一吧。《三里湾》当然不是《红楼梦》，但我觉得从这个角度来进行理解，也大体不差。

浦　歌：在《赵树理的幽灵》一书中，您还评论了一些山西籍的作家作品，您觉得赵树理的"幽灵"在这些作家中是否有显现？显现在哪里？

赵　勇：我在这本书的后记中对"幽灵"稍有解释，这里我再详细谈谈。"赵树理的幽灵"是对德里达所谓"马克思的幽灵"的套用，他曾指出：无论我们是否承认马克思主义，是否接受马克思的学说，我们其实都是马克思的幽灵，是马克思幽灵政治学和谱系学中的一员。我在阅读山西作家的作品时便想到了这一说法，同时也想到过他们与赵树理之间的关系，即他们是否受到过赵树理的影响，如果受到过的话，又是从哪些方面体现出来的。

李国涛曾经说过："在山西文坛、在中国文坛，得赵树理真传者，张石山一人而已。"[②]这当然是对张石山的褒奖，但我觉得说得太绝对了。而且，这里的所谓"真传"，似更多聚焦于文学风格层面，但我的意思主要还不在这里，而在于我前面提到的"赵树理精神"。众所周知，20 世纪 40 年代就有了所谓"赵树理方向"，那当然是官方对赵树理创作路径的肯定，后来随着赵树理的屡屡倒霉，随着他在

---

① 姚奠中：《写在〈石头记探佚〉的前边》，梁归智：《红楼梦探佚》，北京师范大学出版社 2010 年版，第 2 页。

② 张石山：《穿越——文坛行走三十年》，秀威资讯科技股份有限公司 2009 年版，第 57 页。

60年代遭到批判并被迫害致死，“方向说”遂成历史陈迹。而在我看来，真正应该提倡的是“赵树理精神”，而不是“赵树理方向”。或者也可以说，长期以来，由于“方向”的意识形态色彩，实际上已对其“精神”构成了一种遮蔽。

那么，什么是“赵树理精神”呢？我觉得用福柯的话来表述，就是“说真话的勇气”。我读福柯的书时确实想到了赵树理，比如福柯指出，要成为“直言者”，“主体必须在说真话的时候——说的是自己的观点、想法、信仰，冒有一定风险，涉及他和他所进言的对象之间关系的风险。要成其为‘直言’，就必须在说真话时展开、创立、直面风险：伤害、激怒、惹恼对方，甚至导致对方对说话人采取一系列不排除最暴力的行为”[①]。我觉得赵树理就是这样的。当然，他的这种“直言”“真话”和“勇气”更多表现在文学场域之外。在作品中，他也在尽可能地说真话，但因为“三重身份”的矛盾，其真话的表达就更委婉、更曲折。而到最后实在没办法说真话时，或者是像他本人说的那样“真话不能说，假话我不说，只好不说”[②]，或者是出现了他儿子赵二湖指出的那种做法：“不批评他认为该批评的东西，但要歌颂他要歌颂的东西（套不住的手、实干家潘永福等等）。”[③]

可能正是在这一层面，我看到了山西作家与赵树理之间的内在关联。这本书中我写到赵瑜的报告文学时，特别写了一节内容，谈他对赵树理的精神传承。而这种传承中的重要内容之一就是“实录精神”，即古人所谓“其文直，其事核，不虚美，不隐恶”。我读鲁顺民的《天下农人》，读到书中收录的《1947年晋绥土改田野调查》时，也

---

① 米歇尔·福柯：《说真话的勇气：治理自我与治理他者》，钱翰译，上海人民出版社2016年版，第11页。

② 朱晓进：《“山药蛋派”与三晋文化》，湖南教育出版社1995年版，第249页。

③ 赵二湖：《我对赵树理研究的一点认识和期望》，《太行日报》2016年9月11日。

看到了这种“实录精神”。他那种抢救民间记忆的做法，让人说出历史真相的种种努力，实际上就可以看作“赵树理精神”的体现。当然，不同的作家，在说真话的侧重点上并不一致。如果说像赵瑜、鲁顺民的作品更多体现在说真话的勇气上，那么聂尔的散文、你的小说，则主要体现在说真话的技巧或策略上。我在谈论聂尔的散文时特别提到他对底层世界、小人物的关注和同情，但同时又特别强调其“智性表达”，这实际上就是一种言说技巧。你的许多短篇小说，还有长篇小说《一嘴泥土》，主要开掘的是羞愧、荒诞、孤独、卑微、渺小、沉重的喜感和耻这类现代性经验，同时你也更多采用了现代主义或后现代主义的笔法，这也是一种言说策略。正是在你们这些作家这里，我才看到了“赵树理精神”进入作品中的样子。或者也可以说，你们让这种精神拥有了新的表现形式。这样，说真话就不仅需要勇气，还要讲究技巧。没有勇气，真话就无法出场，只能胎死腹中；没有技巧，真话就可能撞墙，或者是自投罗网，它依然无法在现实世界中存活。赵树理的经验和教训或许告诉我们的就是这样一个道理。

2019年4月20日、11月15日

原载《当代文坛》2020年第3期

采访者浦歌系作家，供职于山西日报社

批判诗学：开端、意图与方法

一、批判诗学的开端

徐晓军： 赵老师，您好！非常高兴您能接受这次访谈，给我一个再次请教的机会。2019 年您组织召开了“审美、社会与批判理论的旅行”国际会议，并在大会上做了“走向一种批判诗学”的发言，提出了理论建设的新构想。我有幸参加那次盛会并聆听了您的发言，最近更是认真读了您发表在《清华大学学报》(2021 年第 5 期）上的这篇长文。文中关于“介入”的又一次论述，让我想到了您 2005 年出版的《审美阅读与批评》。这本书开篇就是《介入偏离与阅读倾斜》。在文末，您特别标注这篇文章虽发表于《当代文坛》2000 年第 1 期，但却写于 1990 年，照此算来，距今已过去了整整三十二年。维柯在《新科学》中认为“学说，必始于其所研究事实的开端”。我们是否可以将这篇文章视作您“批判诗学”的一个早期开端？您能否谈谈在那个时代是什么样的一种境况促使您开始关注“介入”问题，并将“介入”引入读者之维的？

赵　勇： 谢谢你关注到我的这篇文章。《介入偏离与阅读倾斜》是我的硕士学位论文的一部分，所以它确实是写于 1990 年。但能否把它看成我所谓批判诗学的一个早期开端，我却有些犹疑。我现在还能想起我的硕士学位论文选题与写作的历史语境。1989 年后半年，我们进入学位论文的选题阶段。那个时候，我的导师李衍柱老师就提醒我们，鉴于目前特殊的人文环境和政治形势，论文题目要把安全问题放在首位。也就是说，论文选题要首先考虑学术性，其他的那些“性”可以放在次要位置，或者不予考虑。我记得陈平原教授说过：“八十年代的学人，因急于影响社会进程，多少养成了‘借经术文饰其政论’的习惯。”①李老师告诫我们论文要讲究学术性，其实是怕我们表面上谈学术，实际上做政论，最终导致触礁翻船。所以我当时选题，就老老实实靠在接受美学方面，谈论的是一个纯学术问题。

但是，我所使用的理论资源却并不那么学术。20世纪80年代我们已开始引进了许多“主义”，其中，萨特与存在主义也曾风靡一时。在“萨特热”中，柳鸣九编选的《萨特研究》是知识界的启蒙读物，我当时也对这本书情有独钟。而这本书中的首篇文章就是施康强翻译的《为什么写作？》，此文下面的第一个注释又是：“介入（engagement），或译作‘干预’，是萨特的基本文学主张。他要求文学介入政治和社会斗争。”②如今我把这本书找出来，发现这个注释是红笔画过的，说明我当时对萨特的介入主张并非不知情。但是，当我把它引入读者之维时，又尽可能削去了它的政治锋芒，让它成为审美阅读中读者的一种美学姿态。因此，如果把此文以及其中的介入看作批判诗学的早期开端，我只能说，那里面隐含着我在80年代形成的某种问题意识；虽然介入这一概念已经过我的“消毒”处理，但只要它关联着萨特的思想，就必然会在文章中成为一种燃烧的地火。或者也可以说，虽然我接受了李老师的忠告，但一不留神，还是露出了狐狸尾巴。

徐晓军：从《介入偏离与阅读倾斜》里读者的介入式阅读，到《文学介入与知识分子的角色扮演——萨特〈什么是文学？〉的一种解读》中对

① 查建英主编：《八十年代：访谈录》，生活·读书·新知三联书店2006年版，第138页。

② 柳鸣九编选：《萨特研究》，中国社会科学出版社1981年版，第2页。

文学与作家介入的详细解读，再到您现在将“介入”引入批判诗学，对理论和批评者的介入提出期待，这一切经历了从读者到作者再到批评主体这样一个完整的过程。通过对萨特“介入”理论的发展，“介入”贯穿了文学活动的全过程，这是否意味着您对现代——套用一句流行语，也即“后理论”时代的文学活动有了一种全新理解或者说要求？

赵　勇：首先需要谈一谈我对萨特的理解。我在20世纪80年代虽然读过《萨特研究》和《想象心理学》，甚至还为后者写过书评，但是说实在话，我对萨特的理解依然是有限的，只能说是浅尝辄止。对他有了新的认识和理解是在2006年前后，因为2005年是萨特百年诞辰，我也正好在那时候答应程正民老师，为他的一个课题撰写一章“法国马克思主义文论与存在主义”的内容。于是有一年左右，我完全沉浸在萨特的世界里，既读萨特和与萨特有关的著作，也读加缪、梅洛-庞蒂、雷蒙·阿隆、波伏瓦等人的书。其中，萨特的长文《什么是文学？》读得我荡气回肠，列维的那本八百多页的《萨特的世纪——哲学研究》则读得我血脉偾张。只是到这时候，我才算是走进了萨特的世界，也自认为对他的介入有了一种真正的理解。

这种理解其实就体现在我那篇《文学介入与知识分子的角色扮演》中，我当时之所以会去解读《什么是文学？》，就是觉得这个文本既特别迷人，又存在着许多含混之处，我需要通过我的解读清理出一条理解萨特与其介入的通道，也需要在他所论述的作家和知识分子的一分为二处与合二为一处仔细辨别。这时候我必须承认，列维与萨义德的相关论述给我带来了重要启发。列维指出：萨特实际上是通过介入，在《什么是文学？》中回答了三个具体的问题：第一，写什么？答案：写今天。第二，为谁而写？答案：为今天而写。第三，写给谁看？答案：写给多数人看。因此，萨特鼓励作家拥抱时代，为广大的公众写作。“总之，对于一本小说来说，‘介入’，就意味着抛弃作品会永恒的幻想。打‘介入’这张牌，就是不要像瓦勒里生前所做的那样，就是抵制‘为后世写作’的诱惑。介入的作家，就是‘在死之前曾经活过’的作家。捍卫介入，不是别的，正是抛弃死后扬名的幻影。”①我觉得这是抓住了介入精髓的不刊之论。而萨义德的那句话则是醍醐灌顶，让我有了茅塞顿开之感。他说：《什么是文学？》中“使用的字眼是作家，而不是‘知识分子’，但所说的显然是知识分子在社会中的角色”②。顺着萨义德的提醒重新打量《什么是文学？》，你就会发现这个文本果然焕然一新。

当然，我也需要提到萨特本人写在《现代》发刊词中的一段非常重要的论述：“在每一个时代，作家都处在一种具体环境之中：他的每一句话都会产生回响，每一个沉默也是如此。我以为，巴黎公社失败之后发生的镇压，福楼拜和龚古尔都要对此负责，因为他们没有写出一行阻止镇压的话来。有人会说，这不是他们的分内之事。那么，卡拉冤案是伏尔泰的分内之事吗？德雷福斯事件与左拉有何关系？刚果政府又关纪德什么事？这三位作家，每个人都在自己一生所处的具体环境中，考量了一个作家应负的责任。”③这是呼吁作家成为知识分子最形象的说法。而实际上，把学者、批评家代入其中也是可以成立的。因此，当我思考批判诗学时，我觉得介入——尽管它被阿多诺批判过——应该成为其中的一个重要维度。或者也可以说，我表面上谈论的是介入，实际上却是想把作家、学者的知识分子潜能挖掘出来。当然，我也知道，正如列维所谈论的那样，国家

---

① 贝尔纳·亨利·列维：《萨特的世纪——哲学研究》，闫素伟译，商务印书馆2005年版，第109页。

② 爱德华·W. 萨义德：《知识分子论》，单德兴译，生活·读书·新知三联书店2002年版，第65页。

③ Jean-Paul Sartre, “Présentation des *Temps modernes*,” In *Situation,* II. Paris: Gallimard, 1975, p.13. 转引自赵天舒：《西方文论关键词：介入文学》，《外国文学》2018年第5期。

势力与知识分子势力往往处在一个此消彼长、此强彼弱的状态，[①]再加上犬儒主义盛行，今天要想把萨特式的知识分子精神发扬光大已面临着种种难度。但尽管如此，我依然希望批判诗学中有一种生气灌注的东西。尤其是在“后理论”时代，当越来越多的作家、学者具有一种“后知识分子”的特征时，我觉得把萨特的介入拿过来就更具有现实意义。

徐晓军： 2017 年您在《北京师范大学学报》（社会科学版）第 6 期上发表了《从“审美中心论”到“审美 / 非审美”矛盾论——童庆炳文化诗学话语的反思与拓展》，开始反思“一个中心”应对“多元文化”时的动力不足问题，并提出了“审美 / 非审美”矛盾论，以期拓宽“文化诗学”之路。这种两翼齐飞的思路也可以在您早期学术研究中找到开端。在 2005 年您出版《审美阅读与批评》之前不久，您就已经出版了《透视大众文化》，不仅考察了大众文化的概念，还全面审视了当时中国大众文化的状况，涉及影视、体育、流行音乐、广告、文学生产等众多领域。我们看到的是您已经出来的专著，我想知道的是您从什么时候开始关注大众文化问题，思考经典文学与大众文化互动影响的？

赵　勇： 20 世纪 90 年代。在我的印象中，80 年代学界基本上还没有大众文化这一概念，而大众文化本身也处在一个艰难生长的状态，所以那个时候我们对大众文化并不在意。但是进入 90 年代，尤其是 1992 年之后，一切都发生了变化。我当时虽然在一个很边远的地方院校教书，但依然能感受到这种变化。记得当时校园里流行一个说法：所谓经典就是谁都觉得应该读但谁也不读的文学名著。大家不读经典作品了，取而代之的是琼瑶、三毛等人的书。琼瑶等人的作品在

---

① 参见贝尔纳 · 亨利 · 列维：《萨特的世纪——哲学研究》，闫素伟译，商务印书馆 2005 年版，第 37 页。

大学校园里流行是90年代中前期的事情，我就是从我的学生那里知道琼瑶的。所以对于我来说，真正感受到大众文化的冲击就是90年代，但我认真去思考它时已到了90年代末。1999年，山东师范大学的夏之放老师、李衍柱老师弄了一个“当代中西审美文化研究”的省级项目，邀我加盟。而分配给我的写作任务恰好就是那些大众文化现象，这样我就有了思考它们的契机和理由。我记得当时我是从山西长治的家里一直写到北师大的博士生宿舍，因为那一年我开始读博了。

徐晓军： 谈及您的《透视大众文化》我还有一个特别的问题想请您谈谈。我们都知道，2004年是我国奥运代表团在雅典奥运会上大获全胜的一年。女排时隔多年再夺奥运冠军、刘翔110米栏夺魁，奖牌榜也一举超越俄罗斯上升到第二位。全民不仅沉浸在胜利的喜悦中，也沉浸在对2008年北京奥运会的期待中。您本人也是体育迷，乒乓球打得不错。可就在这样一个几乎全民狂热的语境中，您却在书中对竞技体育——包括奥运会在内——做出了非同寻常的反思，这是相当不易的，尤其在一种思考的开端阶段。您当时还预言“未来体育的两极分化将会愈来愈分明”，现在可以说也应验了，您所期待的体育的“精神升华”也迟迟没有发生，反而在功利之路上越走越远。是什么让您采取了批判性立场，获得了这样的犀利洞见？当下有没有新的因素阻碍着“升华”的发生？

赵　勇： 我对体育的热爱是在20世纪80年代培养起来的。1981年，我读大学不久，便赶上了中国女排在第三届世界杯女子排球赛上首次夺冠。当时大家都很激动，而庆祝的方式是在拖把上浇上煤油当火炬，半夜三更上街游行。毕业那年，我又与我的同学们一道经历了所谓“足球愤怒”——1985年5月19日，中国足球队在北京主场迎战中国香港队，虽然只要战平就能小组出线，但还是以1比2告负，未能进入第二阶段的比赛，失去了进军1986年墨西哥世界杯的机会。

这场比赛我们是把电视机搬到楼道里看的，聚集了一堆人，叫骂声此伏彼起，而北京的现场则发生了著名的“5·19事件”。后来我读到了路云亭的《竞技·中国——竞技文化与中国的国民性》，又读到了赵瑜的“体育三部曲”——《强国梦》《兵败汉城》《马家军调查》等书，所有这些都成了我思考体育的一种动力。

所谓批判性立场，我想应该是一个人文学者所具有的正常立场，因为我毕竟不是体育界的专业人士，更不是体育官员，所以我可以用一种超然的姿态去对待各类赛事，也可以在一个形而上的层面去思考竞技体育所存在的种种问题。我在书中引了雅斯贝斯（Karl Jaspers）的说法：“体育运动不仅是游戏，不仅是纪录的创造，它同样也是一种升华，也是一种精神上的恢复。”①但是从实际情况看，我们距离这种升华与恢复却越来越远了。何以如此？因为在其背后有商业、政治的因素起作用，有韦伯所谓工具理性在作祟，甚至很可能还有现代性的魅影。康纳德（Peter Conrad）不是说“现代性就是时间的加速”②吗？我们再想想“更高、更快、更强”（现在又增加了“更团结”）的体育精神，这是不是追求现代性的结果？

二、批判诗学的意图与方法

徐晓军：出于什么样的考量，您觉得当前有必要走向批判诗学？

赵　勇：我想主要有两方面的原因，其一是现实层面，其二在学理层面。

我对中国文学批评和文化批评的现状一直是不甚满意的。我曾写过《批判精神的沉沦——中国当代文化批评病因之我见》（《文艺研究》2005年第12期）和《学院批评的历史问题和现实困境》（《文艺研

① 卡尔·雅斯贝斯：《时代的精神状况》，王德峰译，上海译文出版社1997年版，第60页。

② 转引自哈尔特穆特·罗萨：《加速：现代社会中时间结构的改变》，董璐译，北京大学出版社2015年版，第19页。

究》2008年第2期）等文章，这些文章就是在表达我的不满。而我之所以去寻找病因，就是想尽可能解决批判精神不断流失的问题，也想把处在批判昏睡（critical lethargy）中的文化批评、文学批评一巴掌拍醒。虽然我明知道我的巴掌并不具有那样的力量，但我还是想与同道人一起鼓与呼。因此，走向批判诗学并非心血来潮，而是基于现实考虑提出来的一种方案。

在学理层面，我就必须提到以童庆炳老师为代表所提倡的文化诗学了。

童老师是在世纪之交正式亮出“文化诗学”的旗号的，随后他又用十五年左右的时间不断丰富和发展这一理论，并让它成为北师大文艺学研究中心的一面理论旗帜。童老师在世时，我就写过文章，琢磨过他的文化诗学，但我当时尽管已经意识到了问题所在，却并没有加大思考的力度。直到我写《从“审美中心论”到“审美/非审美”矛盾论——童庆炳文化诗学话语的反思与拓展》一文时，我才对他的文化诗学话语进行了一番认真清理。而一旦清理，你就会发现，童老师所归纳的文化诗学的基本主张——“一个中心（以审美为中心），两个基本点（深入历史语境，细致的文本分析），一种呼吁（从文本批评走向现实干预）”①——虽然想法很好，但往下落实就会遇到麻烦。比如要是以审美（即传统意义上的诗情画意）为中心的话，那么好多大众文化现象就得被排除出去，这样一来，你还如何对文化现实发言，还怎么走向现实干预？所以，说句玩笑话，作为老一代的“无产阶级革命家”，童老师虽然也想借鉴和吸收文化研究的成果，但其古典情怀与唯美主义冲动又决定了他只能是黄鼠狼娶媳妇——小打小闹。我把童老师比作英国的利维斯（F. R.

---

① 参见童庆炳：《文化诗学：理论与实践》，北京大学出版社2015年版，第265—269、128—134、270页。

Leavis）和美国的布鲁姆（Harold Bloom），就是想指出，童老师不是一个人在战斗。老一代学者的坚守确实令人尊敬，但它又无法解决实际问题。

当然，还有一层因素也曾进入我的思考中，虽然它并非主因，但也不妨一谈。2015 年童老师去世之后，我开始担任北师大文艺学研究中心（教育部人文社科重点研究基地之一）主任。而既然“文化诗学”是中心的一面旗帜，学界又有一些人担心“红旗究竟还能打多久”，于是我来反思这一理论主张，进而提出拓展它的路径，应该说也是顺理成章、责无旁贷。而这种反思和拓展也经历了一个过程，并不是一步到位的。因为 2017 年，我还是在文化诗学的理论框架中反思和拓展，两年之后，我才提出走向批判诗学，其意在于反思更彻底、拓展更合理。我在《走向一种批判诗学——从法兰克福学派的视角看中国当代文化诗学》中说过：“在当下中国复杂的现实语境和文论格局中，提出批判诗学既存在着某种风险，也面临着某种践行的难度，但我依然希望学界同人能关注这件事情。此举不是为了立山头、喊口号，而是为了理论与批评可能具有的某种向度和风度。”[①] 这是心里话。

徐晓军：《从“审美中心论”到“审美 / 非审美”矛盾论》一文的结尾处，您提出了“在鉴赏式批评与表征式分析（亦即美学分析与意识形态症候分析）之间……‘介入’的萨特与反对‘介入’的阿多诺之间”的方法论原则。在您的最近的《走向一种批判诗学——从法兰克福学派的视角看中国当代文化诗学》中，也提到“在‘文学介入’与‘艺术自主’之间”。同样，您在解读“奥斯威辛之后”命题时，也分析了阿多诺的“摇摆”。我们是否可以把在“矛盾”“之间”“摇

① 赵勇：《走向一种批判诗学——从法兰克福学派的视角看中国当代文化诗学》，《清华大学学报》（哲学社会科学版）2021 年第 5 期。

摆”看成批判诗学的一个重要的方法或路径？这对批判诗学是否有着某种特别的含义？

赵　勇：我确实喜欢在“矛盾”“之间”“摇摆”方面思考问题做文章，把它们看成批判诗学的方法或路径，我觉得也是可以的。如果追根溯源，这种方法首先是通过童老师溯源到恩格斯。恩格斯认为：旧的形而上学的思维方法遵循的是普遍绝对有效的“非此即彼”，而辩证的思维方法则“除了‘非此即彼！’，又在恰当的地方承认‘亦此亦彼！’，并使对立通过中介相联系；这样的辩证思维方法是唯一在最高程度上适合于自然观的这一发展阶段的思维方法”[①]。童老师生前曾反复念叨过恩格斯的这个“亦此亦彼”，也曾把这种思维方法写到文章之中[②]，我就记住并用起来了。

其次则是通过阿多诺溯源到康德。阿多诺的“奥斯威辛之后写诗是野蛮的”曾引起许多误解，他在回应质疑时曾把这一说法修订为一个二律背反的表达（奥斯威辛之后不能写诗 VS. 奥斯威辛之后必须写诗），然后指出：“哲学反思恰恰存在于这两种不同的、如此截然对立的可能性的缝隙之间，或者借用康德的术语，是存在于这两者的‘摇摆状态’（vibration）之间。”[③]众所周知，康德曾在《纯粹理性批判》中提出四对二律背反命题，同时他也指出了理性面对这些命题时的困窘和摇摆状态。而阿多诺则对康德二律背反的矛盾性进行了解读，他特别指出：“按照康德的观点，这两种意图在理性中是同等重要的，因为它们在理性中使自己发生同等效用，因此，这种两种意图之间的矛盾情结导致了不可消除的矛盾。”[④]然后他又以易卜

①《马克思恩格斯选集》第四卷，人民出版社 1995 年版，第 318 页。

② 参见童庆炳：《又见远山　又见远山：童庆炳散文集》，高等教育出版社 2016 年版，第 157 页。

③ Theodor W. Adorno, *Metaphysics: Concept and Problems*, ed. Rolf Tiedemann, trans. Edmund Jephcott, Stanford, California: Stanford University Press, 2001, p. 110.

④ T. W. 阿多诺：《道德哲学的问题》，谢地坤、王彤译，人民出版社 2007 年版，第 32—33 页。

生的《野鸭》为例，指出“野鸭没有解决矛盾，取而代之的是表现矛盾的不可解决性”，但是，“当我向你们讲矛盾的不可解决性被显示出来，这句话就意味着，这里不仅完成了认识，而且还实现了彻底的具体化，即‘在错误的生活里不存在正确的生活’”。[①] 可以毫不夸张地说，阿多诺的解读像是引爆了一颗炸弹，给我带来极大的震动和冲击，因为它让我明白了一个道理：哲学反思并不以解决问题为目的，而在于能否呈现问题。摇摆于二律背反之间的过程，就是反思深化的过程。这是思维的秋千、思想的舞蹈！

当然，除了“亦此亦彼”和“二律背反”，我也拿来了新世纪以来国内学界受伽达默尔和巴赫金等人的理论启发，热衷于谈论的“间性思维”或“间性理论”。因为批判诗学既关注传统意义上的文学，也关注现代意义上的大众文化，既涉及文学批评，也涉及文化批评，既要做文学研究，也要做文化研究，这样，在两极之间进行“居间思维”就显得非常重要。我曾经打过一个比方，我说正如“城乡接合部”混乱、无序、芜杂同时却也生机勃勃一样，正如路遥聚焦于“城乡交叉地带”写出了《平凡的世界》一样，文学与大众文化的“接合部”同样也充满着种种独异性（singularity）、疑难性与生发出问题意识的可能性。而在这样一种文学文化现实面前，单纯做文学研究或文化研究显然已无法胜任其本职工作，而是需要在文学研究中增加文化研究的维度，同时也在文化研究中增加文学研究的维度，从而让两种研究交往对话、互通有无，形成一种你中有我、我中有你的关系。当然，有了这种交往和对话之后，文学研究和文化研究可能都会改变一些自己的颜色，但也唯其如此，双方才能克服各自的缺陷，走向一种新的融合。假如双方依然各自为政，甚至视

① T. W. 阿多诺：《道德哲学的问题》，谢地坤、王彤译，人民出版社 2007 年版，第 182、183—184 页。

对方为敌手，则不但不利于研究的深入持久，而且还有可能在“内卷”中耗尽自己的能量而使研究真正走向“终结”。我刚把一本新书稿《大众文化与文学生产：1990 年代以来中国当代文学的文化研究》交给中国社会科学出版社，这本书最后的落脚点就是“在文学研究与文化研究之间”“走向一种‘间性’研究”，或许可以把它看作批判诗学路径的贯彻落实。

徐晓军：您在《作为方法的文学批评——阿多诺“内在批评”试解读》（《中国文学批评》2021 年第 1 期）和《走向一种批判诗学——从法兰克学派的视角看中国当代文化诗学》这两篇文章中，特别强调了“内在批评”（Immanent Critique），并有意识地与韦勒克、沃伦在《文学理论》中提到的“文学内部研究”（the Intrinsic Study of Literature）拉开距离，但二者又都从“形式”入手，阿多诺还特别强调批评家“不考虑任何公众接受与权力聚阵结构（constellations of power），并同时把最精确的艺术—技术专门知识运用起来”，看着非常形式主义，这二者之间有哪些联系与区别？您期待操作“内在批评”的文学批评或文化批评能达成什么样的效果？

赵　勇：实际上，我之所以去解读阿多诺的“内在批评”，也是想在他那里寻找一种方法论资源，而“内在批评”也恰恰具有很强的方法意识。按照我的理解，内在批评和英美新批评都关注作品的形式层，都是从形式入手进行文本分析，这是二者的共同之处。不同之处在于，新批评的内部研究是把文学文本看作一个封闭的结构，它只关注形式层的东西，只在语言、声音、节奏、意象、隐喻等方面做文章。俄国形式主义的什克洛夫斯基说得更绝对：“我的文学理论是研究文学的内部规律。如果用工厂方面的情况来作比喻，那么，我感兴趣的不是世界棉纱市场的行情，不是托拉斯的政策，而只是棉纱的支数和纺织方法。”[1]这样一来，文本细读和分析就成了一种高级别的智力游戏，成了大学教授可以拿来炫耀的文化资本。杰洛瑞（John Guillory）就曾指出：“新批评成功地建立了一套由晦涩诗人组成的现代主义经典”，“从而把文学重新评价为大学的文化资本”。[2]他的分析是有道理的。

内在批评却并非如此，它是从形式层进入，从社会层出来。也就是说，内在分析固然要针对形式，但分析形式不是最终目的，而是要解读出形式中所蕴含的丰富的社会意义。比如，毕加索的《格尔尼卡》，它的形式非常新颖，但这种超现实主义的形式是在控诉，是在传递法西斯战争暴行的信息。内在分析就是要从这种形式入手，由表而入里，因内而观外，从而揭示意识形态与社会现实之间的矛盾性、复杂性和含混性，进而破解社会为各类机关暗道设置的种种密码，挑明意识形态掩盖下的事实真相，最终让文化批评或文学批评成为社会的观相术。所以我在文章中特意引用了考夫曼（Robert Kaufman）的说法，以此区分内在批评和新批评。他说阿多诺其实很狡猾，因为在《论抒情诗与社会》这篇广播讲话中，他表面上是施展其内在批评之功，从形式层进入社会层，然后解读出社会层面的东西，但实际上，他是要动摇德语听众事先已经形成的“新批评”预设。“常常被概括为阿多诺作品（以及广义上的法兰克福学派理论）特征的内在分析（Immanent Analysis），致力于沉浸于形式之中，致力于对其肌质、句法、节奏和调性充分体验并参与其中。与其说这是对‘新批评’（或者其他方法论上的形式主义者）的形式关

① 什克洛夫斯基：《关于散文的理论》，苏联作家出版社 1984 年版，第 8 页，转引自什克洛夫斯基等：《俄国形式主义文论选》，方珊等译，生活·读书·新知三联书店 1989 年版，“前言”第 14 页。

② 约翰·杰洛瑞：《文化资本：论文学经典的建构》，江宁康、高巍译，南京大学出版社 2011 年版，第 164 页。

注弃之不顾，不如说是把它拓展到社会层面并附加条件后使其再度归来：诗歌或艺术作品不能被构想为一个独立客体，而是像本雅明那样，被当作由作品和社会层面之间一系列复杂关系生成的聚阵结构（constellation）或力场（kraftfeld）的一部分（这可以理解为，社会往往是，或至少在微观层面上是内在于作品之中的）。”①在这里，考夫曼已经把这一区分谈得很清楚了。

徐晓军：在批判诗学中，除了“批判”外还有一点也让我很关注，那就是历史悠久的诗学传统。1991 年，黄药眠、童庆炳在他们主编出版的《中西比较诗学体系》的前言中，将诗学等于文学理论。作为亚里士多德传统在现代中国的延续，他们将诗学视作通俗文学、消遣文学日趋兴盛的时代用以回归文学诗意根基的手段，承载了一种价值指向。而您则很看重大众文化这块儿，提出“审美/非审美”矛盾论，那么从批判理论与文化诗学的整合中走向批判诗学，在吸收诗学智慧这块儿，您有什么新的思考？

赵　勇：黑尔姆林（Steven Helmling）有本书，叫作《阿多诺的批判诗学》。他在书中解释“诗学”时给我带来了特别大的启发。他说，美学涉及理论，诗学关乎实践。在希腊语中，“诗学”有“生产制造”的意思，所以，如何做事情或是如何创造作品是一个诗学问题。让我感兴趣的是，黑尔姆林借用了奥斯汀（J. L. Austin）所谓“说就是做，言就是行”的观点，认为阿多诺的批判是施行话语（performative utterance）而非记述话语（constative utterance），是干预文化境况的一种尝试。②这样一来，就不仅发掘出“诗学”中被我们忽略的含义，而且也为阿多诺的“批判诗学”赋予了新意。因为经过这样的解读

① Robert Kaufman, “Adorno’s Social Lyric, and Literary Criticism Today: Poetics, Aesthetics, Modernity,” in ed. Tom Huhn, *The Cambridge Companion to Adorno*, Cambridge: Cambridge University Press, 2004, p. 357.

② See Steven Helmling, *Adorno's Poetics of Critique*, New York: Continuum, 2009, pp. 5-6.

之后，阿多诺经常被人诟病的实践性（所谓思想的巨人、行动的矮子）就不再成为一个问题了。

当然，如果这个“诗学”指的是“文学理论”（这也是它的主要义项），那么无论是中国还是西方，都有一个悠久而强大的传统，但大众文化理论却不是这样。如果从40年代法兰克福学派批判大众文化算起，大众文化理论至今还不足百年历史。因此，我觉得我们在吸收传统诗学智慧方面不是问题，成问题的可能是我们如何对待大众文化，这是我特意强调它的原因。再者，我又认为，以诗情画意为根基的传统诗学，它是被前现代时期的历史文化语境催生出来的，还无法解释我们今天更为复杂的文学文化现实。所以对于传统诗学智慧，我们既要吸收，也要改造，同时还要形成与我们这个时代相匹配的诗学命题。例如，“奥斯威辛之后写诗是野蛮的”这句名言，是阿多诺在50年代初提出的一个迥异于传统诗学的现代诗学命题。而时代发展到今天，我们也急需一种强有力的、具有阐释有效性的诗学命题，但遗憾的是，我们还处在滞后状态，没跟上趟。

三、批判诗学的未来

徐晓军：批判诗学作为一种理论建构，您对它的未来发展有什么期待？

赵　勇：我当然希望能有一些人来关注批判诗学，并且加入这一阵营之中，壮大这支革命队伍，而不仅仅只是十几个人七八条枪。但我也深知，这种希望变成现实的概率是比较低的，因为今天是一个既众声喧哗又自说自话的时代，大家都失去了倾听的兴趣。想起童老师起劲鼓吹文化诗学达十五年之久，他的遗著则是一本《文化诗学：理论与实践》，但能够倾听、阅读进而认同其学术话语的又有多少人呢？我记得几年前，文学理论界一位有头有脸的人物突然问我：童老师的文化诗学究竟是什么东西？你能否给我解释一下？我只好把那篇分析童老师文化诗学的长文发给了他。这就是我们今天的现实处境。所以，对于批判诗学的未来，我是不敢有什么期待的。唯一可以肯定的是，我自己会尽力把它做好。

徐晓军： 2015 年北师大曾经举办“百年学案”高级论坛，为文化诗学寻求一种操作方案。这具有浓重的怀旧意味。萨义德在纪念美国批评家欧亨尼奥·多纳托去世的大会上，勇敢地提出批评要指向未来，批评家必须肯定某种未来。他举出的一个经典例证正是阿多诺。您在吸收改造阿多诺等诸多理论家的理论的基础上提出批判诗学后，对批判诗学未来通向批评实践的路径有什么样的构想？

赵　勇： 你说得没错，“百年学案”论坛确实是在为文化诗学寻找一种操作方案。那时候童老师还在世，他觉得博士生的论文常常不好选题，而引导他们来做学案研究可能是一种路径，这样也可以把文化诗学做深做实。而在 2018 年，我们这里又与夏中义教授、刘锋杰教授联合，在苏州大学召开了第二届“百年学案”南北论坛。夏老师做学案研究既成果丰硕，又很有心得，我这里不妨提及他所概括的“文献—发生学”方法。这种方法的特点是要“探询对象于给定语境的学术著述所赖以生发的直接心理动因，即尝试用两只眼睛来考察学术史对象：当左眼在确认对象于文献学层面写了什么及怎么写之同时，右眼应旋即透视对象于发生学层面为何这么写的内在缘由。此内在缘由（直接心因）往往微缩着对象的文化视野、知识结构、人格角色自期乃至对时势的微妙态度”①。我觉得这种方法也是可以加以借鉴的。

但我更想谈论的是你所提及的阿多诺。阿多诺确实是一个天才人物，他在哲学、美学、音乐社会学、文学理论等方面都有精深的思考，也写出了与文化批评、文学批评相关的大量文章。如果谈论批

---

① 夏中义：《“文献—发生学”方法与朱光潜学案》，《社会科学家》2014 年第 7 期。

判诗学的批评实践，我觉得阿多诺就是一个榜样，你看他的《介入》《〈终局〉试理解》等文章，写得何其精彩！他既发明理论又运用理论，既从事批评又反思批评，这样他在具体的实践中，不知不觉就把理论批评化，又把批评理论化了。所以，把阿多诺的批评实践看作一个高标，应该是毫无问题的。

当然，我也知道，无论是阿多诺的理论话语还是其批评话语，都太高大上了，一般人会被吓得退避三舍。因此，如何把它通俗化、大众化就显得至关重要。我曾经写过一篇短文《尽可能让人文学术大众化》（《人民日报》2018 年 8 月 3 日），就是在表达这个意思。而这时候，萨特的思想就派上用场了。我现在必须承认，萨特提出的必须征服大众媒介、征服读者群、“必须学会用形象来说话，学会用这些新的语言表达我们书中的思想”[①]等等主张，给我带来的启发无与伦比，这也是我轻易不敢抛弃萨特的原因之一。因此，在我对批判诗学批评实践的构想中，既要向阿多诺学习，又要向萨特取经，既要有理论深度，又要能通俗易懂。这大概是我努力的一个目标。

徐晓军： 您曾说您的写作往往计划不足，但可能围绕着法兰克福学派的视角继续写一些东西。近期，我们已经看到您这方面的一些新成果。现在您提出走向批判诗学，对您的写作计划是不是会有新的想法？换句话说，理论的建设关涉诸多的维度，您将首先从哪些方面展开？

赵　勇： 确实是计划不足，或者是计划赶不上变化。法兰克福学派是我博士阶段的主攻目标，但我当时主要开发的是这个学派的大众文化理论，我还想开发它的美学、文学理论资源，甚至从翻译做起，却又常常处在纸上谈兵的状态。如今我提出的批判诗学还只是一个初步的构想，要想把它在理论和实践的层面夯实，应该还有很长的路要走。那么，在夯实的过程中，如何进一步释放法兰克福学派的理论资源，

---

① 萨特:《什么是文学?》，施康强译，《萨特文集》第 7 卷，人民文学出版社 2005 年版，第 289 页。

如何合理运用法兰克福学派的理论视角，可能是我下一步需要做的主要工作。当然除此之外，我还应该扩大视野。比如，在法兰克福学派内部，以前我关注阿多诺多一些，那么现在是不是要更多关注本雅明？在法兰克福学派之外，则有一个更大的“西马”空间和更广阔的人文科学领域。总之，批判诗学是一个聚焦点，有了这个点，就可以围绕它做许多事情。

徐晓军：最后问一个我自己很关切的问题。如果像我这样的后学，想沿着您的思路践行批判诗学，甚至勇敢一点说还想有所拓展，需要做一些什么准备？

赵　勇：我觉得主要还是一个如何武装自己的问题。应该像阿多诺、本雅明那样，像你研究的萨义德一样，把自己武装到牙齿，这样才能进可攻，退可守，兵来将挡，水来土掩。具体而言，我想就是要古今中外兼收并蓄，就是要“泰山不让土壤，故能成其大；河海不择细流，故能就其深”。假如太偏食，只能守着自己的一亩三分地过日子，估计不会有大出息。当然，也必须处理好一专多能的关系问题，即既要有自己的看家本领，也要十八般兵器，样样拿得起放得下。不要怕目标定得太远太大，因为取法乎上，仅得其中。

当然，具体到批判诗学，我觉得如何培养怀疑意识和批判意识，如何训练“说真话”的勇气和技巧，如何在“为学不作媚时语”的状态下行文运笔，也至关重要。萨义德说过：“如果我用一个词永远同批评联系在一起（不是作为修饰语，而是作为对批评的强调），那么这个词就是对抗。……批评必须把自己设想为对生命质量的提升，并且从根本上反抗任何形式的暴政、宰制和虐待。”①我很能够认同萨义德的这一观点，也能由此看到他与阿多诺思想的内在关联，批判

① Edward W. Said, *The Word, the Text, and the Critic*, Cambridge, M.A.: Harvard University Press, 1983, p. 29.

诗学应该从这里汲取批判的元气和力量。

但与此同时，我也非常希望你们能够去拓展批判诗学的空间，甚至像我对童老师的文化诗学所做的拓展那样，把批判诗学拓展成其他什么诗学也毫无问题，只要在现实与学理的层面持之有据、言之成理就行。由此我也想到了马克斯·韦伯的一个论述，他认为学术与艺术是不一样的，艺术不存在进步与落后之分，你不能说卡夫卡的现代主义一起来，巴尔扎克的现实主义就落后了；但学术却必然伴随着一个进步的过程。“在学术园地里，我们每个人都知道，我们所成就的，在十、二十、五十年内就会过时。这是学术研究必须面对的命运，或者说，这正是学术工作的意义。……在学术工作上，每一次‘完满’，意思就是新‘问题’的提出；学术工作要求被‘超越’，要求过时。任何有志献身学术工作的人，都必须接受这项事实。学术研究，若由于本身所带有的艺术性，能够提供人们的‘满足’，当然可以流传；或是作为一种训练方法，也可以有持久的重要性。然而就学术本身的观点来说，我再重复一遍，将来总有一天，我们都会被别人超越；这不仅是我们共同的命运，更是我们共同的目标。”[①]这个话说得很好很实在，我也不需要再做解释了。那么，就以此作为这个访谈的结束语吧。

2022 年 2 月 4 日

采访者徐晓军系西北师范大学文学院副教授

---

① 马克斯·韦伯:《学术与政治》，钱永祥等译，广西师范大学出版社 2004 年版，第 166 页。

| 参考文献 |

一、中文著作

［1］毛泽东 . 毛泽东选集：第五卷［M］. 北京：人民出版社，1977.

［2］邵荃麟评论选集［M］. 北京：人民文学出版社，1981.

［3］郭小东，等 . 我的批评观［M］. 桂林：漓江出版社，1987.

［4］杜小真 . 一个绝望者的希望：萨特引论［M］. 上海：上海人民出版社，1988.

［5］李士德 . 赵树理忆念录［M］. 长春：长春出版社，1990.

［6］毛泽东 . 毛泽东选集：第一卷［M］. 北京：人民出版社，1991.

［7］马玉田，张建业 . 十年文艺理论论争言论摘编（1979—1989）［M］. 北京：北京十月文艺出版社，1991.

［8］童庆炳 . 艺术创作与审美心理［M］. 天津：百花文艺出版社，1992.

［9］毛泽东论文艺［M］. 北京：人民文学出版社，1992.

［10］中国社会科学院外国文学研究所，《世界文论》编辑委员会 . 文艺学和新历史主义［M］. 北京：社会科学文献出版社，1993.

［11］杨健 . 文化大革命中的地下文学［M］. 北京：朝华出版社，1993.

［12］多维 .《废都》滋味［M］. 郑州：河南人民出版社，1993.

［13］戴光中．赵树理传［M］．北京：北京十月文艺出版社，1993.
［14］韩少功．夜行者梦语：韩少功随笔［M］．北京：知识出版社，1994.
［15］张承志．张承志文学作品选集：长篇小说卷［M］．海口：海南出版社，1995.
［16］朱晓进．“山药蛋派”与三晋文化［M］．长沙：湖南教育出版社，1995.
［17］王晓明．人文精神寻思录［M］．上海：文汇出版社，1996.
［18］刘心武，张颐武．刘心武张颐武对话录：“后世纪”的文化瞭望［M］．桂林：漓江出版社，1996.
［19］陈荒煤，等．赵树理研究文集：上卷［M］．北京：中国文联出版公司，1996.
［20］张柠．叙事的智慧［M］．济南：山东友谊出版社，1997.
［21］陈荒煤，等．赵树理研究文集：上卷［M］．北京：中国文联出版公司，1998.
［22］汪曾祺．汪曾祺全集：三［M］．北京：北京师范大学出版社，1998.
［23］汪曾祺．汪曾祺全集：六［M］．北京：北京师范大学出版社，1998.
［24］严家炎．金庸小说论稿［M］．北京：北京大学出版社，1999.
［25］朱学勤．书斋里的革命：朱学勤文选［M］．长春：长春出版社，1999.
［26］李凤亮，李艳．对话的灵光：米兰·昆德拉研究资料辑要（1986—1999）［M］．北京：中国友谊出版公司，1999.
［27］毛泽东．毛泽东文集：第七卷［M］．北京：人民出版社，1999.
［28］戴锦华．书写文化英雄：世纪之交的文化研究［M］．南京：江苏人民出版社，2000.
［29］罗钢，刘象愚．文化研究读本［M］．北京：中国社会科学出版社，2000.
［30］童庆炳．文学审美特征论［M］．武汉：华中师范大学出版社，2000.
［31］莫言．檀香刑［M］．北京：作家出版社，2001.
［32］童庆炳．维纳斯的腰带：创作美学［M］．上海：上海文艺出版社，

2001.
[33] 洪子诚 . 问题与方法：中国当代文学史研究讲稿［M］. 北京：生活・读书・新知三联书店，2002.
[34] 张柠 . 飞翔的蝙蝠［M］. 上海：学林出版社，2002.
[35] 洪子诚 . 中国当代文学史・史料选：1945—1999：上［M］. 武汉：长江文艺出版社，2002.
[36] 莫言 . 小说的气味［M］. 沈阳：春风文艺出版社，2003.
[37] 邵燕君 . 倾斜的文学场：当代文学生产机制的市场化转型［M］. 南京：江苏人民出版社，2003.
[38] 王维玲 . 岁月传真［M］. 北京：中国青年出版社，2003.
[39] 张亮 . "崩溃的逻辑"的历史建构：阿多诺早中期哲学思想的文本学解读［M］. 北京：中央编译出版社，2003.
[40] 朱竞 . 世纪印象：百名学者论中国文化：上［M］. 北京：华龄出版社，2003.
[41] 张承志 . 文明的入门：张承志学术散文集［M］. 北京：北京十月文艺出版社，2004.
[42] 许纪霖 . 中国知识分子十论［M］. 上海：复旦大学出版社，2003.
[43] 张柠 . 文化的病症：中国当代经验研究［M］. 上海：上海文艺出版社，2004.
[44] 陈丹青 . 退步集［M］. 桂林：广西师范大学出版社，2005.
[45] 鲁迅 . 鲁迅全集：第三卷［M］. 北京：人民文学出版社，2005.
[46] 鲁迅 . 鲁迅全集：第四卷［M］. 北京：人民文学出版社，2005.
[47] 鲁迅 . 鲁迅全集：第五卷［M］. 北京：人民文学出版社，2005.
[48] 鲁迅 . 鲁迅全集：第七卷［M］. 北京：人民文学出版社，2005.
[49] 鲁迅 . 鲁迅全集：第十一卷［M］. 北京：人民文学出版社，2005.
[50] 赵勇.整合与颠覆：大众文化的辩证法：法兰克福学派的大众文化理论［M］. 北京：北京大学出版社，2005.

［51］周汝昌．红楼无限情：周汝昌自传［M］．北京：北京十月文艺出版社，2005.
［52］汪晖，陈燕谷．文化与公共性［M］．北京：生活・读书・新知三联书店，2005.
［53］徐晓．半生为人［M］．北京：同心出版社，2005.
［54］张柠．没有乌托邦的言辞［M］．广州：花城出版社，2005.
［55］程巍．中产阶级的孩子们：60 年代与文化领导权［M］．北京：生活・读书・新知三联书店，2006.
［56］郭宝亮．王蒙小说文体研究［M］．北京：北京大学出版社，2006.
［57］查建英．八十年代：访谈录［M］．北京：生活・读书・新知三联书店，2006.
［58］赵树理．赵树理全集．［M］．北京：大众文艺出版社，2006.
［59］赵一凡，张中载，李德恩．西方文论关键词［M］．北京：外语教学与研究出版社，2006.
［60］洪子诚．中国当代文学史［M］．修订版．北京：北京大学出版社，2007.
［61］马一夫，厚夫，宋学成．路遥纪念集［M］．北京：人民文学出版社，2007.
［62］童庆炳，陶东风．文学经典的建构、解构和重构［M］．北京：北京大学出版社，2007.
［63］张一兵．社会批判理论纪事：第 2 辑［M］．北京：中央编译出版社，2007.
［64］张未民，朱竞，孟春蕊．新世纪文艺学的前沿反思［M］．北京：人民文学出版社，2007.
［65］杨红莉．民间生活的审美言说：汪曾祺小说文体论［M］．北京：北京大学出版社，2008.
［66］张柠．想象的衰变：欠发达国家精神现象解析［M］．福州：福建教育出版社，2008.

[67] 李洁非 . 典型文坛 [M] . 武汉：湖北人民出版社，2008.
[68] 陈晓明 . 中国当代文学主潮 [M] . 北京：北京大学出版社，2009.
[69] 黄修己 . 赵树理研究资料 [M] . 北京：知识产权出版社，2010.
[70] 聂尔 . 最后一班地铁 [M] . 广州：花城出版社，2009.
[71] 沈从文 . 沈从文全集：第 20 卷 [M] . 太原：北岳文艺出版社，2009.
[72] 张石山 . 穿越：文坛行走三十年 [M] . 台北：秀威资讯科技股份有限公司，2009.
[73] 金惠敏 . 积极受众论：从霍尔到莫利的伯明翰范式 [M] . 北京：中国社会出版社，2010.
[74] 梁归智 . 红楼梦探佚 [M] . 北京：北京师范大学出版社，2010.
[75] 路遥 . 早晨从中午开始 [M] . 北京：北京十月文艺出版社，2010.
[76] 赵勇 . 大众媒介与文化变迁：中国当代媒介文化的散点透视 [M] . 北京：北京大学出版社，2010.
[77] 方维规 . 文学社会学新编 [M] . 北京：北京师范大学出版社，2011.
[78] 童庆炳 . 文学审美论的自觉：文学特征问题新探索 [M] . 北京：北京师范大学出版社，2011.
[79] 许倬云 . 知识分子：历史与未来 [M] . 桂林：广西师范大学出版社，2011.
[80] 陈徒手 . 人有病 天知否：1949 年后中国文坛纪实 [M] . 北京：人民文学出版社，2011.
[81] 张柠 . 白垩纪文学备忘录 [M] . 北京：中国人民大学出版社，2012.
[82] 张柠 . 眼睛家族笔记 [M] . 重庆：重庆大学出版社，2012.
[83] 陈晓明 . 中国当代文学主潮 [M] .2 版 . 北京：北京大学出版社，2013.
[84] 杨庆祥 . 分裂的想象 [M] . 北京：北京大学出版社，2013.
[85] 张柠 . 感伤时代的文学 [M] . 北京：新星出版社，2013.
[86] 张柠 . 土地的黄昏：中国乡村经验的微观权力分析 [M] . 修订版 . 北京：中国人民大学出版社，2013.

［87］海波 . 我所认识的路遥［M］. 武汉：长江文艺出版社，2014.
［88］童庆炳 . 从审美诗学到文化诗学：童庆炳自选集［M］. 北京：首都师范大学出版社，2014.
［89］王彬彬 . 应知天命集［M］. 北京：人民文学出版社，2014.
［90］阎真 . 活着之上［M］. 长沙：湖南文艺出版社，2014.
［91］胡乔木 . 胡乔木回忆毛泽东［M］. 北京：人民出版社，2014.
［92］单世联 . 黑暗时刻：希特勒、大屠杀与纳粹文化［M］. 广州：广东人民出版社，2015.
［93］邵燕君 . 网络时代的文学引渡［M］. 桂林：广西师范大学出版社，2015.
［94］孙士聪 . 批判诗学的批判：问题与视界：法兰克福学派与中国现代诗学论集［M］. 北京：中国社会科学出版社，2015.
［95］童庆炳 . 文化诗学：理论与实践［M］. 北京：北京大学出版社，2015.
［96］童庆炳 . 旧梦与远山［M］. 北京：北京大学出版社，2015.
［97］童庆炳 . 文化诗学的理论与实践［M］. 长沙：湖南人民出版社，2015.
［98］童庆炳 . 审美及其生成机制新探［M］. 福州：福建人民出版社，2015.
［99］童庆炳 . 文学理论教程［M］.5 版 . 北京：高等教育出版社，2015.
［100］张柠 . 民国作家的观念和艺术：废名、张爱玲、施蛰存研究［M］. 济南：山东文艺出版社，2015.
［101］程光炜 . 文学史二十讲［M］. 上海：东方出版中心，2016.
［102］史宗恺 . 续写岁月的传奇：清华学子感悟《平凡的世界》［M］. 北京：清华大学出版社，2016.
［103］童庆炳 . 又见远山 又见远山：童庆炳散文集［M］. 北京：高等教育出版社，2016.
［104］童庆柄 . 童庆炳文集：第七卷《文心雕龙》三十说［M］. 北京：北京师范大学出版社，2016.
［105］童庆柄 . 童庆炳文集：第六卷 文学创作问题六章［M］. 北京：北京师

范大学出版社，2016.
[106] 童庆柄 . 童庆炳文集：第八卷 中国古代诗学与美学［M］. 北京：北京师范大学出版社，2016.
[107] 赵勇 . 法兰克福学派内外：知识分子与大众文化［M］. 北京：北京大学出版社，2016.
[108] 北京师范大学文艺学研究中心，北京师范大学文学院 . 木铎千里 童心永在：童庆炳先生追思录：下［M］. 北京：北京师范大学出版社，2016.
[109] 张柠 . 枯萎的语言之花：1949 至 1965 年中国大陆的文学：下［M］. 新北：花木兰出版社，2016.
[110] 张燕玲，张萍 . 今日批评百家：我的批评观［M］. 桂林：广西师范大学出版社，2016.
[111] 陈思和 . 中国当代文学史教程［M］.2 版 . 上海：复旦大学出版社，2017.
[112] 老舍 . 不成问题的问题：老舍短篇小说精选［M］. 赵勇，编选 . 北京：北京十月文艺出版社，2017.
[113] 方维规 . 概念的历史分量：近代中国思想的概念史研究［M］. 北京：北京大学出版社，2018.
[114] 梁归智 . 禅在红楼第几层［M］. 西安：陕西师范大学出版总社，2018.
[115] 梁归智 .《红楼梦》里的四大风波［M］. 太原：三晋出版社，2018.
[116] 赵树理 . 赵树理全集：第 5 卷［M］. 太原：北岳文艺出版社，2018.
[117] 赵勇 . 赵树理的幽灵：在公共性、文学性与在地性之间［M］. 北京：中国人民大学出版社，2018.
[118] 常培杰 . 拯救表象：阿多诺艺术批评观念研究［M］. 北京：人民出版社，2020.

二、译著

[1] 列宁 . 列宁选集：第一卷 [M]. 北京：人民出版社，1972.

[2] 马克思，恩格斯 . 马克思恩格斯全集：第三十六卷 [M]. 北京：人民出版社，1975.

[3] 马克思 . 资本论：第一卷 [M]. 北京：人民出版社，1975.

[4] 海森堡 . 严密自然科学基础近年来的变化 [M].《海森堡论文选》翻译组，译 . 上海：上海译文出版社，1978.

[5] 柳鸣九 . 萨特研究 [M]. 北京：中国社会科学出版社，1981.

[6] 马克思 .1844 年经济学哲学手稿 [M]. 北京：人民出版社，1985.

[7] 北京大学中文系文艺理论教研室 . 马克思、恩格斯、列宁、斯大林论文艺 [M]. 北京：人民文学出版社，1986.

[8] 麦基 . 思想家 [M]. 周穗明，翁寒松，译 . 北京：生活・读书・新知三联书店，1987.

[9] 萨特 . 存在与虚无 [M]. 陈宣良，等译 . 北京：生活・读书・新知三联书店，1987.

[10] 巴赫金 . 陀思妥耶夫斯基诗学问题 [M]. 白春仁，顾亚铃，译 . 北京：生活・读书・新知三联书店，1988.

[11] 伽达默尔 . 赞美理论：伽达默尔文集 [M]. 夏镇平，译 . 上海：上海三联书店，1988.

[12] 霍克海默 . 批判理论 [M]. 李小兵，等译 . 重庆：重庆出版社，1989.

[13] 什克洛夫斯基，等 . 俄国形式主义文论选 [M]. 方珊，等译 . 北京：生活・读书・新知三联书店，1989.

[14] 桑原武夫 . 文学序说 [M]. 孙歌，译 . 北京：生活・读书・新知三联书店，1991.

[15] 马克思，恩格斯 . 马克思恩格斯全集：第一卷 [M]. 北京：人民出版社，1995.

[16] 马克思，恩格斯．马克思恩格斯选集：第一卷［M］．北京：人民出版社，1995.

[17] 马克思，恩格斯．马克思恩格斯选集：第二卷［M］．北京：人民出版社，1995.

[18] 马克思，恩格斯．马克思恩格斯选集：第四卷［M］．北京：人民出版社，1995.

[19] 波伏瓦．萨特传［M］．黄忠晶，译．南昌：百花洲文艺出版社，1996.

[20] 布尔迪厄．文化资本与社会炼金术：布尔迪厄访谈录［M］．包亚明，译．上海：上海人民出版社，1997.

[21] 杰姆逊．后现代主义与文化理论［M］．唐小兵，译．北京：北京大学出版社，1997.

[22] 雅斯贝斯．时代的精神状况［M］．王德峰，译．上海：上海译文出版社，1997.

[23] 托托西．文学研究的合法化［M］．马瑞琦，译．北京：北京大学出版社，1997.

[24] 詹明信．晚期资本主义的文化逻辑［M］．北京：生活·读书·新知三联书店，1997.

[25] 阿多诺．美学理论［M］．王柯平，译．成都：四川人民出版社，1998.

[26] 巴赫金．拉伯雷研究［M］．李兆林，夏忠宪，等译．石家庄：河北教育出版社，1998.

[27] 卜伦．西方正典：下册［M］．高志仁，译．新北：立绪文化事业有限公司，1998.

[28] 布迪厄，华康德．实践与反思：反思社会学引论［M］．李猛，李康，译．北京：中央编译出版社，1998.

[29] 洛奇．小世界［M］．赵光育，译．北京：作家出版社，1998.

[30] 吉登斯．现代性与自我认同：现代晚期的自我与社会［M］．赵旭东，方文，译．北京：生活·读书·新知三联书店，1998.

［31］上海社会科学院哲学研究所外国哲学研究室．法兰克福学派论著选辑：上卷［M］．北京：商务印书馆，1998.
［32］哈贝马斯．公共领域的结构转型［M］．曹卫东，等译．上海：学林出版社，1999.
［33］葛兰西．狱中札记［M］．曹雷雨，等译．北京：中国社会科学出版社，2000.
［34］勒庞．乌合之众：大众心理研究［M］．冯克利，译．北京：中央编译出版社，2000.
［35］萨特．萨特自述［M］．黄忠晶，等编译．郑州：河南人民出版社，2000.
［36］伊格尔顿．审美意识形态［M］．王杰，傅德根，麦永雄，译．桂林：广西师范大学出版社，2001.
［37］西里奈利.20 世纪的两位知识分子：萨特与阿隆［M］．陈伟，译．南京：江苏人民出版社，2001.
［38］福柯．词与物：人文科学考古学［M］．莫伟民，译．上海：上海三联书店，2002.
［39］萨义德．知识分子论［M］．单德兴，译．北京：生活·读书·新知三联书店，2002.
［40］齐泽克．意识形态的崇高客体［M］．季广茂，译．北京：中央编译出版社，2002.
［41］雅各比．最后的知识分子［M］．洪洁，译．南京：江苏人民出版社，2002.
［42］杜盖伊，等．做文化研究：索尼随身听的故事［M］．霍炜，译．北京：商务印书馆，2003.
［43］加塞特．大众的反叛［M］．刘训练，佟德志，译．长春：吉林人民出版社，2004.
［44］凯尔纳．媒体文化：介于现代与后现代之间的文化研究、认同性与政治［M］．丁宁，译．北京：商务印书馆，2004.

［45］卢卡奇．卢卡奇早期文选［M］．张亮，吴勇立，译．南京：南京大学出版社，2004.

［46］米勒．土著与数码冲浪者：米勒中国演讲集［M］．易晓明，编．长春：吉林人民出版社，2004.

［47］瓦尔泽．批评家之死［M］．黄燎宇，译．北京：人民文学出版社，2004.

［48］韦伯．学术与政治［M］．钱永祥，等译．桂林：广西师范大学出版社，2004.

［49］布鲁姆．西方正典：伟大作家和不朽作品［M］．江宁康，译．南京：译林出版社，2005.

［50］富里迪．知识分子都到哪里去了［M］．戴从容，译．南京：江苏人民出版社，2005.

［51］列维．萨特的世纪：哲学研究［M］．闫素伟，译．北京：商务印书馆，2005.

［52］萨特．萨特文集：第7卷［M］．沈志明，艾珉，主编．北京：人民文学出版社，2005.

［53］席勒．席勒文集：第三卷［M］．张玉书，译．北京：人民文学出版社，2005.

［54］威廉斯．关键词：文化与社会的词汇［M］．刘建基，译．北京：生活·读书·新知三联书店，2005.

［55］韦勒克．近代文学批评史：第七卷［M］．杨自伍，译．上海：上海译文出版社，2006.

［56］阿多诺．道德哲学的问题［M］．谢地坤，王彤，译．北京：人民出版社，2007.

［57］里芬施塔尔．里芬施塔尔回忆录［M］．丁伟祥，等译．上海：学林出版社，2007.

［58］凯里．知识分子与大众：文学知识界的傲慢与偏见，1880—1939［M］．吴庆宏，译．南京：译林出版社，2008.

［59］桑内特．公共人的衰落［M］．李继宏，译．上海：上海译文出版社，2008.
［60］艾布拉姆斯．文学术语词典［M］.7 版．吴松江，等编译．北京：北京大学出版社，2009.
［61］伊格尔顿．理论之后［M］．商正，译．北京：商务印书馆，2009.
［62］马克思，恩格斯．马克思恩格斯文集：第十卷［M］．北京：人民出版社，2009.
［63］罗蒂．哲学、文学和政治：罗蒂自选集［M］．黄宗英，等译．上海：上海译文出版社，2009.
［64］魏格豪斯．法兰克福学派：历史、理论及政治影响：下册［M］．孟登迎，赵文，刘凯，译．上海：上海人民出版社，2010.
［65］斯道雷．文化理论与大众文化导论［M］．常江，译．北京：北京大学出版社，2010.
［66］杰洛瑞．文化资本：论文学经典的建构［M］．江宁康，高巍，译．南京：南京大学出版社，2011.
［67］普林斯．叙述学词典［M］．修订版．乔国强，李孝弟，译．上海：上海译文出版社，2011.
［68］本雅明．德意志悲苦剧的起源［M］．李双志，苏伟，译．北京：北京师范大学出版社，2013.
［69］克莱普勒．第三帝国的语言：一个语文学者的笔记［M］．印芝虹，译．北京：商务印书馆，2013.
［70］莱维．被淹没和被拯救的［M］．杨晨光，译．上海：上海三联书店，2013.
［71］斯坦纳．语言与沉默：论语言、文学与非人道［M］．李小均，译．上海：上海人民出版社，2013.
［72］威廉斯．乡村与城市［M］．韩子满，等译．北京：商务印书馆，2013.
［73］瓦尔特 - 布什．法兰克福学派史：评判理论与政治［M］．郭力，译．北

京：社会科学文献出版社，2014.

[74] 萨义德 . 开端：意图与方法［M］. 章乐天，译 . 北京：生活·读书·新知三联书店，2014.

[75] 布尔迪厄 . 区分：判断力的社会批判［M］. 刘晖，译 . 北京：商务印书馆，2015.

[76] 布莱斯勒 . 文学批评：理论与实践导论：第五版［M］. 赵勇，李莎，常培杰，等译 . 北京：中国人民大学出版社，2015.

[77] 罗萨 . 加速：现代社会中时间结构的改变［M］. 董璐，译 . 北京：北京大学出版社，2015.

[78] 福柯 . 说真话的勇气：治理自我与治理他者 Ⅱ［M］. 钱翰，陈晓径，译 . 上海：上海人民出版社，2016.

三、外文著作

[1] ADORNO T W, HORKHEIMER M. Dialectic of enlightenment [M]. CUMMING J, trans. New York: Herder & Herder, Inc., 1972.

[2] ADORNO T W. Kulturkritik und Gesellschaft Ⅰ [M]. Frankfurt am Main: Suhrkamp Verlag, 1974.

[3] LUKÁCS G. Soul and form [M]. BOSTOCK A, trans. Cambridge, M.A.: The MIT Press, 1974.

[4] BUCK-MORSS S. The origin of negative dialectics: Theodor W Adorno, Walter Benjamin, and the Frankfurt Institute [M]. New York: The Free Press, 1977.

[5] ARATO A, GEBHARDT E. The essential Frankfurt School reader [M]. MCDONAGH F, trans. New York: Urizen Books, 1978.

[6] MARCUSE H. The aesthetic dimension: toward a critique of Marxist

Aesthetics [M]. Boston: Beacon Press, 1978.

[7] ADORNO T W. Prisms [M]. NICHOLSEN S W, WEBER S, trans. Cambridge, M.A.: The MIT Press, 1981.

[8] SAMUEL R. People’s history and socialist theory [M]. London: Routledge and Kegan Paul, 1981.

[9] HORKHEIMER M. Critical theory: selected essays [M]. O’CONNELL M J, et al, trans. New York: The Continuum Publishing Corporation, 1982.

[10] MARCUSE H. Reason and revolution: Hegel and the rise of social theory [M]. New Jersey and London: Humanities Press International, Inc., 1983.

[11] SAID E W. The word, the text, and the critic [M]. Cambridge, M.A.: Harvard University Press, 1983.

[12] LOWENTHAL L. An unmastered past: the autobiographical reflections of Leo Lowenthal [M]. Berkeley: University of California Press, 1987.

[13] RORTY R. Contingency, irony and solidarity [M]. Cambridge: Cambridge University Press, 1989.

[14] EAGLETON T. The ideology of the aesthetic [M]. Oxford: Blackwell Publishing Ltd., 1990.

[15] ADORNO T W. Notes to literature [M]. NICHOLSEN S W, trans. New York: Columbia University Press, 1991.

[16] BENJAMIN W. Charles Baudelaire: a lyric poet in the era of high capitalism [M]. ZOHN H, trans. London: Verso, 1992.

[17] BENJAMIN W. Illuminations [M]. ZOHN H, trans. London: Fontana Press, 1992.

[18] GROSSBERG L, NELSON C, TREICHLER P A. Cultural studies [M]. New York and London: Routledge, 1992.

[19] DURING S. The cultural studies reader [M]. London and New York: Routledge, 1993.

[20] SCRIVEN M. Sartre and the media [M]. New York: ST. Martin's Press, 1993.

[21] O'SULLIVAN T, et al. Key concepts in communication and cultural studies [M]. London and New York: Routledge, 1994.

[22] KELLNER D. Media culture: cultural studies, identity and politics between the modern and the postmodern [M]. London and New York: Routledge, 1995.

[23] COOK D. The culture industry revisited: Theodor W Adorno on mass culture [M]. Lanham: Rowman & Littlefield Publishers, Inc., 1996.

[24] ADORNO T W. Aesthetic theory [M]. HULLOT-KENTOR R, trans. London: The Athlone Press, 1997.

[25] ADORNO T W. Critical models: interventions and catchwords [M]. PICKFORD H W, trans. New York: Columbia University Press, 1998.

[26] JARVIS S. Adorno: A critical introduction [M]. Cambridge: Polity Press, 1998.

[27] STEINER G. Language and silence: essays on language, literature, and the inhuman [M]. New Haven and London: Yale University Press, 1998.

[28] BARKER C. Cultural studies: theory and practice [M]. London: Sage Publications, 2000.

[29] O' CONNOR B. The Adorno reader [M]. Oxford and Malden, M.A.: Blackwell Publishers Ltd., 2000.

[30] ADORNO T W. Metaphysics: Concept and Problems [M]. JEPHCOTT E, trans. Stanford, California: Stanford University Press, 2001.

[31] EAGLETON T. After theory [M]. New York: Basic Books, 2003.

[32] ADORNO T W. Negative dialectics [M]. ASHTON E B, trans. London and New York: Taylor and Francis E-Library, 2004.

[33] HUHN T. The Cambridge companion to Adorno[M]. Cambridge: Cambridge University Press, 2004.

[34] ADORNO T W. Minima Moralia: reflections from damaged life[M]. JEPHCOTT E F N, trans. London and New York: Verso, 2005.

[35] PLASS U. Language and history in Theodor W. Adorno's notes to literature [M]. New York and London: Routledge, 2007.

[36] WILSON R. Theodor Adorno [M]. London and New York: Routledge, 2007.

[37] CLAUSSEN D. Theodor W Adorno: one last genius [M]. LIVINGSTONE R, trans. Cambridge, M.A.: The Belknap Press of Harvard University Press, 2008.

[38] ŽIŽEK S. The sublime object of ideology [M]. London and New York: Verso, 2008.

[39] HELMLING S. Adorno's poetics of critique [M]. New York: Continuum, 2009.

[40] BRESSLER C E. Literary criticism: an introduction to theory and practice: [M]. 5th ed. Boston, M.A.; London: Longman, 2011.

[41] WILLIAMS R. Keywords: a vocabulary of culture and society [M]. New York: Oxford University Press, 2015.

[42] GORDON P E, HAMMER E, PENSKY M. a companion to Adorno [M]. Hoboken: Wiley, 2020.

|后　记|

这是一本提前了的书。

去年 9 月下旬，师弟吴子林准备主持一套“中国当代文艺学话语体系建构丛书”，邀我加盟，而我则很是犹豫，原因是我不知能否按出版社要求，按时把书稿弄出。其实，这本书的名字在两年前就已诞生，因为自从我在“审美、社会与批判理论的旅行”国际学术研讨会（2019 年 9 月）上宣读过我那篇论文《走向一种批判诗学——从法兰克福学派的视角看中国当代文化诗学》之后，我就意识到我可以向“批判诗学”聚焦了——就像童庆炳老师写出的那本《文化诗学：理论与实践》一样，以后我也写一本《批判诗学：理论与实践》。而要完成这本书，我还得去思考一些问题，写出一些文章，三年五载能不能弄好，都很难说。但子林兄却很执着，在他的鼓动下，我也禁不住跃跃欲试起来。于是我只好摁下“有意栽花”的暂停键，把那些“无心插柳”的东西收拾到一起，以便让这本书稍稍有那么点“专著”的模样。而在我的心目中，它实际上还是一本“专题论集”。

因此，这本书作为“早产儿”问世，我首先要感谢“助产婆”子林兄。

其次，则应该感谢我与吴子林共同的导师童老师了。

我曾经说过，因为当年童老师逼我在法兰克福学派处用功，才有了我与“批判理论”的耳鬓厮磨。而“批判诗学”，则是我在琢磨法兰克福学派时被其文学批评与大众文化批判催生的一枚果实。另外，“批判诗学”也是对“文化诗学”的继承和发展。童老师在世时倡导“文化诗学”多年，我在其身边耳濡目染，既获益良多，也被激发了探究它、拓展它的兴趣。因此，我提出“批判诗学”，无论从哪方面看都与童老师有关。是他的学说给了我继续前行的动力，我也应该把这本书敬献于他！

再次，这本书的各章内容曾发表于《文学评论》《文艺研究》《文艺争鸣》《北京师范大学学报》《清华大学学报》《南方文坛》《中国文学批评》《山西大学学报》等刊物，在此我要向它们的主编和责编一并致谢！

感谢之余，有两件事情也值得记录于此。2017 年 8 月，《文艺争鸣》召开“当代文学批评的‘文体意识’学术研讨会”，王双龙主编与张涛编辑邀我参加。后因日期变动，开会时间与我送儿子去法国的时间重叠，我便想着一推六二五，省了匆忙奔波之苦。但张涛兄却代表王主编力邀我赴会，并说晚去个一天半天也没关系。这样，我才有了长春之行。而正是这次会议，催生了我那篇《作为“论笔”的文学批评——从阿多诺的“论笔体”说起》。

第二件事涉及《中国文学批评》。2020 年 6 月，李建军受王兆胜之托，为《中国文学批评》组稿，邀我入伙。我嘴上答应试试，但后来却被一大堆杂事缠身，稿子也从 9 月底拖到 10 月国庆长假，又从 10 月上旬拖向 10 月底。这期间，两位兄长隔三岔五一个电话，轮番向我催稿，及至兆胜兄给我下了最后通牒：稿子必须在 11 月 8 日 20 时前发出，否则就割袍断义。而我经过最后几天的兵荒马乱，也终于在 11 月 8 日 19 时 50 分完成初稿，赶在 20 时之前发送了电子邮件。记得发送完毕后我哆哆嗦嗦点起一根烟，心想，差一点就等来一纸“与山巨源绝交书”，好险！这篇稿子就是《作为方法的文学批评——阿多诺“内在批评”试解读》。

我之所以要念叨这两件事情，出于三个原因：一是感谢朋友们的宽宏大量与高情厚谊。二是想要说明，正如“书非借不能读也”，文章也是非逼不能写的。因此，对于朋友们的催逼，我非但没有丝毫怨言，反而是感激不尽。三是每写一次阿多诺，我就两股战战、坐立不安。当时兆胜兄“催租逼债”

时我跟他说："每次跟阿多诺较劲都是一场灾难。这家伙太难，我搞清楚他说什么都很费劲。"这是大实话，也是我一步挪四指的主要原因。以后我写阿多诺，依然会很慢很慢，不可能"快马加鞭未下鞍"。

最后，我要感谢浙江工商大学出版社的慷慨接纳和责编熊静文的辛苦付出。我想，尽管这本书离我预想的样子还有差距，但通过它，毕竟我已拉开了"批判诗学"的序幕。以后，我就可以在这个舞台上"穿林海，跨雪原，气冲霄汉"，唱一出《智取威虎山》或《奇袭白虎团》了。因为马克思说过："应当对这些僵化了的关系唱一唱它们自己的曲调，迫使它们跳起舞来！"

赵 勇

2022 年 2 月 15 日